O Arquiteto
de Paris

CHARLES BELFOURE

O Arquiteto *de Paris*

Tradução
Paulo Afonso

4ª edição

Rio de Janeiro | 2023

Copyright © 2013 by Charles Belfoure

Proibida a exportação para Portugal, Angola e Moçambique

Título original: *The Paris Architect*

Capa: Carolina Vaz

Texto revisado segundo o novo
Acordo Ortográfico da Língua Portuguesa

2023
Impresso no Brasil
Printed in Brazil

CIP-BRASIL. CATALOGAÇÃO NA PUBLICAÇÃO
SINDICATO NACIONAL DOS EDITORES DE LIVROS, RJ

Belfoure, Charles, 1954-

B378a   O arquiteto de Paris / Charles Belfoure; tradução de Paulo Afonso. –
4ª ed.   4ª ed. – Rio de Janeiro: Bertrand Brasil, 2023.
      23 cm.

      Tradução de: The Paris Architect
      ISBN 978-85-286-1949-2

      1. Ficção americana. I. Afonso, Paulo. II. Título.

                          CDD: 813
16-37085   CDU: 821.111(73)-3

Todos os direitos reservados. Não é permitida a reprodução total ou parcial desta obra,
por quaisquer meios, sem a prévia autorização por escrito da Editora.

Direitos exclusivos de publicação em língua portuguesa somente para o Brasil
adquiridos pela:
EDITORA BERTRAND BRASIL LTDA.
Rua Argentina, 171 – 3º andar – São Cristóvão
20921-380 – Rio de Janeiro – RJ
Tel.: (21) 2585-2000

Atendimento e venda direta ao leitor:
sac@record.com.br

O Arquiteto
de Paris

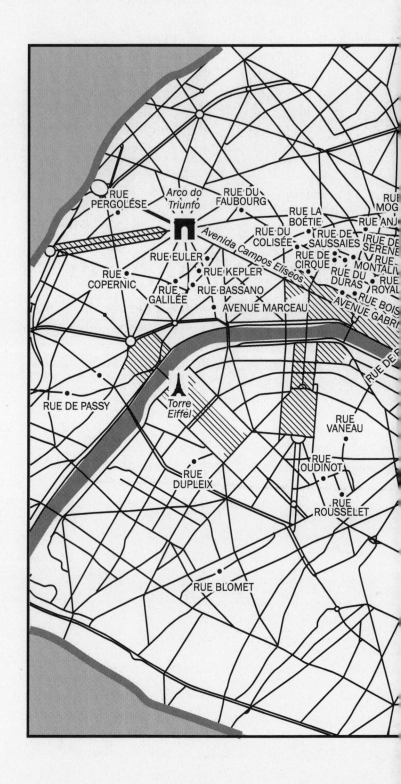

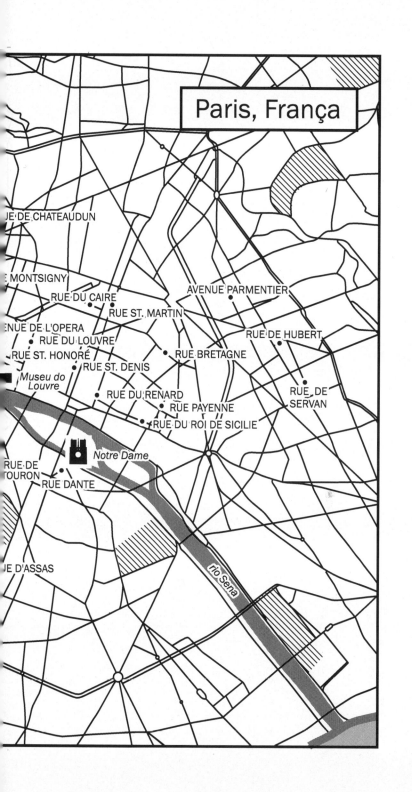

Capítulo 1

Tão logo Lucien Bernard dobrou a esquina da *rue* La Boétie, um homem, correndo na direção oposta, quase colidiu com ele. Passou tão perto que Lucien pôde sentir o cheiro da sua colônia.

No mesmo instante em que notou que ele e o homem usavam o mesmo perfume, *L'Eau d'Aunay*, Lucien ouviu um estampido alto e se virou. A apenas dois metros dele, o homem estava caído de bruços, com sangue saindo da parte de trás da cabeça calva, como se alguém tivesse aberto uma torneira em seu crânio. O escuro fluido carmesim começou a escorrer rapidamente por seu pescoço, cobrindo o engomado colarinho branco e, em seguida, o terno azul-marinho bem cortado, que adquiriu uma profunda tonalidade violeta.

Muitos assassinatos ocorriam em Paris desde a ocupação alemã, em 1940, mas, até aquele momento, Lucien nunca vira um cadáver. Ele ficou estranhamente fascinado, não com o corpo, mas com a nova cor que o sangue produzira sobre o terno. Quando ainda estava na escola, durante as aulas de arte, Lucien fora obrigado a colorir maçantes círculos cromáticos. Agora, bem à sua frente, estava a grotesca prova de que a mistura de azul com vermelho, de fato, produzia o violeta.

— Fique onde está!

Um oficial alemão, brandindo uma pistola Luger azul-metálica, apareceu correndo, seguido por dois soldados altos portando metralhadoras, imediatamente apontadas para Lucien.

— Não se mexa, idiota, ou vai dormir ao lado do seu amigo — disse o oficial.

Lucien não poderia se mover nem que quisesse; estava paralisado de medo.

O oficial se aproximou do corpo, depois deu meia-volta e caminhou até onde estava Lucien, como se pretendesse pedir para acender o seu cigarro. Tinha cerca de 30 anos, nariz aquilino e olhos castanhos muito escuros, bem pouco arianos, agora fixos nos olhos cinza-azulados de Lucien. O nervosismo tomava conta de Lucien. Logo após os alemães assumirem o controle, surgiram diversos panfletos, escritos por franceses, sobre como lidar com os ocupantes. Aja com dignidade, mantenha distância, não fale com eles e, acima de tudo, evite contato visual. No mundo animal, o contato visual direto é um desafio e uma forma de agressão. Mas ele não pôde deixar de quebrar esta norma, com os olhos do alemão a dez centímetros dos dele.

— Ele não é meu amigo — disse, em voz baixa.

O rosto do alemão se iluminou com um largo sorriso.

— Esse judeu imundo, agora, não é mais amigo de ninguém — comentou o oficial, cujo uniforme indicava que ele era um major da Waffen-SS. Os dois soldados riram.

Embora estivesse tão apavorado que achava ter mijado nas calças, Lucien sabia que teria que agir rapidamente ou seria o próximo a cair morto. Então respirou fundo para tomar coragem e pensar. Um dos aspectos mais estranhos da ocupação era o comportamento dos alemães, que se mostravam incrivelmente agradáveis e cordiais com os subjugados franceses. No metrô, até cediam seus lugares aos idosos.

Lucien tentou falar no mesmo tom.

— É a sua bala que está alojada no crânio desse cavalheiro? — perguntou.

— É sim. Só um tiro — respondeu o major. — Mas não foi nenhuma façanha. Os judeus não são muito atléticos. Correm tão devagar que a coisa não fica muito difícil.

O major começou a vasculhar os bolsos do homem, retirando papéis e uma bela carteira em couro de crocodilo, que enfiou no bolso lateral da túnica verde e preta que usava. Depois sorriu para Lucien.

— Mas obrigado por ter admirado minha pontaria.

Uma onda de alívio tomou conta de Lucien. Não seria seu dia de morrer.

— De nada, major.

O oficial se pôs de pé.

— Pode seguir seu caminho, mas sugiro que vá a um banheiro antes — disse o homem, solícito, apontando com a mão enluvada para o ombro direito do terno cinza de Lucien.

— Acho que sujei o senhor. Essa porcaria se espalhou pelas costas do seu terno, que por sinal é admirável. Quem é o alfaiate?

Virando o pescoço para a direita, Lucien viu partículas vermelhas em seu ombro. O oficial pegou uma caneta e uma pequena caderneta marrom.

— *Monsieur*. Seu alfaiate?

— Millet. Na *rue* de Mogador.

Lucien sempre ouvira dizer que os alemães eram arquivistas meticulosos. O alemão anotou o que ele dissera e enfiou a caderneta no bolso da calça.

— Muito obrigado. Ninguém no mundo pode superar o talento dos alfaiates franceses, nem mesmo os ingleses. Como o senhor sabe, os franceses vencem todo mundo quanto se trata de artes. Infelizmente. Até os alemães admitem que a cultura gaulesa é imensamente superior à teutônica em tudo... exceto no que se refere a guerras.

O alemão riu da própria observação, assim como os dois soldados. Lucien fez o mesmo, rindo com vontade.

Quando o humor se dissipou, o major fez um curto aceno com a cabeça.

— Não vou detê-lo por mais tempo, *monsieur*.

Lucien retornou o aceno e se afastou. Ao se ver longe dos ouvidos indiscretos, murmurou bem baixinho:

— Alemão de merda.

E seguiu em frente com passadas quase descontraídas. Correr pelas ruas de Paris se tornara um convite à morte, como o pobre coitado de bruços na rua acabara descobrindo. Ver um homem ser assassinado o deixara horrorizado, percebeu ele, mas não exatamente com a morte do homem. Tudo o que lhe importava era que *ele* próprio não estava morto. Sentia-se incomodado com o fato de não sentir compaixão pela morte de um semelhante.

O que não era de admirar, já que fora criado em uma família em que a compaixão não existia.

Seu pai, um geólogo de certa notoriedade, via o mundo como o mais ignorante dos camponeses: um lugar onde lobo come lobo. No que se referia à desgraça alheia, sua filosofia era "que pena, mas antes ele do que eu". O falecido Professor Jean-Baptiste Bernard não parecia notar que os seres humanos, até mesmo sua mulher e filhos, possuíam sentimentos. Seu amor e afeto se concentravam em objetos inanimados — pedras e minerais da França e das colônias francesas. E ele exigia que seus dois filhos fizessem o mesmo. Em uma idade na qual a maioria das crianças ainda não havia aprendido a ler, Lucien e o seu irmão mais velho, Mathieu, já conheciam os nomes de todas as rochas sedimentares, ígneas e metamórficas das nove áreas geológicas da França.

O pai deles os questionava na hora do jantar, colocando pedras sobre a mesa para que eles as identificassem. Quando cometiam algum erro, ele era implacável, como naquela vez em que Lucien não conseguira identificar uma bertrandita, mineral da família dos silicatos. Seu pai lhe ordenara que pusesse a pedra na boca para nunca mais esquecer seu nome. Até hoje se lembrava de seu gosto amargo.

Ele odiara o pai, mas agora se questionava se não seria mais parecido com ele do que gostaria de admitir.

Enquanto caminhava sob o calor da tarde de julho, Lucien observava os prédios revestidos de calcário (rocha sedimentar da família dos carbonatos de cálcio), com suas bases rusticadas, janelas altas emolduradas com pedras e sacadas de ferro finamente trabalhado, sustentadas por mísulas de pedra entalhada. Algumas das pesadas portas duplas dos prédios estavam abertas, permitindo que ele avistasse crianças brincando nos pátios internos, assim como ele fizera durante a infância. De uma janela no rés do chão, um gato preto e branco olhou para ele com olhos sonolentos.

Lucien adorava cada prédio de Paris — a cidade onde nascera, a mais bela do mundo. Na juventude, costumava percorrer a cidade observando os monumentos, as grandes avenidas e bulevares, e até as ruas mais sórdidas dos bairros mais pobres. Lia a história da cidade nas paredes dos prédios. Se aquele chucrute desgraçado tivesse uma pontaria ruim, ele jamais voltaria a ver esses prédios maravilhosos, a andar por essas ruas pavimentadas com pedras ou inalar o delicioso aroma de pão assando nas *boulangeries*.

Mais adiante, ainda na *rue* La Boétie, percebeu que alguns lojistas olhavam para através de suas vitrines, longe o bastante para não chamarem atenção, mas perto o bastante para terem presenciado o fuzilamento. Um homem muito gordo, parado à porta do Café d'Été, fez sinal para que ele se aproximasse. Quando o fez, o homem, que parecia ser o dono do estabelecimento, lhe estendeu uma toalha úmida.

— O banheiro fica nos fundos — informou.

Lucien agradeceu e se encaminhou para os fundos do café. Era um típico café parisiense, penumbroso e estreito, com piso de ladrilhos preto e branco, pequenas mesas encostadas a uma parede e um bar muito mal abastecido no lado oposto. A Ocupação fizera o inimaginável em Paris: privara os homens franceses de suas necessidades mais básicas — cigarros e vinho. Mas o café constituía uma parte tão inerente à sua existência que eles continuavam a frequentá-lo diariamente para fumar cigarros de imitação, feitos com grama e ervas, e beber a zurrapa aguada que passava por vinho. Os clientes do Café d'Été, que provavelmente viram o ocorrido, pararam de conversar e olharam para seus copos quando Lucien passou, agindo como se ele tivesse sido contaminado pelo contato com os alemães. Ele se lembrou de certa vez, quando se encontrava em um café, e cinco soldados alemães entraram de repente. O lugar ficara em completo silêncio, como se alguém tivesse desligado um rádio. Os soldados saíram imediatamente.

No banheiro imundo, Lucien tirou o paletó e começou a limpá-lo. Algumas gotas de sangue, do tamanho de ervilhas, pontilhavam as costas da vestimenta, e havia uma delas na manga. Ele tentou remover o sangue do judeu, mas algumas manchas tênues permaneceram, deixando-o aborrecido, pois ele só tinha um terno bom. Alto, dotado de bastos cabelos castanhos, Lucien era muito exigente com relação a roupas. Mas sua esposa, Celeste, era muito prática. Provavelmente conseguiria retirar as manchas do paletó. Ele se olhou no espelho para ter certeza de que não tinha sangue no rosto ou nos cabelos. Olhou para o relógio e percebeu que faltavam dez minutos para o encontro. Vestiu novamente o paletó e jogou a toalha suja na pia.

De volta à rua, não conseguiu deixar de olhar para a esquina onde ocorrera o tiroteio. Os alemães e o corpo haviam desaparecido; restara apenas uma grande poça de sangue. Os alemães eram pessoas incrivelmente eficientes. Franceses teriam se agrupado em torno do corpo, conversando e fumando cigarros. O *rigor mortis* já teria se instalado quando o corpo fosse levado. Lucien quase começou a correr, mas se contentou em andar bem depressa. Detestava se atrasar, mas não estava disposto a levar um tiro nas costas por ter mania de pontualidade. *Monsieur* Manet entenderia. Aquele encontro oferecia uma possibilidade de trabalho e Lucien não desejava causar má impressão.

Cedo em sua carreira, aprendera que a arquitetura era tanto um negócio quanto uma arte e que a primeira encomenda de um cliente não deveria ser encarada como algo único, mas como o início de uma série de trabalhos. Aquele trabalho prometia muito. O homem com quem deveria se encontrar, Auguste Manet, possuía uma fábrica que, até a guerra, produzia motores para a Citroën e outras montadoras. Após o encontro inicial com um cliente, Lucien sempre pesquisava seu histórico para verificar se ele tinha dinheiro; e *monsieur* Manet, com certeza, tinha dinheiro. Dinheiro de uma família ilustre, acumulado durante gerações. Mesmo assim, Manet tentara a sorte na indústria, algo olhado com desconfiança pelos membros da sua classe. Dinheiro proveniente de negócios era considerado sujo, sem dignidade. Mas ele multiplicara por cem a riqueza da família, especializando-se em motores e lucrando com a febre dos automóveis.

Manet estava em excelente posição para obter contratos durante a Ocupação. Antes mesmo da invasão alemã, em 1940, um êxodo em massa já fora iniciado: milhões de pessoas fugiram do norte para o sul, onde achavam que estariam em segurança. Manet, entretanto, permanecera calmo durante o pânico, ficou onde estava, e suas fábricas se mantiveram intactas.

Normalmente, a economia de um país derrotado acabava paralisada, mas a Alemanha estava no negócio da guerra. Como precisava de armas para lutar contra os russos na frente oriental, contratara empresas francesas para a produção de material bélico. No início, empresários franceses viam a cooperação com os alemães como traição; mas, entre terem suas empresas desapropriadas sem qualquer compensação ou aceitarem os contratos oferecidos, escolheram a última opção. Lucien poderia apostar que Manet era um homem pragmático e que produzia armas para a Luftwaffe ou para a Wehrmacht, o que poderia significar uma nova fábrica que Lucien poderia projetá-la para ele.

Antes da guerra, sempre que estava para se encontrar com um cliente pela primeira vez, Lucien devaneava com visões de sucesso — principalmente quando o cliente era rico. Agora, tentava frear a imaginação, recomendando a si mesmo que fosse pessimista. Nos últimos tempos, sempre que alimentava grandes esperanças, suas ilusões eram reduzidas a pó, como em 1938, quando estava para iniciar o projeto de uma loja na *rue* de la Tour d'Auvergne e o cliente falira por causa de um divórcio. Ou a grande propriedade em Orléans, cujo cliente fora preso por fraude. Disse então a si mesmo que, em época de guerra, deveria ser grato por qualquer migalha de trabalho que conseguisse.

Já tinha quase se esquecido do incidente com o judeu quando começou a idealizar um projeto genérico para uma fábrica adequada a qualquer tipo de produção militar. Quando entrou na avenida Marceau, sorria, como sempre acontecia quando idealizava um novo projeto.

Capítulo 2

Ao abrir a pesada porta de madeira do prédio número 28 da *rue* Galilée, Lucien conferiu o relógio. Com enorme satisfação, constatou que estava um minuto adiantado para o encontro. Que outro homem conseguiria atravessar a cidade a pé, quase ser fuzilado por um alemão, remover o sangue de um morto do paletó e ainda chegar na hora? A experiência reforçou sua crença de que deveria sempre acrescentar mais quinze minutos ao tempo teoricamente necessário para se encontrar com um cliente. Seu estimado relógio Cartier, presenteado por seus pais quando ele se formou na faculdade, indicava duas da tarde — que era a hora na Alemanha. A primeira medida oficial dos alemães na França ocupada fora impor o fuso horário do Reich. Na verdade, pelo horário francês, era uma da tarde. Depois de dois anos de ocupação, a mudança forçada de horário ainda o incomodava, mais até do que as suásticas e as feiosas placas escritas em letras góticas que os alemães haviam fixado nos pontos mais importantes da cidade.

Ele entrou no prédio e se sentiu aliviado com a penumbra fresca do saguão. Adorava os prédios de apartamento criados pelo barão Haussmann quando pôs abaixo a Paris medieval dos anos 1850 e recriou a cidade. Lucien admirava as construções em pedra e as poderosas linhas horizontais formadas pelas fileiras de janelas, com suas sacadas de metal. O prédio em que morava, na *rue* du Caire, era semelhante àquele.

A partir de 1931, Lucien abandonara as referências históricas e clássicas em seu trabalho, tornando-se um arquiteto puramente modernista. Adotara a estética da Bauhaus, estilo criado pelo arquiteto alemão Walter Gropius que abrira caminho para a arquitetura e o *design* modernos (fora a única vez que o gosto teutônico de fato triunfara sobre o gaulês). Ainda assim, ele admirava os grandes blocos de apartamento que Napoleão III advogara, e sua admiração aumentara após visitar o irmão em Nova York antes da guerra. Os prédios de lá eram lixo se comparados aos de Paris.

Dirigiu-se ao apartamento do zelador, à direita da entrada, cuja porta de vidro lentamente se abriu. Uma velha senhora, fumando um cigarro, estava sentada à mesa coberta por uma espalhafatosa toalha amarela. Lucien pigarreou. Sem mover um músculo e sempre olhando para o espaço, ela disse:

— Ele está no 3B... e o elevador não está funcionando.

Enquanto subia a ornamentada escadaria curvilínea para chegar ao terceiro andar, seu coração começou a palpitar — não só porque estava fora de forma, mas também por estar muito ansioso. Manet teria mesmo um projeto para ele ou aquele encontro não resultaria em nada? E, se houvesse um projeto, haveria alguma chance para mostrar o seu talento?

Lucien sabia que tinha talento. Dois arquitetos bem conhecidos, para os quais trabalhara em Paris após ter se formado, haviam lhe dito isto. Com mais dois anos de prática e confiança na própria capacidade, ele passara a trabalhar por conta própria. Era difícil formar uma clientela, e duplamente difícil em se tratando de um arquiteto modernista como ele, pois a moderna arquitetura estava apenas começando a ser aceita. Os clientes, em sua maioria, ainda desejavam algo tradicional. Ele conseguia se sustentar bem. Mas, assim como um ator precisa de um papel de grande sucesso para se tornar astro, um arquiteto precisa de um projeto admirável para se destacar. E Lucien, agora com 35 anos, ainda não conseguira nenhum projeto importante. Chegara perto uma vez, quando fora um dos finalistas na concorrência para o projeto de uma nova biblioteca pública. Mas fora derrotado por Henri Devereaux, cujo cunhado do tio era vice-ministro da cultura. Capacidade não era o bastante. Eram necessários os contatos como os que Devereaux sempre parecia ter... e sorte.

Olhou para seus sapatos, que produziam um ruído arrastado nos degraus de mármore da escadaria. Eram os sapatos para clientes, os únicos que usava nos encontros. Um pouco sovados, mas ainda lustrosos e elegantes, com as solas em boas condições. Quando as solas dos sapatos de um francês se desgastavam — como couro andava escasso —, ele as substituía por madeira ou camadas de papel, coisas que não funcionavam bem no inverno. Lucien estava feliz por ainda ter sapatos com solas de couro. Detestava o estrépito de solas de madeira nas ruas de Paris, que mais lhe lembrava os tamancos dos camponeses.

Lucien ficou surpreso quando olhou para cima e viu, no piso do terceiro andar, bem diante de seu rosto, um par de dispendiosos sapatos de couro marrom. Subindo pelas pernas das calças, com vincos bem marcados, e pelo paletó de um terno, seu olhar chegou ao rosto de Auguste Manet.

— *Monsieur* Bernard, muito prazer em conhecê-lo.

Antes que alcançasse o último degrau, Manet lhe estendeu a mão.

Lucien subiu mais um pouco e se viu diante de um homem na casa dos 70 anos, magro, com cabelos grisalhos e zigomas que pareciam talhados em pedra. Manet era alto. Muito mais alto do que Lucien. Parecia até mais do alto que de Gaulle.

— O prazer é meu, *monsieur.*

— *Monsieur* Gaston está sempre falando do prédio de escritórios que o senhor projetou para ele; portanto, fui ver pessoalmente. Ótimo trabalho.

O aperto de mão do velho era firme e confiante, algo que se esperaria de um homem que ganhara milhões.

O início fora excelente, pensou Lucien, que gostou instantaneamente daquele empresário idoso e aristocrático. Em 1937, projetara um prédio na *rue* de Servan para Charles Gaston, proprietário de uma companhia de seguros, quatro andares de pedra calcária e uma escadaria externa, inserida em uma torre de vidro recurvado. Lucien considerava esse prédio a melhor coisa que já projetara.

— *Monsieur* Gaston teve a bondade de me encaminhar ao senhor. Em que posso ajudá-lo?

Na maioria das vezes, ele se preparava para as amenidades que precedem uma conversa de negócios. Agora estava nervoso, ansioso para saber se obteria um trabalho de verdade.

Manet se virou e caminhou na direção das portas abertas do apartamento 3B. Lucien o acompanhou. Mesmo de costas, *monsieur* Manet era impressionante. Seu terno caro modelava de forma impecável a postura ereta. O major alemão gostaria de saber o nome de seu alfaiate.

— Bem, *monsieur* Bernard, permita que lhe explique o que tenho em mente. Um convidado meu vai se hospedar aqui durante algum tempo, e desejo fazer algumas alterações no apartamento para acomodá-lo — disse Manet, enquanto atravessavam lentamente o apartamento.

Lucien não conseguia imaginar o que o homem estava querendo. O apartamento vazio era deslumbrante, com teto elevado e janelas altas, painéis de madeira trabalhada, enormes colunas que emolduravam as amplas entradas dos principais aposentos, lindas lareiras de mármore e pisos em parquê. Os banheiros e a cozinha pareciam modernos, com pias de porcelana e aço. As banheiras tinham torneiras cromadas. Era um imóvel grande se comparado aos padrões parisienses, com uma área duas vezes maior do que um apartamento normal.

Manet se deteve e olhou para Lucien.

— Me disseram que um arquiteto olha para um espaço de maneira diferente. Uma pessoa comum vê um aposento como ele é, mas um arquiteto, instintivamente, imagina como poderia ser modificado para melhor. Isso é verdade?

— Totalmente — respondeu Lucien, com orgulho. — Um homem comum acha um apartamento malcuidado e antigo pouco atraente. Mas um arquiteto, com a imaginação, pode transformar esse espaço em algo muito elegante.

Lucien estava ficando empolgado. Talvez o velho quisesse que ele reformasse o lugar, de cima a baixo.

— Entendi. Me diga uma coisa, *monsieur*, o senhor gosta de desafios? De encontrar soluções para problemas únicos?

— Sim, de fato. Adoro encontrar uma solução para qualquer problema arquitetônico — respondeu Lucien. — E quanto maior o desafio, melhor.

Ele esperava estar dizendo o que Manet gostaria de ouvir. Se Manet lhe pedisse para enfiar o Arco do Triunfo naquele apartamento, ele diria que não seria problema. Não se recusa trabalho em tempos de guerra. Qualquer idiota sabe disso.

— Ótimo. — Manet atravessou o salão e pousou paternalmente a mão sobre o ombro de Lucien. — Acho que chegou a hora de lhe dar um pouco mais de informações a respeito do projeto, mas primeiro vamos falar sobre seus honorários. Tenho um valor em mente: doze mil francos.

— Dois mil francos é muita generosidade, *monsieur*.

— Não, eu disse doze mil francos.

Fez-se silêncio. Os dígitos foram se formando no cérebro de Lucien como se um professor os estivesse escrevendo em um quadro-negro:

primeiro o um, depois o dois, depois um ponto, seguido de três zeros. Mentalmente, Lucien repassou os números.

— *Monsieur*, isso... é mais do que generoso, é ridículo!

— Não, quando uma vida depende disso.

Lucien entendeu o comentário como um chiste, para o qual se esperava que ele desse uma grande gargalhada, daquelas que aborreciam sua esposa e deliciavam sua amante. Mas Manet não riu. Seu rosto não demonstrava nenhuma emoção.

— Antes que lhe dê mais informações, permita que lhe faça uma pergunta pessoal — disse Manet.

— O senhor tem toda a minha atenção, *monsieur* Manet.

— O que o senhor sente com relação aos judeus?

Lucien foi pego de surpresa. Que diabo de pergunta era aquela? Porém, antes de brindar Manet com a resposta que lhe veio à língua — que os judeus eram ladrões gananciosos —, ele respirou fundo. Não queria falar nada que pudesse ofender Manet... e acarretasse a perda daquele trabalho.

— São seres humanos como qualquer outro, acho — respondeu, em uma voz débil.

Lucien fora criado em uma família antissemita. A palavra *judeu* sempre fora seguida da palavra *imundo*. Seu avô e seu pai estavam convencidos de que o capitão Alfred Dreyfus, um oficial judeu que trabalhava no quartel-general do exército francês na década de 1890, era um traidor, apesar dos indícios de que outro oficial, chamado Esterhazy, fora quem vendera segredos aos alemães. O avô de Lucien também jurava que os judeus eram responsáveis pela derrota humilhante da França na guerra franco-prussiana de 1870, embora jamais tivesse oferecido alguma prova desta acusação. *Fosse pelos judeus terem traído o país, por terem matado Cristo ou ludibriado você em algum negócio, o fato era que todos os franceses não judeus eram antissemitas de uma forma ou de outra, não eram?* Foi o que Lucien pensou. As coisas sempre haviam sido assim.

Ao olhar Manet nos olhos, sentiu-se feliz por não ter externado seus sentimentos.

Vira uma seriedade que o deixou alarmado.

— O senhor deve ter reparado que, desde maio, todos os judeus maiores de 6 anos têm de usar uma Estrela de Davi amarela — disse Manet.

— Sim, *monsieur.*

Lucien sabia muito bem que os judeus tinham de usar uma estrela de feltro. Não achava nada demais, embora muitos parisienses se sentissem ultrajados. Alguns gentios, em protesto, começaram a usar estrelas amarelas, flores amarelas ou lenços amarelos. Soube de uma mulher que pregara uma estrela amarela em seu cachorro.

— No dia 16 de julho — prosseguiu Manet —, quase 13 mil judeus foram recolhidos em Paris e enviados para Drancy. Nove mil eram mulheres e crianças.

Lucien ouvira falar de Drancy. Era um prédio de apartamentos inacabado construído próximo ao aeroporto de Le Bourget. Um amigo arquiteto, chamado Maurice Pappon, trabalhara nele. Um ano antes, o prédio se tornara a principal casa de detenção da região de Paris, embora não dispusesse de água, eletricidade ou serviços sanitários. Pappon lhe dissera que os prisioneiros de Drancy eram enfiados à força em trens e levados para algum lugar no leste.

— Cem pessoas se mataram antes de serem levadas. Mães com bebês no colo pularam das janelas. O senhor sabia disso, *monsieur?*

Lucien percebeu a crescente agitação de Manet. Precisava redirecionar a conversa para o projeto e para os 12 mil francos.

— Isso é uma tragédia, *monsieur.* Bem, que mudanças o senhor disse ter em mente?

Mas Manet continuou a falar como se não tivesse escutado nada do que ele dissera.

— Já foi ruim o bastante o fato de as empresas dos judeus terem sido confiscadas, e suas contas nos bancos, congeladas. Mas, agora, judeus estão sendo proibidos de frequentar restaurantes, cafés, teatros, cinemas e parques. E não só os imigrantes; judeus de linhagem francesa, cujos ancestrais lutaram pela França, também estão sendo tratados assim. O que é pior: Vichy e a polícia francesa é que fazem a maior parte das prisões, não os alemães.

Lucien sabia disso. Os alemães usavam os franceses contra os franceses. Quando um francês ouvia uma batida em sua porta no meio da noite, era geralmente um gendarme enviado pela Gestapo.

— Todos os parisienses têm sofrido muito com os alemães, *monsieur* — observou Lucien. — Até gentios são presos todos os dias. Quando estava a caminho daqui para me encontrar com o senhor, um...

Ele parou no meio da frase ao se lembrar de que o homem morto era judeu. Ao perceber que Manet o olhava fixamente, sentiu-se pouco à vontade. Olhou então para o belo assoalho em parquê e para os sapatos de seu cliente.

— *Monsieur* Bernard, Gaston conhece o senhor há muito tempo. Ele disse que o senhor é um homem honrado e de grande integridade. Um homem que ama seu país... e mantém sua palavra — disse Manet.

Lucien se sentiu completamente confuso. Que diabo aquele homem estava falando? Gaston, na verdade, só o conhecia em nível profissional. Não eram amigos. Gaston não fazia ideia de que tipo de homem ele era. Lucien poderia ser um assassino ou um prostituto, e Gaston jamais saberia.

Manet caminhou até as enormes janelas que se abriam para a *rue* Galilée e contemplou a vista por alguns momentos. Por fim, virou-se para Lucien, que ficou surpreso com a expressão grave do velho senhor.

— *Monsieur* Bernard, o propósito desta *alteração* é criar um esconderijo para um judeu que está sendo caçado pela Gestapo. Se, por algum acaso, os policiais chegarem aqui procurando por ele, gostaria que ele se escondesse em um espaço que a Gestapo jamais descobriria. Para a sua própria segurança, não vou lhe dizer o nome dele. Mas o Reich quer prendê-lo para descobrir o paradeiro da sua considerável fortuna.

Lucien estava abismado.

— O senhor está louco? Está escondendo um judeu?

Em circunstâncias normais, ele jamais falaria com um cliente de forma tão rude, principalmente um tão rico. Mas Manet entrara em território proibido ao ajudar judeus. Os alemães chamavam isto de *Judenbegunstigung*. Não importava quão rico fosse: Manet poderia ser preso e executado por esconder judeus. Era o único crime do qual um francês não poderia escapar, nem pagando. Usar uma estrela amarela idiota como demonstração de simpatia era uma coisa, mas ajudar um judeu procurado pela Gestapo era pura loucura. Em que buraco Lucien fora se meter, ou melhor, em que buraco Gaston, aquele desgraçado, o metera? Era muito atrevimento de Manet lhe pedir que fizesse por 12 mil francos o que ele não faria nem por 12 milhões de francos.

— O senhor está me pedindo para cometer suicídio, e sabe disso, não sabe?

— Na verdade, sei — respondeu Manet. — Também estou cometendo suicídio.

— Então, pelo amor de Deus, homem, por que o senhor está fazendo isso? — exclamou Lucien.

Manet não pareceu nem um pouco embaraçado com a pergunta de Lucien. Parecia quase ansioso para respondê-la. Ele sorriu.

— Permita que lhe explique uma coisa, *monsieur* Bernard. Em 1940, quando esse inferno começou, percebi que meu primeiro dever como cristão era superar meu egocentrismo. Teria que sair do meu comodismo para ajudar meus irmãos humanos que estavam em perigo, fossem quem fossem, franceses ou não. Simplesmente decidi não virar as costas.

"Sair do comodismo" era dizer pouco diante das circunstâncias, pensou Lucien. Quanto ao cristianismo, ele concordava com o pai: era um conjunto de crenças bem intencionadas que não funcionavam na vida real.

— Então, *monsieur* Bernard — prosseguiu Manet —, vou lhe pagar 12 mil francos para projetar um esconderijo que seja invisível a olho nu. Esse é seu desafio arquitetônico. Tenho excelentes operários para fazer o trabalho, mas eles não são arquitetos; não têm sua visão e não podem oferecer uma solução inteligente como o senhor pode. É por isso que estou pedindo sua... ajuda.

— *Monsieur*, eu me recuso terminantemente. Isso é loucura. Não vou fazer isso.

— Espero que o senhor reconsidere minha proposta, *monsieur* Bernard. Acho que pode ser um acordo mutuamente benéfico. E só será esta vez.

— Nunca, *monsieur*. Não posso concordar...

— Compreendo que uma decisão que pode provocar sua morte não pode ser tomada imediatamente. Por favor, tire algum tempo para pensar na proposta. Mas gostaria de ter sua resposta por volta das seis da tarde, no Café du Monde. Sei que o senhor precisará examinar melhor o apartamento para tomar uma decisão. Portanto, pegue essa chave e tranque a porta depois que terminar. Agora, *monsieur*, vou deixar o senhor à vontade.

Lucien meneou a cabeça e tentou falar alguma coisa, mas não emitiu nenhum som.

— Amanhã, por volta das nove da manhã, vou assinar um contrato para produzir motores para a Heinkel Indústria Aeronáutica. Minhas instalações atuais são pequenas demais para um trabalho como esse. Portanto, estou planejando uma expansão para minha fábrica em Chaville. E preciso de um arquiteto — disse Manet, enquanto se dirigia para a porta. — O senhor conhece algum?

Capítulo 3

A sala começou a rodopiar. Lucien ficou tão desorientado que não conseguiu manter o equilíbrio. Sentou-se então no chão, achando que iria vomitar.

— Meu Deus, que dia! — murmurou.

Normalmente faria qualquer coisa para obter trabalho, por mais desprezível que fosse. Como quando dormira com a obesa esposa de Gattier, o negociante de vinhos, para que ela persuadisse o marido a escolhê-lo para projetar a nova loja dele, na *rue* Vaneau. Tudo correra maravilhosamente bem, nenhuma mudança fora feita em seu projeto.

Agora, no entanto, o assunto era bem diferente. Ele estava quebrado, claro, mas 12 mil francos e um contrato garantido valeriam o risco de morrer? O dinheiro não iria ajudá-lo se ele estivesse morto. Na verdade, não era a morte em si que o perturbava. Era a tortura que a precederia, executada pela Gestapo. Lucien sabia de fonte segura o que os alemães faziam com quem não queria cooperar: dias de tratamento brutal antes da morte; ou, caso os agentes da Gestapo estivessem com disposição generosa — uma raridade —, internamento em um campo de concentração.

Os parisienses logo aprenderam que nem todos os soldados alemães eram iguais. Havia três tipos. O maior contingente era constituído pela Wehrmacht, o exército regular, cujos soldados lutavam na maioria das batalhas e tratavam franceses com um pouco de decência. Em seguida, vinha a Waffen-SS, a unidade militar de elite do Partido Nazista, que tanto lutavam nas batalhas quanto eram usados para recolher judeus. O último tipo, e indubitavelmente o pior, era a Gestapo, a polícia secreta, que torturava, assassinava e mutilava judeus — ou qualquer um, inclusive compatriotas alemães, por crimes contra o Reich. A crueldade da Gestapo, segundo se dizia, estava além da imaginação.

As pessoas até tinham medo de usar a palavra Gestapo. Parisienses geralmente diziam: "*Eles* o prenderam". O quartel-general da Gestapo, na *rue* des Saussaies número 11, era bem próximo do Palais de l'Èlysée, a antiga residência do presidente francês. Todo mundo em Paris conhecia e temia o endereço.

Não, não importava o quanto ele estivesse precisando de dinheiro e ansiando por um novo projeto, o risco era incalculável. Lucien nunca enganara a si mesmo, achando que era do tipo heroico. Teve uma prova disto em 1939, quando, como oficial convocado da reserva, estacionara durante oito meses na Linha Maginot, a fileira de fortalezas de concreto que, segundo garantia o governo francês, protegeria a França de um ataque alemão. Como nenhum combate ocorrera na França após a queda da Polônia, ele ficou à toa, lendo revistas de arquitetura enviadas por sua esposa e concebendo projetos imaginários. Um colega oficial, que era professor universitário, aproveitou o tempo para escrever uma história dos antigos etruscos.

Então, no dia 10 de maio de 1940, os alemães invadiram o país; em vez de atacarem a "invencível" Linha Maginot, eles a contornaram, penetrando no norte da França pela Floresta das Ardenas. Enquanto isso, postado na Linha Maginot, Lucien não teve qualquer chance de lutar contra os inimigos. Sentiu-se secretamente feliz, pois estava apavorado com a perspectiva de enfrentar os alemães, que mais pareciam super--homens. Com incrível facilidade, esmagaram os exércitos de todos os países que invadiram — a Polônia, a Bélgica e a Holanda — e ainda expulsaram os britânicos do continente, em Dunquerque.

Após o armistício, assinado no dia 22 de junho, Lucien foi considerado oficialmente derrotado e capturado. Mas ele e outros oficiais não tinham a menor intenção de serem enviados a um campo de prisioneiros na Alemanha. Tio Albert, irmão da mãe de Lucien, permanecera quatro anos em um campo de prisioneiros alemão. Como resultado, passou o resto da vida fazendo coisas estranhas, como, por exemplo, correr atrás de esquilos no parque, similar a um cachorro. Então, a exemplo de outros soldados franceses, Lucien simplesmente despiu o uniforme, destruiu seus papéis militares e se integrou à vida civil usando documentos de desmobilização forjados. Antes que a Wehrmacht alcançasse as guarnições da Linha Maginot, no final de junho, Lucien já havia retornado para junto da esposa, em Paris.

O que encontrou foi uma cidade fantasma. Embora os britânicos tivessem classificado Paris como cidade aberta, portanto a salvo de bombardeios, cerca de 1 milhão de pessoas — de uma população de 3 milhões — fugiram. Lucien e sua esposa decidiram ficar, acreditando ser muito menos perigoso lidar com os alemães do que enfrentar os perigos de uma estrada. Foi a decisão certa: com milhões de franceses rumando para o sul, as estradas se tornaram intransitáveis; muitas pessoas desapareceram ou morreram por exposição às intempéries. Este êxodo em massa e a rápida rendição aos alemães humilharam a França aos olhos do mundo. Lucien odiava os alemães de todo o coração pelo que haviam feito com o seu país. No dia da rendição, chorou. Mas o que realmente lhe importava era que ele e sua esposa ainda estavam vivos.

Não, Lucien não era um herói. E com certeza não era nenhum benfeitor, um desses caras que defendem os oprimidos. Manet tinha "benfeitor" escrito na testa. Arriscar a vida para salvar um *judeu?* O pai de Lucien teria rido na cara dele. Tendo crescido em Paris, Lucien tivera

30

contato com judeus durante toda a sua vida, pelo menos indiretamente. Sabia que havia cerca de 200 mil vivendo em Paris, embora nunca tivesse encontrado nenhum na École Spéciale d'Architecture, onde estudara. Quase não existiam arquitetos judeus. Ele concluíra que, com o talento mercantil inato, judeus preferiam se dedicar aos negócios ou a profissões, como advocacia e medicina, onde poderiam ganhar rios de dinheiro. Arquitetura, Lucien aprendeu rapidamente, não era a melhor escolha para alguém que desejasse enriquecer.

Mas ele acreditava que Manet estava certo em uma coisa. Os judeus estavam passando maus bocados, privados pelos alemães das coisas mais básicas para as necessidades diárias — seus telefones haviam sido desconectados, e suas bicicletas, confiscadas. Não se tratava apenas de judeus imigrados da Polônia, Hungria ou Rússia, que, em sua maioria, moravam nos bairros orientais de Paris, mas de judeus nativos também, aqueles que não tinham "cara de judeu". Profissionais, como médicos, advogados e professores universitários, estavam sofrendo. E não importava que fossem famosos. Henri Bergson, vencedor do Prêmio Nobel, morrera de uma pneumonia que contraíra enquanto, em uma fila, aguardava para se registrar como judeu perante as autoridades francesas. O que estava acontecendo com os judeus, entretanto, era um assunto político fora de seu controle, por mais injusto que fosse.

Para pessoas tidas como inteligentes, pensava Lucien, os judeus tinham agido de forma bastante tola. Desde 1933, jornais franceses relatavam como os nazistas tratavam os judeus na Alemanha. Será que não perceberam que os alemães agiriam da mesma forma na França? Alguns transpuseram os Pirineus e foram para a Espanha e Portugal, outros atravessaram a fronteira suíça. Estes foram os espertos; perceberam o que os esperava e se puseram a salvo.

Os judeus que haviam ficado estavam em uma enrascada. A partir do outono de 1940, tornara-se impossível para eles sair do país. Foram proibidos até de cruzar a linha demarcatória da França não ocupada. Havia milhares deles escondidos nas áreas rurais, pensou Lucien, famílias inteiras com crianças e avós. Judeus, antes tão habituados à boa vida, agora tinham que se esconder em celeiros, sobrevivendo com alguns gramas de pão por dia. Comparado a um celeiro, o esconderijo de Manet era um palácio.

Lucien se levantou e começou a andar pelo apartamento.

Sem a menor dúvida, seria suicídio se envolver naquilo.

Porém... se a coisa fosse bem feita, talvez o judeu nunca fosse descoberto; e ninguém saberia do seu envolvimento. E o melhor de tudo: Lucien receberia uma enorme quantidade de dinheiro, além de um grande contrato de trabalho. Além disso, Manet era um homem inteligente e bem-sucedido. Assumiria um risco calculado, mas não era imprudente. Já teria pensado em tudo, até o último detalhe.

De repente, a imagem de si mesmo amarrado a uma cadeira no prédio número 11 da *rue* de Saussaies, tendo o rosto esmurrado até se tornar uma pasta vermelha, veio à sua mente. Então se virou e caminhou na direção da porta. Mas com um pouco de engenhosidade, pensou, deve haver um modo de construir um lugar onde um homem possa permanecer escondido à vista de todos. Pousou a mão na maçaneta e olhou para o apartamento vazio. Depois, abanando a cabeça, entreabriu a grande porta de madeira para ver se havia alguém por perto e saiu para o corredor.

Por outro lado, raciocinou, o trabalho seguinte, por si só, já faria o risco merecer uma reflexão. Um projeto colossal como aquele representava uma oportunidade incrível, que jamais se apresentara a ele antes da guerra. E ele, Deus sabia, precisava desesperadamente do dinheiro — não arranjava trabalho desde o início da Ocupação. Suas economias haviam desaparecido há muito, e o dinheiro de Celeste não duraria para sempre. Não faria mal nenhum, pensou, dar pelo menos uma olhada. Tornou a entrar no apartamento e começou a percorrer os cômodos.

Primeiramente, descartou os esconderijos óbvios, como atrás das estantes — um clichê dos filmes americanos de mistério — ou um recesso nos fundos de algum armário. Como se fossem lentes de uma câmera de cinema, seus olhos esquadrinharam cada metro quadrado de cada aposento, absorvendo todos os detalhes. Ao mesmo tempo, intuitivamente, analisava as superfícies, sempre contemplando a construção de um espaço por trás ou por baixo delas. Era como se tivesse visão de raios X. Embora não soubesse quem era o "hóspede" de Manet, Lucien imaginava um homem de tamanho médio em todas as áreas possíveis, e verificava se havia espaço suficiente. Ele examinou os belos lambris das paredes. Os amplos painéis poderiam ser removidos, abrindo um espaço grande o bastante para conter um homem. Mas não seria um esconderijo óbvio demais? Provavelmente. Era preciso algum truque. E se a pessoa tivesse que entrar pela abertura do painel e se arrastar ao longo da parede para se esconder em outro compartimento oculto? Se os alemães encontrassem o painel removível, só haveria um espaço vazio por trás. Infelizmente, após uma inspeção mais detalhada, Lucien verificou que as paredes atrás dos painéis não tinham espessura suficiente para comportar o corpo de um homem.

De repente percebeu que os rodapés eram inusitadamente altos. Usando a pequena fita métrica que sempre carregava, constatou que tinham quase quarenta centímetros de altura. Talvez pudessem ter dobradiças como uma caixa de correio para que um homem pudesse levantá-los e deslizar para um espaço oco. Seria uma solução se as paredes tivessem a espessura correta. Uma pena, os alemães jamais teriam procurado ali embaixo.

Lucien continuou a caminhar. Uma das paredes de um corredor possuía um nicho semicircular onde se erguia uma pequena estátua de bronze, representando Mercúrio, sobre um pedestal de um metro de altura. Um homem poderia se agachar dentro da base, a menos que fosse muito alto. A estátua e a tampa da base teriam que ser levantadas para que o homem pudesse entrar. Seria algo difícil de fazer. Mesmo que a estátua estivesse colada à tampa, seria difícil movê-la. Lucien a levantou um pouco. Deveria pesar uns cinquenta quilos. O hóspede de Manet teria forças para abrir e fechar a tampa?

Lucien se aproximou do nicho para observá-lo melhor. Acendendo um cigarro, apoiou-se em uma das elevadas colunas dóricas que emolduravam a passagem entre o salão e a sala de jantar. Ao olhá-la de cima a baixo, percebeu que seu fuste canelado era feito com uma única e esplêndida peça de castanheiro. Caso estivesse sobre um alto pedestal, pensou ele, uma pessoa poderia se esconder dentro do pedestal. Então notou como era grande o diâmetro da coluna e o mediu: 56 centímetros. Uma onda de euforia se apossou dele. Usando os próprios ombros como guias, calculou que a coluna era larga o bastante para abrigar um homem de tamanho normal em pé, mesmo levando em conta a espessura da parede da coluna.

Lucien ficou tonto de exultação. As duas colunas, que não eram estruturais, mas apenas decorativas, deviam ser ocas. Sorrindo, deslizou a mão pelo fuste da coluna; uma porta estreita, com dobradiças, poderia ser aberta nela, com as junções verticais ocultas pelas caneluras. A junção horizontal inferior teria que se alinhar com a base, e a superior se alinharia com o capitel. Embora o fuste da coluna medisse quase quatro metros, seria possível confeccionar uma porta com esta altura se usasse dobradiças de piano. Certa vez, ele projetara uma porta de três metros de altura com dobradiças comuns. Se os funcionários de Manet eram tão bons como ele apregoara, sua ideia poderia funcionar.

Ele conseguira! Fora uma solução brilhante, elegante e engenhosa. Enganaria aqueles nazistas de merda.

Capítulo 4

Duas horas antes do encontro com Manet, Lucien já estava no quarto copo de falso vinho tinto. A euforia de ludibriar os alemães havia se dissipado, e a realidade de ser assassinado pela Gestapo por se envolver no esquema retornara. Mil coisas poderiam dar errado. Ele sabia que parisienses delatavam judeus para os alemães todos os dias. E se alguém informasse à Gestapo a respeito do judeu de Manet e o truque da coluna não funcionasse? O judeu delataria Manet, e Manet o delataria. Estaria louco se fizesse aquilo.

Antes de deixar o apartamento da *rue* Galilée desenhara os detalhes da coluna em um pedaço de papel. Agora, virando o papel, começou a esboçar a fábrica de Chaville, um subúrbio a oeste de Paris. Imaginou um telhado em dente de serra, para que a luz entrasse, com paredes de vidro separadas por mainéis de aço a espaços de um metro. A cada dez metros, adicionou uma parede de tijolos. A entrada teria uma parede curva que levaria a uma porta de vidro recuada. Talvez a coisa toda pudesse ser feita em concreto pré-moldado, com arcos de aspecto possante no interior. Sorria enquanto desenhava os perfis dos arcos, cada qual com seu contraforte, para resistir às pressões longitudinais. Até encontrar um que o agradasse, esboçou quatro perfis diferentes.

Na década de 1930, Lucien fora até a Alemanha e visitara a Fábrica Fagus, projetada por Walter Gropius, e ficara deslumbrado com as linhas despojadas e graciosas. Desde então, sempre desejara projetar um complexo fabril. Embora lhe tivesse chegado do modo mais estranho possível, aquele trabalho poderia ser a oportunidade que esperava. A oportunidade de provar que realmente tinha talento, projetando um prédio grande e importante.

Bebeu o vinho que estava no copo e olhou para a inanimada *rue* Kepler. O maior choque que tivera ao retornar a Paris fora se deparar com a desolação surrealista. O bulevar Saint-Germain, a *rue* de Rivoli, a Place de la Concorde — todos os locais permaneciam desertos durante a maior parte do tempo. Antes da guerra, até mesmo a Kepler contava com uma grande movimentação de pedestres à noite. Lucien adorava olhar para a cidade enquanto bebericava café ou vinho em um café, procurando fisionomias interessantes e, principalmente, mulheres bonitas. Mas agora, sentado à janela, via muito poucas pessoas e isto o deixava triste. Os boches haviam sugado a maravilhosa vida urbana da amada Paris.

Lucien nunca teve chance de lutar contra os alemães. Embora os odiasse profundamente, sabia que teria sido um péssimo combatente — tinha medo de armas. A honra de servir ao país era um ideal acalentado pelos franceses, embora ele sempre o tivesse considerado com uma bobajada patriótica. Porém, desde seu retorno a Paris, a sensação de que era um covarde o corroía por dentro, reforçada pelo fato de que havia muitas mulheres e poucos homens na cidade. Muitos deles mortos ou capturados durante a invasão. Mas não Lucien. Sua vizinha, madame Dehor, perdera um filho que explodira em pedaços ao tentar deter um tanque Panzer. Seis meses após a morte do garoto, ele ainda a ouvia chorar incontrolavelmente através das espessas paredes do prédio. Secretamente, sentia vergonha de ser tão inútil ao país. E, às vezes, se sentia culpado por estar vivo.

Ele sabia que não teria coragem de ingressar na Resistência. Aliás, nem acreditava na causa. Era composta por um bando de comunistas fanáticos que cometiam atos de sabotagem idiotas e sem sentido que levavam os alemães a retaliar com a morte montes de reféns.

Lucien observou o croqui da fábrica. Na verdade, Manet lhe oferecera um negócio muito bom — removendo-se a possibilidade de tortura e morte nas mãos da Gestapo. Um esconderijo que ele projetara em menos de uma hora em troca de 12 mil francos, soma que lhe permitiria comprar muitas coisas no mercado negro. Mais o contrato para projetar uma fábrica. Ele virou o papel e olhou para o desenho da coluna. Imediatamente, um sorriso se estampou em seu rosto. A sensação de maestria e exultação que vivenciara no apartamento retornou. Sentira um imenso prazer ao perceber que a coluna funcionaria. Talvez fosse algo que ele pudesse fazer para se desforrar dos alemães. Claro, poderia arriscar o pescoço atirando neles, mas também poderia se arriscar a seu modo. Além disso, considerando a solução que imaginara, haveria mesmo tanto risco? Por mais que revistasse o apartamento, a Gestapo jamais encontraria o esconderijo. Esta ideia o deixou eufórico. Poderia ser suicídio, mas algo dentro de Lucien o compelia a ir em frente.

— O senhor é o que os judeus chamam de *mensch, monsieur* Bernard — disse Manet, tomando um gole de vinho. Lucien providenciara para que eles ocupassem uma mesa isolada.

— Que diabo significa isso? — perguntou Lucien.

Parecia algum tipo de insulto.

— Acho que significa um ser humano, uma pessoa que faz a coisa certa.

— Antes que eu faça a coisa certa, proponho algumas condições.

— Prossiga — disse Manet.

— Não quero saber de nada. De nada mesmo. Sobre a sua droga de judeu — disse Lucien, olhando ao redor para se assegurar de que ninguém estava ouvindo a conversa.

— Compreendo perfeitamente.

— E o que me diz dos homens que vão fazer o trabalho? Como posso saber se eles não vão falar?

— São homens que trabalham para mim há mais de 20 anos. Posso confiar neles, e o senhor também.

— Os moradores vão querer saber o que está acontecendo quando ouvirem a barulheira. Todos serão deportados se um judeu for encontrado no prédio. Se suspeitarem de alguma coisa, informarão aos alemães para se garantir.

— Há um risco, concordo, mas a zeladora foi bem paga para mentir, se for preciso. E todos os moradores trabalham durante o dia. Aliás, sua solução é engenhosa por ser tão simples. Não vai haver tanto barulho assim.

— E o dono do prédio? E se falarem a ele sobre a obra?

— Eu sou o dono do prédio, *monsieur* Bernard.

Por fim, Lucien relaxou e se recostou na cadeira. Afastadas as preocupações, estava na hora de falar de negócios.

— O senhor mencionou honorários no valor de 12 mil francos, *monsieur* Manet.

Manet retirou um grosso livro de capa dura de uma bolsa que tinha no colo. Pousou-o sobre a mesa e o empurrou para Lucien.

— O senhor gosta de ler? É um romance muito interessante de Hemingway, um escritor americano — disse ele, com um largo sorriso.

Lucien nunca lia nada, com exceção de revistas de arquitetura. Mas ia ao cinema e vira todos os filmes americanos baseados em grandes obras literárias. Portanto, poderia fingir que lera os livros.

— Claro, Hemingway.

Gary Cooper estrelara *Adeus às Armas*, de 1932. Era um filme muito bom.

Lucien pegou o livro lentamente, examinou a capa e começou a folhear as páginas. Parou abruptamente quando viu a primeira cédula no interior oco do livro.

— Parece muito interessante. Vou começar a ler hoje à noite, antes de ir para a cama.

— Sei que o senhor vai gostar — replicou Manet.

— Agora, será que ouvi corretamente quando o senhor disse que precisará de uma fábrica maior para atender ao seu novo contrato? — perguntou Lucien, segurando o livro no colo com ambas as mãos.

— Ouviu sim. Por que não vem ao meu escritório depois de amanhã para discutirmos o projeto? Por volta das duas. Tenho todas as especificações escritas para o senhor ver. E guarde a chave do apartamento. Tenho certeza de que o senhor precisará voltar lá para tirar mais algumas medidas para o projeto.

O sorriso desapareceu de repente do rosto de Lucien.

— Quero deixar uma coisa absolutamente clara para o senhor, *monsieur*: nunca mais vou fazer nada desse tipo.

— Mas é claro, compreendo perfeitamente.

Um silêncio desconfortável se instalou entre os dois homens. Lucien tomou outro gole do vinho. Só queria dar o fora dali com seu livro novo. Manet sorriu e bebeu o vinho como se não estivesse com a menor pressa.

— O senhor me perguntou por que eu estou cometendo suicídio.

— Sim, e o senhor me respondeu que é um cristão devoto, que deseja ajudar seus semelhantes — disse Lucien.

— Devoto? De jeito nenhum. Vou à missa na Páscoa e no Natal, e é só. Mas realmente acredito que, como cristãos, temos o dever básico de fazer o que é certo. Só que essa não é a história toda. Há mais.

— É mesmo?

— *Monsieur* Bernard, as pessoas pensam que os aristocratas, com seu dinheiro e privilégios, têm tudo na vida, mas estão completamente erradas. As crianças da minha classe social carecem daquilo mais importante do mundo: um pai e uma mãe.

— O senhor é órfão?

— Em absoluto. Tive mãe e pai, mas eles, como os outros da mesma classe, nunca tiveram tempo para os filhos. Precisavam comparecer a intermináveis compromissos sociais, dar festas na cidade e no campo, tomar conta de suas propriedades e investimentos. Frequentemente se esqueciam do meu aniversário. Quando estava no colégio interno, não os via durante meses e nem mesmo recebia uma carta deles.

— Que vergonha — disse Lucien.

— Bem, fui criado por madame Ducrot. Ela era minha babá e me deu tanto amor e carinho quanto a melhor mãe daria. Ela era judia.

— Judia? Como foi que ela...

— Não faço a menor ideia de como meus pais escolheram uma judia para ser nossa babá. Talvez não fossem tão antissemitas quanto seus pares. E recebi a habitual instrução católica ministrada pelos padres. Mas ela nunca escondeu o fato de que era judia. Na verdade, ela nos contou tudo sobre o judaísmo, os feriados, a sinagoga, o Êxodo... tudo.

Lucien achou isto fascinante.

— Muitas vezes, antes da guerra, fui hóspede de Winston Churchill, em Chartwell, sua propriedade rural na Inglaterra. Uma vez lhe perguntei sobre a foto de uma velha senhora, que estava sobre a lareira, e ele me disse que era a sra. Everest, sua babá. Ele me contou que ficou arrasado quando ela morreu, sentindo uma tristeza quase insuportável, mil vezes pior do que quando sua mãe verdadeira morreu, mais tarde. Foi assim que me senti quando minha babá, que era minha verdadeira mãe, morreu. Como o senhor está vendo, *monsieur* Bernard, quando escondo essas pessoas, de certa forma estou escondendo madame Ducrot.

Capítulo 5

Lucien mal podia esperar para chegar em casa e contar as novidades a Celeste. Bem, pelo menos a parte sobre a fábrica. Falar a ela sobre o apartamento de Manet a colocaria em sério perigo. O trabalho no apartamento deveria permanecer secreto. Enquanto caminhava para casa, segurava o livro com ambas as mãos, apertado contra o peito. Logo percebeu que qualquer agente da Gestapo que o observasse acharia sua atitude estranha. Então passou o livro para uma das mãos e a deixou pender ao lado do corpo, como qualquer pessoa faria. Mas, com medo de que o livro escorregasse, batesse na calçada e esparramasse seus francos, ele o manteve bem firme na mão.

Ao passar por uma cabine telefônica, uma ideia lhe ocorreu. Pegou então o receptor, depositou a moeda e discou o número da amante, Adele Bonneau. A notícia a deixaria bastante contente, pois há muito tempo ele não lhe falava sobre um novo trabalho. Figurinista parisiense de sucesso, com cerca de 40 anos (cerca de 30, se alguém lhe perguntasse), Adele tinha verdadeiro interesse pelos seus projetos arquitetônicos. Sempre queria ver os desenhos e não hesitava em dar sua opinião, que Lucien adorava ouvir, embora raramente seguisse seus conselhos. Após fazerem sexo, quando ambos estavam deitados na cama, fumando e bebendo vinho, ele sentia um grande prazer em discutir com ela algum aspecto de um projeto que a tinha desagradado. Era algo que o deixava tão excitado, sexualmente, quanto as carícias das preliminares. Como acontece muitas vezes com amantes, Lucien achava que Adele era de fato o tipo de mulher com quem deveria ter se casado. Adele conhecia os últimos trabalhos arquitetônicos que estavam sendo realizados em Paris, enquanto Celeste acreditava que arquitetura era coisa de homem, sem interesse para ela.

O telefone tocou diversas vezes antes que Adele atendesse. Lucien ficou extasiado ao ouvir sua voz profunda e sexy.

— Adele, meu amor, vou construir uma nova fábrica para Auguste Manet, o grande industrial — anunciou Lucien.

— Puxa, que maravilha, meu querido Lucien. É uma notícia entusiasmante — disse Adele. — Simplesmente adoro quando você pega um novo trabalho, me lembra de um garoto de 5 anos na manhã de Natal. Fico muito feliz por você. Não se esqueça de me mostrar os desenhos preliminares antes de apresentá-los a Manet.

— Sabe que vou fazer isso, doçura. Você é minha coarquiteta, trabalhamos juntos em tudo — observou Lucien.

Ele sempre dizia o mesmo a seus clientes, que trabalhariam como uma equipe no projeto, mas era pura besteira. Ele tomava as decisões sozinho, pois achava que compartilhar decisões condenava ao fracasso qualquer trabalho criativo.

— Precisamos nos encontrar para comemorar — propôs Adele. — Le Chat Roux seria um lugar perfeito.

Lucien fez uma careta; também seria o mais caro.

— Vamos ver — replicou ele.

— Sempre que meus pais diziam "vamos ver", queriam dizer não — comentou Adele.

— Não, nós vamos. Prometo.

— Amor, Bette, minha gerente, acaba de chegar e preciso falar com ela sobre o próximo desfile. Os preparativos estão uma loucura. Lembre-se, jamais perdoarei você se não comparecer ao meu desfile. Telefone amanhã para lhe informar a programação.

— Vou usar uns incríveis arcos de concreto que...

— Precioso, Bette está esperando. Telefone amanhã — disse Adele, interrompendo abruptamente o que ele dizia.

Após desligar o telefone, Adele se virou para se contemplar no espelho que ocupava uma das paredes da sala. O que viu foi muito agradável, para uma garota chegando aos 40. Um corpo sem um grama de gordura, seios orgulhosamente empinados e pernas — seu ponto forte — ainda esguias, com panturrilhas perfeitamente torneadas; e o mais importante: tornozelos delgados (ela não fazia ideia de onde tinham vindo aqueles tornozelos, os de sua mãe eram como troncos de árvore). Soltando os longos cabelos louros, virou-se para admirar o *derrière*, que combinava maravilhosamente com seu tronco. O fato óbvio de que nenhuma das suas modelos possuía um corpo capaz de se equiparar ao dela era o que mais a enchia de prazer. De vez em quando, só para mostrar quem era a galinha alfa do galinheiro, ela começava a mudar de roupa para um desfile e, ao se ver completamente nua, perambulava pelo camarim onde suas meninas se aprontavam, parando para conversar com uma e com outra. Pelos espelhos que tinham à frente, as modelos viam a opulência da chefe.

Adele deslizou as mãos pelas coxas e caminhou pelo corredor em direção ao quarto. Seu apartamento fora projetado por Lucien, de uma forma bem *moderne*, o que a deixara encantada, pois seu estilo era ousado e à frente de seu tempo. Quase todos os parisienses, apesar dos modos cosmopolitas, eram antiquados. Viviam em apartamentos que pareciam algo saído de Versailles. Poucos tinham coragem para experimentar o novo estilo introduzido na Exposição de Paris de 1925. Uma líder da moda tinha que estar na linha de frente de todas as coisas criativas, acreditava ela. Com seu aspecto gracioso e despojado — paredes de vidro, couro negro e móveis de aço inoxidável —, o apartamento era assombrosamente elegante, tornando-o um lugar ideal para festas. Isto é, antes da guerra.

Adele parou à porta do quarto, feita de vidro negro opaco, e observou o coronel Helmut Schlegal tirar a camisa, revelando o corpo bronzeado e musculoso, que a deixou totalmente excitada. O oficial colocou a camisa sobre a túnica, que estava pendurada nas costas de uma cadeira. Adele adorava o uniforme preto da Gestapo. Era elegante, muito mais bonito que os uniformes verde-lamacentos da Wehrmacht, embora admirasse a adaga cerimonial presa por uma corrente na cintura dos oficiais da Wehrmacht — um belo acessório que ela talvez pudesse adaptar para um cinto de correntes em algum dos seus vestidos. Sim, a Gestapo tinha, sem dúvida, os uniformes mais bonitos. Adele acreditava firmemente que o preto nunca caía mal, fosse em um vestido de noite ou em um sobretudo de inverno. Quando Schlegal começou a descalçar as botas lustrosas, Adele ajoelhou no espesso tapete bege e o ajudou a tirar uma delas.

— Quem era? Era um de seus muitos admiradores? — perguntou Schlegal.

— Na verdade, um arquiteto muito talentoso. Ele vai projetar uma fábrica para um desses industriais que estão produzindo material bélico para os alemães.

— Ele vai ficar muito ocupado. Muitos contratos vão ser assinados nos próximos meses. Para vencer a Rússia, o Reich precisa de todo o material bélico que puder obter.

— Lucien vai projetar as melhores fábricas que os alemães já viram. Lindos prédios modernos, de vidro e metal — informou Adele enquanto retirava a outra bota.

— Ele é um desses arquitetos modernos e degenerados? O Führer disse que a arquitetura moderna é uma provocação ao espírito germânico.

O arquiteto do Führer, Albert Speer, sim, *esse* é um grande arquiteto. Você devia ver os projetos que ele fez para a nova Berlim; até mesmo um domo enorme, que cobre quarenta hectares. Tão bom quanto as construções da antiga Roma.

— Tenho certeza disso, amor — disse Adele, removendo com um puxão a calça *jodhpur* que ele usava.

Ela adorava a combinação daquela calça com as botas pretas de cano alto. Talvez houvesse um meio de introduzir as *jodhpurs* no vestuário feminino. Tinha que mencionar isso a Bette.

Adele se pôs de pé e admirou o corpo de Schlegal, agora nu.

— Mas, no momento, tenho outras coisas em mente em vez de arquitetura.

— É colaboração econômica. Você simplesmente não pode fazer isso.

Lucien sentiu vontade de arremessar a xícara de café na cabeça da esposa.

Celeste estava saindo da sacada com um coelho morto na mão. Era impossível, para qualquer pessoa que não fosse um bebê, viver com as rações oficialmente autorizadas pelo governo francês; as pessoas tinham que ter expediente. Assim, mesmo os parisienses abastados passaram a manter uma gaiola de coelhos em suas sacadas, de modo a obter a tão necessária carne. Ninguém sabe o que poderia ter acontecido aos gatos caso não tivessem sido poupados quando o governo avisou que eram impróprios para consumo. Os cachorros também não foram comidos, mas muitos foram soltos, pois seus donos não tinham mais como alimentá-los. Pombos e patos desapareceram dos parques.

Havia escassez de tudo. Franceses para quem uma omelete tinha que ser feita com pelo menos seis ovos foram obrigados a se contentar com um ovo por mês. O racionamento limitou severamente a carne, o leite, os ovos, a manteiga, o queijo, as batatas, o sal e os peixes. Café de verdade não existia; assim, a exemplo dos demais parisienses, a esposa de Lucien fizera uma experiência com bolotas de carvalho e maçãs secas. Sem muito sucesso. Cebolas e castanhas, por alguma razão, eram sempre abundantes; portanto, entravam em todos os pratos que se podia imaginar. Os adultos tinham que sobreviver com míseras 1.200 calorias diárias e apenas 140 gramas de queijo por mês. As pessoas em Paris estavam sempre famintas. Comida era o único tópico de conversa.

Celeste, que acabara de bater com um cano de chumbo na cabeça do pobre animal, começou a esfolá-lo na pia. Para uma garota da cidade, ela aprendera rápido. Do modo como o casamento de ambos estava se desintegrando, ele temia que ela decidisse golpeá-lo com o cano quando estivesse dormindo.

Sentado à mesa da cozinha, Lucien olhou para as costas da esposa, enquanto esta se ocupava com o coelho. Sentira-se bastante orgulhoso quando desposara uma garota tão bonita e inteligente, e ainda por cima de boa família. A maior parte das garotas francesas não entrava nas faculdades. Celeste era formada em matemática pela prestigiosa École Normale Supérieure. Entretanto, ao se casar com Lucien, abandonara seu emprego em uma escola feminina de elite. Após sete anos de casamento, Celeste ainda era apetitosa, com seu corpo mignon e seios pequenos. O que a tornava mais atraente, entretanto, eram os lindos cabelos castanho-avermelhados, que contrastavam de forma notável com os olhos azul-escuros. Era de esperar que um arquiteto tivesse uma esposa esteticamente agradável. Ela era um motivo de orgulho para ele quando o acompanhava nas festas.

Celeste ainda parecia a mesma, mas se tornara rabugenta. De certa forma, ele não a censurava. O segundo aborto dela, em 1939, deixara-a arrasada, cheia de raiva e vergonha. Sua infelicidade pairava sobre ambos como uma névoa perpétua. Para lhes aumentar a infelicidade, o pai dela, um rico negociante de vinhos, fugira para a Espanha em

1941 sem dar nenhum aviso. Filha única, cuja mãe morrera quando tinha 6 anos, Celeste jamais se recuperara do ato de deslealdade. Sentia grande amor por seu pai e sempre acreditara que ele seria sempre um porto seguro para ela.

Quando Lucien retornara da Linha Maginot, ela ficara exultante; temia que ele fosse morto e ela ficasse sozinha. Sua alegria logo se desvaneceu. Os clientes de Lucien desapareceram e, para sobreviver, o casal teve que recorrer às economias dela, o que a deixou profundamente ressentida. Quase todos os dias ela lembrava ao marido como se sentia a respeito do assunto. Celeste achava que um marido deveria sustentar a esposa, com ou sem guerra. A atitude dela deixou Lucien furioso, pois até a rendição ele fora um bom provedor. Envergonhado com o fato de que era ela quem os sustentava, ele também se tornou irritadiço e rancoroso.

Nem agora — com uma nova proposta de trabalho — ela conseguia ficar feliz.

— Você acharia melhor que Manet e outros franceses tivessem seus negócios confiscados pelos alemães?

— Isso seria uma coisa honrada, se quer saber minha opinião — vociferou Celeste. — Fabricar um parafuso que seja para esses miseráveis é pura traição. Quando isso acabar, você vai ver, vão cortar as gargantas de todos os colaboracionistas.

Nos últimos dois anos, em Paris, chamar alguém de colaboracionista era o pior insulto que se poderia proferir. Pior que chamar de idiota ou a mãe de prostituta. Era uma acusação séria, que poderia acabar em morte se a Resistência a levasse a sério. Homens haviam sido encontrados nos arredores de Paris com uma bala na cabeça. Mas o pior tipo de colaboracionista, para os franceses, era uma mulher francesa que dormisse com um alemão — que era então chamada de colaboracionista horizontal.

Quando Lucien se preparava para responder, as luzes tremeluziram e se apagaram, mergulhando o apartamento na total escuridão. Ele nem se deu ao trabalho de ir até a janela para ver se os outros prédios também estavam sem luz. O serviço de eletricidade em Paris piorava mês a mês; às vezes faltava luz durante horas. Sem nenhuma palavra de reclamação, Celeste tirou três velas do armário, depositou-as à direita da pia e acendeu. Depois continuou a esfolar o coelho. A luz amarelada da vela projetava nas paredes da cozinha a sombra fantasmagórica e bruxuleante de Celeste.

— Você já pensou que essas fábricas podem ajudar a França depois da guerra? — perguntou Lucien.

— Daqui a pouco você vai me recitar aquela porcaria colaboracionista: "Vamos mostrar que somos bons perdedores, voltar ao trabalho como sempre e trabalhar junto aos boches". De qualquer modo, agora que os americanos entraram na briga, você logo vai ver centenas de bombardeiros sobre a França. Sua obra-prima vai virar cinzas.

Lucien mastigou e engoliu um pedaço de pão dormido. Ele *iria* projetar prédios que seriam usados pela França depois da derrota da Alemanha, algo que, no momento, parecia improvável. Mas ele acreditava sinceramente que aconteceria. O mais importante era permanecer vivo para presenciar o fato.

— Vou ver Manet esta semana para discutir o projeto — disse ele.

Celeste se virou lentamente para encará-lo, a faca ensanguentada na mão. Um sorriso malévolo se estampou em seu rosto.

— Aposto que você me pediria para dormir com um cliente se isso lhe garantisse um contrato de trabalho, não pediria?

— Nunca faria uma coisa dessas! — gritou Lucien. — Que coisa horrível você está dizendo!

— Mas você vai fazer um projeto para os alemães.

— Estamos no meio de uma guerra. Farei qualquer coisa que possa nos manter vivos.

— E o que me diz de manter sua honra?

Celeste jogou a faca dentro da pia e saiu da cozinha, enquanto as luzes tremeluziam e se acendiam novamente.

Celeste entrou no quarto e se sentou em uma grande poltrona supe-restofada. Era seu lugar favorito no apartamento. Ela gostava de ler ali ou, durante a tarde, olhar as crianças brincando no pátio abaixo. A poltrona era macia e confortável, ao contrário dos móveis da sala, que eram no estilo modernista tanto apreciado por Lucien. Ela achava as cadeiras e o sofá da sala, de "linhas despojadas, simples e modernas", desconfortáveis e frios. Fora Lucien quem os escolhera. Era o preço que uma mulher pagava quando se casava com um arquiteto, aprendeu ela. Celeste concordara com a seleção dele porque o amava e confiava em seu gosto arquitetônico, embora suas preferências fossem muito mais tradicionais. Papel de parede com padrões floridos, tapetes e móveis em nogueira trabalhada — como no apartamento em que fora criada — era mais o seu gosto.

Ela se levantou, foi até a cômoda de aço inoxidável com incrustações de ébano, que estava encostada na parede em frente à cama, e retirou um cachecol da gaveta inferior. De repente, parou e ficou olhando para o que estava por baixo do cachecol: cobertores de bebê, dúzias deles, todos em cores vivas. Ela deslizou a mão pelas macias peças de lã, pegou uma delas e a apertou contra o rosto.

Capítulo 6

Quando o idoso porteiro o conduziu até o escritório de Manet, na fábrica de Chaville, Lucien ficou atônito ao se deparar com oficiais alemães sentados em frente à escrivaninha de mogno trabalhado ocupada pelo velho, fumando cigarros e conversando com ele em tom despreocupado. Ele imaginara um encontro privado com Manet para discutir as especificações do projeto. Talvez um almoço descontraído depois, com um copo de vinho verdadeiro e pato assado. Manet pagaria, é claro.

Manet sorriu de modo paternal quando o viu e se levantou da mesa. Os alemães permaneceram onde estavam, expelindo fumaça, sem demonstrar nenhuma curiosidade a respeito do recém-chegado. Lucien chegara dois minutos adiantado, mas familiarizado com a pontualidade germânica sabia que os alemães haviam chegado pelo menos dez minutos antes.

— Ah, Lucien. Obrigado por ter vindo — disse Manet. — Permita que lhe apresente os membros da nossa equipe.

Lucien se sentiu afrontado com o uso da palavra "equipe". Equipe significava interferência criativa e problemas.

— Este é o coronel Max Lieber, da Wehrmacht.

O corpulento e barrigudo alemão se levantou, bateu os calcanhares e apertou firmemente a mão de Lucien. Era a primeira vez que Lucien apertava a mão de um alemão, e ficou surpreso ao notar que o oficial não tentou espremer a sua até quebrar os ossos. Talvez os oficiais prussianos fizessem isso, pensou ele. Lieber era o estereótipo do soldado alemão, com os cabelos cortados curtos, no estilo militar, e o pescoço volumoso que era objeto de troça dos franceses.

— Muito prazer, *monsieur* Bernard — disse o alemão, com uma voz macia que não combinava com seus traços rústicos.

— Este é o major Dieter Herzog, também da Wehrmacht. Ele é engenheiro estrutural e diretor de construção e engenharia das fábricas de armamentos da região de Paris.

Aquele alemão aparentava uns 35 anos. Tinha altura média e um rosto que poderia ser o de um astro de cinema. Ele pousou seu cigarro no cinzeiro da escrivaninha de Manet e se pôs de pé lentamente. Seu aperto de mão era exatamente igual ao de Lieber. Apertos de mão deviam ser ensinados nas escolas de oficiais. Herzog fixou os olhos azul-claros nos olhos de Lucien, mas apenas sorriu, sem dizer nada.

Lucien ainda estava aturdido com a proximidade dos oficiais alemães, nos limites exíguos daquele escritório.

— Por favor, Lucien, sente-se. Vamos começar — disse Manet. — Trouxe uma planta do terreno para termos uma ideia de como instalaremos o prédio.

Manet desenrolou um desenho e o depositou em um lugar livre da escrivaninha. Lucien pensou que ele deveria tê-lo pregado na parede.

— *Monsieur* Manet, posso pregar esse desenho na parede para podermos olhar melhor? — perguntou Herzog polidamente. — Será mais fácil desenhar sobre ele se for preciso.

Lucien ficou impressionado. Herzog levou o desenho até a parede oposta à escrivaninha e o prendeu com algumas tachas. Sem dizerem uma palavra, os homens arrastaram suas cadeiras para perto do desenho. Herzog ficou de pé, estudando o desenho com atenção.

Depois, tirou uma pequena escala de engenheiro do bolso lateral da túnica e a sobrepôs ao desenho. Lucien percebeu que aquele homem iria dirigir a reunião e que, a partir daquele momento, teria de fazer o que Herzog dissesse.

— Como a fábrica vai ter só o andar térreo, com exceção do mezanino, vamos presumir uma área de 50 mil metros quadrados — informou Herzog, como se falasse com o desenho. Ele moveu a escala um pouco mais. Depois, sacou um lápis do mesmo bolso e começou a fazer pequenas marcações no papel.

— Vai caber sem nenhum problema e ainda sobrará muito espaço para armazenar materiais no lado de fora.

— Excelente, major — disse Lieber.

— Talvez até espaço para uma futura expansão — observou Lucien.

Ele sabia que seu comentário agradaria aos alemães. Expansão significava que a guerra estava indo bem para eles.

— Exatamente, *monsieur* Bernard. Espaço para uma instalação separada ou simplesmente um acréscimo — disse Herzog.

Herzog começou a desenhar sobre o mapa, mas parou e olhou para Lucien.

— *Monsieur* Bernard, talvez o senhor queira vir até aqui para fazer um esboço da localização e da ligação da fábrica com a estrada. Só para dar uma ideia e nós podermos continuar.

Então entregou o lápis a Lucien.

Lucien ficou encantado por assumir o comando. Durante as duas horas seguintes, liderou uma discussão a respeito de onde o projeto deveria ser situado, desenhando um esboço do prédio no mapa, depois o apagando e o colocando em outro lugar, depois em mais outro, até que os quatro homens aprovaram o lugar onde a fábrica deveria ser construída. Falaram sobre entradas e saídas, fluxos de produção e iluminação.

Enquanto os alemães conversavam com Manet sobre os custos da construção, Lucien, que se postara mais atrás para ouvir, sentiu um calafrio na espinha. Estivera tão entretido no planejamento da nova fábrica que se esquecera completamente de seu trabalho extracurricular para Manet. Naquele mesmo momento, ambos estavam com as cabeças na boca do leão. Esta constatação o deixou nervoso e o fez transpirar abundantemente. Ele tirou um lenço do bolso e enxugou a testa.

Herzog olhou para ele com expressão preocupada.

— *Monsieur* Bernard, o senhor não parece bem. Quer um pouco de água?

— Não. Não. Estou bem. É que está muito calor aqui, só isso.

Os alemães continuaram a regatear com Manet sobre os custos, e Lucien continuou a transpirar. De repente, ouviu as palavras mágicas que todos os arquitetos sonham ouvir.

— Bem, Lucien — disse Manet —, se os cavalheiros do Reich estiverem de acordo, o senhor pode iniciar o projeto imediatamente.

Os alemães menearam a cabeça em aprovação e se levantaram de suas cadeiras.

— *Monsieur* Bernard, por causa das nossas limitações de tempo, estamos querendo desenhos bem básicos — disse Herzog.

— O senhor está disponível para o almoço, *monsieur* Manet? — perguntou Lieber.

Lucien sabia muito bem qual seria a resposta. O convite de Lieber era meramente uma cortesia. Fazer negócios com os alemães em particular era uma coisa, mas almoçar com eles em público, no meio do dia, era atravessar um limite proibido. Os alemães também sabiam disso e, embora não se importassem com o que os franceses fizessem com os colaboradores, não desejavam entornar o caldo colocando em perigo seus empreiteiros franceses.

— Acho que não, coronel Lieber, mas obrigado pelo convite — respondeu Manet.

Herzog se aproximou de Lucien para lhe apertar a mão.

— Achei admirável o prédio que o senhor projetou para *monsieur* Gaston. Cercar de vidro aquela escada externa foi um detalhe maravilhoso. — Ao ouvir a palavra "detalhe", Lucien percebeu que o homem não era um leigo; fazia parte da confraria dos arquitetos.

— O senhor é arquiteto, major Herzog?

— Comecei a estudar arquitetura. Na verdade, estudei com Walter Gropius, na Bauhaus, em Dessau, no final da década de 1920. Mas, quando meu pai foi me visitar, achou aquilo tudo uma bobagem e me tirou de lá. Então, fui estudar engenharia estrutural na Politécnica de Berlim.

Lucien sentiu uma grande dose de pesar na última frase e simpatizou com o alemão. Ao mesmo tempo, estava impressionado.

— Gropius é um gênio — disse. — Estudar com ele, mesmo que por pouco tempo, é uma grande experiência. Foi uma pena que ele tivesse que sair da Alemanha.

— O Führer tem ideias diferentes das dele a respeito de como a arquitetura deve ser. Para ele, Gropius e seu trabalho eram subversivos.

Lucien esteve a ponto de dizer que o gosto de Hitler em arquitetura era uma droga, mas segurou a língua. Herzog podia ter sido um arquiteto modernista, mas ainda era um oficial alemão. Lucien poderia acabar em um campo de concentração.

— De qualquer forma, foi uma pena que Herr Gropius tivesse ido para os Estados Unidos — disse Lucien, compadecidamente. — Que tipo de pessoa era ele?

— Ah, muito rigoroso e pedante, mas um homem de grande visão e talento ainda maior. Você já viu a Fábrica Fagus?

Lucien estava ansioso para contar a Herzog que tinha feito uma peregrinação à Alemanha em meados da década de 1930 para ver todos os prédios famosos. Costumava pendurar fotos desses prédios perto de sua prancheta, quando estava trabalhando, para se inspirar.

— Passei dois meses viajando pela Alemanha para ver meus prédios favoritos. A Fábrica Fagus, de Gropius, é uma obra-prima. Melhor do que o prédio da Bauhaus, que também visitei.

Lucien viu um sorriso se estampar no rosto de Herzog. O major pegou seu quepe e suas luvas de uma mesinha próxima e caminhou lentamente até a porta.

— Estou ansioso para ver seu projeto para *monsieur* Manet. Talvez venha a ser uma nova Fábrica Fagus — disse Herzog, com a mão pousada na maçaneta da porta.

Lucien sorriu e abanou a cabeça.

— Nada do que eu faça poderá chegar perto desse prédio, tenho certeza. Mas vou conceber um prédio com ideias avançadas.

— O Reich ficará muito satisfeito — respondeu Herzog.

Capítulo 7

Lucien não tardou a descobrir um dos preços que pagaria pelo dinheiro, o trabalho e a empolgação de projetar o esconderijo: viver em permanente estado de medo. Ele parou à porta de três lojas para verificar se estava sendo seguido.

Manet fizera questão de marcar uma reunião. Lucien não achava que fosse necessária; já entregara os desenhos do projeto e encerrara o assunto. Mas Manet queria que ele visse o trabalho pronto. Quando entrou na *rue* Euler, a apenas um quarteirão do prédio de apartamentos, Lucien parou à porta de outra loja. Foi quando deu de cara com três sorridentes soldados alemães.

— *Pardon, monsieur,* o senhor poderia, por favor, nos informar o caminho para Notre-Dame? Estamos completamente perdidos — disse um simpático soldado louro.

Seus companheiros riram e deram de ombros, reconhecendo o fato. Lucien tinha certeza de que seu rosto estampava uma expressão de abjeto terror, mas os homens não pareceram notar. A Ocupação trouxera a Paris ônibus cheios de soldados-turistas como aqueles. Levando câmeras e guias de viagem, eram vistos em todas as principais atrações de Paris, sobretudo na Torre Eiffel e no Túmulo do Soldado Desconhecido, onde insistiam em ser fotografados. Desde que Hitler fez um passeio de duas horas pela cidade, logo depois do armistício, todos os soldados alemães tinham que ver Paris, e o exército os encorajava a fazê-lo. De certa forma, era lisonjeiro ver soldados alemães admirando a cidade — eles não tinham nada parecido na Alemanha. Berlim era uma cidade de segunda categoria em comparação com a Cidade-Luz. Informar endereços aos alemães, no entanto, era assunto delicado; caso a informação estivesse errada, os soldados poderiam reencontrar o informante. Adolescentes e idosos costumavam lhes dar informações erradas — o que se tornou uma brincadeira comum —, mas muitos adultos parisienses deixavam o ódio de lado por um momento e direcionavam os alemães como fariam com qualquer outro desconhecido. Lucien lutou contra um avassalador impulso de sair correndo. Engolindo em seco, sorriu.

— Com certeza, cavalheiros. Desçam esta rua até a avenida Marceau, virem à esquerda e sigam em frente até chegarem ao Sena; então, dobrem à esquerda, andem ao longo do rio durante uns 15 minutos e os senhores verão a Notre-Dame. Está numa pequena ilha do Sena.

Um soldado de cabelos castanho-avermelhados garatujou as informações em uma pequena caderneta. O louro as repetiu em voz alta para ter certeza de que entendera bem.

— Muito obrigado, *monsieur*. Vocês têm uma cidade muito bonita.

— Divirtam-se. E lembrem-se de que nós temos a melhor coleção de cartões-postais eróticos da Europa.

Os soldados riram alto, acenaram e seguiram caminho. Lucien permaneceu onde estava até que sumissem de vista. Então se encostou em uma parede e vasculhou o bolso interno do paletó, à procura dos cigarros. Será que eram agentes da Gestapo disfarçados de soldados da Wehrmacht que o estavam seguindo? Suas mãos estavam trêmulas, mas conseguiu acender um cigarro e dar algumas baforadas antes de atirá-lo na sarjeta. Esperou mais 5 minutos antes de finalmente se dirigir ao prédio. Ao chegar, cumprimentou a zeladora, que o ignorou, e começou a subir as escadas.

Tinha certeza de que a Gestapo estaria à sua espera no apartamento. Ele seria torturado e morto, sem nem ter tido chance de aproveitar o dinheiro. Só gastara 700 dos 12 mil francos, comprando ovos e vinho de verdade no mercado negro. A cada piso, teve vontade de dar meia-volta e descer a escadaria correndo, mas continuou a subir. A modificação na coluna só demorou alguns dias para ficar pronta — pensou. Parecia uma coisa impossível. Seria uma armadilha?

Ele completara os desenhos em algumas horas. Depois iniciara o trabalho da fábrica. Era bom fazer projetos novamente, e Lucien saboreava cada minuto que dedicava ao prédio, desenhando detalhes após detalhes, experimentando diferentes concepções para as fachadas. O prédio tinha maravilhosas claraboias, que traziam luz para o centro da fábrica, e três entradas elevadas, por onde os operários passariam todos os dias. A última coisa a ser feita era um desenho em perspectiva, como se o prédio todo estivesse sendo visto de um avião. Na segunda-feira os desenhos estavam prontos para a reunião de terça. Ele mal podia esperar para apresentá-los. Herzog ficaria impressionado.

Os alemães só haviam lhe dado uma semana para completar os desenhos. Se fossem outros clientes, ele os mandaria para o inferno. Mas, em se tratando de clientes que poderiam mandar executá-lo, não reclamou. Também não reclamou dos parcos honorários — apenas 3 mil francos — que receberia pelo projeto. O que mais lhe importava era a oportunidade de projetar um bom prédio, e esta ele não poderia desperdiçar.

Lucien bateu de leve na porta. Não queria atrair a atenção dos vizinhos. A porta se abriu e Manet surgiu diante dele, parecendo muito satisfeito.

— Entre e veja seu trabalho, Lucien — disse ele, tão alto que Lucien se encolheu.

Após olhar nervosamente para trás, entrou no apartamento e seguiu Manet até o salão. No início, ficou atônito ao constatar que o apartamento parecia estar como quando ele o visitara pela primeira vez, uma semana antes. Lembrou-se então de que isto era bom. Era como se nada tivesse sido tocado. Ele andou na direção da coluna, mas parou a três metros dela para ver se notaria algo estranho no fuste. Não viu nada. Contornou-a. Nada. Com o rosto a 5 centímetros de distância, examinou-a de cima a baixo, tentando detectar alguma falha, por menor que fosse, que pudesse denunciar o artifício. Mal enxergou as junções, disfarçadas pela angulação retangular das caneluras. Havia projetado alguns móveis por encomenda antes da guerra, e vira trabalhos de grande precisão, mas aquilo era espantoso. As junções eram mais finas do que a lâmina de uma navalha; estavam quase invisíveis. Aquele trabalho tinha o tipo de precisão que se encontraria na confecção de peças de aço para máquinas de alta qualidade. Como precaução adicional para evitar detecção, a porta fora situada na parte da coluna mais próxima à parede.

Com os dedos indicador e médio da mão direita, Lucien deu umas batidinhas no lado direito da porta, a cerca de 3 metros do assoalho. A porta — muito alta — se abriu, revelando o espaço vazio dentro da coluna. Ele entrou no vão e fechou a porta, usando uma alça de bronze. A escuridão era total. Nenhuma fresta de luz se infiltrava pelas junções. Lucien se agachou e, lentamente, esticou a mão para baixo. Encontrou um trinco e o fechou. Deslizando a mão pela beirada da porta, encontrou outro trinco, meio metro acima. Ele continuou a fazer a mesma coisa, até ter fechado cinco trincos.

— *Monsieur* Manet, eu gostaria que o senhor empurrasse a porta com toda a força — solicitou Lucien.

Manet tomou distância e se jogou contra a porta, repetindo o movimento mais duas vezes. Com a mão encostada na face interna, Lucien constatou que a porta não se movera nem um milímetro. A coluna, por sua vez, não se deslocara da base. Os operários haviam feito um bom trabalho, ao prendê-la no piso.

— Mais algumas vezes — pediu Lucien.

Manet se afastou 4 metros da coluna e investiu contra ela como um touro. Na segunda vez, começou a ficar cansado e sem fôlego, mas repetiu a operação duas outras vezes.

— Tudo bem, *monsieur*. Já estou saindo.

Fora da coluna, Lucien a circundou mais uma vez, deslizando a mão sobre as belas caneluras do corpo da coluna, com o rosto repleto de orgulho. O sentimento de incrível exultação retornou e ele se sentiu tonto.

— O senhor realmente é um homem de palavra, *monsieur* Manet. A qualidade do trabalho é extraordinária.

— Que bom que o senhor aprovou. Meus homens são excelentes, mas precisavam da sua imaginação. Eles apenas seguiram as suas instruções.

— É incrível eles terem feito um trabalho tão bom em tão pouco tempo.

— Como posso ter mais de um hóspede aqui de cada vez, decidi preparar a outra coluna também — disse Manet.

Lucien se aproximou da segunda coluna e a examinou. O trabalho era idêntico ao primeiro.

— Duplamente extraordinário — comentou Lucien, com um sorriso.

— Uma solução engenhosa, *monsieur* — disse Manet, dando-lhe um tapinha no ombro.

— Isto é, se o seu convidado não entrar em pânico e começar a chorar aí dentro — replicou Lucien, sabendo que o sucesso do projeto, por mais engenhoso que fosse, dependeria do autocontrole do ocupante. — Não tenho como isolar acusticamente a coluna.

— Acho que você e eu, infelizmente, não temos nenhum controle sobre isso.

—Eu estou pronto para a apresentação de terça-feira — informou Lucien, mudando a conversa para um tópico mais agradável.

— O major Herzog está ansioso para ver o seu trabalho. Ele me telefonou ontem para saber como estão as coisas.

— O senhor e o major vão gostar muito — disse Lucien. — É um projeto muito funcional que...

— Terça-feira às 9 da manhã, então? — atalhou Manet, encaminhando-se para a porta e fazendo sinal para que Lucien o precedesse, pois não poderiam sair juntos.

Lucien não ficou ofendido com a interrupção de Manet. O velho provavelmente já trabalhara com arquitetos; sabia como eram tagarelas quando se tratava de explicar seus trabalhos.

O orgulho de Lucien começou a se dissipar enquanto descia as escadas. Chegando à porta do prédio, deteve-se por alguns minutos, com medo de sair. Um Citroën preto, o automóvel favorito da Gestapo, poderia estar estacionado por perto, à sua espera. Respirou fundo e abriu devagar a porta. Depois de olhar à esquerda e à direita, saiu para a calçada e começou a descer a *rue* Galilée, em passo acelerado. Teve vontade de correr, mas se lembrou da morte do judeu de terno azul e diminuiu o passo.

Capítulo 8

— Você tinha razão, é engenhoso. — Mendel Janusky abriu a coluna, entrou e fechou a porta. Depois saiu. — A escuridão total lá de dentro é calma e tranquilizadora. — Seu arquiteto é confiável? — perguntou ele, aproximando-se de Auguste Manet.

— Sem dúvida, meu amigo. Você está seguro nas mãos dele — disse Manet.

— Espero que sim. Estou muito cansado de fugir, Auguste. Há dias em que tenho vontade de entrar no quartel-general da Gestapo e me entregar. Diria a eles onde está o dinheiro e deixaria que me matassem.

Manet riu. Conhecia Mendel Janusky há quase 20 anos e sabia que ele não desistia facilmente. Janusky jamais se renderia aos nazistas nem, muito menos, deixaria que se apoderassem de sua vasta fortuna. Todo seu dinheiro se destinava a comprar liberdade para seu povo, não somente na França, mas em toda a Europa. No final da década de 1930, Janusky montara uma rede de agentes no continente, que providenciava papéis e vistos para ajudar judeus a fugir. Principalmente para Portugal, Turquia e América do Sul — lugares cujos funcionários eram mais fáceis de serem subornados. Dinheiro comprava liberdade, e ele estava disposto a gastar o que fosse necessário. Ainda em 1941, ele salvava famílias. Manet sabia que, recentemente, ele contrabandeara 60 judeus para a Turquia, onde embarcariam em um navio cargueiro com destino à Venezuela. Avisado por amigos que deveria sair da França, ele ignorou o conselho e agora estava encurralado. A Gestapo estava apertando o cerco em torno dele. Apesar disso, Manet sabia que ele estava determinado a escapar e continuar seu trabalho. Ainda havia muita gente precisando de ajuda.

— Você deve estar brincando. É mais fácil eu me entregar do que você, Mendel.

Janusky sorriu.

— Você é um bom homem, Manet. Em uma hora em que muitos empresários gentios viraram as costas para os judeus, você nos ofereceu ajuda sem hesitação, colocando a sua vida e a vida da sua família em grande perigo.

— Qualquer bom cristão faria a mesma coisa.

— Agora é você quem está brincando. Você sabe que nunca confiei em gentios. Eles sorriem para nós, mas nos chamam de judeus imundos assim que viramos as costas. Fazem negócios conosco, mas não confraternizam. Algum gentio me convidou para passar um fim de semana na sua casa de campo, além de você? De jeito nenhum. A França pode ter sido o primeiro país da Europa a conceder direitos civis aos judeus, mas os franceses odeiam os judeus. E fui idiota o bastante para pensar que finalmente tinham nos aceitado.

— Não acredito que as coisas sejam assim.

— É porque você é um verdadeiro cavalheiro cristão. Mas está maluco se pensa que a maioria das pessoas pensa como você.

Manet se sentia triste ao ver as mudanças físicas que se operaram no amigo. Fora um homem alto, de aspecto imponente, com penetrantes olhos azuis e personalidade vibrante. Agora, seus olhos estavam opacos e sem viço, e seu rosto, pálido. Os cabelos grisalhos haviam embranquecido totalmente. Retornando para perto da coluna, todo encurvado, Janusky passou os dedos pelas caneluras, visivelmente apreciando o prazer tátil.

— Sonhei com meu pai ontem à noite — disse ele, quase distraidamente. — Há muitos anos isso não acontecia.

— Eu me lembro do seu pai. Nunca vi ninguém trabalhar tanto pela família. Ele saiu do nada.

— Menos que nada. Em 1881, escapou dos pogroms na Rússia. Passava 18 horas por dia juntando sucata, que depois revendia com um pequeno lucro. Um *sou* aqui, outro ali. Até ter o maior negócio de sucata em Paris. Então veio a usina siderúrgica.

— A melhor da França.

— Bem, depois que subimos na vida, achamos que estávamos acima dos judeus que vieram depois. Mas não valíamos muito, Auguste. Ainda éramos imigrantes, em nada melhores do que os judeus que chegaram ontem. Quando os boches começaram a nos prender, judeus estrangeiros foram os primeiros a ir para Drancy, independentemente de quando tinham chegado à França ou de quanto dinheiro tinham.

Manet se lembrou da primeira vez que encontrara Janusky. Fora quando estabelecera uma concorrência para um contrato de fornecimento de aço para suas fábricas de motores, na década de 1920. Cada concorrente teria que mostrar sua aciaria a Manet para provar que tinha capacidade para cumprir o contrato. Pessoalmente, Janusky levou Manet a todos os setores da indústria, explicando como os equipamentos eram modernos e eficientes. Mas o que impressionou Manet foi que Janusky parecia saber tudo sobre os funcionários que encontraram durante a visita. Não apenas seus nomes, mas informações pessoais: a um deles perguntou sobre um problema de saúde da esposa; a outro, como fora o recital do filho; e a outro, ainda, se pescara algum peixe no último fim de semana. Deu uma moeda de um franco a um homem, pelo aniversário do filho, que sabia estar se aproximando. Todos pareciam se alegrar quando ele passava.

Manet se considerava um patrão decente, mas sabia pouco a respeito dos seus funcionários. Acabou ficando mais impressionado com as relações de Janusky com os dele do que com a própria usina. Janusky venceu a concorrência e, desde então, passou a fornecer todo o aço necessário para os motores de automóveis e outros componentes que Manet fabricava. Os colegas de Manet haviam lhe dito para não negociar com judeus, pois todos eram ladrões natos. Mas Janusky fora o melhor e mais confiável fornecedor que jamais tivera. Um homem honrado.

— Mendel, você vai ficar aqui pelo menos um mês. E depois teremos que mudar você. Não é seguro permanecer em um só lugar.

— Já mudei mais de lugar do que uma peça de xadrez — disse Mendel, rindo.

— Quando a hora chegar e todos os acertos financeiros forem feitos, vou mandar você para a Espanha e depois para Portugal — disse Manet.

— E depois para os Estados Unidos. Eles têm que saber o que está acontecendo.

— Estados Unidos. Mas, no momento, é impossível tirar você do país. Meu contato na Gestapo me disse que eles estão matando pessoas a torto e a direito para encontrar você. Você se lembra de Deligny?

— Deligny? Pensei que tinha fugido. Ele foi preso?

— Não descobri ainda se ele falou. Mais cedo ou mais tarde eles vão pegar alguns dos meus homens. Gostaria de acreditar que eles não vão ceder, mas, com todas as coisas que esses bárbaros da Gestapo fazem, até os mais fortes acabam falando. Homens não devem trair uns aos outros em uma época como esta, mas traem.

— Pobre Deligny. Tudo por minha causa. Isso não é justo, Auguste.

Manet mudou de assunto.

— Você vai ter que ser silencioso como um rato aqui. E ficar longe das janelas, mesmo quando fechadas. Achamos que determinado lugar é seguro, mas sempre descobrem o esconderijo. Eles têm informantes em todos os lugares.

— Silencioso como um rato.

— Sua comida chegará pelo monta-cargas, na copa, de três em três dias.

— Bem, isto é o máximo do luxo em comparação com o barril de vinho daquela adega — disse Janusky, olhando em volta.

— É, eu reparei na colônia Pinot Noir que você está usando — disse Manet, dando uma palmadinha no ombro do amigo.

Capítulo 9

— Querido, que surpresa maravilhosa. Isso deve ter custado uma fortuna.

Lucien sorriu enquanto Adele segurava o colar de pérolas em frente à pequena vela na mesa do café, examinando-o. Ele sabia que muitos homens já a haviam presentado com pérolas que não eram realmente pérolas, apenas imitações baratas. O fato de ela ter afirmado, com os olhos de conhecedora, que aquelas eram autênticas o deixava muito feliz.

— A verdadeira qualidade não é barata, mas uma mulher elegante como você só merece o melhor — respondeu Lucien. Na verdade, ele obtivera o colar em troca de quase nada. Um amigo lhe falara sobre um homossexual que estava desesperado para vender suas heranças de família porque fora intimado a ir para Drancy.

— Essas são magníficas, Lucien — disse Adele, prendendo o colar em torno do esguio pescoço.

Lucien a brindou com um largo sorriso. Sua vida noturna em Paris havia voltado ao normal. Enquanto os franceses, no lado de fora, tinham que se contentar com migalhas e café de bolotas, Le Chat Roux oferecia cinco tipos de peixes ou ostras, uma *bouillabaisse*, coelho, galinha, salada de frutas e até abacaxi com *kirsch*. Ter dinheiro era uma maravilha, pensou. O colar ficara deslumbrante, emoldurado pelo vestido preto dela e seus lindos cabelos louros.

Lucien se deliciava com o fato de que outros homens, no Le Chat Roux, lançavam olhares de admiração a Adele. Sabia que logo estaria no apartamento dela fazendo amor e bebendo o dispendioso champanhe que comprara.

Adele também notou os olhares de inveja e admiração, e acariciou gentilmente o colar de pérolas.

— Você é terrível, vai acabar me estragando com esses mimos todos. As pérolas, esse jantar maravilhoso. Merece uma recompensa — disse ela, relanceando os olhos azuis sedutoramente na direção da porta.

De repente, começou a acenar, como se fosse uma colegial empolgada.

— Ah, olhe, é a Suzy — disse ela. — Olá, meu amor — gritou ela para o outro lado da sala. — Não deixe de comparecer ao meu salão esta semana. Não vou perdoar você se cancelar de novo.

Lucien se virou e viu a atriz Suzy Solidor sentada a uma mesa com mais meia dúzia de pessoas. Ela ergueu o copo na direção de Adele e sorriu. Ele já vira outros atores e artistas famosos — os que não haviam fugido em 1940 — naquele restaurante. Astros consolidados, como Maurice Chevalier e Sacha Guitry, e estrelas em ascensão, como Edith Piaf e Yves Montand, haviam permanecido em Paris e continuado suas carreiras. Eles aproveitavam a vida noturna como se a guerra não existisse, para a desaprovação de alguns franceses. Adele adorava ter conexões no mundo do cinema e falava a respeito o tempo todo. A permanência daqueles astros em Paris a deixara feliz. Lucien sabia que a única celebridade que Adele gostaria que tivesse deixado a cidade era Coco Chanel, a quem abominava, pois os parisienses achavam Chanel mais talentosa e chique do que ela, o que a deixava louca.

— Suzy vai lá em casa para ver alguns desenhos, e pode ser que traga Simone Signoret. Não é maravilhoso? — exclamou Adele, empolgada.

— E *ambas* disseram que certamente comparecerão ao meu desfile.

Bebericando lentamente seu vinho, ignorou Lucien enquanto contemplava o restaurante, admirando a clientela e a decoração como alguém contemplaria os Alpes.

— Como disse, há uma recompensa esperando por você em meu apartamento; portanto, vamos indo — disse ela, bebendo a última gota de vinho.

Na saída, passaram por uma mesa ocupada por seis oficiais alemães, que devoravam omeletes, galinha assada e costeletas de carneiro com enorme prazer, acompanhando tudo com champanhe. Lucien ficou aliviado por nenhum deles ter estado na reunião da fábrica de Manet. O fato de que um arquiteto que recebera uma ninharia do Reich pudesse frequentar um lugar daqueles os deixaria desconfiados.

Sem se apressar, Lucien e Adele caminharam pela *rue* Monsigny. Era uma linda noite de julho. Antes da guerra, um dos prazeres de Paris era andar pelas ruas olhando as vitrines das lojas; mas agora não havia razão para olhá-las: estavam vazias devido à escassez de mercadorias. Lojas de vinhos ainda exibiam garrafas, mas elas estavam vazias. Assim, as ruas estavam praticamente desertas, com algumas pessoas se apressando para chegar ao metrô antes do toque de recolher da meia-noite. Os alemães eram muito inteligentes, pensou Lucien. O toque de recolher não era apenas uma medida de segurança, mas um controle psicológico sobre os parisienses, muito mais poderoso do que a força bruta. As pessoas morriam de medo de serem surpreendidas após o horário do toque. Ele via a ansiedade em seus rostos. Não havia carros na rua. Somente um *vélo-taxi* dirigido por um jovem, que passou por eles transportando duas mulheres. Era um meio de transporte muito popular em Paris naqueles tempos, pois não precisava de gasolina nem de cavalos.

— Minha amiga Jeanne acabou de ganhar um incrível casaco de pele que pertenceu a um judeu — disse Adele, tocando o colar. — Puro visom, vai até a altura dos joelhos.

— Os judeus perderam tudo. Ouvi dizer que muitos tiveram que se esconder.

— Ah. Eles podem se esconder embaixo da menor pedra que seja, ou na fenda mais estreita — respondeu ela —, mas os boches vão encontrá-los. Isso é certo.

— Não foram muitos os que fugiram para o campo antes da rendição. Portanto, ainda deve haver muitos deles por aí — disse Lucien. — Soube que milhares foram deportados no mês passado.

— Agora os verdadeiros franceses poderão controlar a economia. Sei muito bem como os judeus se apossaram das indústrias de roupas. Porcos imundos.

Lucien ficou surpreso com o veneno destilado por Adele. Ele não conhecia essa faceta dela, pois eles nunca haviam conversado sobre os judeus. A Ocupação, percebeu ele, não se limitara a exacerbar o ódio aos judeus; também trouxera à tona o que existia de pior nos seres humanos. As privações haviam alimentado o egoísmo, jogando um grupo contra o outro, vizinho contra vizinho e até amigo contra amigo. As pessoas se matavam por um pedaço de manteiga.

— Ainda na semana passada, Isabelle, uma modelo nossa, descobriu que o pai dela foi preso por esconder um judeu no sótão da casa dele, perto de Troyes — disse Adele. — Você pode imaginar, arriscar a pele desse jeito?

Lucien olhou para os próprios sapatos.

— O que aconteceu com o pai da Isabelle? — perguntou.

— A coitada não sabe onde ele está e nem mesmo se ainda está vivo. Deve ter sido torturado até a morte. Por sorte ela também não foi levada pela Gestapo. Uma garota bonita como ela poderia ser enviada para um bordel na Polônia ou coisa parecida.

— Uma pena o que aconteceu com o pai dela.

Adele parou de repente e encarou Lucien.

— Uma pena? Idiotas que correm riscos assim merecem morrer.

— É preciso pensar por que alguém faria uma coisa desse tipo.

— Lucien, meu amor, você é incorrigível — disse Adele, despenteando carinhosamente os cabelos dele.

Continuaram a caminhar. Adele tagarelava o tempo todo, mas ele não ouvia nada. A deliciosa expectativa de fazer amor com ela, que sentira quando saíram do café, começara a se evaporar no ar tépido da noite. Ao menos naquela noite, ele queria esquecer seus temores de ser preso pelo que fizera por Manet, mas Adele estragara tudo com sua história.

O medo retornara. Lucien adorava andar pelas ruas da adorada Paris, mas agora as percorria em permanente estado de medo, sempre olhando ao redor para ver se algum Citroën preto da Gestapo não estava estacionando por perto ou se homens da Gestapo à paisana não o estariam seguindo, prontos para prendê-lo.

No dia anterior, caminhando pela *rue* du Louvre, ele sentiu alguém pôr a mão em seu ombro e estivera prestes a desmaiar, mas era apenas seu amigo Daniel Joffre. Nesta noite, o medo era tanto, que ele tinha a impressão de que seu negócio não ficaria duro nem com a visão de Adele usando apenas o colar de pérolas e sapatos de salto alto. A voz esganiçada da esposa o tirou de seus devaneios.

— Caramba, as prostitutas estão todas na rua hoje, não? — exclamou ela.

Estava falando com uma mulher que caminhava na direção deles.

— Hum, foi exatamente o que pensei quando vi você, querida — replicou a mulher.

Lucien ficou confuso com o diálogo. A mulher, notou imediatamente, era incrivelmente atraente. Linda demais para ser prostituta.

Os três agora estavam frente a frente.

— Lucien Bernard, deixe-me lhe apresentar Bette Tullard. Você já me ouviu falar dela, é claro. É o meu braço direito na casa de moda. Indispensável. Detesto admitir isso, mas, se ela me deixasse, o negócio desmoronaria em 24 horas.

— Não é nenhum exagero, *monsieur* Bernard, pode acreditar. Muito prazer em conhecê-lo.

— Da mesma forma, *mademoiselle* — disse ele, olhando como um idiota para o lindo rosto de Bette.

— Nunca me esqueço de um homem bonito. Acho que vi o senhor em nosso desfile na primavera passada.

— Ahn... sim, eu estava lá — disse Lucien, envaidecido por uma mulher tão atraente se lembrar dele.

— Gostei especialmente dos seus cabelos ondulados. Não são escorridos como os da maioria dos homens.

— Bem, obrigado — agradeceu Lucien, passando a mão pelos cabelos, com ar encabulado.

— Sim, é uma das muitas qualidades dele. Lucien é arquiteto, Bette. Foi ele quem projetou meu apartamento.

— Ah, bonito e talentoso. Adoro o apartamento de Adele, embora raramente fique por mais de 5 minutos quando vou lá. Adele está sempre me botando para fora.

— Estou dirigindo um negócio, querida.

— É mesmo? Sempre tive a impressão de que quem dirige o negócio sou eu — retrucou Bette.

Lucien ouvira Adele conversar com Bette muitas vezes, mas Adele nunca a descrevera para ele. Agora ele sabia por quê. O relacionamento entre ambas o divertia. Sempre que Adele a insultava ou gritava com ela, Bette a insultava e gritava no mesmo tom. Parecia saber que Adele jamais a demitiria.

72

— Claro. Então, com o novo desfile se aproximando, você vai passar a noite trabalhando no portfólio? — perguntou Adele com um sorriso.

— Meu Deus, que lindo colar, Adele — disse Bette, mudando habilmente de assunto.

Adele olhou para Lucien e Bette meneou a cabeça.

— Não vamos deter mais você, Bette querida, você tem muito trabalho para fazer hoje à noite.

— Sim — respondeu Bette. — E sei que vocês têm muito o que fazer também.

Capítulo 10

— Mas que droga, eu te disse para nunca acender uma vela. Dá para ver a luz através das tábuas durante a noite. O que deu em você?

Solomon Geiber se pôs de pé em um pulo, apagou a vela e olhou para o teto do poço, um tosco arranjo de tábuas e dormentes de trilhos pregados juntos. Ele podia divisar o vulto de Maurier de pé acima dele.

— Por favor, me desculpe, *monsieur* Maurier. Isso não vai acontecer de novo.

— Pode acreditar que não vai. Vocês vão ter que ir embora.

— Mas o senhor disse que poderíamos ficar.

— Paciência. Devia estar maluco para aceitar esconder judeus. Vocês sabem o que aconteceria comigo se encontrassem vocês?

— Mas para onde iremos? — gemeu Miriam, esposa de Geiber.

— Não me interessa! O problema é de vocês, não meu. Vocês podem ficar até amanhã à noite — respondeu Maurier, pisando duro ao se afastar.

Geiber se sentou nas tábuas do fundo do poço e cobriu o rosto com as mãos. Com aproximadamente 2 metros de largura, 3 de comprimento e 3 de profundidade, o poço fora um depósito de ração para animais. Nas últimas quatro semanas, era o lar de Solomon e Miriam Geiber. Embora frio e úmido, e cheirando a mofo, era um hotel de luxo se comparado aos lugares onde haviam vivido nas semanas anteriores.

Avisados por um amigo, no meio da tarde, de que a Gestapo estava a caminho do apartamento onde residiam, Geiber e a esposa pegaram alguns pertences e suas economias, e se refugiaram nas ruas de Paris. Após serem rechaçados por três amigos com quem achavam que podiam contar, os Geiber não sabiam mais o que fazer. Em desespero, recorreram ao seu farmacêutico de longa data, um amável gentio que, segundo esperavam, poderia alojá-los no porão embaixo da farmácia. Mas o homem polidamente se recusou a fazê-lo e, para horror deles, ainda lhes ofereceu de graça alguns frascos de cianeto para que tomassem caso fossem capturados.

Sentindo-se totalmente abandonados, os Geiber fugiram para os arredores da cidade. Após uma noite abominável sob a ponte de ferrovia, eles continuaram a andar pelos campos, sempre na direção oeste, indo de uma fazenda a outra, implorando por um teto e um pouco de comida. Mas, sabendo da punição por abrigarem judeus, os fazendeiros batiam a porta na cara deles ou lhes ofereciam algumas migalhas de comida e os enxotavam, como se fossem cães vadios. De tão desesperado, Geiber perdera qualquer sentimento de orgulho e suplicava por ajuda praticamente de joelhos. Dia após dia, perambularam sem destino, sobrevivendo de esmolas e dormindo em bosques ou montes de feno.

De vez em quando encontravam pessoas decentes que lhes davam abrigo para passar a noite. Na área rural francesa, eles constituíam uma estranha visão: um homem idoso usando terno de *tweed* inglês e uma bengala, e uma mulher elegantemente vestida. Para não serem capturados pelos alemães, o casal evitava as rodovias, deslocando-se apenas por estradas vicinais. Estavam perto dos 70 anos e a caminhada logo cobrou seu preço: as pernas de Miriam incharam terrivelmente, e ela mal conseguia se arrastar. Eles, às vezes, pensavam em se entregar e pôr fim aos sofrimentos.

O único ato de bondade ocorreu quando um fazendeiro lhes doou as bicicletas que pertenceram aos seus filhos, agora prisioneiros de guerra na Alemanha. Embora isso tivesse ocorrido pela última vez há pelo menos dez anos, os Geiber passaram muitas férias pedalando pela França e pela Suíça, juntamente com os filhos. E, para o seu regozijo, descobriram que o ditado era verdadeiro — depois que alguém aprende a andar de bicicleta, nunca mais esquece. Andar de bicicleta era melhor que caminhar, e ninguém lhes dava abrigo permanente.

Certa noite, eles viram uma luz na casa de uma chácara a cerca de meio quilômetro da estrada. Cansados e famintos, foram até lá e bateram na porta. Um agricultor de barba grisalha e cabelos curtos os atendeu e ouviu, com ar impassível, as súplicas. Uma garota de uns 16 anos e lindos cabelos louros se juntou a ele.

— Sabemos que vocês são judeus. Não vamos lhes fazer mal. Por favor, entrem — disse a garota.

Os Geiber, surpresos com o que tinham ouvido, pensaram que haviam encontrado um anjo vindo do céu. Mas, antes que pudessem se mover, o fazendeiro lhes barrou a entrada com seu braço musculoso e bateu a porta na cara deles. No outro lado da porta de tábuas, travou-se uma discussão. A garota implorava ao agricultor que os ajudasse; o agricultor gritava com ela, dizendo que era uma tola. A discussão se prolongou. Desanimados, os Geiber começaram a se afastar, mas a porta se abriu de repente e a garota e o homem saíram da casa.

— Escondo vocês se me pagarem — propôs o fazendeiro, lançando um olhar para a garota, que estava prestes a protestar.

— Isso não é problema, *monsieur*. Ficarei feliz em pagar por sua bondade — respondeu Geiber.

Tão logo a Ocupação se iniciou, ele colocara sua vasta fortuna a salvo. Sabia que dinheiro vivo seria muito útil; portanto, guardara uma grande soma em casa para o caso de precisarem fugir. Geiber também pedira à mulher que costurasse moedas de ouro e joias sob os vestidos.

Assim, em troca de 5 mil francos, eles moraram em um poço no celeiro, usando um balde como penico. A umidade começou a atacar suas peles e juntas e, à noite, eles ouviam ratos correndo acima deles, buscando comida. O pior de tudo era a tenebrosa escuridão em que viviam. Durante o dia, os Geiber mal conseguiam ver um ao outro sob a luz que se filtrava pelas frestas das tábuas, ainda cobertas por uma camada de palha, para camuflar o esconderijo. À noite, não conseguiam ver as próprias mãos à frente de seus rostos. Apenas nas noites de sexta-feira eles acendiam uma vela, para celebrar o sabá. Isto é, até que Maurier os surpreendeu.

Passavam o tempo relembrando os detalhes de suas vidas: os filhos, os netos, os livros favoritos, musicais, obras de arte e filmes que haviam visto. De modo estranho, a provação lhes demonstrou como fora bom seu casamento de quarenta anos. Eles podiam conversar a respeito de tudo e distraíam um ao outro durante horas, como se fossem amigos em uma mesa de um café.

Maurier nunca permitia que saíssem do poço, mas eles não se importavam. Era melhor estarem vivos sob a terra que mortos em cima dela. Marie, a sobrinha de Maurier, lhes trazia comida todos os dias e limpava o penico. Também lavava as roupas deles. Marie se revelou um anjo. Geiber jurou que, se escapasse daquela, pagaria a sua bondade centuplicadamente. Mas agora teriam que voltar às estradas, mendigando ajuda. Geiber riu sozinho. Filho de um rico negociante que possuía uma enorme fábrica de alumínio, jamais tivera que se preocupar com dinheiro, comida ou lugar para morar. Agora se perguntava se Deus não estaria lhe dando uma lição: o inferno nazista em troca de anos de privilégios e felicidade. Graças a Deus seus filhos haviam emigrado para a Inglaterra na década de 1930. O que ele na época considerara um castigo se revelava agora uma bênção.

Geiber teve um sobressalto ao ouvir alguém se aproximando. A cada hora do dia, esperava que as tábuas fossem arrancadas e soldados alemães, com seus uniformes verde-acinzentados, aparecessem sorrindo para ele, como se tivessem desenterrado um tesouro.

— *Monsieur* Geiber — disse Marie.

— Sim?

— Uma vez eu trabalhei na casa de um homem muito rico. Pode ser que ele ajude vocês.

Capítulo 11

— Está muito exagerado. Não é necessário esse vidro todo, e o que é essa torre na frente? Pelo amor de Deus, isso é uma fábrica, não uma catedral, porra.

Furioso, Lucien se pôs de pé sem nem mesmo perceber. Estava prestes a defender seu projeto diante do coronel Lieber quando o major Herzog se aproximou lentamente dos desenhos pregados na parede do escritório de Manet. Lucien se sentou novamente, cônscio de que quase fizera algo muito idiota. Tinha que se lembrar de que não estava lidando com um cliente normal, mas com alguém que poderia mandar deportá-lo imediatamente.

— Coronel, a torre contém equipamentos mecânicos para a fábrica, além de ser a entrada principal, onde os operários vão assinar o ponto. Esse vidro traz luz para dentro do prédio. O projeto, na verdade, é bastante funcional; tudo o que o senhor está vendo contribui para a produtividade. O Reich não vive insistindo nisso, produzir o máximo no mínimo de tempo?

O coronel Lieber tirou sua cigarreira de ouro do bolso da túnica, sem parecer convencido.

— Bem, Herzog, se você acha isso... Mas muita coisa na parte externa me parece desnecessária. Bastaria uma construção de concreto comum com algumas janelas. Algo que pudesse resistir a um ataque dos americanos.

— Toda a estrutura foi feita de concreto reforçado e pode aguentar um bombardeio — replicou Herzog, no tom de voz que alguém usaria para falar com um teimoso menino de 4 anos. — E o senhor precisa se lembrar, coronel, de que essa fábrica será usada pelo Reich depois que vencermos a guerra. Portanto, não deve ser uma coisa feita às pressas, mas um prédio permanente, bem projetado, como nossas fábricas na Alemanha.

Lieber abanou a mão, como se estivesse espantando uma mosca, dando a entender que o assunto estava resolvido e o projeto, aprovado. Lucien percebeu que Lieber não sabia absolutamente nada a respeito de construções ou armamentos, o que o deixou surpreso. Ele pensava que os bem organizados alemães faziam questão de selecionar pessoas qualificadas para posições de grande responsabilidade. Mas, como o governo francês, escolhiam palermas que dependiam de homens como Herzog para fazer o serviço. Ainda assim, Lucien sabia que tinha sorte em estar lidando com aqueles indivíduos. Eles pertenciam à Wehrmacht, o exército regular, não à Waffen-SS.

Lucien ficou simultaneamente embaraçado e lisonjeado com a defesa que Herzog fizera do seu projeto. Sentia-se bem por ter recebido apoio; e mal porque ele mesmo é quem deveria ter tomado a palavra. Fracassara muitas vezes, no passado, quando tentara defender algum projeto moderno — que era sempre modificado para algo de inspiração mais clássica. *Ou você muda isso ou perde o trabalho e os honorários.* Ele estava comprometido com o modernismo, mas não tão comprometido. As pessoas têm que comer e pagar o aluguel.

A reunião prosseguiu com discussões sobre o fornecimento elétrico para suprir o maquinário e o modo mais barato de aquecer o prédio. Habilmente, Lucien havia embutido dutos de vapor atrás dos mainéis horizontais das fileiras de janelas, fato que não escapou à observação de Herzog. Ao longo de todo o encontro, Herzog alinhou cumprimento após cumprimento ao trabalho de Lucien. Os elogios, descobriu Lucien, neutralizavam o medo de estar na toca do leão.

Após duas horas, Lieber pigarreou e se levantou da poltrona estofada que Manet trouxera, sinalizando que a reunião terminara. Todos olharam para Herzog, que também se pôs de pé — para fazer um resumo da situação, como já se tornara rotina no final das reuniões.

— Bem, *monsieur* Bernard, peço que o senhor faça essas pequenas revisões no projeto. Precisaremos delas dentro de uma semana — disse Herzog, dando um largo sorriso. — Sei que é um prazo incrivelmente curto, mas tenho certeza de que o senhor conseguirá fazer tudo.

— Muito obrigado, major Herzog — disse Manet. — Meus homens estão prontos para iniciar os trabalhos imediatamente. A preparação do terreno pode começar já. O senhor disse que poderia providenciar uma escavadeira. Ela seria muito mais eficiente do que centenas de homens com pás e picaretas.

— É claro. Na verdade, posso arranjar três. Berlim deu prioridade máxima a esse trabalho. O senhor acha que o número de operários que listou é adequado? Como o senhor sabe, posso lhe oferecer uma força de trabalho, se desejar.

Herzog falara em seu modo mais charmoso, como se estivesse oferecendo a Manet um guarda-chuva emprestado.

Mas tanto Lucien quanto Manet sabiam que a força de trabalho a que Herzog se referia era constituída por prisioneiros de Drancy e de outros campos de concentração nas cercanias de Paris. Homens macilentos que se "ofereciam" para trabalhar para o Reich.

No início da Ocupação, Lucien ficara preocupado com a perspectiva de que ele e outros franceses fossem transformados em mão de obra escrava; mas, para sua surpresa, os trabalhadores eram pagos, o que, é claro, adicionava sal às feridas dos derrotados — a maioria dos franceses dependia agora dos alemães para obter remuneração. Muitos trabalhavam diretamente para os alemães, principalmente em construções, um quarto de milhão trabalhava para a organização Todt, que construía fortificações ao longo da costa atlântica visando protegê-la de uma invasão aliada. Milhares de franceses, sobretudo a escumalha da classe operária, se ofereceram para trabalhar em fábricas na Alemanha. Os alemães pagavam salários mais altos que os franceses, mas o trabalho era estafante — além disso, o sujeito poderia ser morto pelos bombardeios dos Aliados. Os homens de Manet sabiam que estavam recebendo menos, mas seriam bem tratados.

— Isto não será necessário dessa vez, major.

— Esse prédio tem que ser construído em menos de dois meses, Manet. Seus homens vão trabalhar 24 horas por dia, sete dias por semana. Berlim não espera menos de vocês — proferiu Lieber, em tom intimidador. — Não me interessa de quantos homens vai precisar.

— Bem — disse Herzog, virando-se para Lucien —, este foi um início muito bem-sucedido. *Monsieur* Manet já lhe falou sobre a nova fábrica de armamentos que ele vai construir para a Luftwaffe?

Lucien olhou para Manet, que deu um leve sorriso. Herzog pegou seu quepe e suas luvas, e seguiu Lieber para fora da sala. Manet os observou sair. Tinha uma expressão de repugnância no rosto que surpreendeu Lucien, considerando que a reunião correra tão bem.

— Lieber é um canalha – disse ele. — Sei que vai causar problemas.

— Mas nosso encontro foi tão bem-sucedido, *monsieur*. Qual é sua preocupação?

Manet olhou friamente para Lucien.

— Seu projeto pode ter sido um sucesso, mas os boches querem reduzir meu preço e o cronograma. Lieber não escuta nenhum argumento. Quer que eu saiba que os franceses estão sob o tacão dos alemães e sempre estarão. No final, vou ter que usar os trabalhadores que eles ofereceram para terminar no prazo. A ideia de usar aqueles pobres coitados me revolta.

— Quando o trabalho começar, eles podem ficar mais flexíveis — disse Lucien.

— *Monsieur* Bernard, está claro que o senhor não sabe droga nenhuma a respeito dos alemães.

Lucien olhou para o chão.

— E, sim, vou produzir armas para a Luftwaffe. Os alemães confiscaram um grande terreno em Tremblay para montar a fábrica. Talvez o senhor se interesse pelo projeto. Mas tenho um pequeno problema e gostaria de saber sua opinião.

— Ah, sim, ajudarei com prazer.

— Um conhecido meu resolveu deixar alguns amigos usarem sua casa de campo em Le Chesnay por algum tempo. Mas pode haver complicações com os alemães. Vai ser preciso fazer alguns arranjos para o caso de os alemães aparecerem procurando por eles.

O sorriso desapareceu do rosto de Lucien.

— Essa fábrica em Tremblay vai ser quase duas vezes maior que essa que o senhor projetou. E terá um pequeno aeroporto anexo, onde os caças receberão armas novas e farão alguns testes — disse Manet. — Portanto, o senhor também projetará um aeroporto. Espero que esteja interessado. Mandarei um carro para buscar o senhor.

Com grande relutância, Lucien tirou sua caderneta do bolso do paletó para anotar o horário estipulado. Enquanto escrevia, já imaginava o projeto de uma pequena torre de controle para seu aeroporto.

Capítulo 12

Lucien se sentou de repente na cama, no meio da noite, como se alguém tivesse lhe jogado um balde de água gelada.

Esfregou o rosto para ter certeza de que não estava sonhando e cutucou Celeste, que dormia de bruços.

— Você ouviu isso?

Celeste gemeu.

— Parecia um...

Algumas batidas altas na porta do apartamento o interromperam. Sua respiração ficou ofegante. Quando as batidas foram reiniciadas, começou a tremer descontroladamente. Puxando os joelhos contra o peito, balançou-se para a frente e para trás. Depois sacudiu com força o ombro de Celeste que se virou de lado.

— Tem alguém à porta — sussurrou Lucien.

— Que horas são?

— Quase três da manhã.

— Quem bateria na nossa porta a essa hora? — murmurou Celeste, enterrando a cabeça no travesseiro.

Lucien sabia a resposta a essa pergunta. Às três da manhã, só poderia haver um visitante: a polícia francesa — ou pior, a Gestapo. Ele soubera que eles sempre visitavam uma casa no meio da noite, quando sua presa estava dormindo. As pessoas acordavam confusas e desorientadas, facilitando o trabalho da polícia. Não conseguia se decidir sobre o que fazer. Enfrentar as coisas ou sair correndo como um coelho pela entrada de serviço nos fundos do apartamento? Sentia-se como um idiota por não ter um plano de fuga. Mas e Celeste? Não poderia abandoná-la. Lucien olhou para a esposa, que voltara a dormir. Se os alemães entrassem pela porta com tanques Panzer, ela continuaria a dormir.

As batidas começaram de novo, agora mais fortes e insistentes. Respirou fundo e, por fim, reuniu coragem para pular da cama. Era como se algo invisível o empurrasse em direção à porta. Ao longo dos seis metros que teve que caminhar, a mesma imagem horrível não parava de relampejar na sua mente: um cano de chumbo abrindo sua cabeça como um melão.

Trêmulo de medo, Lucien fechou os olhos por alguns segundos. Em seguida, abriu calmamente a porta. Deparou-se com um homem de 40 anos, envergando um terno cinzento e um chapéu fedora preto. Lucien ficou surpreso ao ver um verdadeiro agente da Gestapo em vez de um policial francês, que geralmente fazia esse tipo de prisão. Ele devia estar numa tremenda enrascada, pensou, para a Gestapo ter enviado um de seus próprios agentes. Não viu mais ninguém no corredor.

— O senhor precisa vir comigo imediatamente — disse o homem, em voz bem alta.

— Posso me vestir?

— Sim.

Deixando a porta aberta, Lucien começou a caminhar de volta para o quarto. Não queria acordar Celeste para lhe dizer o que estava acontecendo, mas precisaria fazê-lo. Provavelmente seria a última vez que a veria; portanto, teria que lhe dizer adeus. Começou a chorar.

— E, por favor, traga suas coisas — gritou o homem à porta.

Lucien parou e olhou para o homem.

— Minhas coisas?

Eles o levariam direto para Drancy, não para a *rue* des Saussaies.

— Sim, seus instrumentos. O estado da minha mulher piorou. O senhor precisa vir já.

— Meus instrumentos?

— O senhor é o doutor Auteil, não? Disseram-me que o senhor mora no apartamento 4C. Por favor, precisamos nos apressar.

Achando que desmaiaria, Lucien se apoiou em uma estante, arfando Seu primeiro ímpeto foi xingar o homem, mas se refreou. Quando a respiração voltou ao normal, andou de volta à porta.

— O doutor Auteil mora no 3C.

Um olhar de pânico atravessou o rosto do homem, que se virou e correu até a escada. Lucien fechou a porta devagar e se recostou nela. Com a mente completamente vazia, contemplou o tapete verde e vermelho do vestíbulo. De repente, sentiu algo quente escorrer por sua virilha e suas coxas. Soltou um grande suspiro. Já fazia uns 30 anos que não urinava nas calças.

Sentindo-se incrivelmente cansado e emocionalmente esgotado, Lucien se arrastou até o armário de bebidas, na sala, pegou um copo de vidro e uma garrafa de conhaque. Ficou olhando para o copo. De repente o arremessou no sofá e bebeu direto da garrafa.

Quando voltou a dormir, sonhou que havia projetado outro esconderijo para Manet. Era uma caixa com tampa no meio de um quarto. Quando um botão foi apertado, a tampa se abriu e seu pai pulou para cima como um boneco de mola. Estava vestido como um rabino ortodoxo, usava um manto de orações e um quipá, e ria histericamente do filho.

Capítulo 13

— Ótimo, então pego você às oito. Ah, não, nada sofisticado, só um jantarzinho íntimo. Sim, sim, seu vestido de noite azul-acinzentado é bem adequado. Você vai ser a rainha da festa, minha querida. Mas agora, com licença. O dia está muito movimentado e preciso voltar ao trabalho. Tenho uma visita aqui que está sendo muito paciente. Até logo, meu amor.

Schlegal sorriu enquanto pousava o fone. A ideia de chegar à festa em companhia de Adele, naquela noite, o deixava muito feliz. Todos os homens do estado-maior do general o invejariam — exatamente a reação que desejava. Considerava-se um sortudo por ter encontrado uma mulher com o *status* de Adele. Quase todas as mulheres francesas com quem os alemães tinham contato eram do tipo proletário: garçonetes, vendedoras, camareiras, além das cozinheiras e lavadeiras que trabalhavam em suas casas.

Embora o alto-comando alemão não gostasse de que os alemães tivessem relações íntimas com mulheres francesas, exceto prostitutas registradas, os soldados alemães sempre dormiam com as proletárias. O sexo se tornara a linguagem comum da Ocupação. Entretanto, havia regras. Alemães não tinham permissão para andar de braços dados, em público, com mulheres francesas, nem para levá-las aos quartéis. Um soldado alemão, independentemente do escalão ao qual pertencesse, raramente tinha chance de dormir com respeitáveis burguesas francesas, a maioria das quais preferiria morrer a fazer sexo com um alemão. Era por isso que Schlegal achava um milagre ter encontrado Adele.

Sentado no tampo de uma grande escrivaninha de madeira, ele bateu os calcanhares das lustrosas botas pretas e cruzou os braços. Em frente a ele havia um homem idoso, sentado numa cadeira de madeira, com os braços amarrados às costas. Sua cabeça pendia para a frente, e saliva escorria do canto da boca.

— Vamos ver. Onde estávamos? Ah, sim. Perguntei a respeito do paradeiro de Mendel Janusky, e você disse que não fazia ideia. Então eu disse que você era um porco nojento e mentiroso e que, se não me contasse, eu lhe daria uma dura lição. Mas você está com sorte, *monsieur* Deligny. Como vou sair hoje à noite com uma das mais belas mulheres de Paris, estou me sentindo caridoso. Assim, vou lhe dar mais uma chance. Onde está Janusky? Você sabe quem ele é, não sabe? Deixe-me refrescar a sua memória. Janusky é um cavalheiro de fé judaica muito, muito rico. Talvez o homem mais rico de Paris. Antigo proprietário da Siderúrgica Madelin, da qual o senhor é um dos executivos desde 1932.

Schlegal brandiu uma luzidia foto em preto e branco em frente ao rosto de Deligny. Era o retrato formal de um homem de terno, na casa dos 60 anos, de aspecto imponente. Estava de pé ao lado de uma mesa. Sua mão direita, que exibia um enorme anel trabalhado, estava pousada sobre um livro na mesa.

— Você reconhece esse homem, *monsieur?*

O velho emitiu um som gorgolejante.

— Esse judeu imundo tem uma fortuna estimada em cem milhões de francos e possui uma das maiores coleções de arte do mundo, que o marechal Hermann Göring admira muito e deseja retirar das mãos de *monsieur* Janusky, pois, quando encontrarmos *monsieur* Janusky, ele não vai ter muito tempo para apreciar suas obras de arte. Não consideramos esse homem apenas outro rico ladrão judeu, mas um *inimigo* do Reich. Ele tem usado seus milhões para ajudar centenas e centenas de judeus a fugir da Europa. Janusky encontrou refúgio para um bando de judeus húngaros na Índia, imagine só. É incrível o que seu amigo tem conseguido fazer. Realmente estou querendo me encontrar com ele. Então, por favor, diga onde ele está.

O velho não disse nada.

— Acho que está na hora de lhe dar uma lição.

Schlegal pegou uma pequena caixa quadrada, dotada de uma alavanca, e a examinou atentamente.

— Quando era um garotinho, em Leipzig, tinha uma caixa como essa para acionar meu trem elétrico. Eu adorava trens de brinquedo naquela época, passava horas brincando com eles. Se bem me lembro, ela tinha uma alavanca igual a essa para ligar a corrente elétrica. Quando eu puxava a alavanca para o lado direito...

Um grito ensurdecedor reverberou durante um minuto pelas paredes brancas do escritório. Os olhos de Schlegal seguiram os fios que iam da caixa de madeira até a virilha do velho, que se dobrou para a frente como se tivesse levado um soco no estômago.

— Heinz — disse Schlegal —, tem certeza de que há energia suficiente saindo dessa caixa?

— Bem, sim, coronel — respondeu o capitão Bruckner, que estava sentado em uma cadeira em um canto da sala, ao lado de outros dois oficiais, o capitão Wolf e o tenente Voss. — Por favor, tente de novo. Mas dessa vez mantenha a alavanca totalmente virada para a direita.

Outro grito irrompeu, perdurando por bastante tempo. Schlegal não olhou para seu convidado enquanto este gritava; manteve os olhos fixos na caixa de madeira. O tronco do velho deu um solavanco para cima e se chocou contra o encosto da cadeira em que estava amarrado.

Quando seus gritos começaram incomodar os ouvidos do coronel da Gestapo, este virou a alavanca para a esquerda. Abruptamente, a sala ficou em silêncio.

— Onde eu posso encontrar Mendel Janusky, *monsieur* Deligny?

A pergunta não obteve resposta.

— Desculpe, não ouvi bem.

Mais uma virada na alavanca e um grito curto. Para se divertir, o coronel da Gestapo passou a produzir gritos de diferentes durações e tonalidades, tentando criar uma espécie de melodia, o que muito divertiu seus oficiais.

— Isso não ficou parecido com *Lili Marlene?* — perguntou-lhes Schlegal.

Bruckner, Voss e Wolf riram histericamente e abanaram negativamente as cabeças.

— Que pena. Deixe-me perguntar mais uma vez, monsieur Deligny, onde está Mendel Janusky?

Os longos cabelos brancos do velho, empapados de suor, pendiam sobre o seu rosto. Deligny levantou um pouco a cabeça e olhou para Schlegal, que agora se aproximava dele, os dedos na alavanca.

O oficial da Gestapo já interrogara muitos homens desde que chegara ao prédio número 11 da *rue* des Saussaies, em 1941. A tortura revelava muito sobre o caráter e a fibra moral de um homem, acreditava ele, fosse francês, alemão, judeu ou gentio. Quando começara a fazer aquele tipo de trabalho, esperava se deparar com homens que não cederiam, mesmo sob as condições mais bárbaras. Isso, entretanto, era raro. Ele queria encontrar homens realmente bravos, mas, para seu desapontamento, eles sempre sucumbiam e falavam. Assim, Schlegal sabia o que aconteceria em seguida.

Com grande dificuldade, o velho respirou fundo e numa voz baixa, quase inaudível, disse:

— *Rue* de Tournon, na casa de Gattier, o negociante de vinhos.

— Não foi tão difícil, foi? — comentou Schlegal, jogando a caixa sobre a mesa.

Então acenou para Bruckner, que imediatamente saiu da sala.

— Meu Deus, que horas são? É hora do almoço, já? — perguntou Schlegal, olhando para seu relógio. — Estou morrendo de fome. Senhores, querem ir almoçar comigo no Café Daunou?

Seus oficiais trocaram sorrisos. Depois pegaram seus quepes e luvas. Sabiam que o chefe estava de bom humor e pagaria a conta. Quando os três alemães se aproximaram da porta, Schlegal parou, pegou a caixa que estava sobre a mesa e virou a manivela totalmente para a direita.

— Espero que o senhor nos dê licença, *monsieur* Deligny — disse ele, em tom solícito. — Estaremos de volta dentro de uma ou duas horas para continuar nossa conversa.

Os gritos ainda podiam ser ouvidos quando eles chegaram à rua, quatro andares abaixo.

Capítulo 14

— Fiz uma xícara de chá para você, chá de verdade.

Celeste ficou surpresa ao ver Lucien na cozinha de manhã cedo. Orgulhosamente, ele lhe estendeu uma xícara sobre um pires. Ela lembrou que seu marido lhe disse que, certa vez, em uma viagem à Inglaterra, descobriu que não se deve passar uma xícara de chá para uma pessoa, se não estiver sobre um pires. O gesto a fez sorrir.

— Chá de verdade? — perguntou Celeste. — Não foi feito com erva-gato?

— Prove.

— Meu Deus. É chá de verdade — disse ela, segurando o primeiro gole na boca, apreciando o gosto. Naqueles tempos de guerra, Celeste aprendera a ser agradecida pelos pequenos prazeres da vida. O champanhe mais fino não teria sabor melhor.

Já há algum tempo, Lucien vinha trazendo para casa coisas difíceis de encontrar, como queijo, manteiga e café. Ela sabia que tudo era comprado no mercado negro, e não fazia perguntas. Outra coisa que ela aprendera durante a Ocupação fora que cidadãos cumpridores da lei agora fechavam os olhos para o descumprimento da lei. Podia perceber que Lucien se sentia orgulhoso por proporcionar essas coisas.

— Obrigada, está delicioso.

— Agora preciso sair. Muito trabalho no escritório — disse, alegremente, Lucien.

Deu-lhe então um beijo na testa e pegou o paletó, que estava sobre as costas da cadeira de aço da cozinha. — Qual é a sua programação para hoje?

— Nada demais. Soube que uma loja da *rue* de Bretagne tem papel higiênico. Vou tentar a sorte. — Fazer compras durante a Ocupação significava mulheres em longas filas, tentando comprar coisas essenciais.

— Se tiver acabado, vou ver se encontro em outro lugar. Vejo você à noite.

Celeste tomou um gole de chá e olhou para a reluzente louça branca e os armários de aço inoxidável da cozinha. Embora preferisse armários de madeira, aqueles, pelo menos, eram mais fáceis de limpar. Pousou a xícara na pia e foi até o vestíbulo pegar seu chapéu preto de feltro com aba à Robin Hood e uma pena branca. O fato de Lucien e ela terem o mesmo gosto no tocante à moda feminina a deixava feliz.

Era uma manhã de verão fresca. Celeste saboreava a brisa em seu rosto, enquanto caminhava pelo bulevar de Sebastopol. Os alemães haviam extinguido a vida de Paris, mas ao menos não poderiam mudar o clima, pensou ela. Ela entrou na Pont Notre-Dame e atravessou o Sena. Conferindo seu relógio, virou para leste e andou na direção da Notre-Dame. Em frente à catedral, viam-se mais soldados-turistas alemães que franceses e pombos. Três oficiais da Wehrmacht com câmeras pararam de tirar fotos quando ela passou por eles. Eles emitiram murmúrios de aprovação e sorriram, mas ela os ignorou. Dentro da igreja havia ainda mais soldados alemães, passeando pelas galerias, contemplando o grande teto abobadado e os vitrais das janelas altas. Alguns estavam de joelhos nos bancos, o que surpreendeu Celeste. Ela presumira que tais pessoas não acreditavam em nenhum tipo de Deus.

Celeste se sentou em um dos bancos, mas não rezou. Não frequentava a igreja aos domingos, mas ainda gostava da sensação contemplativa do lugar. Era um bom local para pensar e refletir, um minúsculo oásis de bem-estar em uma vida decepcionante. Qual era a utilidade de rezar, afinal de contas? Rezar não lhe fizera nenhum bem. Ela fora punida com a perda do bebê e a deserção do pai. E seu casamento se desvanecera. Não conseguiria suportar mais um desgosto. Celeste realmente amara Lucien, mas, por algum motivo, seu amor evaporara como água em uma tigela. Antes, a tigela estava cheia; agora, só havia um restinho no fundo. Ninguém esvaziara a tigela; seu conteúdo simplesmente desaparecera ao longo do tempo.

Celeste saiu da catedral e atravessou a Petit Pont até a Margem Esquerda. Pouco antes do bulevar Saint-Germain, dobrou na *rue* Dante e entrou em um prédio. No segundo andar, tocou a campainha de um apartamento.

A porta se abriu e um homem alto, de meia-idade, usando óculos de aro de arame, apareceu diante dela.

— Madame Bernard, que ótimo ver a senhora. Estávamos à sua espera. Por aqui, por favor.

— Obrigada, *monsieur* Richet.

Uma menina de 10 anos, rosto sardento e cabelos louro-claros presos em rabo de cavalo, estava sentada à mesa da sala de jantar. Ela se levantou e fez uma mesura para Celeste.

— Tudo bem, Sandrine, quais são seus exercícios de matemática para esta semana? Frações de novo? — perguntou Celeste, tirando o chapéu e se sentando ao lado da menina.

— Sim, madame, mas ainda não consigo somar direito números inteiros e frações.

— Daqui a uma hora você vai fazer isso como se fosse mágica, meu amor, você vai ver — disse Celeste, beijando a menina no rosto.

Quando a aula terminou, Richet entrou na sala de jantar.

— Não tenho como agradecer à senhora por sua ajuda nos últimos meses. O antigo professor de Sandrine simplesmente desapareceu.

— Muitas pessoas desapareceram em Paris, muitas — observou Celeste.

— Muito obrigada pela aula, madame Bernard — disse Sandrine, com uma nova mesura.

— Pratique esses exercícios de frações e você vai ver como vai se sair bem na próxima prova.

Richet, que estava atrás de sua filha, a envolveu com os braços e a beijou no alto da cabeça.

— Sandrine, por que você não vai brincar um pouco no parque? — disse ele.

Capítulo 15

— *Monsieur*, eu avisei ao senhor que não queria mais me envolver nisso.

Sentado em um sofá de veludo vermelho, Manet sorriu para Lucien, que andava de um lado para outro diante da enorme lareira do pavilhão de caça, em Le Chesnay.

— Tudo o que estou pedindo é um pequeno conselho.

— Um conselho que pode provocar minha morte. E a sua também.

— Dê uma olhada em volta e me diga o que acha. Aposto que um homem com sua criatividade consegue ter outra ideia engenhosa.

Lucien sabia que o velho estava tentando dobrá-lo com lisonjas. E a tática estava funcionando. Olhou ao redor e seus olhos se iluminaram quando percebeu que havia muito mais possibilidades ali que no apartamento. Aquela casa constituía um típico exemplo dos grandes pavilhões de caça construídos para a nobreza no século XVII. Encravada em uma densa floresta de aproximadamente um quilômetro quadrado, dotada de um íngreme telhado de ardósia e torres nas extremidades, era um local fora de mão, ideal para alguém se esconder da Gestapo. Propriedades como aquela eram mantidas na família, passadas de uma geração a outra. Aquela devia ter pelo menos trinta cômodos e uma cozinha maior que o apartamento dele.

Manet se aproximou de Lucien. Pousando, de modo paternal, a mão no seu ombro, ele cochichou no seu ouvido, como se houvesse outras pessoas na sala.

— Os dois convidados desta casa ficariam muito agradecidos pela sua ajuda. Quinze mil francos, é o que valeria a gratidão deles. Eu também ficaria muito grato.

A pulsação de Lucien se acelerou. Os primeiros 12 mil estavam se esgotando rapidamente. Havia coisas boas demais no mercado negro. Queijo, ovos, manteiga, vinho de verdade, carne e até chocolate. Tudo estava disponível — por quantias astronômicas. A maior parte das mercadorias do mercado negro, Lucien descobrira, provinham das áreas rurais do norte da França. Os caipiras agora riam por último; comiam muito melhor que os moradores das cidades e vendiam seus produtos no mercado negro por cinquenta vezes o preço normal. Pessoas com parentes no campo eram sortudas, pois tinham permissão para receber caixas de alimentos pelo correio. Os alemães ainda pioravam as coisas com suas pilhagens. A taxa oficial de câmbio entre o franco e o marco os tornara instantaneamente ricos. Soldados chegavam a Paris como gafanhotos famintos. Primeiro esgotavam os bens de luxo, como perfumes, depois os artigos como vinho e tabaco. Ao terminarem o período de serviço, oficiais alemães embarcavam nos trens transportando dezenas de malas, entulhadas com seus butins. Sim, pensou Lucien, os 15 mil francos viriam a calhar.

— Meus convidados me falaram de uma propriedade deles na Côte d'Azur — disse Manet. — Um ótimo lugar para construir uma casa depois da guerra. Com um monte de vidro e, talvez, uma grande varanda atrás. A vista é incrível. E o mar tem um tom de azul indescritível. Você precisa ver.

— Côte d'Azur? — exclamou Lucien. — Bem, sim, eu gostaria de ver. Mas precisaria de um visto de trânsito para viajar para o sul.

— Sem problema. Posso providenciar isso.

— É mesmo?

Manet entrelaçou seu braço com o de Lucien e começou a guiá-lo gentilmente pela casa. Trinta aposentos eram um bocado de chão para percorrer em uma tarde. Eles começaram pelo sótão e foram descendo, deslocando-se lentamente de cômodo a cômodo. As paredes apaineladas até o teto, com altos rodapés, eram uma possibilidade; ali, as paredes eram grossas o bastante para acomodar uma pessoa. Mas Lucien queria olhar mais. O enorme saguão abrigava uma linda escadaria de madeira, cujo corrimão era sustentado por balaústres trabalhados. O enorme pilar que dava início à escadaria fez Lucien se lembrar do pedestal da estátua de Mercúrio, no apartamento da *rue* Galilée. O topo poderia receber dobradiças, e duas pessoas poderiam fechá-lo com uma correia. No entanto, era estreito demais para comportar dois adultos. Lucien olhou para o teto e viu que este era suportado por imensas vigas expostas. Imediatamente percebeu que a estrutura do segundo andar poderia ser utilizada.

As vigas principais sustentavam vigas verticais, que, por sua vez, sustentavam um grande pavimento de tábuas, preso por cavilhas. Estas vigas principais tinham 30 centímetros de profundidade, sugerindo a Lucien que uma pessoa poderia se deitar de costas no interior. Uma parte do assoalho do segundo andar poderia ser transformada em uma espécie de alçapão com dobradiças. Para impedir que uma pessoa caísse através do teto de gesso entre as vigas principais, um reforço de madeira teria que ser instalado. Durante uma busca, no entanto, as botas dos agentes da Gestapo martelariam o piso a apenas alguns centímetros dos rostos dos hóspedes. Mas, como constatara na *rue* Galilée, nem o mais inspirado projeto funcionaria se os hóspedes de Manet entrassem em pânico e gritassem. Era uma ideia muito arriscada.

No segundo andar, ele descobriu um banco embutido no recesso de uma sacada coberta que era profundo e largo o bastante para funcionar como esconderijo. À medida que andava pela casa, analisando outras opções, começou a se entusiasmar mais. E se viu, novamente, saboreando o desafio de ludibriar os alemães, constatando que este era um atrativo mais poderoso que os 15 mil francos. Podia até visualizá-los desmantelando a casa no esforço inútil de encontrar a presa, enquanto judeus estavam bem debaixo de seus narizes. Até que, finalmente, um oficial da Gestapo encerraria a busca, dizendo que eles não se encontravam lá. Este pensamento teve o efeito de um punhado de anfetaminas, fazendo Lucien acelerar a vistoria dos aposentos e obrigando o pobre Manet a se esforçar para acompanhá-lo.

— Por que não o fundo de um armário? — perguntou o velho, quando ambos entraram no quarto principal.

— É o primeiro lugar que eles olhariam — respondeu, com impaciência.

Percebeu então que Manet estava muito cansado. Lucien ainda não estava pronto para tomar uma decisão. Precisava pesquisar mais.

— Por favor, *monsieur*. Vá lá para baixo e me espere. Deixe-me ajudar o senhor.

— Estou bem. Vamos em frente.

Lucien segurou o cotovelo de Manet e ambos subiram um curto lance de escadas, que levava a um pequeno estúdio. Quando pisou no primeiro degrau, escorregou e caiu, batendo com o joelho nos degraus.

— Droga! — gritou, apertando o joelho dolorido.

Manet parou para ajudá-lo.

— Pode deixar, estou bem — disse Lucien.

Manet se sentou em um degrau para descansar.

— Por que eles elevaram o estúdio? — perguntou Manet.

— Para variar a altura do piso e proporcionar mais altura livre para a biblioteca que está abaixo de nós.

— Entendi. E para separar o estúdio do quarto.

— Sim, são só quatro degraus — disse Lucien. — É um lindo detalhe. Eu teria feito a mesma coisa.

Enquanto massageava a patela, observou atentamente a escada.

— Espere aqui, já volto — disse.

Desceu então para o andar de baixo, deixando Manet sentado onde estava, a expressão intrigada.

Dois minutos depois, retornou, já quase sem mancar.

— Vai funcionar. Vai funcionar! — ele estava exultante. — Eles podem se esconder embaixo desta escada.

— Como vão entrar?

— Simples. Colocarei dobradiças nos degraus do topo. Eles poderão levantar a escada e deitá-la de novo. Haverá um trinco no lado de dentro. Assim, ninguém conseguirá levantar a escada quando eles estiverem dentro. Vou manter a passadeira do carpete no lugar e ela vai esconder a junção.

Como ambos os lados da escada estavam entre paredes, não havia partes laterais. Os degraus pareciam se fundir no quarto. Os alemães nunca prestariam atenção. Pelo excelente trabalho na *rue* Galilée, Lucien sabia que os funcionários de Manet poderiam tornar as dobradiças indetectáveis. A escada existente seria cuidadosamente removida e depois remontada em um arcabouço de madeira com dobradiças no topo. As mesmas passadeiras que prendiam o carpete cobririam os degraus. Lucien estava exultante com o projeto, tão orgulhoso quanto se tivesse acabado de vencer o Prix de Rome. Deliciado com a própria engenhosidade, sentiu a mesma exultação que o dominara na *rue* Galilée.

— Brilhante, meu jovem. Mas onde eles deitarão?

— Em um colchonete fino. Há espaço suficiente para duas pessoas lado a lado.

— Eu sabia que você conseguiria — disse Manet, dando uma palmadinha nas costas de Lucien. — Vou precisar dos desenhos o mais rápido possível.

— Claro, *monsieur*, imediatamente.

— Meus hóspedes ficarão muito felizes com a notícia. Eles...

— Pare. Não quero saber droga nenhuma.

— Sim, *monsieur* Bernard, peço desculpas. Foi a empolgação do momento.

— E mais uma coisa.

— Sim, *monsieur*.

— Esse é definitivamente o último trabalho desse tipo que vou fazer.

— Definitivamente — replicou Manet.

Capítulo 16

Adele não estava brincando quando disse que jamais perdoaria Lucien se ele faltasse ao desfile. Para ela, nada no mundo tinha tanta importância. Esta era uma das coisas que ele mais apreciava nela. Era tão focada em sua carreira quanto ele na dele. Talvez até mais, ao que parecia.

Lucien chegou ao salão de desfiles, na *rue* du Colisée, faltando 20 minutos para 13h, e se posicionou ao fundo. Era o melhor local para ver a chegada das estrelas de cinema. Os desfiles da mulher sempre atraíam celebridades — que jamais deixavam de comparecer. Amavam Adele. Ele, por sua vez, também gostava de regalar os olhos com as modelos de Adele. Eram muitas mulheres bonitas ao mesmo tempo em um só lugar. Naquela tarde, porém, Lucien estava interessado em ver uma em especial: Bette Tullard. Desde que se encontraram na outra noite, nas proximidades do Le Chat Roux, ele não conseguira tirar a imagem daquele rosto lindo da cabeça. Às vezes, quando estava desenhando em seu estúdio, sonhava acordado com ela. Ele sabia que ela estaria lá, pois sem Bette não haveria desfile.

O salão era um espaço com altura de dois andares, com paredes pintadas de branco e piso de mármore preto. Embora não o tivesse projetado, Lucien admirava o interior elegante. As pessoas começaram a chegar, em sua maioria mulheres bem vestidas, algumas acompanhadas por homens. Sentavam-se em cadeiras dobráveis de metal, arrumadas em um semicírculo em torno de uma bela escada em curva com degraus de mármore preto e corrimão de aço cromado. Ele notou que alguns oficiais da Wehrmacht haviam comparecido. Após dois anos de Ocupação, os franceses agora se misturavam aos alemães em eventos públicos como aquele sem se envergonharem.

Lucien sabia que os oficiais não estavam interessados nos vestidos, mas no que havia neles.

Perto das 13h, como se esperava, Suzy Solidor e Simone Signoret fizeram sua entrada. Um zumbido se ergueu da plateia, lembrando o de abelhas em uma colmeia. Todos esticaram os pescoços para vê-las. As mulheres usavam lindas criações de Adele: Solidor, um belo conjunto azul-escuro, complementado por um chapéu carmesim; Signoret, um terninho preto e chapéu da mesma cor. Elas acenaram para todo mundo e pararam para falar com algumas pessoas que conheciam. Depois ocuparam os assentos reservados para elas na fileira da frente. Outras pessoas se juntaram a Lucien no fundo da sala, agora lotada.

A guerra praticamente extinguira a *haute couture* em Paris, e muitas casas de moda haviam fechado as portas. Adele tivera o mérito de manter a dela funcionando. Muitos dos costureiros qualificados eram judeus e haviam fugido para Vichy ou sido deportados. Os alemães, que reconheciam a liderança francesa na alta-costura, tentaram transferir a indústria da moda para Berlim. Logo em seguida cancelaram a ordem por causa da total impraticabilidade. Compreenderam que a Alemanha não dispunha de talentos à altura dos que havia na França, nem mesmo remotamente.

Assim como os alimentos, os tecidos estavam racionados. Lã e couro, juntamente com artigos dispendiosos, como seda, renda e veludo, tornaram-se impossíveis de obter. (Por força das restrições sobre a quantidade de tecido que poderia ser usada — não mais de um metro para uma blusa, por exemplo — os modelos que Adele e as outras casas de moda exibiam agora eram mais simples e leves.) Quaisquer modelos ainda existentes em Paris no início da Ocupação, disse Adele a Lucien, haviam sido rapinados pelos oficiais alemães, que os enviaram para as esposas e namoradas. Apesar da escassez e privações resultantes da Ocupação, segundo Adele, mulheres parisienses estavam determinadas a permanecer chiques e elegantes. Era uma questão de orgulho francês as garotas parecerem bonitas aos olhos dos inimigos, de modo a lhes mostrar que eles não poderiam arrebatar a sua beleza.

Parisienses demonstravam grande criatividade diante da escassez. Quando as cabeleireiras se viram sem produtos de beleza e não mais podiam fazer permanentes, mulheres cobriram suas cabeças com chapéus e turbantes, modelados com pedaços de pano. Como flores e penas estavam disponíveis, tornaram-se os principais enfeites dos chapéus — às vezes com um efeito espalhafatoso, achava Lucien. A improvisação mais bem-sucedida das mulheres, na opinião dele, foi a transformação de pesados tamancos de madeira em artigos de moda. Além de aproveitarem ao máximo o que tinham à mão, muitas mulheres também desafiavam a proibição de usar as cores da bandeira francesa, imposta pelos alemães, usando botões e cintos azuis, brancos e vermelhos.

Um fonógrafo no topo da escada em curva começou a tocar música de jazz, sinalizando que o desfile estava para ser iniciado. Pessoas se acomodaram em seus assentos e pararam de falar. Então, para o enorme prazer de Lucien, Bette desceu lentamente a escada. Estava deslumbrante em seus sapatos altos pretos e vestido branco com lapelas pretas, completado por uma echarpe também preta.

Deteve-se no penúltimo degrau e sorriu para a plateia.

— Sejam bem-vindos, damas e cavalheiros, à Casa de Bonneau. Apresentaremos hoje alguns modelos muito elegantes que vocês irão adorar. Eles demonstrarão que, apesar dos tempos atuais, a beleza e a *haute couture* francesa ainda prosperam.

Bette ergueu o braço em direção ao topo da escada, e a primeira modelo desceu. Uma menina bonita, de cabelos louros cortados à altura dos ombros. Usava uma saia comprida preta e blusa branca, com um largo chapéu preto de abas moles. A plateia prorrompeu em aplausos. Quando chegou ao pé da escada, a garota caminhou sobre o semicírculo formado pela primeira fileira, parando em frente a Solidor e Signoret, contornando depois a escada e saindo por uma porta ao fundo. Bette se posicionara à direita, no lado mais distante do salão, para observar o desfile. Outras modelos desceram a escada. Na maior parte, usavam saias, blusas, casacos de ombros quadrados e chapéus de abas moles. Algumas envergavam vestidos de noite sem alças, com luvas até os cotovelos e faixas coloridas na cintura. Os outros vestidos, em sua maioria, eram à altura dos joelhos, de mangas curtas, e echarpes combinando com bolsas de tecido. Um dos chapéus despertou a admiração de Lucien pela criatividade de Adele: mole e engraçado, era feito inteiramente de papel trançado.

Todas as modelos eram esbeltas e atraentes, mas ele não conseguia desviar seu olhar de Bette. Quando captou a atenção dela, ela meneou a cabeça e lhe lançou um largo sorriso. Alguns oficiais alemães lançaram olhares invejosos em sua direção, deixando-o muito lisonjeado.

Lucien notou que os materiais utilizados pareciam seda, renda e couro de verdade, embora tivesse a impressão de que Adele lhe dissera que essas coisas haviam sido exportadas para a Alemanha. Ele prestou bastante atenção às roupas de uma das modelos, pois precisava dizer a Adele, entusiasticamente, que gostara particularmente de uma roupa. Certa vez, após um desfile, dissera a ela que adorara seus modelos e ela lhe perguntara qual o agradara mais. Quando não conseguiu especificar um modelo exato, ela ficou furiosa.

Depois que a última modelo desfilou, Adele desceu a escada, lenta e majestosamente, recebendo muitos aplausos e ovações. Lucien não pôde deixar de notar como ela gostava de adulação. Acenando e atirando beijos para a plateia, foi abraçar Solidor e Signoret. Quase todos os presentes as rodearam — para congratulá-la e olhar mais de perto as estrelas de cinema. Garrafas de champanhe foram abertas e as pessoas começaram a beber com gosto. Só mesmo Adele para conseguir o produto genuíno.

Lucien abriu caminho na multidão e se aproximou de Bette.

— *Monsieur* Bernard, que bom o senhor veio.

— Sinto-me lisonjeado por a senhora se lembrar de mim.

— Sempre me lembro de um homem bonito... e criativo — disse ela, apertando a mão dele.

— Parabéns pelo desfile, foi magnífico. Que modelos maravilhosos.

— Devo dizer que foi difícil demais conseguir produzir coisas tão boas em uma época dessas.

— Lucien. Lucien — trinou uma voz a distância.

— Ah, acho que a patroa está chamando o senhor. Foi muito bom vê-lo novamente.

Bette desapareceu na multidão e Lucien caminhou até onde estava Adele, ainda rodeada de admiradores.

— E agora, meu brilhante arquiteto, de qual dos meus modelos você gostou mais?

— Com certeza daquela saia azul-marinho com casaco da mesma cor e aquele maravilhoso chapéu de papel trançado.

Capítulo 17

— Quem é?

— Aubier. Trouxe sua comida.

Cambon, cujo estômago roncava de fome nos últimos dois dias, estava prestes a destrancar a porta quando percebeu que era quinta-feira. Aubier sempre vinha nas sextas. Todas as sextas-feiras, às oito da noite, ao longo de seis meses — o tempo em que Cambon estava escondido no apartamento da *rue* Blomet.

— Hoje não é sexta-feira. Que diabo está fazendo aqui?

— Não pude vir na sexta. Abra a porta — sussurrou Aubier através da grossa porta de madeira. — Você quer a comida ou não?

Cambon não se mexeu. Estava pensando em como era inusitado Aubier mudar a rotina. Seu estômago, todavia, persuadiu-o a abrir a porta. Talvez Aubier tivesse uma lata de sardinhas ou um pedaço de salame. Sentado sozinho no apartamento durante todos aqueles meses, Cambon não pensava em muita coisa além de comida. Antes, quando era um dos maiores fabricantes de roupas da França, dono de palacetes na cidade e no campo, ele poderia comer o que quisesse — bifes dos Estados Unidos, azeitonas da Grécia e até morsas do Círculo Polar Ártico, se desejasse. Agora estava passando fome, vendo pedaços de pão mofado como um banquete.

— Espere — murmurou.

Já planejava o jantar quando silenciosamente destrancou a porta. Uma garrafa de vinho seria uma maravilha. Ele bebera sua última há quatro meses. Entreabrindo a porta, viu o rosto bronzeado e curtido de Aubier, antigo criado de sua casa da *rue* Copernic. Aubier deu um largo sorriso de dentes amarelados e tirou uma maçã de um saco de papel. Os olhos de Cambon se iluminaram — era mais fácil encontrar ouro do que frutas nas ruas de Paris. Abriu a porta apenas o suficiente para que Aubier passasse. Mas o velho criado se estatelou de cara no chão do átrio, empurrado por três agentes da Gestapo em trajes civis e casacos de couro. Cambon empurrou um console na frente deles e correu para o quarto dos fundos, até um leito coberto por dossel; tirou um revólver de sob o colchão e se sentou na cama. Quando o primeiro agente da Gestapo entrou pela porta do quarto, Cambon calmamente lhe deu um tiro, que o acertou na coxa esquerda. O homem caiu no chão como um saco de batatas. O policial que estava atrás dele recuou e se abrigou atrás da parede. De repente, com o revólver na mão, saiu de trás da parede e acertou quatro balas em Cambon, que ainda estava sentado na cama e não fez qualquer esforço para se desviar. Caiu de costas na cama, como se apenas tivesse se deitado para tirar uma soneca.

Alguns minutos depois, o capitão Bruckner entrou no quarto com as mãos cruzadas atrás das costas e, em silêncio, avaliou a situação.

— Porra de judeu miserável! — gritou o policial caído no chão, contorcendo-se de dor. — Você viu o que ele fez comigo? Você matou o filho da puta?

Bruckner se aproximou do leito e verificou a pulsação no pescoço de Cambon.

— Um judeu morto. O que você acha disso? Não queria ser capturado vivo.

— Não posso criticá-lo, depois de saber o que acontece com esses judeus depois que vão para o leste — disse o terceiro policial, que estava inclinado sobre o companheiro ferido. — Veja bem, é a primeira vez que um desses judeus oferece resistência. Respeito esse miserável.

— Pois eu não — berrou o homem ferido, e os outros dois riram dele. Eles o ajudaram a se levantar e o arrastaram até a porta, onde Aubier estava parado.

— Você já fez seu trabalho, pode ir — disse Bruckner.

Apertando o saco de comida contra o peito, Aubier passou rapidamente por Bruckner e foi embora. Era sempre motivo de espanto, para Bruckner, o modo como os franceses traíam uns aos outros. A maior parte o fazia em troca de comida ou favores, mas muitos o faziam por ódio ou puro despeito. Seu escritório recebia dezenas de denúncias por dia, todas iniciadas por alguma forma da frase: "Tenho a honra de chamar vossa atenção para uma pessoa que mora em...". A carta (quase sempre não assinada) geralmente denunciava um judeu rico. "Ele tem um apartamento cheio de objetos valiosos". Muitos pediam aos alemães que protegessem as famílias francesas "das ações dos pérfidos judeus" ou que afastassem um marido francês "das tentações de uma judia".

E nem sempre o delatado era judeu. Os franceses, sempre famintos devido ao racionamento, desprezavam os compatriotas que comiam bem; portanto, estes também eram acusados de conspirar contra o Reich. Seria uma falha do caráter nacional? É claro que esse comportamento servia perfeitamente ao propósito da Gestapo, que o encorajava, mas aquelas pessoas não possuíam orgulho. Franceses tinham até um clichê para as denúncias: "Vou contar para os alemães". Bruckner não esperava que agissem assim. O fato o entristecia, pois tinha enorme respeito pela cultura e história francesa. Perguntava-se se seus conterrâneos agiriam de forma tão descarada quanto os franceses, caso estivessem sob ocupação. Os franceses nem entendiam que aquelas denúncias aprofundavam o desprezo que os alemães nutriam por eles e tornava muito mais fácil o uso de força bruta contra a população do país.

— Duisberg, traga os policiais franceses e peça para eles reunirem todos os moradores deste andar — disse Bruckner. — Se não estiverem em casa, pegue alguns do andar abaixo. Leve eles até o andar térreo, onde estarei esperando. Não vamos precisar das crianças. Becker pode cuidar de Bloem.

Duisberg foi até a escadaria e gritou para baixo. Quatro policiais franceses subiram os degraus correndo. Depois bateram às portas dos apartamentos do andar, gritando:

— Polícia, todo mundo no térreo, menos as crianças! Agora!

Como camundongos assustados, saindo lentamente de seus esconderijos, os moradores saíram de casa. Homens e mulheres de meia-idade, um garoto de 16 anos, um idoso de 85, uma mulher com uns 60. Todos se reuniram perto do elevador.

— Mexam-se!

Os moradores desceram as escadas correndo, até mesmo o homem idoso, seguidos por Duisberg, que os xingou e empurrou durante os quatro lances de escada. Ninguém emitiu uma palavra de protesto nem tentou reagir. Bruckner sabia que, em cada andar que passavam, os respectivos moradores estavam ouvindo a algazarra e rezando para que ninguém batesse em suas portas. Duisberg levou o grupo até a rua. Bruckner foi até seu carro, estacionado no meio-fio, e acendeu um cigarro. Quando viu os moradores formarem uma fileira, jogou fora o cigarro meio fumado e andou de um lado para o outro em frente a eles.

— Estou pensando em um número de 1 a 20. Vocês têm que adivinhar qual é — anunciou ele, em tom jovial.

Foi então até uma extremidade da fileira e encarou a mulher de 60 anos.

— Qual é o número?

A mulher não conseguia falar, o que aborreceu o capitão.

— Me diga um número, velha.

— Onze.

— Não, não é esse.

Ele andou até a pessoa seguinte, o garoto de 16 anos.

— Um.

— Não. E você, linda? — perguntou ele a uma atraente mulher de meia-idade.

— Sete.

— Você venceu! — gritou ele, alegremente, como se fosse o apresentador de um programa de rádio.

Então, rápido como um raio, sacou sua Luger do coldre e atirou no meio da testa da mulher, que caiu como uma pedra na calçada cinzenta. Bruckner guardou a arma, caminhou até o meio da rua e olhou para os prédios ao redor.

— Essa mulher morava no andar em que um judeu estava escondido — gritou ele para as janelas de ambos os lados da rua. — Aposto que nem sabia que ele estava lá. Mas isso realmente não importa, amigos. Se um judeu for encontrado no prédio de vocês, todos vocês serão mortos. Se um judeu for encontrado no quinto andar e você mora no segundo... você morre. É simples assim.

Bruckner andou alguns metros pela rua, de braços cruzados. Seus olhos esquadrinharam as fachadas dos prédios elegantes. Não viu ninguém, nem uma só pessoa, mas todos o escutavam é claro, postados a um ou dois metros das janelas. Ele sabia o que estavam sentindo. Nenhum deles olharia para fora, nenhum deles queria ver o que aconteceria às pessoas na rua. Era assim que os franceses agiam durante a Ocupação — não queriam ver. Tudo o que lhes importava era não serem *eles* os arrebanhados.

Becker e Bloem saíram do prédio. Duisberg ajudou Becker a colocar Bloem em um Citroën preto, encostado no meio-fio. Bruckner os observou impassivelmente. Depois, aproximou-se dos moradores restantes, que nem mesmo olhavam a mulher morta; mantinham o olhar fixo à frente. O capitão da Gestapo voltou a passear diante deles, olhando nos olhos de cada um. Uma das coisas mais fascinantes que ele presenciara em três anos de serviço na Gestapo fora o modo como as pessoas agem quando estão para ser fuziladas. Para sua surpresa, poucas sucumbiam e começavam a chorar ou implorar por suas vidas; a maioria se resignava, comportando-se com bastante estoicismo. Os moradores da *rue* Blomet pertenciam ao segundo grupo. Como todos os parisienses, pareciam aceitar o fato de que a morte era inevitável e que poderia ocorrer a qualquer hora do dia. Era estranho que os franceses fossem tão dignos diante da morte, mas, em vida, agissem como poltrões, delatando uns aos outros.

Ele gostaria de saber o que aqueles estavam pensando. Se estivesse no lugar deles, Bruckner tentaria pensar na experiência mais agradável que já tivera. Aquele verão maravilhoso na Bavária, quando perdera a virgindade para a tia de Claus Hankel. A ocasião em que vira os peitos de Trudy Breker pela primeira vez. Ou quando recebera o maior prêmio de atletismo da universidade por suas conquistas no salto em distância.

Ele parou em frente a um homem de meia-idade, que vestia um terno cinza amarrotado e olhava direto para a frente. Talvez estivesse em seu próprio mundo, lembrando-se de alguma coisa prazerosa que fizera. Ou será que estaria apostando que Bruckner só executaria um morador para demonstrar que falara sério?

O capitão da Gestapo, continuou a andar por mais um minuto. Depois retornou a seu carro, recostou-se sobre o capô e acendeu outro cigarro.

— Bem, senhoras e senhores, já está ficando tarde. Não vou reter vocês por mais tempo. Obrigado pela atenção. Boa noite a todos.

Capítulo 18

— Ah, *monsieur* Bernard, é bom vê-lo. Por favor, entre.

O major Herzog parecia estranho em trajes civis. O paletó do *smoking* era muito bonito, e as bainhas de suas calças cinzentas terminavam exatamente sobre seus lustrosos sapatos marrons. Lucien, que tomara cuidado para que ninguém o visse na entrada do prédio da *rue* Pergolese, entrou depressa no apartamento e bateu a porta atrás de si.

Percebeu que Herzog se divertiu com isso. Ambos sabiam que a situação dos franceses era delicada: nenhum francês queria ser visto em público confraternizando com os conquistadores. Assim, Lucien fora convidado a jantar com o major no apartamento deste. Quando Herzog lhe telefonara para convidá-lo, Lucien não conseguira dizer nada durante quase 30 segundos. Um dilema revoluteou na sua mente: ele não sabia se deveria ou não aceitar. Celeste também fora convidada, mas apenas como formalidade; Herzog já deveria ter compreendido, após alguns meses de serviço em Paris, que os franceses raramente misturam esposas com prazer, o que seria uma mistura de óleo com água. Lucien acabou aceitando o convite, pois, assim como em tempos de paz, confraternizar com o cliente era um bom negócio. Que diabo, pensou Lucien, ele visitaria Herzog uma vez e ponto final.

Oficiais alemães estavam alojados na afluente parte oeste de Paris. Era uma área fechada aos cidadãos franceses, exceto os que moravam lá. Herzog enviara um passe a Lucien para que ele pudesse visitá-lo.

Lucien ficou surpreso com a decoração do apartamento do alemão. Esperava ver cortinas com um padrão de suástica, bustos de Hitler e pelo menos uma foto do Führer em pose heroica, talvez usando uma armadura medieval. Mas o apartamento fora maravilhosamente decorado com pinturas e esculturas modernistas, e seus móveis eram modernos. Os tapetes tinham um dinâmico padrão abstrato, nas cores verde-oliva, terra de siena, vermelha e preta. Lucien se sentiu instantaneamente atraído por uma escultura de aço inoxidável, reluzente e aerodinâmica.

— Esta é magnífica, major — disse Lucien, tomando cuidado para não tocar na escultura, temendo deixar impressões digitais.

— É interessante que o senhor tenha reparado logo na minha peça favorita, meu Brancusi. Muitos dos seus trabalhos têm um aspecto quase fálico. As autoridades postais americanas impediram a entrada de uma de suas peças porque acharam que era um objeto sexual.

— Puritanos — disse Lucien, aproximando-se de uma pintura cujo tema era uma grade de cores primárias. — Isso é um Mondrian?

— Pequeno demais, infelizmente.

Lucien se afastou um pouco e deu uma olhada de 360 graus no apartamento do alemão. Era uma residência elegante, construída durante o período de Haussmann, com lindos painéis nas paredes e um teto de gesso branco, com um delicado trabalho em baixo relevo. Mas era a justaposição de objetos de arte, mobiliário moderno e uma linda concepção arquitetônica do século XIX que fazia daquele interior uma coisa única.

— Que apartamento incrível. Pensei que os oficiais alemães morassem...

— Em um frio compartimento em um quartel de pedras, dispondo de apenas um catre, uma mesa, uma cadeira e um retrato de Hitler na parede? — completou Herzog, sorrindo. — Não, nós temos permissão para ter nossa própria residência. Esta aqui pertencia a um judeu que não quis cooperar com o Reich. Então, teve que entregar a propriedade.

— E onde ele está morando agora? — perguntou Lucien, percebendo um milissegundo depois que sua pergunta fora incrivelmente ingênua.

— Em acomodações um pouco menos confortáveis — respondeu Herzog, servindo um copo de conhaque a seu convidado.

— Ah — disse Lucien pegando o copo, enquanto seu anfitrião enchia um para si mesmo.

— Acho que o senhor ficou surpreso com meu gosto artístico — observou Herzog, com um sorriso. — Um pouco *avant-garde* demais para um soldado do Reich?

— Bem, eu...

Lucien estava pensando exatamente isso.

— Procuro manter a mente aberta quando se trata de colecionar. Venha, deixe-me lhe mostrar uma coisa da qual tenho especial orgulho — disse Herzog, conduzindo Lucien por um corredor escuro.

Herzog acendeu a luz e apontou para dois pequenos quadros na parede. Um deles era a pintura de uma paisagem verdejante à beira de um rio; a outra, de um homem bem nutrido, de terno preto e chapéu.

— Esse é o meu Corot. — Herzog apontou para a paisagem. — E esse é o meu Frans Hals. Como o senhor vê, *monsieur* Bernard, nem tudo precisa ser decadente e moderno.

— Esses quadros são lindos. Repare nas pinceladas das árvores — exclamou Lucien.

— Dois mestres extraordinários. Ninguém captura uma expressão como Hals.

— Devem ter custado uma fortuna.

— Nem um pouco. Eram de um cavalheiro que estava prestes a fazer uma longa viagem e não precisava mais deles — replicou Herzog. — Ele me cedeu os quadros por quase nada.

Lucien podia imaginar que tipo de viagem o homem empreendera.

— Você iniciou uma coleção e tanto.

Herzog riu.

— Apenas um início modesto. Mas espero conseguir outras pechinchas em Paris. Existe uma incrível coleção pertencente a um judeu chamado Janusky que a Gestapo está louca para encontrar. Adoraria pôr as mãos em dois retratos pintados por Frans Hals, que dizem que ele tem. Mas pode ter certeza de que Göring, o marechal do Reich, é quem vai ter a primeira escolha. Estou esperando algumas gravuras de Dürer, muito bonitas, a qualquer momento.

Lucien não disse nada. Sabia que a aquisição provinha de outro homem que fizera uma "viagem".

Herzog levantou seu copo.

— À grande arquitetura e aos arquitetos que a criam — disse.

Lucien também ergueu seu copo. Achou então que era uma boa oportunidade para puxar o saco do cliente. Afinal de contas, seus verdadeiros clientes eram os alemães, não Manet.

— À grande arquitetura e aos grandes clientes que permitem que os arquitetos criem.

Herzog pareceu se divertir com o brinde de Lucien e tomou um gole de conhaque.

— Venha se sentar — disse ele, indicando uma Barcelona, estilo de cadeira criado por Mies van der Rohe, seu compatriota alemão.

A cadeira era muito confortável. Lucien cruzou as pernas e bebericou seu conhaque. Começava a entrar no espírito da reunião e se sentir um pouco mais relaxado.

— O senhor realmente conseguiu todos esses móveis aqui em Paris? — perguntou, dando uns tapinhas no assento da cadeira.

— Só algumas peças. A maior parte foi enviada de Hamburgo, onde eu estava morando antes do início da guerra — disse Herzog. — Como vou ficar aqui durante algum tempo, queria me sentir em casa.

Ele parecia esperar que Lucien e os demais franceses aceitassem este simples fato da vida: os alemães estavam lá para ficar. Herzog se reclinou em uma *chaise longue* e pegou a garrafa de conhaque para reabastecer o copo.

— Sua cadeira é muito bonita. Conheci Le Corbusier na década de 1930. Um talento muito significativo — comentou Lucien, embora achasse que o homem era um calhorda arrogante.

— Fui conhecer a Villa Savoye. Sempre quis conhecê-la. Uma construção impressionante — exclamou Herzog. — Por onde anda Le Corbusier? Está na Suíça?

— Acho que atravessou os Pirineus e foi para a Espanha.

— Arquitetos que fogem sobrevivem para continuar trabalhando, não é?

— O senhor tem um bom olho para o *design*, major — comentou Lucien, mudando de assunto.

— Dieter. Por favor, me chame de Dieter.

— Se você me chamar de Lucien.

— Meu pai pode ter me transformado em engenheiro, mas não conseguiu remover meu amor pela arquitetura e pelo *design*, Lucien.

Lucien se sentia incomodado ao ver um alemão dando valor às coisas belas — era com um macaco apreciando um colar de pérolas raras ou um antigo vaso grego em vermelho e preto. Os alemães eram monstros, sem um pingo de decência; mesmo assim valorizavam as mesmas coisas que um francês valorizava. Isso não parecia certo.

— Trouxe alguns objetos da minha época na Bauhaus, mas adquiri a maioria ao longo dos anos. Também não foram muito caros. A maior parte dos alemães acha que essas coisas são lixo decadente. Poucas pessoas as querem dentro de casa.

— Preferem pendurar paisagens românticas e baratas na parede. Ou sentar em uma falsa cadeira Luís XIV — observou Lucien, resignado.

— Exatamente. Puro lixo.

— Ao lixo — disse Lucien, antes de esvaziar seu copo de conhaque.

Enquanto a bebida deslizava por sua garganta, ele notou a foto de uma mulher e uma criança sobre uma mesinha de vidro e aço. Ele já se perguntara se Herzog era ou não um homem de família.

— Sua esposa e sua filha? — perguntou ele, acenando com a cabeça na direção do retrato. Herzog se levantou da *chaise longue*, foi até a mesinha e entregou a foto a Lucien.

— Sim, minha esposa Trude e minha filha Greta, que acabou de fazer 9 anos.

— Muito bonitas. Sua esposa compartilha suas tendências modernistas? — perguntou Lucien, curioso, pois Celeste detestava o que ele adorava.

— Ah, sim, ela é uma desenhista gráfica muito competente. Mas agora só desenha material de propaganda para o Reich. Esperamos que, quando a guerra terminar, ela retorne ao verdadeiro desenho.

— Você deve sentir saudade delas.

— Já não as vejo há nove meses, mas vou ter uma folga daqui a algumas semanas. Mal posso esperar para ver a minha filha — respondeu o alemão com um olhar triste. — Juntei muitos presentes para levar para elas.

Herzog pôs a foto no lugar. A maioria dos pais, neste momento, começaria a aporrinhar o convidado relatando todos os prêmios escolares que sua filha obtivera nos últimos cinco anos. Mas Herzog não falou mais nada. Apenas estendeu a garrafa para reabastecer o copo de Lucien.

— Seu projeto da fábrica foi notável. Os painéis de vidro horizontais e o modo como eles se unem aos pilares de concreto são magníficos.

Lucien esvaziou seu copo, que imediatamente foi reabastecido. Uma sensação de calor em seu peito se tornava mais quente a cada minuto.

— Obrigado... Dieter.

— E aqueles maravilhosos arcos de concreto parecem pairar no espaço. Mas podem aguentar todos os guindastes e guinchos. Excelente trabalho.

Não havia nada que Lucien — ou qualquer outro arquiteto — gostasse mais que elogios aos montes. Viessem de um francês ou de um nazista, eram igualmente satisfatórios.

— Acho que você vai gostar do próximo prédio — disse Lucien, com voz arrastada.

— Gosto da sua arquitetura, ela reflete a função com a forma pura.

— Ah, espero que o coronel Lieber também ache isso.

— Não se preocupe com Lieber. Tudo o que ele quer é que as instalações sejam construídas dentro do cronograma. Vou garantir isso.

Na extremidade mais distante da sala, um par de portas de correr apaineladas se abriu. Um jovem cabo alemão apareceu e ficou em posição de sentido.

— Major, sua ceia está pronta.

— Obrigado, Hausen. Pode voltar para o quartel. Venha, Lucien, uma costela de cordeiro está à nossa espera.

Com um pouco de dificuldade, devido ao conhaque que consumira, Lucien se levantou da Barcelona e se juntou ao seu novo amigo para cear.

Capítulo 19

— Sol, acho que vi uma luz no portão.

Geiber sabia que sua esposa não era do tipo histérico. Na verdade, ele a admirava por ser tão calma e equilibrada. Portanto, mal ela terminou de falar, Geiber largou o livro e entrou em ação. Quando Miriam o viu pular da poltrona de couro, imediatamente fez o que devia fazer em uma emergência. Eles tinham apenas alguns minutos para agir. Se hesitassem, seria morte certa para ambos.

Geiber correu até a cozinha, situada no primeiro andar, na parte de trás do grande pavilhão de caça. Abriu então a porta dos fundos e jogou um velho chapéu de feltro na vereda do jardim. Depois, deixando a porta escancarada, subiu a escada de serviço o mais rápido possível para alguém de 64 anos. No quarto principal do segundo andar, encontrou Miriam, que segurava a pequena bolsa de couro em que, semanas antes, colocara os documentos forjados, dinheiro e uma muda de roupa para ambos. Ele a olhou nos olhos castanho-escuros e afagou seu rosto coberto de ruge.

— Está preparada, querida?

— Meu Deus, espero que funcione — disse Miriam.

Suas mãos tremiam horrivelmente e seus joelhos ameaçavam ceder a cada segundo.

— Venha — sussurrou Geiber.

Atravessando o quarto, eles foram até um lance de quatro degraus acarpetados que levavam a um estúdio, diante dos quais se ajoelharam como se fossem rezar. Geiber pousou as mãos sobre a quina do degrau inferior e lentamente ergueu toda a escada, cujo último degrau era dotado de dobradiças. Precisou de todas as forças para erguer a escada alto o bastante para que Miriam passasse pela abertura com a bolsa. Ela se arrastou até o fundo do compartimento, paralelo aos degraus, onde acomodou seu corpo frágil.

— Já entrou? — arquejou Geiber, esforçando-se para segurar a escada.

— Pelo amor de Deus, Sol, ande logo.

Geiber deslizou por baixo da escada e a largou. A escada caiu com um ruído seco e pesado. Ele fechou os dois trincos que a fixavam no lugar e se posicionou ao lado de Miriam. Estava tão ofegante que achou que desmaiaria. Como suas costas estavam contra o peito da esposa, sentiu as palpitações do coração dela. Ele arrastou a bolsa até a altura do peito, deitou-a e a abriu. Miriam pousou o braço sobre seu corpo e segurou a mão dele com força. Depois, aconchegou a cabeça em sua nuca. Por uma fração de segundo, ele se esqueceu do perigo iminente.

Era uma sensação tão calorosa e reconfortante, pensou Geiber. Como se estivessem de volta ao grande leito que tinham em casa, aninhados sob o edredom de penas de ganso. O espaço exíguo dentro da escada era bastante abafado e escuro, mas o colchonete em que estavam deitados era bastante confortável. Como as escadas tinham quase dois metros de largura, os Geiber podiam esticar as pernas. O lado de dentro dos degraus estava apenas a alguns centímetros do rosto de Geiber, tão próximo que ele sentia o cheiro da madeira. Agora não podiam fazer mais nada, senão esperar, enquanto os segundos transcorriam como se fossem horas.

— Nosso destino está nas mãos de Deus — sussurrou Geiber. — Eles vão entrar a qualquer momento, e não poderemos emitir nem um som. Mas há uma coisa que nunca lhe disse. E tenho que lhe dizer agora.

— Agora, Sol?

— A primeira vez que vi você foi na Opéra Garnier. Você usava um leve vestido azul. Eu não conseguia desviar meus olhos de você. Depois da ópera, fiz minha carruagem seguir a sua até sua casa. Subornei seu criado para que ele me dissesse seu nome. No dia seguinte, anonimamente, enviei um buquê de rosas a você.

— Foi você que enviou aquelas rosas? Meu pai teve um ataque.

— Sim, fui eu.

— Amo você, seu velho bobo.

Ouviu-se um enorme estrondo na porta da frente, seguido pelo som de madeira se estilhaçando e gritos. Simultaneamente, Geiber e sua esposa tiveram um sobressalto de medo. Homens começaram a correr pela casa, berrando e xingando, martelando com as botas o assoalho do pavilhão. O casal ouviu móveis e mesas caindo no chão, enquanto estantes eram arrancadas das paredes e armários, violentamente esvaziados. Então, o que parecia o estouro de uma manada de cavalos subiu a escada principal. Homens se espalharam pelo corredor e pelos quartos. Miriam estava tão amedrontada que já não conseguia pensar. Fechando os olhos com força, começou a chorar.

Os soldados entraram no quarto principal, arrancaram as portas dos armários, revistaram as gavetas da cômoda e dos armários e viraram a cama ao contrário. Depois de alguns minutos, saíram do quarto.

— Não há ninguém aqui, coronel — gritou alguém.

— Impossível — respondeu uma voz de barítono. — Continuem procurando; eles ainda devem estar aqui. Messier nunca se enganou antes. Procurem uma parede falsa no fundo dos armários. Foi onde já achamos alguns.

Houve uma pausa, enquanto o coronel falava. Quando parou de falar, o tumulto recomeçou em ritmo ainda mais frenético.

De repente, alguém voltou ao quarto principal e subiu correndo a escada acima de Miriam e Geiber. Os degraus se vergaram sob o impacto do peso do homem, quase tocando o nariz de Geiber. Uma onda de pânico se apoderou deles. Com esforço sobre-humano, Miriam abafou um grito, apertando com força a mão do marido. De repente sentiu o marido tremer descontroladamente, como se estivesse tendo um ataque epilético. O soldado permaneceu no estúdio, removendo todos os livros que se alinhavam nas prateleiras, do chão ao teto, e arremessando alguns sobre a escada. Os Geiber se sobressaltavam a cada vez que um livro caía acima deles. Quando terminou com os livros, o soldado começou a arrancar o painel de madeira que revestia a parede. Depois desceu as escadas de volta, onde se encontrou com outro soldado.

— Você verificou atrás da estante? Eles se escondem em espaços atrás de estantes.

— Que diabo você acha que eu estava fazendo? — berrou o soldado.

— Onde estão aqueles judeus, porra? Achei que seria um serviço fácil. Marianne está me esperando na cidade.

— Qual delas é a Marianne? Você nunca falou nada sobre ela.

— É a que tem aqueles peitões, que roubou aquela caixa de vinhos para mim. Você não se lembra?

— Que vinho? Você tinha vinho e não me disse nada?

Um dos soldados se sentou pesadamente nos degraus. Geiber e Miriam sentiram as escadas rangerem e vergarem logo acima deles. Com o corpo de um alemão a apenas dez centímetros, o medo que se apoderou deles era insuportável. Miriam quase desmaiou e teve vontade de desmaiar para sempre, de modo a escapar daquele tormento. Com todas as forças que tinham, ambos fecharam as bocas. O menor som poderia denunciá-los.

— Meu Deus, estou cansado de subir essas drogas de escadas. Essas casas são como museus, porra. Não saia ainda.

— É melhor que Schlegal não veja você sentado à toa.

— Fodam-se ele e todos os calhordas da Gestapo.

— É melhor você se levantar, senão sua bunda vai acabar na Rússia.

— Deixa eu recuperar o fôlego. De qualquer forma, Schlegal está lá embaixo.

— Anda logo. Vou até o corredor para olhar de novo.

O soldado não saiu dos degraus da escada. Os Geiber ouviram o riscar de um fósforo e sentiram o leve aroma de um cigarro. Estavam extremamente ansiosos para que o homem fosse embora. Para seu horror, Geiber percebeu que defecara nas calças. Após um minuto, um forte odor dominou o cubículo. Então, misericordiosamente, eles ouviram o som de uma bota apagando uma guimba no chão. Os degraus rangeram quando o homem se levantou.

— Jesus Cristo, você ainda está aí? Schlegal está vindo pelo corredor — disse um soldado.

— Você está sentindo algum cheiro? Cheiro de merda?

— Você é que vai se sujar de merda se Schlegal pegar você.

— Não, espere, eu...

— Stauffen, seu imbecil desgraçado — gritou uma voz. — Mexa-se e procure aqueles judeus! Você verificou o sótão?

— Não, coronel, é que eu...

— Idiota. Era o que você deveria ter feito primeiro. Agora, dê o fora daqui.

— Sim, coronel.

Os Geiber ouviram mais rebuliço no corredor e no sótão. Após uns quinze minutos, um grupo de soldados se reuniu em frente ao quarto principal. A voz do coronel rompeu o silêncio.

— A porta da cozinha estava aberta. Eles devem ter passado pelo jardim, caminhado até os fundos da propriedade e tomado algum carro. Mas não irão longe. Espalhem-se pela propriedade e vasculhem a área. Achem a fossa séptica e vejam se estão lá dentro. E *não* atirem neles, estão ouvindo? Quero os dois vivos.

Os soldados desceram a escadaria principal e saíram pela porta de trás. Fez-se silêncio completo, mas os Geiber permaneceram onde estavam. Seu plano era esperar duas horas antes de se moverem. A sensação que tinham era que estavam acordando aos poucos de um terrível pesadelo. Só que aquilo não fora um sonho surrealista criado por seus subconscientes, mas um acontecimento real e horrendo, que os deixara emocionalmente exaustos e completamente esgotados. Quando a respiração de ambos começou a voltar ao normal, perceberam que suas roupas estavam encharcadas, como se tivessem pulado em um lago. Até o colchonete estava encharcado. Enquanto esperavam, seus corpos começaram a doer de tanto que permaneceram na mesma posição. Geiber estava deitado sobre as próprias fezes, mas não sentia vergonha. O que importava era terem sobrevivido. Ele retirou a mão de dentro da bolsa, aliviado por não ter sido obrigado a usar o revólver. Em retrospectiva, gostaria de ter aceitado os frascos de cianeto oferecidos pelo farmacêutico.

Capítulo 20

— Seu talento é excepcional. Meu trabalho, quando saí da escola, nunca chegou nem perto de ser tão bom quanto o seu.

Alain Girardet olhou para o chão e tentou disfarçar um sorriso. Lucien sorriu ao ver a reação dele, pois o jovem conhecia o próprio talento, mas era importante parecer humilde naquele momento. Ele teria feito o mesmo. Trabalho de arquitetura era praticamente impossível de se obter em Paris. Assim, ele sabia que Alain estava determinado a sair dali empregado. Ambos estavam sentados frente a frente em uma mesa no estúdio de Lucien, que Manet graciosamente incluíra no acordo, sem cobrar aluguel. Lucien considerava mais profissional receber os alemães em um estúdio que em seu próprio apartamento. Além disso, Celeste teria um ataque se os alemães pisassem em sua casa.

— Obrigado, *monsieur*. O senhor é muito gentil. Eu me esforcei muito na escola, principalmente na parte de desenho. Afinal de contas, o desenho é a alma da arquitetura, não é? — respondeu Alain.

O garoto realmente sabia puxar saco, pensou Lucien, mas gostou da resposta.

— Realmente é — respondeu ele, percebendo que, por fim, após entrevistar meia dúzia de interessados, ali estava o cara que procurava.

Sentindo-se cheio de energia, fez a pergunta que todos os candidatos querem ouvir.

— Se o senhor ficasse com o trabalho, quando poderia começar?

— Amanhã — respondeu Alain, ansiosamente.

Lucien teria dito "depois de amanhã" para mostrar que não estava tão desesperado. Aquele garoto devia estar totalmente quebrado.

Lucien folheou o portfólio de desenhos mais uma vez para se assegurar de que estava tomando a decisão correta. No passado, contratara desenhistas por impulso e acabara se arrependendo. Michel, por exemplo, o arquiteto de meia-idade que sempre voltava do almoço bêbado. Seus desenhos, tão bonitos quando estava sóbrio, à tarde pareciam os de uma criança de 4 anos. Isso quando ele não dormia sobre a prancheta. Outra escolha memorável fora Charles, que se revelara o calhorda mais preguiçoso da França. Demorava um mês para desenhar um quadrado.

Com mais fábricas a caminho, Lucien precisava de um desenhista para ajudá-lo a produzir os desenhos. Não podia fazer tudo sozinho. Então, induzira Herzog a aumentar seus honorários para que pudesse contratar um ajudante. Sabia que poderia empregar alguém por um salário miserável. E havia mais de uma razão para que um rapaz daquela idade precisasse de emprego. Desde a Ocupação, milhares de jovens qualificados para o serviço militar eram obrigados a prestar dois anos de trabalho obrigatório para a França caso houvesse um exército francês. Depois, se não arranjassem trabalho, tinham que atuar "voluntariamente" para o Reich nas indústrias bélicas da Alemanha.

Lucien olhou para Alain, procurando indícios de alguma falha de caráter. O jovem parecia perfeitamente respeitável, com seus vinte e poucos anos, altura média, cabelos cor de areia e olhos castanho-claros. Estava vestido com elegância e seus sapatos ainda tinham solas de couro, o que o tornava apresentável para os alemães. Só havia mais um detalhe que Lucien precisava verificar.

— Seus papéis estão em ordem?

— Sim, *monsieur*.

— Posso vê-los?

Na França, todo mundo tinha que estar sempre com uma caderneta de identidade semelhante a um passaporte, contendo todos os detalhes pessoais que a burocracia francesa e os militares alemães consideravam importantes: data de nascimento, sinais característicos, aparência física e endereço domiciliar. Um certificado de "dispensa de incorporação" estava incluído na caderneta de identidade do garoto, o que deixou Lucien surpreso, pois ele já passara da idade de prestar o serviço compulsório, o que significava apenas uma coisa: Alain conhecia alguém influente.

Ele devolveu a caderneta ao rapaz e sorriu.

— Posso lhe pagar um salário inicial de duzentos francos por semana, *monsieur*.

— É muita generosidade, *monsieur* Bernard. Será uma honra trabalhar para alguém com tanto talento. Quero aprender com um dos mais proeminentes modernistas de Paris.

— Ótimo — respondeu Lucien, achando que havia um limite para o puxa-saquismo. — O senhor vai trabalhar nos documentos da construção de uma fábrica que produzirá armas para a Luftwaffe. — Ele apontou para os desenhos da fábrica, espetados na parede atrás dele. — Como vê, é um bocado de trabalho para o escritório. E provavelmente haverá muito mais. Se tudo correr bem, o senhor se tornará meu braço direito.

Lucien sempre usava esta conversa com um novo funcionário. Todo o processo de contratação era cheio de grandes esperanças. Estas, todavia, nunca haviam se concretizado em sua experiência anterior à guerra. A diferença, desta vez, era que ele estava contratando um garoto recém-saído da universidade. Um que poderia ser moldado como um pedaço de argila, transformando-se no que Lucien sempre desejara de um funcionário. Alain tinha as qualidades que procurava, especialmente a compreensão de como um prédio era de fato construído. Ele podia discernir isso nos desenhos do rapaz, que revelavam os detalhes da construção de um prédio. Eram desenhos tão precisos e pormenorizados quanto os de um arquiteto experiente. Quase todos os garotos recém-saídos da escola eram umas bestas quando se tratava de construções. Não faziam ideia de como um prédio era montado.

— Estou ansioso para começar, *monsieur*. Amanhã está bom?

— Claro.

— Estarei aqui às sete.

— E eu às nove. No final da semana, o senhor receberá uma chave do escritório. Assim, poderá vir aqui quando quiser.

Lucien sempre esperava uma semana antes de entregar a chave do escritório para ter certeza de que o novo contratado era honesto. Aprendera a lição com Hippolyte, que desaparecera com todas as ferramentas de desenho no segundo dia de trabalho.

Alain começou a recolher seus desenhos da mesa e a guardá-los em um portfólio de cartolina marrom.

— Vi na sua caderneta que o senhor mora bem perto daqui — disse Lucien, tentando iniciar uma pequena conversa informal.

— Sim, *monsieur*.

— O senhor vive com os seus pais?

— Sim, *monsieur*.

Lucien compreendeu que aquela conversa não iria dar em nada, mas tinha certeza de que Alain tinha talento, e isso era o que importava. Pousando a mão no ombro do garoto, ele o levou até a porta.

— Bem, até logo, *monsieur* Girardet. Vejo o senhor amanhã — disse Lucien, meneando a cabeça.

— Obrigado novamente, *monsieur*. Estou ansioso para trabalhar com o senhor.

Em vez de esperar pelo elevador, Alain desceu agilmente os quatro lances de escada e saiu do prédio. Quando chegou à esquina da *rue* de Châteaudun, um Mercedes preto buzinou e parou ao lado dele. A porta traseira se abriu e um oficial da Gestapo, de uniforme preto, mandou que Alain entrasse no carro. Alain parou e olhou para dentro do veículo; em seguida, subiu no banco traseiro e se sentou ao lado do oficial, que fumava um cigarro.

— Então, como foi? — perguntou o homem, oferecendo um cigarro a Alain.

— Ele adorou meu trabalho. Começo amanhã — respondeu Alain, com bastante orgulho, embora soubesse antecipadamente que Bernard adoraria seu portfólio.

Seu talento para o desenho era excepcional.

— Que notícia maravilhosa. Sua mãe vai gostar muito.

— Nada teria acontecido se não fosse o senhor, Tio Hermann — disse Alain, acendendo o cigarro.

— Bobagem. Foi o seu talento que conquistou a vaga. Só lhe falei sobre o arquiteto. Meu chefe está trepando com a amante dele, foi assim que ouvi falar dele — disse o alemão, dando uns tapinhas no ombro do sobrinho com a mão enluvada. — Ele está conseguindo um boca-do de trabalho da indústria bélica. Então, achei que ele poderia estar precisando de ajuda.

— Seu chefe sabe que ela é amante de Bernard? — perguntou Alain, agora mais excitado com a conversa sobre ligações sexuais que com seu novo emprego.

— Provavelmente, mas aposto que não vai ser amante do arquiteto por muito mais tempo.

— Bem, tio, obrigado por tudo o que o senhor fez. Se houver algo que eu possa fazer...

— Não foi nada, garoto. Mas, já que tocou no assunto, aquele homem que mora no quinto andar do seu prédio não tem cara de judeu?

— Monsieur Valéry? Hum, um pouco, eu acho. Vou investigar para o senhor, tio, se o senhor quiser.

Capítulo 21

— Isso... é meu?

— Todo seu, *monsieur* Lucien — respondeu Manet, entregando ao arquiteto um conjunto de chaves em um novo e reluzente chaveiro.

Lucien olhou aturdido para o luzidio Citroën Roadster 1939 azul--marinho, que estava estacionado no meio-fio. Depois deslizou as mãos amorosamente pelo bojudo teto conversível, feito em couro, como se estivesse acariciando o corpo nu de uma mulher. Quando Manet lhe pedira para se encontrar com ele em frente ao prédio número 29 da *rue* du Renard, Lucien não entendera o motivo. Manet disse que era uma surpresa, e, sem dúvida, era.

Os parisienses, agora, usavam bicicletas como meio de locomoção. Ninguém mais em Paris dirigia automóveis, que praticamente haviam desaparecido das ruas. Alguém que permanecesse parado na *rue* Saint--Honoré durante vinte minutos, ao meio-dia, contaria talvez meia dúzia de carros. A contínua torrente de tráfego que constantemente circundava a Place de la Concorde também desaparecera. Carteiras de motoristas eram agora concedidas pelas autoridades e apenas a profissionais de determina-das atividades, como médicos, parteiras e bombeiros. Caso contrário, o pleiteante deveria ter um bocado de influência junto aos boches para obter o documento, o que Manet com certeza tinha. Mesmo se Lucien tivesse carteira de motorista, o Citroën teria que permanecer estacionado até que a guerra terminasse, devido à falta de gasolina. Era muito difícil encontrar combustível — encontrar champanhe de qualidade era mais fácil.

— E aqui estão os papéis para o senhor obter sua cota de gasolina. O senhor vai precisar de um carro para visitar todas as obras que vai fazer. Não dá para ir até Tremblay de metrô — disse Manet, dando uma gargalhada.

— O senhor é muito generoso, monsieur Manet. Nem sei o que dizer. Nunca, nem em meus sonhos mais loucos, teria pensado em ter um carro. Ainda mais um tão bonito.

— Citroën é o *meu* carro favorito. Sabia que o senhor gostaria dele. Seu olho de *designer* gosta dessas linhas elegantes. Posso ver isso neste exato momento.

Tacitamente, Lucien concordou com a observação. Depois de contornar o veículo, posicionou-se atrás do volante. O estofamento de couro era macio e confortável, seria possível dormir sobre ele; e o painel lembrava a cabine de um avião. Quando virou a chave, o motor pegou instantaneamente e ficou ronronando como um gatinho. Adele enlouqueceria quando visse aquilo. Ele iria telefonar para ela e lhe dizer que olhasse pela janela. Ele pararia o carro e acenaria para que ela descesse. Ela o cobriria de beijos quando se aboletasse no assento do passageiro. Havia uma hospedaria nos arredores de Poissy onde eles poderiam passar um prolongado fim de semana.

Lucien estava ansioso para dar uma volta no Citroën. Quase saiu dirigindo, mas se lembrou de que Manet ainda estava na calçada.

— Posso deixar o senhor em algum lugar, *monsieur?* Ou talvez queira ir almoçar na avenida de l'Opéra? Podemos chegar lá em cinco minutos — disse Lucien, com um grande sorriso no rosto.

— Um almoço seria ótimo. Mas o senhor poderia me dar um momento para me aconselhar sobre um assunto? É aqui mesmo, neste prédio.

— Sim, é claro — respondeu Lucien, desligando a ignição.

Eles entraram no prédio e foram até o elevador. Quando a caixa de metal subiu, a euforia pelo Citroën subitamente se evaporou; Lucien sabia o que estava para acontecer. Uma nuvem aziaga o envolveu. Após lançar um sorriso forçado a Manet, ele olhou para o piso azul e branco da cabine. Todas as imagens de tortura e morte que o atormentavam passaram por sua mente de novo. Mas, de repente, a imagem de Adele e ele voando pela área rural francesa no Citroën sobrepujou os maus pensamentos e ele sorriu de verdade. O elevador parou no quinto andar e Manet o conduziu até a porta dupla do apartamento número 8. Tão logo entraram no apartamento, Manet pousou a mão no ombro de Lucien, gesto paternal que se tornara sua marca registrada.

— Estou passando maus bocados para encontrar um esconderijo. Simplesmente não tenho sua inteligência para esses assuntos. Detesto incomodar o senhor de novo, mas que lugar o senhor escolheria?

Lucien permaneceu em silêncio por um minuto. Depois caminhou até a janela de vitrais e contemplou o cálido sol de agosto reluzindo no teto do Citroën estacionado diante do prédio.

— Deixe-me dar uma olhada. Tenho certeza de que pensarei em alguma coisa. Mas esta será definitivamente a última vez, *monsieur*.

— Claro, como o senhor quiser.

Era um apartamento de seis peças, muito bem mobiliado, com tetos elevados e acabamentos em madeira. Lindos tapetes, poltronas e sofás ricamente bordados distribuíam-se pelo assoalho em parquê cor de mel. Dois grandes candelabros de cristal iluminavam os aposentos principais. Mas o traço mais marcante da residência estava no salão: uma enorme lareira de pedra, cuja boca tinha mais de dois metros de altura e quase três de largura. Sua parede de fundo era integrada à parede que confinava com o pátio interno do prédio. Depois de percorrer todos os cômodos, Lucien voltou para perto da lareira, parou em frente a ela e a estudou por alguns minutos.

— Essa lareira funciona?

— Sim, mas nunca é usada — respondeu Manet.

— E vai ser só um esconderijo temporário?

— Só um refúgio para quando a Gestapo estiver por perto. Eles vão ser retirados daqui quando for seguro.

— São quantas pessoas?

— Duas.

Lucien sorriu.

— Eles vão se esconder atrás da parede de fundo da lareira. Será uma parede falsa, que poderá ser aberta; quando estiverem dentro do esconderijo, poderão fechá-la. Os cães serão aparafusados na frente da falsa porta, assim a lareira vai parecer de verdade. Pode ter até alguns troncos sobre eles — explicou Lucien, satisfeito com a ideia. — A boca da lareira é tão grande que eles poderão entrar facilmente no espaço que vamos abrir e permanecer de pé lá dentro. Seus hóspedes não são tão altos quanto o senhor, são?

Manet franziu a testa.

— Não, mas aquela ali não é uma sólida parede de tijolos?

— É, mas tem meio metro de espessura. Portanto, vai haver espaço suficiente para que duas pessoas permaneçam lado a lado depois de removermos os tijolos.

Lucien podia ver que Manet não estava convencido com o plano. Então olhou ao redor. Havia outra possibilidade para um esconderijo que seria muito mais fácil de construir. Uma das paredes internas do apartamento era espessa o suficiente para que duas pessoas se escondessem atrás do lambri. Mas, para Lucien, este recurso não era tão bom quanto a utilização da lareira. Ele queria alguma coisa especialmente enganosa, mesmo que desse mais trabalho. Quanto mais engenhosa a solução, percebeu ele, mais empolgado ficava. Os alemães poderiam vasculhar o cano da chaminé, mas jamais olhariam atrás do fundo da lareira. Lucien começou a achar que era algum tipo de mágico, capaz de fazer as pessoas desaparecerem.

— Sim, isso vai funcionar — prosseguiu ele. — A parede falsa será recoberta com faces de tijolos cortadas bem finas, fixadas em uma placa de aço que poderá ser movida facilmente.

Para tranquilizar Manet, Lucien acrescentou:

— Por favor, *monsieur*, não se preocupe. Vou projetar o esconderijo de tal forma que ele será completamente seguro.

— Bem, se o senhor está dizendo. Só que parece muito difícil. Mas, se é o que o senhor quer, é o que terá. Confio no seu julgamento.

— Vou entregar um desenho ao senhor depois de amanhã. Fica o que nós combinamos.

— Claro, Lucien. Ninguém vai saber. As pessoas estão muito agradecidas por sua ajuda, mesmo que não saibam da sua existência. O senhor já salvou duas vidas.

Lucien estava pensando no Citroën e em Adele, mas saiu do devaneio quando ouviu o comentário.

— Salvei a vida de alguém?

— Sim, salvou. Lembra-se da escada no pavilhão de caça de Le Chesnay? Aquela que se levantava?

— Alguém usou a escada?

Até aquele momento, tudo parecia um jogo para Lucien, no qual ele projetava um pretenso esconderijo que ninguém realmente iria usar.

— A Gestapo desmantelou a casa, mas não encontrou os judeus. Eles usaram a escada e até sentaram nela, mas nunca encontraram o dois.

— E o que aconteceu...

— Eles estão agora em lugar seguro, pode ter certeza. Mas me mandaram um recado dizendo que o esconderijo salvou as vidas deles e que eu era muito engenhoso por ter tido aquela ideia. Gostaria de ter dito a eles quem, de fato, teve a ideia.

— Eu... fico feliz por ter funcionado.

Lucien andou até a lareira, pegou uma estatueta de jade representando um gato e a examinou detidamente. Tentava imaginar os dois judeus embaixo da escada, ouvindo os alemães andarem acima deles, procurando por eles. Como devia ter sido aterrorizante. Um sorriso se estampou em seus lábios quando ele percebeu que realmente enganara a Gestapo com sua engenhosidade arquitetônica. A ideia funcionara. Os alemães haviam estado a poucos centímetros das presas, mas não as encontraram. Lucien sentiu orgulho de si mesmo. Na verdade, em um momento de egotismo, chegara a desejar que os agentes da Gestapo recebessem uma delação e destruíssem uma das residências, de modo a testar a engenhosidade do esconderijo que engendrara. Já estava começando a pensar em detalhes da parede falsa quando Manet o arrancou de seu transe.

— Lucien. Seu Citroën está à sua espera.

Dirigindo o carro, Lucien se sentiu irritado por não estar saboreando o passeio naquele lindo veículo. Não, ele não estava aproveitando o passeio porque começou a pensar nas duas pessoas que salvara. Não era assim que as coisas deveriam ser. Tratava-se apenas de encaixar um objeto com determinadas dimensões em um espaço fechado com as desobstruções apropriadas; era como inserir um objeto em uma caixa para ser enviado pelo correio. Tudo por 27 mil francos e a oportunidade de projetar uma enorme fábrica — e mostrar ao mundo que ele era capaz de executar um grande projeto. E agora aquele carro maravilhoso. Além do prazer de ludibriar os alemães.

Ele quase desejou que Manet não tivesse falado sobre as pessoas realmente envolvidas. Não queria pensar nelas.

Capítulo 22

No início, Pierre achou que era Jean-Claude novamente, derrubando alguma coisa na cozinha. Ele estava sempre correndo de um lado para outro como um louco, sem prestar atenção a nada. Mas então ouviu outro estrondo, e mais outro, seguido pelos gritos de uma criança. Ouviu também homens berrando e Madame Charpointier berrando com eles.

Abaixo de onde estava, alguns homens subiram a escada principal da casa como elefantes furiosos e irromperam no segundo andar — depois no terceiro e no quarto, entrando em todos os aposentos, derrubando móveis, abrindo as portas dos armários e gritando uns com os outros. Ele ouviu claramente os queixumes de Jean-Claude, Isabelle e Philippe. A primeira reação de Pierre foi descer correndo a escada do sótão para ajudá-los. Mas ele se lembrou do que Madame Charpointier lhe dissera e se deteve bruscamente. Com o coração aos pulos, caiu de joelhos e encostou o ouvido na porta do sótão. Só conseguiu escutar o que os adultos diziam.

Madame estava explicando a eles que aquelas crianças eram católicas, batizadas na igreja de Orléans, e que conheciam as orações. Mandou então que seus irmãos e irmãs as recitassem. Em uníssono, os três começaram a entoar uma Ave-Maria, mas um alemão gritou para que parassem. Philippe, o mais novo, começou a choramingar. Isto irritou o alemão, que berrou para que ele calasse a droga da boca. Philippe chorou ainda mais alto. De repente, fez-se um súbito silêncio. Madame gritou com o alemão por ele ter dado um tapa em um menino de 4 anos. Pierre ouviu o som de outro tapa e imaginou ter sido dirigido a Madame, o que não a impediu de continuar o berreiro. Pierre ouviu a porta da frente se abrir e o tumulto prosseguir na calçada. Ele se levantou, e foi até a janela do sótão que descortinava a *rue* Dupleix. Dois policiais franceses estavam arrastando seus irmãos e irmã para o banco traseiro de um carro da polícia estacionado no meio-fio.

Dois soldados alemães seguraram Madame Charpointier, que ainda gritava a plenos pulmões. Quando um policial alemão em uniforme preto e verde se aproximou dela, os soldados a soltaram. Ele levantou a mão até a altura da testa de Madame e um grave estrondo se fez ouvir. Madame caiu molemente na calçada. As crianças no carro, que haviam presenciado tudo, gritaram "Tia Clare! Tia Clare!" O policial repôs a pistola no coldre e, juntamente com os soldados, entrou em outro carro que logo se afastou. Madame permaneceu deitada de costas na calçada, de olhos bem abertos, como que observando tranquilamente a passagem das nuvens.

Ao se afastar da janela, horrorizado, Pierre tropeçou e caiu de costas no piso do sótão. Puxou os joelhos contra o peito, abraçou-os com toda a força e balançou para frente e para trás, dominado pela angústia, mas sem emitir nenhum som. Seus olhos estavam bem fechados. Sentia uma dor tão forte no peito que mal conseguia suportá-la. Continuou rolando pelo piso até colidir com um baú transbordante de revistas empoeiradas; algumas caíram sobre ele. Após permanecer deitado por mais algum tempo, ofegante, finalmente abriu os olhos.

A primeira coisa que viu foi uma velha capa de chuva coberta de teias de aranha que estava pendurada em um prego espetado em uma viga. Ele ficou olhando para ela, enquanto dezenas de coisas bondosas que Madame Charpointier fizera para ele desfilavam na sua mente. A nova bola de futebol. O lindo suéter azul marinho que recebera no aniversário. O dinheiro que lhe dera para levar os irmãos ao cinema. A ajuda com os exercícios de matemática. Ao tentar limpar as lágrimas dos olhos, constatou, surpreso, que não havia nenhuma. Talvez por já ter feito seu *bar mitzvah* e agora ser um homem — e homem não chora. As lágrimas haviam sido substituídas por aquela terrível dor no peito. Pierre queria desesperadamente chorar, mas não conseguia. Chorar, pensou ele, talvez não doa tanto quando essa dor no peito.

Pierre se sentou e olhou para a janela do sótão. Abaixo dela, notou uma fumaça branco-acinzentada espiralando em direção às vigas. Percebeu que era o cigarro que largara durante o tumulto. Ele viera para o sótão no final da tarde, como sempre, para fumar escondido. Era um excelente lugar para sentar e saborear seus Gauloises. Sentar à janela e contemplar os telhados das casas da vizinhança e o céu era algo que lhe dava grande prazer. Madame sempre lhe dava broncas por fumar, dizendo que um garoto de 12 anos não deveria fumar, que aquilo retardaria seu crescimento e amarelaria seus dentes. Portanto, Pierre precisava daquele esconderijo. Ele sabia que ela sabia que ele se enfiava ali para fumar, mas nunca o confrontara para dizer isso.

Pierre ouviu um caminhão parando em frente ao prédio. Engatinhou até a janela, levantou-se e olhou para fora. Lamentou ter feito isto. Dois funcionários da limpeza pública estavam depositando o corpo de Madame Charpointier na caçamba do caminhão. E o faziam tão despreocupadamente que ficou chocado. Era como se estivessem içando um pesado saco de farinha. Ele se sentou sob a janela, encostado à parede, e apagou o cigarro fumegante. Depois fechou os olhos e pensou em seus irmãos sendo empurrados para dentro do carro. Aquela seria a última imagem que teria deles por toda a vida — gritando, mortos de medo. Uma nova onda de tristeza, ainda pior que a anterior, deixou-o arrasado. Ele brigava e discutia com Jean-Claude, Isabelle e Philippe, e, às vezes, até os odiava; mas os amava de todo o coração. Eram a única família que lhe restara e ele sabia que não voltaria a vê-los. De toda a sua família, fora o único que sobrara. E não entendia por quê.

As imagens horríveis do que acabara de acontecer revoluteavam sem cessar em sua cabeça. Ele a apertou com as mãos como se pudesse espremer as lembranças para fora. De repente, percebeu que tudo o que havia ocorrido fora previsto por seu pai. Quando falou a Pierre sobre o plano de fingirem ser cristãos e ficarem com Madame Charpointier, ele explicara também o que poderia acontecer a todos eles. Disse que um dia, sem qualquer aviso, poderiam ser descobertos, e Madame, presa. Tudo o que ele dissera acontecera. A única diferença era que, em vez de ser levada e torturada pela Gestapo, Madame fora fuzilada ali mesmo. Pierre sabia que os boches exemplavam todos os que escondiam judeus. Franceses odiavam judeus, dissera seu pai, até mesmo os que se encontravam no país havia séculos. Não fazia diferença. Eles não hesitavam em delatar seus vizinhos. Os gentios podiam sorrir e ser educados, mas, no final, os apunhalavam pelas costas. Lembre-se sempre disso, dissera ele.

Pierre tentou pensar em quem poderia ter traído Madame. Teria sido *monsieur* Charles, que sempre discutia com ela por causa do cachorro dele? Talvez fosse alguém que morava no outro lado da rua e tivesse conjeturado por que quatro crianças haviam aparecido misteriosamente na casa dela um ano antes. A história de Madame de que eles eram filhos de uma sobrinha não parecera muito convincente, nem mesmo para Pierre.

Ele esperou escurecer, desceu até o quarto e juntou alguns pertences em uma grande mochila. Havia muitas coisas que ele não poderia levar, o que o deixou ainda mais triste. Teve que deixar sua bola de futebol, seu avião em miniatura e seus livros sobre o Império Romano. Antes de retornar à escada do sótão, foi até os quartos de seus irmãos e pegou um pequeno objeto de cada um — o caminhão de brinquedo favorito de Jean-Claude, o gato de pelúcia de Isabelle e a pazinha de praia de Philippe. O simples fato de tocar naqueles objetos o lembrou da última lembrança, e a dor no peito aumentou. Talvez fosse isto o que os adultos chamavam de "coração partido". Ele sempre a achara uma expressão boba.

Ao sair do quarto de Philippe, ele se deparou com Misha, o gato malhado de Madame. Embora Madame sempre tivesse sido incrivelmente boa para eles, fora Misha quem mais lhes dera consolo nas primeiras semanas após a perda dos pais. Ele ronronava e esfregava a cabeça na perna de Pierre, que se inclinava e o afagava sob o queixo. Pierre olhou para a mochila e achou que poderia enfiar Misha dentro dela. O gato entrou sem nenhum protesto e se encolheu como uma bola sobre um suéter. Pierre fechou a mochila suavemente.

Em seguida, dirigiu-se ao quarto de Madame, cuja bolsa estava em cima da cama. Retirou o dinheiro que havia lá dentro e foi até a cômoda, onde ela guardava as economias — em uma bolsa xadrez na gaveta de baixo. Seu pai sempre dizia que dinheiro poderia salvar a vida dele em tempos como aqueles, e quanto mais ele tivesse, melhor. Ele ainda tinha o grande rolo de notas que seu pai enfiara no bolso de sua calça quando eles se separaram. Pierre jamais esperou rever seu pai e sua mãe. Ele e Madame sempre diziam para as crianças menores "quando papai voltar da viagem", embora nunca tivessem recebido nenhuma notícia deles.

Ele deu mais uma olhada ao redor, subiu até o sótão e, através de uma claraboia, chegou ao telhado. Enquanto se deslocava pelos telhados das casas adjacentes, perguntava a si mesmo quanto tempo os boches levariam para capturá-lo.

Capítulo 23

Serrault sabia que aquele era o arquiteto de Manet. Como anoitecia e os fundos do apartamento estavam às escuras, Serrault podia observá-lo sem ser visto. Ele estava percorrendo o apartamento quando ouvira alguém entrando e rapidamente se escondera. Ficou surpreso ao ver que o homem era alto e tinha aspecto distinto. Os arquitetos com quem trabalhara eram inexpressivos e malvestidos. O arquiteto estava ajoelhado, medindo a boca da enorme lareira e anotando suas dimensões, com muito cuidado, em um bloco de papel. O que tranquilizou Serrault; o homem estava se assegurando de que tudo fosse preciso. Aquele não seria como aquelas porcarias de esconderijos em que ele e Sophie, sua mulher, haviam sido enfiados durante o último ano: um palheiro acima de um chiqueiro fedorento em uma pequena chácara ao sul de Paris; um compartimento feito às pressas no fundo de um armário que a Gestapo encontrara facilmente uma semana depois que eles trocaram de esconderijo.

Serrault e sua esposa não esperaram por uma intimação de deportação como a maioria dos judeus. Muito antes, já sabiam que estava na hora de desaparecer. Mas, antes que pudessem partir, seus três filhos e quatro netos precisavam ser postos a salvo. Após caírem na clandestinidade, deslocaram-se de casa em casa em direção ao sul da França. Finalmente chegaram a Marselha, onde Serrault conseguiu passagem para eles em dois cargueiros espanhóis com destino à Palestina. Esta operação levara sete meses e custara uma pequena fortuna, mas agora seus filhos e netos estavam em segurança. Serrault, homem extremamente rico, teria gastado todo o dinheiro que tinha para ajudá-los; sacrificaria até a própria vida, se fosse preciso. Sua família era sua vida; sem ela, nada tinha importância.

Tudo o que fizera na vida fora pela família, desde que chegara a Paris, procedente de Nîmes, com mil francos no bolso para iniciar um negócio. Mas o patrimônio mais valioso que trouxera foram os conhecimentos sobre edificações acumulados por seu pai, que os passara a seu único filho. Acreditando que tinha talento para a construção de prédios, Serrault rapidamente estabelecera sua própria empresa, e nada, exceto sucesso, surgira em seu caminho. Sobretudo depois que ele se especializou no uso de concreto reforçado, o novo método de construção que revolucionara a construção de prédios.

Ele tinha orgulho em dizer que contribuíra para tornar a França um dos países líderes nesta área, construindo alguns dos primeiros edifícios de concreto do mundo. Porém, cada metro daquele concreto pré-moldado era em prol da esposa e dos filhos. Vibrava com cada peça de roupa, cada migalha de alimento, cada viagem de férias e cada presente que lhes dava. Acreditava sinceramente que esta era a essência da vida: proporcionar à família o melhor possível. E o fizera: uma grande mansão na cidade, uma propriedade no campo, uma casa na costa mediterrânea e a melhor educação para os filhos. Tudo isto desaparecera. Agora, ele e sua esposa eram como camundongos assustados, correndo de um buraco na parede para outro.

Serrault conhecera Auguste Manet quando ambos eram hóspedes em uma propriedade rural no início da década de 1930. Membro de uma rica família aristocrática, Manet, ao contrário de muitas pessoas de sua classe social, não tinha problemas em se relacionar com judeus.

Ele apreciava o fato de que Manet quebrara uma regra de ouro da aristocracia e ingressara no mundo dos negócios, um empreendimento que muitos aristocratas achavam que estava abaixo deles. E fora incrivelmente bem-sucedido, devido a seu inato talento para negócios, que Serrault admirava. Ao longo dos anos, almoçara com Manet de vez em quando e, certa vez, fora convidado à sua casa na cidade. O círculo social de Manet era constituído, na maior parte, de judeus; Manet era um dos poucos gentios com quem ele se relacionava. Mas ficou anos sem ver Manet. Portanto, ficou surpreso quando este o contatou para falar sobre um esconderijo.

Após viverem algum tempo no fundo do armário, Serrault e a esposa se mudaram para um sótão no bairro de Saint-Germain. Mas o chefe da família que os acolhera fora preso pela Gestapo e encarcerado durante semanas. Sua esposa estava convencida de que os alemães viriam revistar sua casa. Se encontrassem os Serrault, ela e seus filhos seriam presos. Teriam que sair. O marido os tinha acolhido sem pedir um *sou*, e fora de uma bondade inacreditável; até compartilhara com eles as refeições da família. Ele não queria mais colocar aquela família em perigo. Então, do nada, Manet apareceu no sótão dizendo que poderia escondê-los e ajudá-los a fugir para a Suíça. A Gestapo, disse ele, estava atrás da fortuna deles e jamais desistiria da busca. Os Serrault não faziam ideia de como ele soubera das atribulações.

Continuou a observar as medições do arquiteto. Sendo construtor, ficou admirado com a inteligência que o homem demonstrara concebendo aquele esconderijo. Os alemães os procurariam por horas e nunca os encontrariam. A provação lhes dera uma nova perspectiva em razão da vida anterior, com a qual estavam tão acomodados que nem notavam seus privilégios. Por este motivo, Serrault se sentia grato pelo fato de ele e Sophie terem um apartamento mobiliado só para os dois, recuperando um pouco do conforto a que se haviam habituado antes do início daquele sofrimento. Ainda assim, torcia para que não precisassem passar muito tempo ali.

Já estava bastante escuro no apartamento, mas o arquiteto não havia terminado. Provavelmente para ter uma ideia de como a falsa parede ficaria, afastou-se três metros da lareira. Serrault sorriu quando viu isso, apreciava a meticulosidade. Após a guerra, ele daria muito trabalho àquele arquiteto. Agora, tudo o que pudera lhe dar fora o novo Citroën. Manet não dissera o nome dele, e ele não queria sabê-lo; aos 78 anos, não aguentaria os espancamentos da Gestapo e o denunciaria. O arquiteto guardou o bloco no bolso do paletó e estava se dirigindo para a porta quando Serrault, com as pernas dormentes por ter estado tanto tempo de pé, mexeu-se um pouco e fez o piso de madeira ranger. O silêncio era tanto no apartamento que o leve ruído atraiu a atenção do arquiteto. Este, no início, pareceu aterrorizado demais para se virar; porém, bem devagar, perscrutou a escuridão que envolvia os fundos do apartamento.

— Quem está aí? — gritou, parecendo amedrontado.

Serrault sabia que era melhor se mostrar.

— Por favor, não se alarme, *monsieur* — replicou Serrault, saindo vagarosamente das sombras.

Ele se divertiu ao ver a expressão de alívio no rosto do arquiteto quando se viu diante de um homem idoso com uma barba branca bem aparada, sorridente e bem vestido, e não com um agente da Gestapo lhe apontando uma Luger.

— Que diabo o senhor está fazendo aqui?

Serrault começou a andar na direção do arquiteto, que levantou a mão, em uma ordem silenciosa para que ele não se aproximasse mais.

— Está tudo bem. Sei o que o senhor está fazendo aqui, *monsieur*.

— Droga, o senhor não sabe de *nada*. Agora dê o fora daqui.

Sem se intimidar com a atitude do arquiteto, Serrault manteve o sorriso gentil em seu rosto paternal.

— Eu sei o que o senhor está fazendo por nós.

— *Nós?*

Serrault afastou para o lado sua capa de chuva cinzenta e mostrou a Estrela de Davi amarela, feita de feltro, no paletó de seu terno preto. E viu que os joelhos do arquiteto quase cederam — ele teve que se agarrar à beirada da lareira para se firmar. O homem entendia a reação do arquiteto. Provavelmente era a primeira vez que se encontrava com uma das pessoas que escondia, e isto era uma perigosa conexão. Serrault estava pondo em risco a vida dele apenas por estar na mesma sala que ele.

— O senhor é um homem virtuoso — disse Serrault.

— Eu? Virtuoso? Está brincando.

— Não, *monsieur,* não estou.

— Velho maluco, por que não deu o fora quando pôde?

A pergunta surpreendeu Serrault, mas era justa e merecia uma resposta.

— O senhor tem toda a razão. Estaria jantando na Suíça agora, se tivesse pensado melhor.

— Vocês são todos idiotas. Povo eleito, que piada.

O velho achou engraçado o comentário. E começou a andar de um lado para outro no fundo da sala.

— O senhor me perguntou por que fiquei, e vou responder. Acho que devo oferecer uma explicação, considerando como o senhor está se arriscando. Minha família está aqui desde a Revolução. Meus ancestrais lutaram pela França na guerra contra os prussianos. Eu mesmo lutei na Grande Guerra. Sou judeu, é verdade, porém, um judeu de ancestralidade francesa e com orgulho de ser francês. Eu acreditava na glória da França; ainda acredito nela e sempre acreditarei. Após o armistício de 1940, permaneci em Paris por lealdade ao meu país, que precisava de mim.

— O senhor estava totalmente enganado.

— Sim, estava. Nenhum judeu fazia ideia de como seria a vida sob a Ocupação Alemã. Mas, quando nos fizeram usar esse distintivo de honra, em maio passado, percebi que nenhum judeu francês seria poupado, nem mesmo os de sobrenome francês. Pensei que Vichy protegeria a mim e à minha família, mas, como você disse, eu estava enganado. Nunca poderíamos imaginar que o governo francês seria cúmplice de um crime como esse.

— Judeu francês ou judeu polonês; é tudo a mesma coisa para a Gestapo.

— Peço desculpas por ter me intrometido no seu trabalho. Já vou embora — disse Serrault.

— Por favor, vá.

O velho começou a se encaminhar para a porta, mas parou.

— O senhor já ouviu falar de um inglês chamado Nicholas Owen?

— Não.

— Quando Elizabeth I estava perseguindo os católicos da Inglaterra, no século XVI, ela proscreveu todos os padres e proibiu a celebração da missa católica. Os católicos tinham que praticar sua religião em segredo. Se fossem descobertos, os padres seriam torturados e executados; assim, tinham que se esconder. Owen projetou e construiu esconderijos para padres jesuítas em solares por toda a Inglaterra. Esses esconderijos, chamados de "buracos de padre", eram tão bem disfarçados que os soldados da rainha podiam passar uma semana dentro de uma casa, quebrando tudo, sem encontrar nada. Owen salvou muitas vidas.

— E o que aconteceu com ele?

— Ele foi preso e torturado até a morte na Torre de Londres.

— Que história ótima — replicou o arquiteto. — Sabia que teria um final feliz.

— Mas ele era um homem virtuoso, assim como o senhor, *monsieur* — disse Serrault, abrindo a porta para sair.

Capítulo 24

— Este teto vai ter que ser muito mais alto agora. Berlim decidiu instalar um guindaste permanente dentro do prédio. Vai ser bem mais fácil ter um no próprio local o tempo todo — disse Herzog, dando umas baforadas no cigarro.

Já fumara um maço inteiro nas duas horas que haviam transcorrido desde que chegara ao escritório de Lucien para rever os projetos da fábrica de armamentos, em Tremblay. Alain deixou sua mesa de desenho e se aproximou deles.

— O telhado poderia formar um ângulo aqui. Iria parecer que está incorporado ao telhado principal. Assim, não ficaria estranho — disse Alain, apontando para a elevação frontal da fábrica. — Na verdade, deveria haver uma abertura no teto para que outro guindaste levante o guindaste interno inteiro, e ele não tenha que ser desmontado.

— É uma excelente ideia, meu jovem — disse Herzog, oferecendo um cigarro a Alain. — Você contratou um garoto inteligente, Lucien.

Lucien lançou um olhar raivoso a Alain, pois estivera prestes a fazer um comentário semelhante sobre o telhado. Ele detestava quando alguém — principalmente um garoto recém-saído da escola metido a esperto — fazia alguma sugestão a respeito de como ele deveria fazer um projeto. Mas percebeu que o alemão estava impressionado com ele e deixou para lá. Não era a primeira vez que Alain metia o nariz pontudo em projetos. Ele dissera que a entrada da fábrica de Chaville deveria ser diminuída, de modo a reduzir a escala da fachada principal; e que as janelas deveriam ter orientação vertical em vez de horizontal. Lucien sentira vontade de mandá-lo para o inferno, mas segurara a língua.

Sabia que não deveria reclamar. Afinal de contas, Alain era o melhor funcionário que já tivera. Seus desenhos eram impecáveis, ele era extremamente inteligente e, o melhor de tudo, conhecia todos os processos de construção. Era sua atitude de sabichão que desagradava Lucien. Todos os garotos formados pelas faculdades de arquitetura eram cheios de si, achavam que eram grandes projetistas desde o primeiro dia. Alain seria sempre um funcionário-modelo, mas não era alguém que se pudesse ter como discípulo e orientar. Ele achava que não precisava de orientações.

— As portas da frente parecem um pouco pequenas. Elas vão ter que acolher uma massa de operários em três turnos por dia — observou Alain.

Lucien sentiu a raiva lhe apertando a garganta.

— Elas podem ser alargadas. Digamos, meio metro em cada porta — concordou Herzog, tamborilando sobre a planta com seus dedos longos e manicurados. — O que você me diz, Lucien?

Lucien fuzilou Alain com os olhos. Alain sorriu para ele.

— Não vejo nenhum problema em fazer isso. Há espaço bastante para alargar as portas — disse Lucien.

— Fantástico. Alain, você poderia fazer essas mudanças imediatamente?

— Claro, major. Os desenhos estarão prontos amanhã.

Que puxa-saco miserável, pensou Lucien, dando um falso sorriso de aprovação.

— O senhor também gostaria que a porta dos fundos fosse mais larga, major? — perguntou Alain.

— Seria ótimo — respondeu Herzog.

O lápis na mão de Lucien se partiu em dois.

— Alain, eu poderia conversar com você no depósito por um segundo?

Quando Alain entrou na sala, Lucien o agarrou pelas lapelas de seu paletó.

— Escute aqui, seu merdinha: se você abrir a boca mais uma vez com alguma de suas sugestões, vou cortar seu saco e enfiar as bolas no seu nariz.

Alain olhou Lucien nos olhos, mas não disse nada. Após alguns segundos, Lucien o largou. Imediatamente se arrependeu do que fizera, mas não pediu desculpas. Ambos retornaram ao estúdio.

— Nós três formamos uma tremenda equipe, hein? — disse Herzog.

— Está na hora do almoço. Que tal o Café Hiver? Eu pago, cavalheiros.

Lucien sabia que o Café Hiver era restrito apenas aos alemães. Assim, ele poderia aceitar o convite, pois não seria visto por nenhum francês.

— É muita gentileza, Dieter, mas antes de irmos eu gostaria de lhe mostrar mais alguns croquis da nova fábrica. Vai ser só um minuto. Alain vai trazê-los, eles estão sobre a minha mesa.

Lucien sabia muito bem que Alain detestava ser tratado como um empregado e, de fato, o garoto olhou feio para ele antes de ir até a mesa. E não fez nenhum esforço para encontrar os desenhos corretos; apenas pegou um punhado de folhas e retornou pisando duro.

Um por um, Lucien reviu os croquis com Herzog, até que só restou um deles, feito a lápis. Antes que Lucien pudesse impedi-lo, Herzog pegou o desenho e o examinou.

— Humm, não estou reconhecendo isso, Lucien. É alguma coisa para a sala de máquinas?

Um calafrio percorreu as costas de Lucien, e seus olhos se arregalaram levemente de medo. Delicadamente, ele retirou o papel da mão de Herzog. Alain, que estava olhando para ele, notou sua reação.

— Parece que são tijolos sobre um arcabouço metal. Você não me falou sobre esse detalhe. É alguma coisa que eu tenho que acrescentar aos desenhos? — perguntou Alain.

— É para outro trabalho, não tem nada a ver com o que estamos fazendo para o major Herzog — respondeu Lucien. — Devo ter misturado com os outros croquis da minha mesa.

— Que outro trabalho? — insistiu Alain.

— É... nada — disse Lucien. — Já terminamos aqui. Vamos almoçar.

Lucien levou a pilha de croquis para sua escrivaninha, mas dobrou lentamente uma das folhas, colocou-a na gaveta do meio de sua escrivaninha e a trancou.

Capítulo 25

No meio da noite, enquanto enfiava a lâmina do canivete na gaveta trancada, Alain rememorava os estranhos incidentes do dia. Ele notara que Lucien ficara muito abalado, mal tocara em sua comida durante o almoço e pouco falara. Era como se ele tivesse visto um fantasma quando aquele croqui surgiu na pilha de papéis. Alain soube com certeza que alguma coisa estava errada quando Lucien lhe disse que não voltaria para o escritório e que ele poderia tirar folga no resto do dia. Alain protestou, alegando que precisava fazer as revisões do major, mas Lucien gritou com ele, dizendo que ele tinha de aproveitar a vida em vez de trabalhar o tempo todo.

Alain ainda estava furioso com o incidente no depósito. Como aquele merda sem talento ousara pôr as mãos nele e ameaçá-lo? Durante uma fração de segundo, teve vontade de dar um soco na barriga de Lucien, mas pensou melhor. Isto teria complicado as coisas com os alemães; ele perderia o emprego e seu Tio Hermann talvez não pudesse lhe dar nenhuma ajuda. A antipatia que tinha por seu chefe aumentava dia a dia, a cada vez que este o menosprezava. Era como se Alain fosse um criado negro. Lucien achava que sabia *tudo* a respeito de arquitetura e que ninguém poderia lhe ensinar droga nenhuma. Todas as sugestões de Alain eram bem acolhidas por Herzog. Será que seu chefe não via isso? Ontem fora a gota d'água. Mas ele aguardaria o momento certo para se desforrar.

Enquanto voltava para casa, após o trabalho, tentara entender o que assustara tanto Lucien. Como o desenho de alguns tijolos pudera deixá-lo tão transtornado? Alain não conseguiu dormir pensando no assunto. Tinha que ver aquele desenho de novo. Depois de ler até as duas da manhã, vestiu-se e foi até o escritório. Lucien lhe dera uma chave após sua primeira semana no emprego, permitindo-o trabalhar à noite, se quisesse. Ele estava correndo um sério risco, andando pelas ruas após o toque de recolher; poderia ser preso pelos alemães. Mas isto não o amedrontava. Caso acontecesse, bastaria um simples telefonema para que seu tio resolvesse o mal-entendido.

Pacientemente, Alain continuou a mover a lâmina para a frente e para trás, até que ouviu um clique, e a gaveta se abriu. Ele remexeu os papéis até encontrar um que estivesse dobrado. Antes de retirá-lo, procurou ter certeza de que se lembraria exatamente de onde o encontrara. Como o escritório estava às escuras, Alain acendeu a luminária da mesa. Sob a luz, verificou que o croqui era o mesmo que vira de manhã — um arcabouço de metal com cerca de um metro quadrado, contendo alguns tijolos. Ele virou o papel e encontrou outra vista dos tijolos, com o que parecia um cão de lareira preso neles. Alain continuou a olhar para o desenho, mas aquilo não fazia sentido. Lucien jamais mencionou que estava trabalhando em projetos residenciais, e aquilo era só um estranho detalhe de alguma coisa, não um projeto.

Havia também algumas anotações a lápis nos croquis, informando algumas dimensões do arcabouço metálico. Uma das notas também destacava que a nova argamassa deveria combinar com aquela existente. Alain se sentou no assoalho e esfregou os olhos; estava ficando cansado. Sem conseguir solucionar o enigma, decidiu ir embora. Quando estava repondo o croqui no lugar, ouviu o barulho do elevador. Rapidamente, fechou a gaveta e apagou a lâmpada. Posicionou-se então à porta do escritório e ficou escutando. Quando o elevador parou no andar do escritório, ele logo percebeu quem era e entrou no depósito. Assim que fechou a porta, ouviu uma chave girando na fechadura e o clique do interruptor de luz.

Por uma fresta na porta, viu Lucien caminhar até a escrivaninha, destrancar a gaveta, pegar o croqui e o desdobrar. Com expressão solene, ele o examinou com atenção, como se o estivesse vendo pela primeira vez. Olhou então para o espaço durante quase um minuto, dobrou o croqui novamente e o enfiou no bolso do paletó. Depois se sentou em sua cadeira e discou um número no telefone.

— Sei que é tarde, mas preciso falar com o senhor — disse. — É importante suspendermos a lareira... Não, não aconteceu nada; só acho que deveríamos esperar... Preciso de um pouco mais de tempo... Sei quantas pessoas estão envolvidas nisso... Eu sou uma das pessoas envolvidas nisso... Ah, tudo bem, o senhor vai receber o desenho amanhã... Não, prometo que vai ser entregue no lugar de costume. O senhor tem minha palavra, *monsieur* Manet... Estou lhe dizendo que não há nada errado... Só estou meio nervoso... *Não,* não sei por quê...

Lucien pegou a prancheta e começou a desenhar em outra folha de papel. Após 20 minutos, levantou-se, acendeu um fósforo, pegou o primeiro desenho e pôs fogo nele. Depois de observar o papel se transformar em cinzas, que flutuaram até o chão, dobrou o novo desenho e o enfiou no bolso do paletó. Após dar uma arrumada na prancheta, foi até a porta e saiu.

Enquanto o observava, Alain começou a sentir uma sensação enorme de euforia. Ele adorava ler livros e ver filmes de mistério. Agora, surgira um mistério na vida real para ele deslindar. Ele ainda não conseguira entender o significado do desenho, mas tinha certeza de que conseguiria entendê-lo no seu tempo. Manet estava envolvido naquilo, o que tornava o mistério ainda mais fascinante. Depois de encostar o ouvido na porta e escutar o elevador chegando ao primeiro andar, Alain se sentou por alguns momentos para refletir sobre o problema. Exigindo tantos segredos, tinha que ser algo muito perigoso. Por que tanto frenesi por causa de uma lareira?

Capítulo 26

— Daqui a pouco vou tirar a venda. Preparada?

Adele adorava aquela brincadeira. Era excitante e decididamente erótica. Quando ela e Schlegal terminaram de almoçar na pequena taberna em Savran e entraram no automóvel, ele lhe colocara uma venda e dissera que tinha uma surpresa maravilhosa. A sensação de estar vendada enquanto andava de carro era fantástica. Seus sentidos de audição e olfato se intensificaram e ela sentia as vibrações do carro e o aroma de centeio cortado nos campos por onde passavam. O carro logo parou e seu amante da Gestapo a conduziu delicadamente por um caminho pavimentado com pedras.

— Estou quase louca de curiosidade, seu homem mau.

— Só mais alguns passos — disse Schlegal.

De repente, ele arrancou o lenço branco que cobria os olhos dela.

— Meu Deus, isso é incrível! — admirou-se Adele.

— É tudo seu, meu amor. Todos os trinta aposentos. Até o Reich decidir como vai utilizar essa casa.

Diante de Adele se erguia um pavilhão de caça do século XIX com torres nas extremidades, encimadas por telhados cônicos. Circundando o prédio havia uma densa floresta, cujas enormes árvores antigas quase bloqueavam o céu.

— É tão maravilhoso quanto o Château de Chambord. Jantei lá uma vez. Já lhe contei isso?

— Sim, centenas de vezes, querida — respondeu Schlegal. — Agora você tem seu próprio *château* para fazer o que quiser.

— Nem posso esperar para contar a Bette, ela vai morrer de inveja — riu ela.

Martelando o piso de pedra com seus saltos altos, correu até as colossais portas duplas e as abriu de par em par. Quando Schlegal entrou na casa, ela estava correndo descontroladamente pelo andar térreo, indo de um cômodo a outro.

— Está completamente mobiliado — gritou ela.

— Até a última panela na cozinha, que é tão grande quanto um salão de baile, você vai ver.

— Vou poder dar festas para duzentas pessoas, pelo menos.

— Pelo menos — concordou Schlegal.

Adele percebeu que seu amante estava muito satisfeito consigo mesmo, sabendo que aquele presentinho conquistaria o coração dela.

— Como conseguiu esse lugar?

— Pertencia a um nobre francês. Estava escondendo judeus aqui. Eles escaparam de nós.

— Você deve ter ficado muito aborrecido, amor — disse Adele, em tom provocador.

— Com certeza. Então, o Reich confiscou a casa.

— E o que aconteceu ao nobre?

— Está na Suíça, nunca mais vai pisar na residência ancestral dele.

— Que idiota, perder isso tudo por causa de um bando de judeus — comentou Adele.

— Você ficaria surpresa, meu amor, se soubesse quantos franceses arriscaram as vidas por eles. Estou falando de homens cujas famílias remontam a centenas de anos.

Adele, que não estava interessada nesta informação, voltou a atenção para a grande escadaria.

— Vamos ver o resto da casa. Vamos apostar corrida até lá em cima — propôs, chutando os sapatos para o lado.

Schlegal a seguiu pela grande escadaria de madeira lavrada. Ela corria de cômodo em cômodo, dando gritinhos de prazer a cada tesouro que encontrava.

No final do corredor, encostou-se com ar sedutor na ombreira de uma porta.

— Acho que descobri o quarto principal, Herr Coronel — disse ela, desabotoando vagarosamente a blusa de seda branca, revelando o sutiã preto que Schlegal tanto admirava.

— Humm, permita que eu verifique essa descoberta — respondeu ele.

Ao passar pela porta, Schlegal esfregou o corpo no de Adele. Depois jogou o quepe sobre a cama e despiu a túnica preta. Quando se virou, ficou extremamente satisfeito ao ver Adele completamente nua. Ela ficara muito orgulhosa quando, certa vez, ele lhe disse que nenhuma mulher que ele conhecera conseguia tirar a roupa tão depressa. Ele se livrou do resto do uniforme e lhe deu um longo e demorado beijo. Adele o abraçou pelo pescoço e enrolou as pernas na cintura dele. Com ela nesta posição e a beijando apaixonadamente, andou pelo quarto.

Quando chegou a uma escada acarpetada que conduzia a um pequeno estúdio, abaixou Adele um pouco e a penetrou. Ela sempre gostara de lugares inusitados para fazer amor — um barco de turismo no Sena, o topo da catedral de Notre-Dame. Assim, sentiu-se excitada ao ser possuída em uma escada. Também excitado, Schlegal se mexia furiosamente, com os pés firmemente plantados no chão para aumentar o equilíbrio. Mas havia alguma coisa errada que ele não conseguia detectar. De repente, parou em meio a uma penetração e fitou os degraus abaixo, para grande decepção de Adele.

— Você não sentiu a escada se movendo? — perguntou. — A escada estava se movendo junto conosco, subindo e descendo um pouco.

— Não, querido, minha mente estava concentrada em outra coisa. E eu gostaria que ainda estivesse.

Schlegal deu mais uma investida poderosa.

— A escada *está* se movendo — disse ele, saindo de dentro de Adele e a deixando esparramada sobre os degraus.

— E daí, pelo amor de Deus. Volte aqui para dentro! — berrou Adele.

— Saia da escada — rosnou ele.

Adele se levantou e se postou bem ao lado dele. Com grande esforço Schlegal ergueu a escada em uma só peça, revelando um colchão.

— Que diabos é isso? — bradou Adele. — Por que alguém colocaria um colchão debaixo de uma escada?

Schlegal moveu a pesada escada para cima e para baixo.

— Ela tem dobradiças no topo e há um trinco no degrau de baixo — disse ele.

Um sorriso assomou em seu rosto. Ele largou a escada, que caiu com um barulho seco, e começou a rir descontroladamente.

— Isso foi muito inteligente — disse ele. — Era aqui o esconderijo dos judeus que estávamos procurando. Não me admira não termos encontrado os miseráveis. Eles estavam aqui o tempo todo. E nós pensamos que eles tinham escapado pelos fundos!

— Então por que você está tão feliz? — perguntou Adele, começando a tremer de frio.

— Estou impressionado com a engenhosidade disso. Aposto que meus homens passaram pela escada duas ou três vezes durante a busca. Schlegal se sentou nos degraus.

— Foi o francês quem teve essa ideia?

— Os membros da aristocracia são bem burros para pensarem uma coisa assim. Só pode ter sido alguém inteligente e perspicaz.

— Meu amigo Lucien é arquiteto. Talvez ele possa procurar por aí. Fazer algumas investigações. Lucien conhece milhões de pessoas no ramo de construções.

— O arquiteto modernista que é seu amante?

— Ex-amante. Ele está fazendo muitos prédios importantes para o Reich.

Adele se sentou ao lado de Schlegal, passou os braços em torno dele e começou a mordiscar sua orelha; mas ele a empurrou.

— A questão é... essa é uma situação isolada? Ou existem outros esconderijos desses? Todos os apartamentos e prédios que eu revistei... Será que havia judeus escondidos bem debaixo do meu nariz?

Adele suspirou. Foi então até a cama, puxou as cobertas e se enrolou nelas. Em seguida, tirou um cigarro do bolso da túnica de Schlegal e o acendeu.

— Judeus têm muito dinheiro, podem comprar qualquer um. Todo mundo tem seu preço, mesmo com risco de morte. Então deve haver mais dessas coisas espalhadas por Paris. Vocês tornaram impossível a fuga de judeus da França; então, devem estar escondidos. Aposto com você que eles estavam debaixo do seu nariz quando você desmantelou aqueles lugares que mencionou — disse Adele, dando uma risada.

Deitada na cama sob as cobertas, Adele percebeu que seu último comentário atingira um ponto sensível. Schlegal começou a vestir a camisa, visivelmente furioso e desconcertado. Ela o observou com ar divertido. Schlegal fora suplantado por judeus, uma espécie sub-humana aos olhos dele. Seu orgulho ariano estava ferido. Ainda bem que só eles sabiam daquela humilhação. Ele estava para abotoar a camisa branca quando ela afastou as cobertas e abriu as pernas.

— Herr Coronel, acho que o Reich deixou um assunto inacabado aqui — disse ela, fazendo voz de menininha.

Schlegal se virou, olhou para ela e riu. Despiu então a camisa e mergulhou na cama. Durante horas, eles fizeram amor. Mas Adele sabia o tempo todo que a mente do coronel da Gestapo estava em outro lugar.

Capítulo 27

Lucien detestava Lieber porque este criticara seu trabalho. Mas agora, enquanto o conduzia pelas ruas vazias e escuras, sentia verdadeira ojeriza por aquele porco alemão bêbado. Bebendo sem parar desde as nove da noite, ele estava totalmente embriagado. O café fechara antes da meia-noite devido ao toque de recolher; portanto, juntamente com Herzog e Manet, Lucien estava tentando encontrar para Lieber outro lugar para beber. Não havia vivalma nas ruas. Todos os franceses eram obrigados a estar em casa e os soldados alemães, em seus quartéis. Portanto, as ruas pertenciam aos oficiais alemães, que não precisavam acatar o toque de recolher. Reinava o completo silêncio em Paris, que duraria de meia-noite às seis da manhã, quebrado apenas pelo som das botas cardadas dos cinco policiais de alguma patrulha alemã, por um tiro de fuzil ou por uma rajada de metralhadora ao longe. Um carro passando significava que a Gestapo prendera algum infeliz.

Normalmente, Lucien evitava Lieber a qualquer preço, mas naquele dia Herzog insistira para que ele fosse a uma festa e não quis aceitar um não como resposta, pois ele próprio iria a contragosto. Estavam acompanhados por três jovens prostitutas francesas, muito alcoolizadas, cada qual segurando uma garrafa de vinho fino. As garotas eram de um bordel reservado exclusivamente aos oficiais alemães, um dos

17 que havia em Paris. O Reich se preocupava de forma obsessiva com as relações sexuais entre seus soldados e mulheres francesas, devido ao perigo de doenças venéreas; assim sendo, os militares só podiam se relacionar sexualmente com as prostitutas dos referidos bordéis, que eram mantidas em perfeitas condições de saúde por exames médicos constantes.

Lucien achava que as três prostitutas eram parte de uma leva de garotas do interior que haviam se mudado para a cidade como forma de escapar à pobreza acarretada pela perda de seus maridos e amantes. Céline, Jeanne e Suzy (se estes eram seus verdadeiros nomes) tinham um aspecto sadio, bem diferente da aparência vulgar e artificial das meretrizes parisienses comuns. Ele ficou impressionado com o fato de que todas possuíam cartões que listavam seus serviços em francês e alemão; e os cartões comerciais delas eram mais bonitos que os dele. As gargalhadas estridentes que davam levavam alguns moradores dos prédios a acender a luz e espreitar a rua por trás das cortinas. Os alemães, de modo geral, dispunham de muitos carros, mas, naquela noite, por alguma razão, Lieber e Herzog estavam sem nenhum. O grupo entrou na *rue* de Rivoli. A noite estava inusitadamente fria e úmida para setembro e um leve chuvisco começou a cair.

— Droga, Bernard, temos que nos abrigar. As tetas das meninas estão congelando e não podemos permitir isso. Encontre um lugar, já! — ordenou Lieber.

As garotas guincharam, concordando com ele, e uma delas lhe deu um beijo na bochecha.

Lucien podia ver que Herzog, que visivelmente gostaria de estar em casa dormindo, estava desesperado.

— Que rua é essa, Lucien? — perguntou Herzog, irritado.

— *Rue* de Rivoli — rosnou Lucien, que, juntamente com Manet, sustentava o corpo bêbado de Lieber.

— Manet, você não tem um apartamento na *rue* du Renard? — perguntou Herzog. — É a próxima rua à esquerda, não é?

De repente, Manet largou o braço de Lieber. Como Lucien não o estava segurando com força, o alemão desmoronou na calçada. Manet olhou a rua de um lado a outro, atordoado, como se tivesse acabado de perceber onde estava. Todo o grupo ficou em silêncio, esperando a resposta.

Manet então sorriu.

— Como você sabe disso, major? Esteve me espionando? — perguntou ele.

— A Wehrmacht verifica cuidadosamente o prontuário de todos os seus empreiteiros — rugiu Lieber. — Precisamos ter certeza de que não estamos lidando com um judeu nem com um comunista. Você não é judeu, é?

A pergunta fez as garotas se esganiçarem de rir. Suzy plantou um beijo na bochecha do velho.

— Ele não me parece judeu, Maxie — disse ela, afagando o nariz de Manet.

— Bem, você tem ou não tem um apartamento na *rue* du Renard? — perguntou Lieber.

— Bem... Deixa eu ver. Sim, esta é a *rue* de Rivoli e...

— Que droga, homem, você não sabe onde fica um de seus próprios imóveis? Ele deve ter tantos que não consegue se lembrar de todos, o pobrezinho.

As garotas acharam o comentário de Lieber extremamente engraçado, e riram às gargalhadas.

Manet lançou um olhar a Lucien, que estava tomado de pânico.

— Bem, senhor, fale — prosseguiu Lieber. — Onde é?

— É... o prédio número 29 — murmurou Manet.

— Você disse 29, *monsieur* Manet? — perguntou Herzog.

— Sim, sigam-me — disse Manet.

Lucien sentiu vontade de sair correndo pela rua, mas manteve a calma e se agarrou mais a Lieber, cujo peso morto continuou a arrastar pela rua.

— A noite é uma criança — gritou Lieber para o frio ar da noite.

— Senhoritas, não derramem o precioso néctar, precisaremos de cada gota dele hoje à noite.

As garotas pressionaram as garrafas contra o peito e riram.

Ao chegarem ao prédio número 29, Manet disse a eles que teria de acordar a zeladora e esperar por ela no saguão. Após bater na porta por quase 30 segundos, uma velha sonolenta e furiosa abriu a porta. Estava prestes a despejar uma torrente de obscenidades quando viu que era o proprietário. Manet empurrou a porta e a fechou atrás dele. Os minutos se passaram e Lieber começou a ficar aborrecido.

— Por que diabo ele está demorando tanto? Tudo que ele precisava fazer era pegar a chave.

Lucien sabia exatamente o motivo da demora. Manet estava telefonando para os judeus, pois não poderia subir até o apartamento antes do resto do grupo. Por fim, apareceu à porta com a chave na mão.

— Desculpe por fazer vocês esperarem tanto tempo. Madame Fournier não sabia onde estava a chave.

— Você deveria despedir a vagabunda idiota — comentou Lieber. — É o que eu faria.

Herzog revirou os olhos e conduziu o coronel até o elevador. Por sorte, o elevador estava no quarto andar; assim, teriam que esperar. Lucien estava rezando para que Lieber desmaiasse, mas o imbecil parecia estar adquirindo novo gás.

O grupo se amontoou no elevador, que demorou a chegar no quinto andar, devido ao peso excessivo. Quando Manet destrancou a porta, Lucien prendeu a respiração. Mas o apartamento estava escuro e vazio. Talvez ninguém ainda o tivesse usado. Ao tirar o casaco, ele deu uma olhada no fundo da lareira para verificar se fora movido. Parecia perfeitamente normal. Lucien sorriu por dentro. Aquele projeto certamente superava o esconderijo na escada do pavilhão de caça.

— Senhoritas, vamos começar a beber — disse Lieber. — Manet, deve haver copos num apartamento tão chique. Você pode pegar alguns para nós?

O apartamento não parecia ter sido habitado. Não havia sinal de ninguém. Mas, quando Manet retornou da cozinha com uma bandeja de copos de vidro, Lucien percebeu em seu olhar uma inconfundível expressão de medo. Os judeus estavam ali.

O grupo se acomodou à vontade nos móveis dispendiosos. Lieber se estirou em um sofá. Céline se sentou em uma extremidade do sofá com as pernas do alemão sobre os joelhos e começou a alisar suas botas, tecendo comentários sobre a excelente qualidade do couro. Herzog se acomodou em uma cadeira estofada no outro lado da sala e olhou para Lieber com indisfarçável aversão. Quando Jeanne tentou se sentar no braço da cadeira, ele a enxotou; ela se instalou então no braço da poltrona ocupada por Lucien.

— Manet, deve haver um jeito de tocar música aqui — sugeriu Lieber.

— Vou tentar no rádio, coronel — disse Manet, caminhando até um aparelho encostado a uma parede e o ligando.

Uma agradável música dançante inundou o amplo apartamento. A rádio francesa, que vomitava quase que somente propaganda alemã, já saíra do ar; mas era sempre possível encontrar música em estações da Suíça e da Inglaterra, embora fosse contra os regulamentos ouvir estações estrangeiras.

— Manet, sua empresa está fazendo um trabalho danado de bom para o Reich. Juntos, vamos criar uma máquina de guerra que abastecerá nossas tropas durante anos. A você, *monsieur* — berrou Lieber, erguendo o copo na direção de Manet, que ergueu o seu também.

— E você, Herzog, vai ser promovido a coronel no ano que vem, por seus esforços pela Pátria.

Herzog mal levantou seu copo e continuou a folhear o livro que pegara na estante que ia do chão ao teto. Sentada no braço da poltrona de Lucien, Jeanne pousou suas pernas compridas e esguias no colo dele e reabasteceu o próprio copo de vinho.

— O que você acha dessas, amor? — perguntou ela, dando palmadinhas nas próprias coxas.

— Muito bonitas. Já não há mais muitas garotas, em Paris, que tenham meias de seda — disse Lucien.

— É preciso ser especial... e conhecer as pessoas certas — disse ela, olhando na direção de Lieber.

— E aposto que você conhece as pessoas certas em seu ramo de trabalho.

A risada roufenha de Jeanne feriu os ouvidos de Lucien.

— A Maison du Chat só permite a entrada de oficiais, nada daqueles soldados vagabundos. E aqueles sabem como tratar uma garota — disse ela, encostando seu copo nos lábios de Lucien.

Era vinho de verdade; ele esvaziou o copo de uma só vez. Depois sorriu para o belo rosto de Jeanne, em forma de coração. Ele não a condenava por trepar com os boches. Garotas como ela, excluídas da sociedade respeitável em tempos de paz, obtinham uma espécie de vingança ao se associarem com os inimigos, que agora detinham o poder. E queriam esnobar os que as olhavam de cima antes da guerra.

— Oooh, tem alguém com sede. Quer mais?

— Não agora, amor.

— Então, o que um homem bonito como você faz para viver? — perguntou ela, afagando os cabelos castanhos e ondulados de Lucien. Ela sabia que logo o estaria levando até um quarto, para prestar serviços pelos quais cobrava preços exorbitantes.

— Sou arquiteto.

— O que é isso?

A pergunta fez Herzog sorrir.

— Eu projeto prédios.

— Como um engenheiro?

— Não exatamente.

— Como um decorador?

— Esqueça. Me traga mais um pouco de vinho.

O que ele poderia esperar?, pensou Lucien. Se um membro respeitável da sociedade não sabia o que um arquiteto fazia, por que uma prostituta saberia? Suzy, na poltrona em frente a Lieber, esfregou as mãos com força e olhou o alemão com ar amuado.

— Está com frio, amor? — disse Lieber. — Manet, está um frio danado aqui. Vocês franceses não sabem nada a respeito de calefação central. Na Alemanha, nossas casas são quentes e aconchegantes. Aqui está frio como gelo.

— Não está tão frio aqui. Ainda estamos no final de setembro — protestou Lucien.

— A caldeira do prédio ainda não foi ligada — disse Manet. — Os radiadores não estão funcionando.

— Bobagem, tem madeira na lareira — replicou Lieber. — Acenda o fogo para as garotas se aquecerem.

Capítulo 28

Manet, que estava levando à boca um copo de vinho, imobilizou-se. Um olhar de terror atravessou seu rosto e logo desapareceu. Ele olhou para Lucien, que pousou a cabeça no braço de Jeanne e fechou os olhos. Mesmo bêbado como estava, Lieber sentiu a tensão no ambiente, pousou o copo e olhou para Manet. Como todos os oficiais graduados, ele não estava acostumado a ser ignorado.

— *Monsieur* Manet, você não me ouviu? — indagou ele, em um tom de voz surpreendentemente agradável. — Pedi para você acender a lareira para nós.

Manet pousou o copo e, vagarosamente, caminhou até a lareira. Por alguns segundos, observou os troncos que estavam no cão.

— Sim, Maxie, um fogo na lareira seria muito romântico — disse Céline, que estava de olho no major Herzog.

— Mas coronel, não está realmente tão frio aqui — contrapôs Manet calmamente. — Talvez se o senhor tomar mais um pouco de vinho se sinta mais aquecido.

— Besteira. Essa lareira está funcionando, não? — retrucou Lieber. — Então, qual é o problema?

— Me lembrei de que há um problema com a chaminé. Chamei um limpador, mas acho que ele não veio — disse Manet.

Lucien olhou para Herzog, que pôs o livro de lado e acompanhava a conversa com grande interesse. O major, sabia ele, começara a gostar do industrial e o respeitava. Portanto, não havia dúvida de que estava detestando ver Lieber tratá-lo daquela forma. Herzog pulou da poltrona e foi até a lareira.

— Com licença, *monsieur* Manet. Deixe que eu acenda o fogo. Vou checar a chaminé, primeiro. — Herzog empurrou o cão para o lado direito, pôs-se de joelhos e olhou para o alto da chaminé. — Estou vendo as estrelas; portanto, deve estar limpa — disse ele.

Destramente, ele acendeu alguns pedaços de jornais e aparas de madeira e, em questão de segundos, o fogo começou a crepitar. As garotas se reuniram em frente à lareira, esfregando as mãos e as pernas. Céline levantou a saia acima da cintura, arrancando gritinhos deliciados das colegas. Manet andou até o outro lado da sala com ar abatido, deixou-se cair na poltrona e olhou para o chão. Lucien se recostou no assento, sem coragem de olhar para a lareira.

— Assim é muito melhor — disse Lieber, esvaziando outro copo de vinho. — As meninas podem se aquecer agora. Aliás, elas têm que trabalhar.

As três prostitutas riram como loucas e começaram a cochichar entre si, discutindo quem iria ficar com quem naquela noite. Todas provavelmente queriam Herzog, pensou Lucien, devido à sua boa aparência.

Serrault sabia que Manet jamais dissuadiria os alemães de acender o fogo. Assim, ao ouvir o riscar de um fósforo, abraçou a esposa pela cintura e a apertou contra si. Sophie pousou a cabeça em seu peito e fechou os olhos.

— Por quê, Albert, por quê? — gemeu ela.

— Minha querida — respondeu ele suavemente enquanto a abraçava.

Agora era questão de tempo: de quanto tempo os alemães permaneceriam lá e de quanto tempo os troncos permaneceriam acesos. Eles dormiam profundamente quando Manet os alertara com seis toques de telefone e ainda estavam com suas roupas de dormir. O esconderijo era bem espaçoso, eles podiam se manter eretos, e havia bastante espaço à frente e atrás de seus corpos. Na verdade, nunca haviam pensado que teriam que usar o esconderijo. Dali a três dias, estariam na Suíça. Serrault nem podia imaginar o que se passava na mente de Manet. Sentado lá, observando os troncos pegarem fogo. Se ele se levantasse e revelasse aos alemães que duas pessoas estavam atrás da lareira, todos seriam presos, inclusive o arquiteto, cuja voz Serrault reconhecera.

O interior do esconderijo era escuro como breu. Serrault não conseguia ver o rosto de Sophie, mas sentia o calor de seu corpo e seu coração palpitante. A música proveniente do rádio podia ser ouvida claramente. Com sua mão livre, ele tocou a parede falsa da lareira.

— Albert, estou com muito medo. O que nós vamos fazer?

— Você se lembra do inverno que passamos no Marrocos... em Rabat? Quando foi mesmo? — sussurrou Serrault.

— 1908... não, 1909.

— Nosso quarto tinha vista para a praia e, em nossa primeira noite, não saímos do quarto. Ficamos lá e observamos o sol se pôr no horizonte. Você se lembra das cores incríveis que o sol projetava no mar?

— Uma linda tonalidade de vermelho intenso, quase um vermelho-alaranjado. Sim, você tem razão. Foi incrível. Nunca tinha visto uma cor como aquela.

— É engraçado como as coisas permanecem na nossa mente. É como se tivesse acontecido ontem, de tão vívida que é a lembrança.

— Acho que o Marrocos foi o lugar mais lindo que visitamos, não foi?

— Até o deserto, com toda aquela desolação, tinha uma beleza magnífica. Era de tirar o fôlego.

— E, à noite, havia aquele cobertor de estrelas, que parecia estar bem em cima da gente.

— Quase dava para estender a mão e pegar uma — disse Serrault.

— E botar no bolso e levar para casa — completou Sophie, rindo baixinho.

A fumaça emitiu um cheiro muito leve quando se infiltrou pelas junções da parede falsa, mas Serrault o reconheceu como sendo de freixo, madeira que usava na lareira de sua casa. Após alguns minutos, o compartimento se encheu de fumaça, como se alguém tivesse batido um tapete poeirento.

— Sim, de todos os lugares que visitamos, o Marrocos deve ter sido o mais belo — comentou Serrault, percebendo que Sophie estava começando a resfolegar.

Ela começou a respirar com esforço, movimentando o peito para dentro e para fora. A garganta de Serrault ficou obstruída, como se tivesse engolido algodão.

— Eu adorava percorrer... os bazares, todas aquelas vistas maravilhosas e... sons, pareciam ter saído das Mil e Uma Noites — respondeu Sophie, com grande dificuldade. Sua fala se transformara em uma série de arquejos.

— Você acredita que ainda ando com aquela carteira de couro marroquina?

— Claro, ela é tão... bonita, com aquele couro vermelho... e aquelas gravações em ouro.

O ar já quase desaparecera, e uma densa fumaça enchia o compartimento. Os olhos de ambos começaram a arder e a lacrimejar. Sophie começou a ter engulhos e a tossir sem parar, por mais que tentasse abafar a tosse. Serrault também começou a tossir. Procurou então o rosto dela e lhe deu um longo beijo.

— Não poderia ter encontrado uma esposa melhor.

— E Deus não poderia ter me dado um marido melhor.

Serrault tirou um lenço da camisola de Sophie e o colocou na boca da esposa, enquanto esta mantinha a cabeça pousada em seu peito. Em seguida, enfiou seu próprio lenço na boca.

Quando as chamas se extinguiram, a madeira emitiu uma luz avermelhada e se transformou em brasas. A reunião se arrastou por mais uns quinze minutos — até Lieber vomitar sobre o bonito tapete persa escarlate e bege, e, por fim, desmaiar. Imediatamente, Herzog telefonou para seu escritório e solicitou um carro oficial. Depois, com a ajuda de Manet e Lucien, arrastou Lieber até o elevador, empurrando as três garotas para o lado. Lucien recusou a carona oferecida pelo major e esperou que o elevador descesse. Manet correu até a cozinha, encheu uma panela com água e extinguiu as brasas. Então, com a ajuda de Lucien, começou a deslocar a parede falsa.

— Eles vão estar bem, *monsieur*. Não se preocupe, eles vão estar ótimos — disse Lucien, em tom confiante, enquanto ambos puxavam a parede.

No cubículo, eles viram dois corpos, de chinelos e roupas de dormir.

— *Monsieur*, madame, estamos aqui — disse Manet em tom urgente.

— Esperem, por favor. Vamos tirar vocês daí em um segundo — completou Lucien.

Com grande dificuldade, Lucien e Manet puxaram para fora os dois corpos flácidos — uma mulher minúscula, na casa dos 70 anos, e um velho que Lucien reconheceu como o homem que encontrara no apartamento. Estavam mortos. Para seu horror, Lucien notou que ambos tinham lenços enfiados na boca. Manet permaneceu imóvel ao lado dos corpos, enquanto Lucien, atônito, contemplava a visão macabra.

— Jesus, não pode ser — exclamou Lucien. — Esse tubo ali no fundo era para sugar a fumaça diretamente para fora.

Embutida na parte de baixo da parede do fundo do esconderijo, havia um tubo de metal com quinze centímetros de diâmetro.

— Estou dizendo a você, o ar natural suga a fumaça. O ar quente sempre viaja em direção ao ar frio. Olhe.

Lucien enfiou o braço no cano, mas bateu em alguma coisa dura e áspera.

— Que diabo...?

Lucien martelou o material com o punho. Manet puxou para fora o braço de Manet, acendeu seu isqueiro e perscrutou o interior do cano.

— É um ninho de pássaros. Está bloqueando completamente a abertura — disse.

Lucien olhou também e, para seu assombro, viu na extremidade do cano um denso emaranhado de gravetos, pedaços de tecido e lama, que o fez pensar numa bola de papel machê cinzento.

— A porra de um ninho de pássaros — disse ele. — Nem mesmo pensei nisso quando incluí o cano. Se ao menos tivesse pensado em colocar uma pequena grade na extremidade... Jesus, como sou idiota. Matei esse casal. Tudo por causa da droga de um ninho de pássaros.

Lucien saiu do compartimento e, cambaleante, apoiou-se com os braços na cornija da lareira.

— Eu deveria ter pensado nisso. Droga, eu deveria ter pensado nisso.

Ele virou a cabeça e olhou para o casal morto. Então, de repente, caiu de joelhos ao lado da velha senhora. Sem nem mesmo pensar, estendeu a mão e acariciou seus macios cabelos brancos. Mesmo idosa, ainda era extraordinariamente bonita. Ele lhe removeu o lenço da boca e afagou seu rosto. E o fez por quase dois minutos. Manet pousou a mão em seu ombro, mas ele não pareceu notar. Manet o sacudiu com força, e ele finalmente parou.

— Tenho que dar um telefonema para resolver esse assunto — disse Manet.

Lucien começou a chorar com o corpo tremendo.

— Cristo, o que fui fazer?

— Foi Lieber quem os matou, Lucien.

— Não — replicou Lucien, olhando para Manet. — Eu os matei.

— Por favor, não faça isso consigo mesmo. Foi um acidente cruel. A vontade de Deus.

— Foda-se Deus — brandou Lucien, tirando o lenço da boca do velho e o segurando com as mãos.

— Venha, Lucien, você precisa sair daqui — disse Manet. — Cuidarei disso. Por favor, vá para casa.

— Como eles se chamavam?

— Não sei se essa é a melhor...

— Droga, como eles se chamavam?

— Albert e Sophie Serrault.

— Quem eram eles? Eram amigos seus? — indagou Lucien. — Me diga, droga.

— Sim, eu os conhecia. Ele veio de Nîmes ainda garoto e fundou a própria construtora.

— E depois?

— A história de sempre com essas pessoas. Trabalhou como um burro e teve muito sucesso. Na virada do século, foi inteligente o bastante para perceber que o concreto armado era o que havia de melhor, especializou-se nesse material e ganhou uma fortuna.

— A França era líder mundial em concreto armado, você sabia disso? — perguntou Lucien, com orgulho na voz.

— Soube que ele foi herói de guerra. Poderia não ter participado da Guerra Mundial, mas foi lutar e acabou condecorado por bravura muitas vezes. Foch e Clemenceau, pessoalmente, penduraram medalhas no peito dele.

— Ele me disse que esteve na guerra.

Manet ficou perplexo.

— Você se encontrou com esse homem? Quando?

— Quando voltei ao apartamento para fazer mais algumas medições. Ele estava no apartamento e me disse que deveria ter saído da França. Não acreditou que pudesse acontecer com ele.

— Todos os velhos casais salvam seus filhos primeiro, mas acabam ficando. É como se estivessem cansados de fugir. De certa forma, faz sentido; essas pessoas estão fugindo há dois mil anos.

— Veja como ela ainda é bonita. Dá para ver como ela ainda é bonita. — Lucien começou a chorar, enquanto se inclinava e beijava o rosto da velha senhora. Manet não tentou impedi-lo. — Aposto que eram casados há muito tempo. E que era um casamento feliz.

— Hora de ir embora, Lucien — disse Manet, segurando o braço direito de Lucien para fazê-lo se levantar.

— Eles salvaram nossas vidas, sabia? Se Lieber os tivesse descoberto, você e eu estaríamos a caminho de Drancy. Isso é, se não fôssemos executados antes — disse Lucien, olhando Manet nos olhos.

— Sim, sei muito bem disso.

— Serrault me disse uma coisa estranha. Disse que eu era um homem virtuoso pelo que estava fazendo. Eu disse a ele que isso era bobagem.

Manet olhou para o corpo de Serrault e sorriu.

— Ele era um bom avaliador de caráter.

Em transe, Lucien deixou que Manet o conduzisse até a porta. Quando se viu no lado de fora, sob o frio ar da noite, não conseguiu se lembrar de ter descido pelo elevador. Já passara muito da hora do toque de recolher e as ruas estavam completamente vazias. Lucien se encostou à parede do prédio e examinou a *rue* du Renard de um lado a outro, para verificar se não havia patrulhas alemãs. Como não ouviu alemães marchando, andou distraidamente pela *rue* du Renard até chegar ao *quai* de Gesvres, onde quase caiu nos degraus que desciam até o Sena. Tanto o *quai* quanto o rio estavam desertos. Ele se ajoelhou à beira do Sena e vomitou; depois, sob as trevas da noite, sentou-se apoiado na parede do *quai*, olhando para o nada. Ao longo da noite, suas emoções oscilaram alucinantemente entre um implacável sentimento de culpa até uma fúria cega contra os alemães. Mesmo que os judeus fossem maus como as pessoas diziam, eram seres humanos e deveriam morrer como tais. Ninguém deveria morrer daquela forma. Uma patrulha alemã de cinco homens com metralhadoras penduradas nos ombros passou a apenas cinco metros dele, sem notar que ele estava encostado à parede. Permaneceu no local até o raiar do dia, segurando o lenço que retirara da boca de Serrault. Em vez de jogá-lo no Sena, guardou-o no bolso do paletó e voltou para casa.

Durante a semana seguinte, ele não conseguiu pensar em nada senão nos rostos mortos dos Serrault, com os lenços na boca. Nada do que fizesse conseguia afastar a imagem da mente. Não se passava nem uma hora sem que Lucien pensasse no casal. Seu remorso não tinha fim. Eles invadiram até mesmo seus sonhos. Todas as noites, os Serrault se juntavam às imagens da sua própria vida, formando um filme surrealista que se desenrolava em sua mente. Em um dos sonhos, ele estava de volta ao quarto da sua infância, onde havia um baú ao pé do leito; quando o abria, os Serrault estavam lá dentro, no fundo, sentados a uma mesa e comendo, como se fossem miniaturas, com centenas de pequenos pássaros esvoaçando ao redor. Ele os chamou aos gritos, mas foi ignorado. Em outro sonho, ele estava em um carro que não reconheceu. Os Serrault dirigiam o carro através de uma paisagem que lembrava o norte da África; seu pai e Celeste, que segurava um coelho morto, também estavam no carro, sentados no banco de trás. Durante o tempo todo, seu pai gritava algo em seu ouvido.

Lucien se contorcia violentamente e acordava suando frio. Então se levantava no meio da noite e perambulava pelo apartamento, fumando sem parar. Mesmo a arquitetura, que era seu mundo, parecia não ter importância para ele, e nem se aproximava da prancheta. Passou todo o trabalho para Alain e raramente aparecia no escritório. Como não suportava ficar em casa, passava os dias andando pelas ruas ou sentado à beira do Sena. Ir ao cinema de nada adiantava; ele não conseguia prestar atenção ao filme. Desde aquela noite terrível, não tivera mais coragem de se encontrar com Manet. Levava o lenço com ele para toda a parte e tocava nele sempre que a imagem dos Serrault lhe vinha à mente, como se estivesse esfregando sal numa ferida para se punir por sua arrogância.

Capítulo 29

O velho chalé de pedra com seu desmantelado celeiro pareceu muito familiar a Lucien, que dirigia o Citroën pela estrada sinuosa. Assim como a pequena taberna que surgiu à direita. Lucien sabia que já percorrera aquele caminho antes, mas não se lembrava de quando. Era difícil pensar com Adele falando o tempo todo. Ela não calara a boca desde que haviam saído de Paris. Como previra, ela ficou extasiada ao ver o carro embaixo da sua janela. Em questão de segundos, desceu as escadas, aboletou-se no banco do passageiro e começou a instruí-lo a respeito do caminho que deveria seguir. Lucien planejara uma tarde romântica em Saint-Denis, mas Adele insistiu em seguir na direção oposta, a sudoeste de Paris. Tudo o que disse foi que queria lhe mostrar um novo recanto para passarem os fins de semana. Enquanto o carro rugia pelas estradas vicinais, ela mostrava o caminho com o instinto de um navegador.

— Dobre à direita aqui, amor — instruiu ela. — Mais uns cinco minutos. Você vai ficar impressionado com a nova casa da sua pequena Adele.

Lucien não ouviu o último comentário, pois sua atenção estava concentrada no decrépito armazém à esquerda. Onde já o vira?

— Você acredita que a casa veio abastecida com tudo, inclusive lençóis? Já dei até uma festa lá. Foi incrível — disse Adele, entusiasmada.

— E não me convidou? — perguntou Lucien, verdadeiramente desapontado.

Adele percebeu imediatamente sua gafe e tentou corrigi-la.

— Ah, eram só pessoas do mundo da moda. Gente muito chata, amor. Você virá aqui muitas vezes... vai ver só. E vai ser uma festa para *dois* — disse ela, passando a mão no lado interno da coxa de Lucien.

Lucien ficou bastante animado com este gesto de afeição. Sentia-se feliz por ter saído da depressão e surpreendido Adele com seu novo carro. Sair, divertir-se e fazer sexo seria bom para ele. Seu bom humor desapareceu quando ele avistou, bem à frente, um grande portão de pedra e ferro forjado. Foi então tomado pelo pânico, como se alguém estivesse apertando seu pescoço.

— Aqui estamos! — exclamou Adele. — Não é magnífico? Aposto que você pensou que seria algum chalezinho insignificante. Seja sincero: não pensou?

Lucien parou o carro pouco depois do portão e contemplou a casa diante dele, sem querer acreditar no que via. Era o pavilhão de caça de Le Chesnay — com a escada secreta. Tudo agora fazia sentido. Não era de admirar que tantas coisas lhe pareciam familiares, pois já estivera ali. Duas vezes, no meio da noite, mas ainda se lembrava de alguns lugares ao longo do caminho. Seu primeiro impulso foi dar meia-volta com o carro e se afastar a toda. Uma voz em seu cérebro gritava: "Não entre em pânico, não entre em pânico." Já uma outra dizia: "Fuja depressa."

Com um sorriso forçado, ele olhou para Adele.

— É magnífica, querida.

Adele interpretara a expressão de descrença de Lucien como sendo de abjeta admiração. Assim, estava fora de si de tanto orgulho e alegria. Dando pulinhos no assento, deu-lhe um abraço.

— Vamos, quero lhe mostrar o interior.

— Claro... — respondeu Lucien, com voz fraca.

Adele o arrancou do carro pela manga do paletó, conduziu-o até a porta do casarão, que estava destrancada, e o empurrou para dentro.

— Então, o que você acha?

— É simplesmente... incrível — respondeu Lucien, pensando se não poderia acontecer alguma coisa ainda pior para coroar aquela catástrofe.

Segurando a mão dele, Adele o guiou pelo primeiro andar e depois pelo segundo, mostrando-lhe todos os aposentos que ele já vira. Deixou o quarto principal por último.

— E aqui, meu docinho, é onde faremos uma pequena parada — disse Adele, desviando o olhar para o espaçoso leito. — Mas antes de iniciarmos as festividades da tarde deixa eu lhe mostrar uma coisa bem estranha que descobri... completamente por acaso.

Lucien tentara com todas as forças não olhar para a pequena escada do estúdio. Agora, para seu horror, Adele pegara sua mão e o estava conduzindo até ela. Ele resistiu como uma criança que é levada até a pia para que lhe lavem a boca com sabão.

— Levante o primeiro degrau e veja o que acontece — disse Adele.

Lucien olhou para a escada, perguntando-se por que a vida sempre lhe aplicava castigos como aquele. Primeiro, o desastre com a lareira algumas semanas antes que o deixara arrasado; agora, aquilo. Ele se inclinou e fez o que Adele pedira. Com grande esforço, levantou a escada e pôs à mostra o colchonete.

— O que você acha disso? — perguntou Adele. — Achei que você poderia conhecer alguém que pudesse ter construído uma coisa assim.

Lucien largou a escada, que caiu com estrondo, dando um susto em Adele.

— Por que você está tão curiosa a respeito disso?

Adele fez silêncio por um segundo ou dois.

— Simplesmente achei que era um esconderijo muito engenhoso e fiquei impressionada, só isso.

— É... muito inteligente, mas não sei quem poderia ter feito isso. Talvez esteja aqui desde que a casa foi construída. Ou talvez, seja da época da Revolução.

— Acho que não. As dobradiças e o trinco são bem modernos, pode verificar.

— E como você descobriu essa coisa? — perguntou Lucien.

— Um criado estava limpando o carpete e descobriu.

— Entendi — disse Lucien, caminhando até a cama e sentando-se nela. — E como você adquiriu este pequeno e modesto chalé? Parece acima de suas posses.

— Seu bobinho. Um dos meus clientes comprou a casa e me deixou usá-la pelo resto do ano, sem pagar aluguel. Não foi muita gentileza dele?

— Deve ser um cliente muito especial para ser tão generoso. Eu o conheço?

— Ah, Deus, não. Só um daqueles velhos gagás da indústria da moda.

Conhecendo a breve história daquela casa, Lucien desconfiava que aquele cliente dela usava um uniforme cinza-esverdeado. Ele sabia que, provavelmente, não era o único amante de Adele. Ela era gananciosa e oportunista, disposta a usar qualquer um para conseguir o que queria. Era um lado mercenário dela que o deixava fascinado. Mas, se dormia com o inimigo, não era apenas uma traidora, mas uma ameaça direta a ele.

Ela tirou o sutiã e deitou Lucien na cama. Enquanto faziam amor, ele não conseguia parar de olhar a escada. Entretanto, de modo estranho, pensou ele, talvez aquilo fosse uma coisa boa. Aquela coincidência cruel tirou os Serrault da sua mente. Era o caso em que uma coisa horrível substitui a outra. Pelo menos ele já não pensaria neles durante todas as horas que passava acordado. Agora teria que enfrentar seu pior pesadelo: poderia a escada secreta ser rastreada até ele? Quem mais saberia da sua existência?

Capítulo 30

— Linda construção, você deve estar muito orgulhoso.

Lucien estava orgulhoso. Tão orgulhoso que, naquele exato momento, estava sonhando que havia obtido o maior prêmio da Academia Francesa de Arquitetura, por sua recém-terminada fábrica de motores em Chaville. Postado ao lado do major Herzog, ele saboreava cada detalhe — as fortes linhas horizontais formadas pelas janelas contínuas, a ênfase vertical da entrada de tijolos, a bela curva formada pelo arco do teto de concreto — resistente o bastante para suportar um ataque aliado. Lucien e Celeste não tinham filhos, mas ele sempre imaginara que a realização de um grande projeto deveria ser como o nascimento de um filho.

— Eu sabia que faria um bom prédio se tivesse a oportunidade — disse Lucien, sem se dirigir a ninguém em particular.

— Vai ser o primeiro de muitos — disse Herzog, dando-lhe uma palmadinha nas costas com a mão elegantemente enluvada. — Seu projeto para a fábrica de Tremblay é ainda melhor que esse.

Lucien brindou Herzog com um largo sorriso. Depois de três meses, começara a considerar o alemão como um amigo, uma alma gêmea. Seu mal-estar em ser amigo declarado de um alemão se desvanecera, mas o fato de que Celeste o considerava um colaborador o deixava aborrecido.

Era apenas um arquiteto que queria trabalhar. E as oportunidades para fazê-lo provinham dos alemães. Herzog precisava de fábricas; Lucien as projetava. Tecnicamente, trabalhava para Manet, que cooperava com os alemães para que estes não confiscassem sua empresa. Era a coisa mais inteligente a ser feita. Manet não era um aproveitador maligno faturando milhões. E Lucien jamais enriqueceria, por mais trabalhos que fizesse para o Reich.

— Acha mesmo que a fábrica de Tremblay vai ficar melhor? — perguntou Lucien, ansioso para obter a aprovação de Herzog.

— Muito melhor. A estrutura de concreto é ainda mais dinâmica que essa. Uma bela expressão de funcionalidade.

O ego de Lucien estava alcançando a estratosfera. Finalmente provara que era bom projetista. Tudo de que necessitava era uma oportunidade. O que sentia, naquele momento, era que não havia nada que não conseguisse fazer em termos arquitetônicos. Mal conseguia esperar para obter novas incumbências.

Lucien e Herzog caminharam lentamente em torno do prédio, admirando cada detalhe. Caminhões chegavam com o maquinário destinado à produção, que seria iniciada na semana seguinte. Embora Manet tivesse forçado suas equipes a terminar o prédio antes do tempo, o projeto de Lucien fora executado rigorosamente de acordo com as especificações. O que jamais aconteceria em tempos de paz, quando os clientes sempre suprimiam algum detalhe que achavam inútil ou desnecessário, mas que Lucien simplesmente adorava.

— Vou lhe contar um segredo — disse Herzog. — A construção de uma nova fábrica de munições está sendo planejada para Fresnes, ao sul daqui. Quando estive de férias em Berlim, na semana passada, Speer, o ministro do Reich, falou a respeito. A coisa ainda está no estágio inicial, mas vai acontecer, garanto a você. E, devido ao seu sucesso aqui, você é o favorito para obter o trabalho.

— Que tamanho vai ter? — perguntou Lucien, quase salivando.

— Cerca de 50 hectares. Um enorme complexo, como uma cidade.

O cérebro de Lucien já estava a toda. Em apenas dez segundos, ele se esqueceu do prédio que tinha à frente e começou a visualizar a planta do terreno. Os prédios teriam que ser unidos para formar uma grande composição. Entretido com a fantasia, não percebeu que o coronel Lieber se aproximava. Herzog pigarreou e bateu continência, trazendo Lucien da volta à realidade.

— Um prédio muito adequado, Herzog — disse Lieber. — Alguns floreios desnecessários, mas muito adequado. Parabéns, major. Berlim ficou muito satisfeita com o meu... nosso trabalho aqui.

— Obrigado, coronel. Mas quem projetou o prédio foi *monsieur* Bernard. O ótimo projeto dele nos deu uma fábrica muito eficiente — replicou Herzog, acenando com a cabeça na direção do arquiteto.

Lieber mal acusou a presença de Lucien.

— Sim, um prédio interessante, *monsieur*.

Quando um cliente dizia que um prédio era interessante, isto significava que não gostara dele, mas não queria dizê-lo diretamente. Lucien sorriu para o coronel e inclinou a cabeça. Seu ódio pelo homem aumentara de forma exponencial desde a noite na *rue* du Renard. Porém, como Manet lhe dissera várias vezes, nada se poderia fazer a respeito disso. Lieber não iria embora.

— Agora, o ministro do Reich, Speer, esse é um grande arquiteto — exclamou Lieber. — É o arquiteto *pessoal* do Führer. Já projetou alguns prédios incríveis. O grande domo, em Berlim, pode comportar 200 mil pessoas. O novo prédio do Reichstag é uma estrutura incrivelmente linda.

Herzog, que estava atrás de Lieber, revirou os olhos. Lucien olhou para os próprios sapatos, tentando suprimir um sorriso. Os projetos de Speer para Berlim não passavam de uma demonstração superdimensionada e pomposa de egomania. Hitler, que, por duas vezes, não conseguira ingressar na Real Academia de Arte de Viena quando era jovem, sempre acalentara o desejo de se tornar arquiteto. Assim, tinha interesse pessoal nos projetos para a nova Berlim. Mas Lucien não criticava Speer por tentar agradar o Führer. Talvez, em segredo, Speer detestasse o estilo neoclássico que Hitler adorava. Todos os arquitetos puxavam saco para obter trabalho, era parte da profissão. Lucien já vira desenhos feitos por Hitler e achava, sinceramente, que o homem tinha talento inato. Ele o contrataria para fazer o desenho artístico de algum projeto seu. É o caso de se imaginar como estaria o mundo se Hitler tivesse sido aceito na escola de arte, pensou Lucien.

Capítulo 31

— Como assim, você não está interessada em ver o meu prédio?

Celeste continuou de costas para Lucien, esfregando vigorosamente um prato na pia. Lucien se aproximou dela e falou diretamente em seu ouvido direito. Em outra época, teria aplicado um beijo em seu esguio pescoço, mas esta época terminara há muito tempo.

— Eu disse... o que você...

— Você ouviu o que eu disse — atalhou Celeste.

Lucien se sentou de novo à mesa da cozinha e começou a brincar com a pequena balança esmaltada que usavam para pesar porções de alimentos. Todos os parisienses tinham uma balança para poder dividir suas refeições da melhor forma possível. Ele pressionou o dedo na bandeja de metal, e o mostrador indicou duzentos gramas. Um sentimento de raiva começou a crescer dentro dele, mas decidiu não perder a calma.

— Tudo bem. Você não precisa ir ver. Mas poderia ao menos ter a gentileza de me dar uma razão para não querer ir comigo.

— Não quero ser vista com um colaborador.

— Você está dizendo que *eu* sou um colaborador?

— Você e o tal de Manet estão se aproveitando da miséria do povo francês, ajudando os alemães a matar nossos aliados. E o pior de tudo é que você está gostando disso. Você mergulha de corpo e alma nessas drogas de projetos. Está sempre puxando o saco daquele major alemão, passando tanto tempo com aquele homem que estou começando a achar que você é uma bicha enrustida.

— Por acaso você reparou que nós comemos três refeições por dia, temos roupas decentes e não temos que mendigar para conseguir os produtos mais básicos? — devolveu Lucien, ainda evitando que sua raiva contida explodisse como um gêiser.

— Mas a que preço, Lucien?

— Você está dizendo que sou um traidor?

Celeste pousou o pano de prato e hesitou um momento antes de responder, o que enfureceu Lucien. Ele queria que ela dissesse imediatamente que não estava.

— Não, traidor não é bem a palavra correta. Você é uma espécie de Mefistófeles arquitetônico. Vendeu a alma ao diabo para trabalhar.

Lucien não reagiu; ficou sentado assimilando a palavra "Mefistófeles", repetindo-a em sua mente. E não soube o que dizer para se defender.

— Portanto, não me peça para ir ver seus prédios de novo. Não vou.

— Não se preocupe, não vou mais incomodar você. Afinal de contas, você nunca se deu ao trabalho de ver meus projetos antes da guerra; então, não faz diferença.

— Você terá muita sorte se, depois da guerra, a França não o considerar culpado de ter sido um colaborador. Vai ser uma desgraça... e você pode ser enforcado.

— Pare com esse drama. Ninguém vai ser enforcado, porque não estou ajudando os alemães; estou construindo prédios que ajudarão a França a se recuperar depois da guerra.

— Bonita racionalização... ou deveria dizer fantasia? Seus prédios têm suásticas neles, não se esqueça disso.

— Você não sabe de nada, mulher. Estou *lutando* contra os nazistas.

— Você? Que piada.

— Estou salvando vidas francesas.

— A única vida que lhe importa é a sua.

— Besteira! Salvei dois judeus — disse Lucien com veemência.

Um silêncio constrangedor dominou a cozinha. Lucien sabia que cometera um erro terrível. Um olhar de repugnância começou a se formar no rosto de Celeste. Ela caminhou até a mesa, sentou-se na cadeira em frente a ele e engoliu em seco.

— Lucien, você ficou louco? Diga que não ajudou nenhum judeu. Você não sabe que assinou nossas condenações à morte? Diga que está mentindo.

— Não posso lhe dizer mais nada.

— A família Gaumont na *rue* de Rousselet foi toda fuzilada por ter escondido aquele garotinho judeu. Só por fingir que um menino de 4 anos era um parente cristão. A mãe, o pai, os avós e todos os filhos foram mortos. Tudo por um conceito moralista idiota de ajudar o próximo.

— Talvez não seja tão idiota.

— Em tempos de guerra, a fraternidade vem atrás da salvação de nossas peles. Não é uma coisa bonita nem nobre, é apenas a verdade nua e crua.

— Não foi por beleza nem nobreza que eu fiz o que fiz.

Celeste sorriu.

— Bem que eu queria saber de onde vinha o dinheiro. Sabia que não era dos nazistas. Eles não pagam tão bem aos seus colaboradores. Deve ter sido uma grande tentação ter tanto dinheiro no bolso. Comprar coisas boas para você, para mim e para sua amante.

Lucien, que estava com a cabeça apoiada nas mãos, levantou os olhos e olhou Celeste.

— Seu idiota — disse Celeste. — A esposa *sempre* sabe.

— Fiz o que fiz por nós, quer você acredite ou não.

— Eu *não* acredito. Mas estou impressionada com o fato de você jogar nos dois lados. Ganhando dinheiro dos judeus e fazendo seus amados projetos arquitetônicos para os boches. Não acho nada de excepcional querer ganhar dos dois lados. Mas só mesmo você para se ferrar em ambos. Se não for morto pela Gestapo por ajudar judeus, vai ser morto por ser um colaborador. Não sei exatamente em que você se meteu, nem quero saber. Tolerei aquela sua vagabunda, mas não vou tolerar isto. Não vou ser torturada e deportada por causa da sua loucura.

— E o que vai fazer?

— Vou deixar você.

— Você o quê?

Atordoado, Lucien pulou da cadeira e ficou olhando para a esposa.

— Você me ouviu. De qualquer forma, nosso casamento já terminou. Foi uma união ruim desde o início. Para usar uma de suas metáforas arquitetônicas bobas, nosso casamento foi construído sobre fundações frágeis e acabou ruindo.

— Na guerra, temos que tomar decisões difíceis. Eu...

— E você tomou as decisões erradas. De qualquer lado que se olhe a situação, você está ferrado. Pare de se iludir, Lucien. Você não é um homem de elevados valores morais. Você é o que eu disse antes, um Mefistófeles arquitetônico.

Lucien andou até a janela da cozinha e contemplou o pátio. Com exceção de um esquálido gato preto em um canto, a área estava deserta.

— E há mais uma coisa.

— O quê? — perguntou ele, irritado, ainda de costas para ela, preparando-se para ouvir mais insultos.

— Encontrei alguém.

Foi como se alguém atingisse a cabeça de Lucien com uma pá. Ele quase tombou para a frente. Então, apoiando as mãos nos umbrais, deixou pender a cabeça. Após um minuto, saiu da cozinha, foi até o armário do vestíbulo e pegou seu paletó de *tweed*. Em vez de tomar o elevador, desceu as escadas correndo. A fúria o deixara tão fora de si que ele demorou quase cinco minutos para perceber que andara dez quarteirões na *rue* Saint-Denis. Três horas depois, quando retornou ao apartamento, Celeste e as roupas dela haviam desaparecido.

Capítulo 32

— Não minta para mim, Gaspard. Você não está me deixando por causa de outra mulher.

— Uma das minhas alunas. Nós...

Juliette Trenet se acercou do marido e olhou-o nos olhos. Imediatamente, ele olhou para outro lado.

— Gostaria que fosse uma de suas alunas — disse Juliette. — Assim, eu poderia suportar o sofrimento.

Gaspard olhou para o tapete oriental do vestíbulo do apartamento e não disse nada.

— O professor Pinard chamou você ao gabinete dele, não foi?

— Não, não foi isso o que...

— E lhe deu uma escolha: eu ou seu emprego.

— Juliette, por favor...

— E você escolheu sua cadeira de literatura medieval.

Gaspar, um homem baixo, de cabelos castanho-claros e boa aparência, deu um passo para trás.

— Tudo porque Vichy e os nazistas decretaram que, devido ao fato de que minha avó era judia, e eu nem conheci minha avó, agora sou oficialmente judia.

Juliette foi até o cabideiro e pegou o casaco de flanela verde-folha que tinha uma estrela de feltro amarela pregada no bolso da frente.

— Muito embora jamais tenha entrado em uma sinagoga nem conheça nenhuma palavra de hebraico.

— O modo como eles decidem quem é judeu é ridículo. — Gaspard abanou a cabeça. — O padre de uma igreja de Menilmontant foi classificado como judeu.

— Fui demitida de um emprego que eu adorava porque sou judia. E agora o único homem que amei está me deixando porque sou judia.

— Não é...

— Por favor, Gaspard, por favor. Diga que isso não está acontecendo — exclamou Juliette. — Diga que estou só tendo um horrível pesadelo. Pelo amor de Deus, me acorde.

Juliette pousou a mão sobre a lapela do paletó de *tweed* dele. Gaspard foi se afastando dela até suas costas esbarrarem na porta apainelada do apartamento.

— Eu me apaixonei por você assim que vi você na festa do Jean — disse Juliette. — Tão bonito. E, quando você começou a falar, percebi, naquele momento, como você era brilhante. Lembra?

— Claro que me lembro. E *você* me conquistou na mesma hora. Uma mulher tão bonita, com doutorado em bacteriologia e fazendo uma pesquisa importante na universidade... — replicou Gaspard. — Fiquei muito feliz em encontrar você.

— E todas aquelas viagens maravilhosas que fizemos e os bons momentos que passamos juntos nesses últimos cinco anos. As festas que nós demos.

— Pois é — disse Gaspard, sorrindo.

— Então fique, meu amor, por favor. Juntos, nós poderemos superar isso — suplicou Juliette com os olhos cheios de lágrimas.

Uma expressão de dor substituiu o sorriso do marido.

— Eu... simplesmente não posso, Juliette. Não posso.

— É a ideia de ficar sem dinheiro? Ou a perda da sua posição? — Juliette começou a se aproximar dele, mas parou. — Você acha que vai ser mandado para Drancy junto comigo?

A resposta de Gaspard foi um torturante silêncio.

Juliette pôs as mãos na cabeça.

— *Por favor,* não faça isso — implorou.

Ela teve vontade de correr até ele, abraçá-lo e enterrar a cabeça em seu peito amplo, como fazia antes, quando estava angustiada ou triste.

O rosto claro de Gaspard estava vermelho de vergonha. Ele se virou e segurou a maçaneta da porta. Sem dizer palavra, Juliette agarrou a manga de seu paletó. Gaspard sacudiu o braço e abriu a porta. Por fim, com um último arranco, ele se soltou e saiu batendo a porta.

— Volte — gritou ela. — Por favor!

Juliette ficou parada, olhando para a porta fechada com lágrimas rolando pelo rosto. Foi até o salão e chorou incontrolavelmente e bem alto, sem se incomodar com a possibilidade de ser ouvida.

Meu Deus, eu me casei com um covarde, pensou ela. *Mas não importa, ainda o amo!*

Sentando-se em uma poltrona, tentou se acalmar. Então, suavemente, acariciou a barriga. Estava totalmente sozinha no mundo com o bebê.

Seis semanas depois, sentada na toca de leão vazia, a lembrança daquele dia terrível ainda desfilava incessantemente na sua cabeça. Todas as vezes que pensava na chocante traição de Gaspard sentia vontade de chorar. O tempo não amenizara nem um pouco sua dor. Ela amava tanto o marido... e, depois, vira aquele homem bonito e inteligente se transformar em um garotinho assustado e fugir.

Tudo acontecera de repente. Primeiro, Juliette perdera o cargo na universidade onde ambos trabalhavam; depois, a gravidez inesperada.

Gaspard não parecera verdadeiramente feliz quando ela lhe deu a notícia, embora tenha tentado parecer para agradá-la. Juliette se lembrou também de que, pouco após a rendição, quando viram um casal empurrando um carrinho de bebê, Gaspard dissera que ninguém deveria gerar uma criança para viver em um inferno como a Ocupação. Ela sabia que a época não era das melhores para ter um bebê, mas mesmo assim estava exultante; ser mãe seria sempre mais importante que sua carreira, por mais bem-sucedida que fosse.

Gaspard adorava ser professor. Mais que um trabalho, era sua identidade. Se fosse demitido, a perda de prestígio e da posição que desfrutava nos círculos da elite intelectual seria mais devastadora que a perda do salário. Professor catedrático com apenas 32 anos, e já tendo publicado um livro sobre poesia épica no século XII que recebera muitos elogios, era admirado e respeitado por todos na universidade, mesmo fora dos departamentos de história e literatura. Era um astro em ascensão no universo acadêmico. Juliette, na verdade, jamais entendera o quanto tudo isso significava para Gaspard. Mas agora sabia: muito mais que a esposa... e que o próprio filho.

Como Juliette não se considerava judia, encontrava pouco consolo no fato de que milhares de judeus haviam sido demitidos de universidades em toda a França. Ou de que centenas de maridos gentios, em Paris, haviam abandonado suas esposas ao se verem na mesma situação que Gaspard. Eles também sabiam que não poderiam suportar as privações, a pobreza e o risco de morte acarretados pelo casamento com uma judia.

O onipresente odor de mijo de leão agravava os enjoos matinais de Juliette, mas ela sabia que tivera muita sorte em encontrar aquele esconderijo. Apenas uma semana após a deserção de Gaspard, *monsieur* Ducreux, seu senhorio, aparecera à porta do apartamento e lhe ordenara que saísse imediatamente. Um homem que sempre se mostrara gentil e afetuoso nos cinco anos em que ela morara ali a tratava agora como uma completa desconhecida. Sacudindo um papel diante dela, alegou que tinha o direito de expulsá-la. Juliette não discutiu. Com voz calma, respondeu que precisava de uma hora para fazer as malas e fechou a porta. Depois de sair, conseguiu abrigo no pequeno apartamento onde Henri Leroy, seu ex-assistente de laboratório, morava com a família. Depois de alguns dias, um vizinho de andar bateu à porta do apartamento e começou a fazer perguntas. Juliette percebeu que estava na hora de se mudar. Henri fora um colega leal durante sete anos, e ela não desejava que sua família sofresse por causa dela. Quando Juliette disse a Henri que não tinha para onde ir, ele respondeu que não a abandonaria. Em desespero, pediu ao primo dele, Michel Dauphin, que a recebesse; este se recusou, alegando que sua esposa jamais arriscaria a vida para salvar alguém, muito menos uma judia. Mas Dauphin era um homem bom, e acabou encontrando uma solução temporária.

Como era zelador do zoológico, disse a seu primo que a professora Trenet poderia se esconder por algum tempo em uma das jaulas vazias em um setor que estava fechado. Apesar da escassez de alimentos, o zoológico fora mantido em atividade durante a Ocupação para atender aos soldados alemães. Os animais comiam melhor que a maioria dos parisienses. Juliette passou a morar em uma toca de concreto situada nos fundos de uma jaula de leão vazia. Era um espaço fechado em que os leões dormiam e comiam quando não estavam perambulando pela jaula diante do público. Até os leões precisavam de privacidade, pensou Juliette. Embora Dauphin não tivesse pedido nenhum pagamento, ela deu 5 mil francos a ele. Se fosse encontrada, o zelador seria preso também e, então, ela insistiu.

Dauphin, um homem baixo e rotundo, na casa dos 60 anos, levava comida e bebida para Juliette todas as noites sem falta. Ela sabia que ele estava gastando os 5 mil francos para cuidar dela. Dauphin, descobriu ela, tinha três filhas adultas e sabia o que era uma mulher grávida;

ninguém precisava lhe dizer que ele estava alimentando duas pessoas. Ela podia ver que ele se esforçava muito para alimentá-la bem. Juliette comia carne, frango, batatas, cenouras e beterrabas, tudo cuidadosamente preparado e servido em uma bandeja coberta. Um grande copo de leite sempre acompanhava as refeições. Ele também providenciara um colchão grande e macio, juntamente com um lençol, para lhe servir de cama.

Sendo bacteriologista, Juliette sabia como era importante se manter livre de germes para proteger Marie ou Pierre (o bebê receberia o nome da sua heroína, madame Curie, ou do marido dela, e evidentemente seria um cientista). Dauphin colaborou fornecendo grandes quantidades de água e sabão para que ela tomasse banhos. E, como estava habituado a limpar excremento de leões e elefantes, esvaziava diariamente e de bom grado o balde de lixo de Juliette. O problema com a toca era que um ser humano não conseguia ficar em pé dentro dela. Juliette passava o dia inteiro sentada; só podia caminhar à noite, na jaula vazia.

Em um final de tarde, depois de Dauphin lhe trazer uma refeição e algumas roupas limpas, Juliette lhe perguntou por que ele estava arriscando tanto a vida. A resposta dele a surpreendeu:

— Ah, madame, a senhora não sabe como me sinto bem ajudando um ser humano nesta época de maldade.

Juliette percebeu então que o zelador do zoológico, que provavelmente não tivera mais que alguns anos de escolaridade, possuía um senso de moralidade maior que muitos dos cientistas altamente treinados com quem ela havia trabalhado.

Sentada sozinha na sua prisão, dia após dia, Juliette às vezes achava a solidão insuportável. Frequentemente, ela pousava a mão sobre o ventre e conversava com Marie ou Pierre sobre a infância feliz em Lyon. Às vezes, cantava para o bebê suas canções favoritas. Durante o dia, após cobrir a entrada da toca com uma lona grossa, Juliette acendia velas, o que lhe permitia ler e escrever. Ela procurava manter a mente ocupada, fingindo que estava de licença e que poderia se concentrar em trabalhos teóricos. Em cadernos trazidos por Dauphin, escrevia fórmulas e ideias; depois, olhando para o nada, pensava e pensava. Chegou a fazer um trabalho preliminar, o qual, esperava ela, constituiria a base de um ensaio acadêmico.

Certa noite, quando estava se deitando no colchão para ler um jornal que Dauphin lhe trouxera, as luzes da jaula se acenderam, deixando-a assustada.

— *Monsieur* Dauphin — gritou ela.

Mas emudeceu quando se lembrou de que ele jamais acendia as luzes. À noite, usava sempre uma lanterna. Então ouviu um bêbado resmungando diante da jaula. Em seguida, para seu horror, a cortina de lona foi afastada e um oficial da Wehrmacht, segurando uma garrafa de *schnapps*, entrou engatinhando pela abertura.

Rugindo como um leão, o soldado olhou lascivamente para Juliette.

— Que linda leoa... ou você é uma tigresa?

Juliette deslizou para fora do colchão e se refugiou no fundo da toca. O soldado, entretanto, pulou para a frente, segurou seu tornozelo direito e a puxou na direção dele. Com Juliette sob seu corpo, abriu os botões da calça e levantou a saia dela. Ela já estava sentindo seu hálito fedorento quando, de repente, ele rolou para o lado. Juliette viu Dauphin com uma pá nas mãos.

— Ele arrombou a porta lateral.

Juliette se ergueu sobre os cotovelos.

— Há outros?

— Não, foi só ele, graças a Deus. Vou jogar esse sujeito na sarjeta mais afastada do zoológico. De manhã ele vai ser encontrado pela turma dele com uma tremenda dor de cabeça.

— Mas será que ele...?

— Não, madame, ele não vai se lembrar de nada.

Juliette estava trêmula de medo. Dauphin se ajoelhou e a abraçou, ela o abraçou também.

— Não precisa se preocupar, madame — disse ele, afagando seus cabelos castanhos e lhe dando umas palmadinhas nas costas. — Ontem eu soube que os alemães estão transferindo alguns animais de Berlim para cá. Então, eles vão precisar destas jaulas. Permanecer aqui já não será seguro para a senhora.

Juliette se sentiu mais amedrontada do que quando o soldado a atacara. *Absolutamente não tinha para onde ir.*

— Meu Deus, o que vou fazer? — exclamou, em pânico.

— Meu primo disse que conhece um homem que conhece um homem que pode ajudar a senhora — respondeu Dauphin.

Capítulo 33

— Eu sabia que você apareceria.

Lucien se acomodou na *chaise longue* e estendeu a mão para pegar o copo de conhaque que Manet lhe estendera; depois, esvaziou-o em um só gole. Eram quase nove da manhã quando Lucien chegou ao pequeno chalé de pedra — dois andares e uma água-furtada no sótão —, situado nos arredores de Paris, próximo a Épinay-sur-Seine. Ele sabia que não se tratava da casa de campo de Manet, pois era modesta demais para um homem da sua importância.

— Ah, isso é que é um café da manhã nutritivo — disse Lucien. — Agora me diga, como é que você sabia que eu viria aqui hoje?

— Tive um pressentimento — disse Manet. — Só isso.

— Porque eu me senti culpado pela morte de *monsieur* e madame Serrault?

Manet franziu a testa.

— Lucien, seja razoável. Não foi por sua culpa que eles morreram. Quem poderia imaginar que os boches iriam lá naquela noite? E o ninho de pássaro? Foi pura má sorte. Foi Lieber quem os matou, não você.

— Eu tinha a responsabilidade de prever qualquer contingência, por mais absurda que fosse. Eu os coloquei em perigo quando optei por usar a lareira.

— Bobagem.

— Eu poderia ter encontrado outro esconderijo, mas seria fácil demais. Precisei ser inteligente.

— Lucien, chamei você aqui para saber se poderia me ajudar de novo. Você me ajudaria?

Lucien olhou para o copo que tinha nas mãos. As últimas semanas haviam sido um inferno para ele. O sentimento de culpa pela morte dos Serrault não desaparecera, diferente do que ele esperara, depois que Adele lhe mostrara a escada, três semanas antes. Depois, Celeste o abandonara. Tudo isso, literalmente, o estava dilacerando por dentro: nas últimas noites, urinara sangue. E, quando não pensava nos Serrault, a questão da escada o consumia. Estava com os nervos em frangalhos.

— Temos um problema — disse. — A escada no pavilhão de caça de Le Chesnay foi descoberta. Um amigo meu que agora está usando o lugar me contou.

— Adele Bonneau — replicou Manet.

No início, Lucien ficou surpreso ao ver que Manet sabia o nome dela; depois, lentamente, assentiu com a cabeça.

— Os alemães devem ter dado a casa para ela.

— A Gestapo — disse Manet.

Lucien ficou visivelmente abalado com a resposta de Manet. Em seguida, a ideia de que ela tocara em um animal daqueles o deixou revoltado. Estar na companhia de um alemão era uma coisa, mas descer tão baixo era inaceitável. Como uma mulher francesa podia fazer isso?

— Ela poderia ligar você com a escada.

— Eu sei.

— É do nosso maior interesse que você evite *mademoiselle* Bonneau.

Lucien concordara em se encontrar com Manet com o propósito de lhe dizer que iria parar com aquilo. Não conseguia aguentar mais.

Estava na hora de sair. Aliás, ele se saíra bem no negócio — um bocado de dinheiro e um carro, além de duas encomendas de projetos arquitetônicos. Enquanto ia ao encontro de Manet, ele ensaiava o que diria, revisava tudo e imaginava quais seriam as respostas que ouviria. Sendo um bom cristão, o velho provavelmente facilitaria as coisas para ele, diria que estava tudo bem, que estavam quites e que Lucien já fizera mais do que qualquer um faria. Mas, quando estava prestes a iniciar seu discurso, olhou Manet nos olhos, e as palavras não saíram. Perdeu a coragem. Tinha um milhão de motivos para sair daquela encrenca. Mas nem um deles saiu da sua boca. Era como um sonho que às vezes tinha, em que estava em um trem descontrolado e não conseguia pular fora. Sabia que o trem estava indo de encontro a um muro de tijolos no final dos trilhos e precisava saltar, mas não conseguia fazê-lo.

Após a morte dos Serrault, Lucien começara a ver as coisas sob uma perspectiva diferente. A visão daquele casal frágil e idoso com lenços na boca fora um choque para ele. Eles haviam morrido para salvá-lo, quando era ele quem deveria salvá-los. Como a maioria dos franceses, ele não dera a mínima para o que estava acontecendo com os judeus. Tudo o que lhe importava era salvar a própria pele. Mas acabou percebendo que o ódio e a brutalidade dirigidos a eles eram atitudes que não poderia ignorar. A punição pelo simples fato de ser judeu, no Reich, ultrapassara os limites da barbárie. Judeus estavam sendo caçados como animais selvagens. O que tornava aquilo mais repugnante era que aquele crime não estava sendo perpetrado por selvagens ignorantes e seminus, mas por cidadãos de uma nação renomada por sua cultura e inteligência, e que produzira homens como Goethe e Beethoven.

Ateu, Lucien não queria usar nenhuma bobagem religiosa, como *é dever de todo cristão proteger o "povo eleito por Deus"* para justificar sua mudança de sentimentos. Nem ter uma epifania e se converter ao judaísmo. Além disso, ele não acreditava que existisse no universo uma estrutura moral, um conjunto de regras que definisse o que é bom e o que é ruim (nada como os disparates dos Dez Mandamentos). Não, ele tomou a decisão por ter visto quase todos os franceses virarem as costas para aquelas pessoas, e tal covardia agora o deixava indignado.

Lucien sabia que não poderia mais agir desse modo e se limitar a assistir às atrocidades; tinha que continuar o que vinha fazendo. Quando se perguntava por que estava arriscando a vida, a resposta não era o dinheiro, as fábricas ou a pura emoção do desafio. Ele estava arriscando a vida porque era a coisa certa a ser feita. Teria que ir além de si mesmo para ajudar aquelas pessoas. Seu pai provavelmente estaria o observando do Inferno (com certeza não do Céu), rindo e lhe lançando insultos, mas Lucien não se importava. Por fim, engolindo em seco, falou:

— Que trabalho você tem para mim, *monsieur?*

— Um refúgio de emergência — disse Manet. — Meu hóspede não vai ficar aqui por muito tempo.

— Deixe-me dar uma olhada na casa — disse Lucien. — Vou descobrir alguma coisa para você.

— O hóspede que você vai ajudar ofereceu 20 mil francos pelos seus serviços — informou Manet, enquanto perambulava com Lucien pelo primeiro andar da residência.

— Não.

— Quanto vai você vai querer?

— Nada. Não quero mais dinheiro.

Manet parou e olhou Lucien nos olhos.

— Você se tornou um patriota, *monsieur?*

Lucien riu.

— Não é bem isso, mas não posso aceitar o dinheiro.

Manet pousou a mão no ombro de Lucien, em seu característico gesto paternal.

— Um sentimento muito nobre, Lucien, mas incrivelmente tolo. Vinte mil francos são nada por salvar uma vida. Lembre-se do risco que está correndo. Por favor, meu amigo, aceite o dinheiro.

Lucien ficou surpreso com aquele lado frio e prático de Manet. Ele não era um cristão de coração de ouro, como ele pensava.

— Não, *monsieur,* não posso.

— Guardo o dinheiro para você, que tal?

— Vamos dar nossa caminhada habitual?

Eles subiram até o segundo andar, depois até o sótão e retornaram ao térreo por uma escada de serviço.

— Essa escada vai até o porão? — perguntou Lucien.

— Sim, acho que vai. É onde está a cozinha.

Ambos desceram a escada, Lucien à frente, e chegaram a uma espaçosa cozinha, com um forno descomunal encostado em uma parede e uma enorme mesa de açougueiro no centro. Caçarolas e panelas pendiam de um escorredor preso ao teto. Uma porta nos fundos dava acesso a um jardim. Com as mãos nos bolsos, Lucien percorreu o piso de pedra de um lado a outro lentamente, examinando os armários e as prateleiras.

— Esse espaço sob a plataforma onde está a tina pode funcionar. Nós confeccionaríamos um painel removível e ele poderia facilmente entrar ali embaixo — disse Lucien, embora não estivesse convencido de que era a melhor solução. Ele continuou a andar, olhando para o chão e tentando idealizar um esconderijo melhor. Para cada solução possível, ele se obrigava a pensar em dezenas de possibilidades para a descoberta do local, pois temia meter os pés pelas mãos novamente e provocar a morte de alguém.

Sua caminhada o levou até um grande ralo no chão, embutido no piso de pedra da cozinha. Ele se ajoelhou para examiná-lo. Tirando a tampa, encontrou um buraco com um metro e meio de profundidade, revestido com chumbo. Um cano estava conectado ao fundo para dar vazão à água.

— Aqui — disse Lucien, apontando para o ralo.

Manet se inclinou para olhá-lo mais de perto.

— Vamos esconder seu hóspede aqui. Há espaço suficiente para acomodá-lo. Ele pode remover a tampa, entrar no ralo e colocar a tampa de volta. Uma placa rasa de metal será conectada ao lado de baixo da tampa, e nós a encheremos de água. Assim, tudo parecerá completamente natural.

Lucien sentiu-se dominado pela velha empolgação, sentimento que pensava ter se extinguido após a morte dos Serrault. A engenhosidade da ideia, todavia, deixou-o eufórico mais uma vez. Satisfeito consigo mesmo, sorriu de orelha a orelha.

— Brilhante, mas e o cano lá embaixo?

— Vamos ter que desconectá-lo. O ralo só tem utilidade se a cozinha se inundar; portanto, não vamos precisar dele.

Lucien agora pensava nos ocupantes dos esconderijos como gente de verdade, seres humanos que respiravam, e se preocupava com o conforto deles. Antes, eram apenas mercadorias. Assim, em vez de imaginar uma pessoa no espaço disponível, ele mesmo entrou no ralo para avaliar o conforto. O buraco era largo o bastante para acomodar um adulto, mas, devido à pouca profundidade, ele teria que se curvar ou sentar-se no fundo.

— Mande seus homens escavarem o fundo para dar a ele mais espaço sob a tampa. E ponha umas placas de madeira no fundo e uma almofada.

— Que tal um túnel até o jardim? Como saída de emergência — sugeriu Manet.

— Isso exigiria muito trabalho. As laterais e o topo teriam que ser reforçados para impedir um desabamento, e o túnel teria que se estender até o meio do jardim para não ser detectado.

Lucien sabia que Manet queria um plano de contingência após o percalço com a lareira. E a ideia era boa.

— Posso fazer isso a tempo.

Lucien se levantou e olhou para o ralo, pensando em todas as possibilidades possíveis de seu plano fracassar. Após alguns minutos, sorriu para Manet.

— Vamos fazer isso.

Manet lhe deu um tapinha nas costas.

— Ainda bem que você está do nosso lado. Com homens como você na luta vamos vencer certamente.

— Vencer? Não acredito mais nisso.

— Os alemães pareciam invencíveis, mas a sorte deles virou — disse Manet, sorrindo. — Foram detidos pelos britânicos em El Alamein, em julho; e os Aliados provavelmente invadirão o norte da África em breve. Rommel e seus soldados serão expulsos de lá, pois não têm gasolina para os tanques. Os alemães podem ser os melhores soldados do mundo, mas isso não adiantará nada se não tiverem combustível.

— De seus lábios para os ouvidos de Deus. Não é o que os judeus dizem?

Quando os dois homens saíam pela porta da frente, Alain se abaixou mais atrás da sebe que acompanhava o muro que formava o perímetro do jardim. Ele se arrastara até as janelas do primeiro andar, mas não conseguira ouvir nada. Vira os dois homens entrarem no porão e permanecer lá por um longo tempo. Como era arriscado demais espreitar pelas janelas, voltou para onde estava e esperou até que saíssem. Depois de apertarem as mãos, eles entraram em seus carros e se afastaram. Alain saiu de trás da sebe e foi até os fundos da casa, onde o porão estava no mesmo nível do jardim. Olhou através das janelas e inspecionou a cozinha cuidadosamente, não encontrando nada de anormal. No entanto, considerando o tempo que os homens haviam passado lá, presumiu que a cozinha era o foco da atenção deles.

208

Para Alain, tudo ainda era um enigma: o misterioso detalhe da lareira, agora aquela viagem até um chalé afastado. Estava muito furioso por não conseguir juntar as peças. Precisava de algo mais para que as coisas fizessem sentido. Ao retornar a seu carro, um Peugeot verde-escuro que seu primo lhe emprestara, sentou-se no capô e fumou um cigarro, refletindo sobre cada detalhe que vira.

Capítulo 34

— Pelo menos, ele não parece judeu — murmurou Lucien.

O padre Jacques deu um risinho e se levantou da cadeira.

— Não, não parece, e isso torna nossa tarefa mais fácil. Mas temos sempre que ter cuidado. Até crianças estão sendo delatadas à Gestapo.

Lucien continuou a olhar para o garoto sentado em uma mesa do seu escritório. Uma grande mochila, com a cabeça de um gato emergindo do topo, estava no chão ao lado dele.

— Esse garoto parece ter boas maneiras. Qual é a idade dele, mesmo?

— Doze anos. Pierre é um bom menino. De uma família muito instruída. O pai era professor de química na Universidade de Paris antes que os alemães proibissem os judeus de lecionarem. A mãe dele também era culta. Ambos foram levados para Drancy e nunca mais se soube deles. Provavelmente, foram enviados para campos de trabalho forçado no leste. Acontece a mesma coisa com todos os judeus: os pobres-diabos são deportados e desaparecem da face da terra.

— É só ele?

— A irmã e os irmãos foram delatados no mês passado e levados pela Gestapo. A protetora deles, uma mulher de 70 anos, foi executada.

Lucien se virou e olhou para o velho padre. O padre Jacques mordeu os lábios, como que percebendo que não deveria ter mencionado o último detalhe.

— E o que faz o senhor pensar que eu esconderia um judeu? — perguntou Lucien.

— *Monsieur* Manet me garantiu que o senhor ajudaria.

— Ele fez isso, é?

— Sei que é uma decisão difícil. Mas o senhor ficaria surpreso, *monsieur* Lucien, se soubesse quantos gentios têm acolhido crianças. Os franceses, na maioria, não dão a mínima para a deportação de judeus adultos, mas se sentem mal com a ideia de que estão prendendo crianças.

— É mesmo?

— Vai ser uma situação temporária, só até eu providenciar a travessia dos Pirineus para a Espanha.

— Temporária como, padre?

— Um mês, no máximo.

— Meu Deus, pensei que o senhor estava falando de umas duas semanas. Aposto que o gato vem com ele.

— Vem sim, *monsieur*. Ele adora esse gato.

— Quem sabe que o senhor trouxe o garoto aqui?

— Só *monsieur* Manet.

— Pierre Gau é o verdadeiro nome dele? — perguntou Lucien, irritado.

— É a nova identidade dele. Ele tem todos os papéis para provar isso: papéis de identidade e um certificado de batismo.

— E por que o senhor não pode manter esse garoto no seu centro de jovens, em Montparnasse?

— A polícia francesa está começando a desconfiar. Duas semanas atrás, os policiais fizeram uma busca lá, mas nada encontraram. Por respeito, eles não vasculharam tudo. Mas, se a Gestapo aparecer, a história vai ser muito diferente. Eles vão desmantelar a casa.

— E como vou explicar a presença do garoto aqui? Eu tenho um funcionário e, de vez em quando, os alemães vêm ao escritório.

— Outras famílias inventam uma história. Ele pode ser o filho de um amigo morto durante a guerra ou um parente do sul que perdeu a família.

— Quem vai acreditar em uma merda dessas? — retrucou Lucien sem se importar em dizer um palavrão na frente de um padre.

— O senhor pode dizer que ele é um órfão de guerra, entregue aos seus cuidados pela Igreja. De certa forma, é a verdade. Peço desculpas, mas só procurei o senhor porque o senhor é minha última chance. Estou desesperado, *monsieur*.

Lucien estava aborrecido por Manet se aproveitar dele. Talvez, como ele recusara o dinheiro na última vez, Manet tenha achado que Lucien era agora um verdadeiro cristão e assumiria um risco tão grande. E era um risco *muito* grande. Trabalhar anonimamente para esconder judeus era uma coisa. Ele estava protegido. Nesse caso, ele não seria o único correndo perigo. Se um judeu fosse encontrado em um prédio, todos os moradores seriam presos e deportados, sem apelação. No mês anterior, uma mulher descobrira que um judeu estava escondido no apartamento ao lado e começou a gritar desesperadamente pelos corredores do prédio, avisando os outros moradores. Todos se juntaram, derrubaram a porta do apartamento e entregaram o judeu à Gestapo. Ninguém queria morrer.

Lucien se aproximou do garoto para olhá-lo melhor. Era um garoto bonito, com cabelos castanho-escuros e extremamente magro, como todas as crianças famintas de Paris. Para os pais, este era o aspecto mais penoso da Ocupação: ver seus filhos com fome. As mães passavam horas nas filas, garimpando comida. Pierre estava folheando atentamente as velhas revistas de arquitetura de Lucien, parando em algumas fotos, examinando-as com atenção. Lucien observou o garoto por mais um minuto ou dois, enquanto este olhava a foto de uma loja de departamentos.

— Como vai, *monsieur* Pierre? Meu nome é Lucien.

O garoto se pôs de pé e apertou sua mão com firmeza.

— Pierre Gau, *monsieur.*

Boas maneiras, pensou Lucien imediatamente, *muito bem-educado. Temos que reconhecer isso nos judeus. Não se veem bandos de delinquentes juvenis judeus promovendo arruaças em Paris.*

— Estou vendo que você se interessa por arquitetura.

— Como eles fizeram a curva na esquina desse prédio, *monsieur?* — perguntou Pierre, apontando para a foto de uma estação de trem na revista.

— Em concreto. Você faz as curvas em fôrmas de madeira e despeja concreto nelas. Você pode fazer o formato que quiser.

— Como esse teto no hangar? — perguntou o garoto, exibindo outra foto.

— Sim, concreto é particularmente bom para hangares — respondeu Lucien. — Qual é o nome do seu gato?

— Misha.

Lucien afagou a cabeça do gato, que começou a ronronar como se tivesse um motor dentro da garganta. Lucien adorava gatos quando criança. Sua família sempre tivera um ou dois como animais de estimação. Ele gostava de acordar de manhã e encontrá-los aninhados contra seu corpo, profundamente adormecidos. Mas, depois que se casou, descobriu que Celeste era alérgica a eles. Portanto, nada mais de gatos. Era bom ver um no escritório, dava um toque caseiro ao ambiente.

— Como encaixaram essa grande placa de vidro aqui? — perguntou o garoto, apontando para a frente de um prédio de escritórios que tinha uma loja no primeiro pavimento.

— Eles fizeram uma viga de concreto acima e colocaram a folha de vidro embaixo.

O garoto continuou a folhear as revistas sem dizer mais nada. Ele estava começando a gostar daquele menino.

Lucien continuou a observá-lo. Para uma criança que perdeu todos os entes queridos — mãe, pai, irmãos e irmã —, ele parecia forte e maduro. Talvez porque tivesse tido que amadurecer bem depressa. Lucien se perguntou como, com 12 anos, reagiria a uma tragédia como aquela. Com bravura, como aquele menino, ou chorando como um bebê? Como se inclinou para a última hipótese, passou a admirar ainda mais o garoto. Aquele menino precisava de alguém para cuidar dele.

Lucien se sentiu como em um daqueles filmes americanos bobos que vira. Um personagem se via em um dilema, sem saber o que fazer. Um anjo em miniatura, com asas e halo, aparecia em um de seus ombros e lhe dizia para fazer o que era certo; no outro ombro surgia um diabinho com um tridente dizendo para ele não fazer aquilo. Às vezes, o diabo e o anjo discutiam entre si. Porém, devido ao código de moralidade americano, o anjo sempre acabava vencendo, embora o diabinho pudesse facilmente matá-lo com o tridente. Pierre continuou a folhear as revistas e Lucien, vagarosamente, voltou para junto do padre Jacques.

Este pousou a mão no ombro de Lucien.

— *Monsieur* Manet sabe que estou desesperado e disse que o senhor é um bom cristão.

— Cristão? Nem vou lhe dizer há quanto tempo não assisto a uma missa. O senhor vomitaria.

Lucien jamais diria a um padre que era ateu. Na França católica isso era pior que admitir que era estuprador.

Padre Jacques parou de sorrir e apertou o ombro de Lucien como um torno.

— Escute aqui, seu idiota. Sim ou não? Vai fazer isso ou não vai? Não tenho o dia inteiro.

Lucien ficou surpreso em ouvir tais palavras ditas por um padre. Depois, sorriu. Era bom saber que ele tinha colhões. Seu pai lhe dizia que padres eram eunucos sem fibra.

Lucien olhou de novo para o garoto e depois para o chão. O diabo sentado em seu ombro — seu pai — não ganharia aquela. Ao diabo com ele.

— Um mês, certo?

O sorriso paternal do padre Jacques retornou, e ele apertou a mão de Lucien.

— Tenho um depósito nos fundos do escritório, nada muito elegante. Vou dizer que trouxe o garoto para ser meu aprendiz. Talvez ele aprenda alguma coisa, se for um judeu tão esperto quanto parece.

— Lembre-se, diga apenas que ele é órfão de guerra e que o senhor conhecia a família dele — recomendou o padre Jacques.

— E como vou alimentá-lo? Isso vai ser um problema.

— Não se preocupe. O cartão de rações dele ainda é válido — respondeu o padre Jacques. — É um pecado esses pequeninos não terem o que comer. Na semana passada, na escola, pediram às crianças para escrever uma redação sobre que desejo gostariam de ver uma fada realizar. Uma menina de 7 anos, Danielle, escreveu só isso: "Nunca mais passar fome."

— Não sei droga nenhuma a respeito de crianças, mas acho que vou aprender. O senhor sabe que nós dois seremos torturados por isso — disse Lucien com um sorriso. — Então perguntaremos a nós mesmos por que fizemos essa loucura.

— Estou me lembrando da carta pastoral publicada pelo monsenhor Theas, arcebispo de Montauban, quando a deportação dos judeus começou, em 1942. A carta dizia que o que Vichy e os alemães estavam fazendo era uma afronta à dignidade humana e uma violação dos mais sagrados direitos dos indivíduos e das famílias. Isso não é uma loucura, *monsieur.*

— Então o que estou fazendo vai me redimir de todas as missas que perdi desde 1930?

— Não exagere, meu filho.

Capítulo 35

— Tenente Voss, você poderia estimular a memória de *monsieur* Triolet? Voss se sentiu mais do que feliz em atender ao pedido do coronel Schlegal, que estava cada vez mais irritado com Triolet. Mesmo depois de uma hora recebendo pancadas no rosto e no corpo, o francês miserável não queria cooperar. Voss percorrera um longo caminho até o pavilhão de caça em Le Chesnay e queria acabar logo com aquilo para poder retornar a Paris.

Schlegal apontou para a escada secreta. Voss entendeu imediatamente o que ele queria. Arrancando Triolet da cadeira pelos colarinhos, arrastou-o até o pé da escada. O capitão Wolf, um oficial que estava nas proximidades, também sabia o que deveria ser feito. Levantou então a pesada escada com dobradiças. Quando Voss posicionou o braço de Triolet embaixo da base, Wolf deixou cair a escada.

O estalo que se ouviu quando a escada caiu sobre o braço do francês lembrou a Schlegal os estalos que ele produzia quando criança, quebrando os ossos das coxas de uma galinha durante os jantares de domingo. Seus irmãos riam como loucos daquilo, mas seu pai gritava com ele a plenos pulmões.

Depois que o eco dos gritos de Triolet se desvaneceu, Schlegal se aproximou dele e o chutou de leve nas costelas.

— Vamos, *monsieur* Triolet, dentro de uma hora tenho um almoço com uma linda mulher. Não podemos resolver logo esse assunto? Você não vai querer que eu deixe uma dama esperando. Isso não seria coisa de um cavalheiro, seria?

Triolet apenas gemeu. Por um segundo, os agentes da Gestapo acharam que ele morreria. Mas eram peritos em seu ramo de trabalho e sabiam, pela vasta experiência que tinham, até onde poderiam ir antes de matar um hóspede do Reich. Exasperados, eles se entreolharam. Voss pegou as pernas de Triolet e o girou, para que Wolf pudesse largar a escada sobre as pernas dele. Desta vez, o pequeno francês, com seu elegante bigode encerado, soltou um grito incrivelmente esganiçado. Voss sorriu de orelha a orelha; talvez estivessem finalmente fazendo algum progresso com aquele sujeito teimoso.

Schlegal o chutou novamente, desta vez mais forte.

— Por favor, não me faça chegar atrasado ao meu compromisso — disse. — Essa jovem é especialmente importante para mim. E ficará desapontada comigo. Vamos lá. Vocês, franceses, são especialistas em romance. Você sabe que isso não será uma coisa boa.

Em um surpreendente surto de energia, Triolet tentou se erguer sobre os cotovelos. Logo desmoronou, batendo com o rosto no chão.

— Por que não tentamos a região do pescoço dessa vez, tenente Voss? — sugeriu Schlegal.

Wolf levantou a escada e Voss segurou as pernas de Triolet, que gritou de dor. Sua cabeça estava agora posicionada sob a base da escada. Wolf só estava aguardando a ordem para deixá-la cair.

— Quando eu contar três — disse Schlegal, com ar de indiferença. — Um... dois...

— Está bem — gemeu Triolet.

— Bem, a pergunta era: quem você acha que poderia ter construído essa escada? Vamos, *monsieur*, o senhor é empreiteiro de obras em Paris há 40 anos. Conhece todo mundo no ramo de construções. Dê um nome.

Triolet murmurou alguma coisa que Schlegal não entendeu.

— Não ouvi, *monsieur* Triolet.

— Tem um marceneiro no 11º *arrondissement* que poderia fazer uma coisa assim.

— O nome dele, por favor, *monsieur.*

Fez-se uma longa pausa. Schlegal estava acostumado com esta fase do interrogatório. A pausa da consciência. Seu hóspede estava decidindo se deveria ceder, para fazer cessar a dor horrível, ou se deveria seguir a rota do idealismo e não dizer nada. Quando a ameaça de uma horrível dor física era posta em confronto com a consciência de alguém, segundo a experiência de Schlegal, a dor sempre vencia. Com alguns, a pausa era maior. Mas, no final, quase todos falavam, se soubessem alguma coisa. *Monsieur* Triolet estava pronto para falar.

— O nome dele é Louis Ledoyen.

— Obrigado. Agora, não foi tão difícil, foi? — disse Schlegal. — Você teve a honra de ajudar o Reich. Não há nenhuma vergonha nisso.

Triolet murmurou alguma coisa e desmaiou de dor. Voss lhe deu um chute, mas ele permaneceu imóvel. Schlegal olhou para o francês.

— Leve-o de volta para a cidade e fique com ele até nós encontrarmos esse marceneiro. Se ficar provado que ele nos deu um nome falso, acabe com ele — disse Schlegal. — Mais cedo ou mais tarde, descobriremos quem está por trás desse esconderijo. Quando isso acontecer, senhores, aposto que encontraremos muitos outros dispositivos engenhosos.

Voss foi até o corredor e gritou algumas ordens para dois soldados, que entraram no quarto e arrastaram Triolet para fora.

— Limpem esse sangue do chão — ordenou Schlegal. — Essa casa é de uma pessoa, como vocês sabem. Não quero deixar tudo sujo.

Voss e Wolf acompanharam seu superior até seu carro oficial, estacionado no *cul-de-sac* em frente à casa. Preocupado com a descoberta da escada, Schlegal mandara a equipe deter todas as pessoas que tivessem ligação com a indústria de construções. Mas a Gestapo sempre acabava de mãos vazias. Os informantes não conseguiam descobrir nada e as torturas mais ferozes não produziam resultados. Era uma operação muito secreta que abrangia apenas alguns franceses. Schlegal sabia que a Resistência não estava envolvida. Nenhum de seus agentes infiltrados no movimento sabia qualquer coisa sobre o assunto. Ele achara um monte de judeus escondidos em Paris, mas não em um lugar tão engenhoso. O fato de que aqueles judeus o haviam enganado ainda o roía por dentro. E o que o deixava ainda mais furioso era que gentios deviam estar ajudando estes judeus. Quando pusesse as mãos neles, eles pagariam caro.

Recostado em um Renault azul-escuro, também estacionado na pista de acesso à casa, um homem baixo e troncudo já perto dos 60 anos fumava um cigarro. Quando o viu, Schlegal acenou com a cabeça, sinalizando que o homem podia se aproximar.

— Alguma notícia, Messier?

— Nada ainda, coronel. Mas vou encontrar alguma coisa.

Messier era um gângster que caçava judeus para a Gestapo em troca de recompensas. Chefiando cerca de vinte delinquentes de pouca monta, tinha um talento especial para desentocar judeus e membros da resistência em Paris e seus subúrbios — como um porco desenterrando trufas. Schlegal ficava incomodado por ter que usar a escória, mas aqueles marginais eram muito eficientes, sobretudo como informantes. Messier já lhe fornecera muitas informações valiosas que haviam possibilitado diversas prisões. Tudo o que pedia em troca era uma recompensa em dinheiro e a oportunidade para saquear os apartamentos e as casas de campo dos judeus e outros inimigos do Reich.

Embora a Alemanha contasse com as riquezas dos judeus para enriquecer seus fundos de guerra, o governo alemão permitia que homens como Messier partilhassem dessas riquezas. Dizia-se que Messier fizera uma incursão em uma casa do sexto *arrondissement* e roubara dois milhões de francos em joias. Schlegal ficou surpreso quando descobriu que Messier era um ex-policial, obrigado a se demitir por ter praticado extorsões antes da guerra. Eram, entretanto, seus instintos de policial que o tornavam tão bom. Além disso, ele empregava outros policiais caídos em desgraça, o que vinha a calhar para a outra linha de trabalho de Messier: personificar policiais alemães para roubar e arrancar propinas de pessoas envolvidas no mercado negro. A economia subterrânea obliterara a fronteira entre parisienses respeitáveis e não respeitáveis, facilitando o uso de chantagem. Schlegal soube que Messier chegara a extorquir dinheiro de um padre que vendia manteiga no mercado negro. A Gestapo nunca lhe fazia perguntas, exceto quando suspeitava de que estava sendo excluída da pilhagem.

— Continue procurando. Alguém está construindo esses esconderijos em Paris. Mas cedo ou mais tarde, ele vai tropeçar — disse Schlegal. — E nosso amigo Janusky? Nós classificamos a captura desse homem como prioridade *máxima*. Não só pela fortuna ou por aquela coleção de arte que todo mundo vive elogiando, mas ele também é um inimigo político.

— Ele é um hebreu escorregadio, reconheço. Esteve em um lugar na *rue* Saint-Hubert durante algumas semanas, mas deu o fora às pressas.

— Como você sabe se alguém na sua turma não está dando dicas a ele? O lixo que você usa é capaz de vender a própria avó por um franco. Esse judeu é rico como Creso.

Messier deu uma gargalhada.

— O senhor tem toda a razão, coronel. Qualquer um pode vender qualquer um.

— Só tome cuidado para não me vender.

Capítulo 36

— E esse vai ser o seu quarto. Tem um armário ali no canto, e essa vai ser a sua escrivaninha.

Pierre se sentou na cama e passou a mão pela colcha bordada.

— Eu tinha uma colcha azul.

O fato de o garoto ter gostado do quarto deixou Lucien satisfeito. Ele mandara limpar de alto a baixo o quarto sobressalente e comprara um tapete de segunda mão para recobrir o assoalho. Agora que tinha certeza de que Celeste não retornaria (e nem tinha ideia de onde ela estava), fazia sentido que Pierre se mudasse para seu apartamento. Havia quase duas semanas desde que o padre Jacques levara o garoto até o escritório, e obrigá-lo a morar no escritório parecia cruel — um menino bom como aquele merecia coisa melhor.

Lucien queria que aquele dia fosse especial para o garoto. Então, no caminho entre o escritório e sua casa, eles foram ao cinema. Assistiram a um deprimente noticiário alemão que exaltava as virtudes da Pátria-Mãe e exibia fotos de seus vassalos derrotados, todos sorridentes, imensamente felizes por serem escravos dos nazistas. Era uma propaganda tão ridícula que, se estivesse sozinho, Lucien teria ido embora. Mas, após o noticiário, seria exibido um desenho animado. Com os Estados Unidos na guerra, Mickey Mouse e Pernalonga haviam sido banidos dos cinemas franceses; desenhos alemães os substituíram. Entretanto, o desenho que viram, no qual um pato ludibriava um caçador, era bastante engraçado, surpreendendo Lucien. Os alemães que conhecia não tinham muito senso de humor. E, a cada ato de violência no desenho, a plateia se desmanchava em risos. Quando olhou para o rosto de Pierre, iluminado pela luz da tela, viu que o garoto ria bastante. Satisfeito, ignorou o desenho e o ficou observando. Durante o filme que se seguiu, uma produção francesa de segunda categoria sobre um roubo de banco, Lucien continuou a olhar para Pierre, que aparentava gostar do longa-metragem: nem por um momento o menino deixou de olhar para a tela.

Depois do cinema, eles tomaram um *vélo-taxi* até o Le Chat Roux, onde comeram todos os pratos quentes que quiseram — por um preço elevado, é claro. Mas Lucien se divertiu imensamente ao ver Pierre devorar batatas, coelho, pão fresco e um *éclair*.

Embora Pierre não fosse permanecer no país por muito tempo, um garoto com a sua idade precisava de um quarto só para ele. Lucien se lembrou de como o apartamento na *rue* de Passy fora importante quando ele próprio estava crescendo. Lucien sonhava em ter privacidade, e seu quarto naquele apartamento fora seu santuário, um lugar todo seu, onde podia se refugiar. Fechando a porta, escapava do pai e da implacável implicância do irmão. Durante horas, ele lia, desenhava ou escutava bons programas e músicas transmitidas pelo rádio, entupindo-se de balas e doces que comprava nas bancas de jornal e cafés.

Abria as amplas janelas e observava o mundo passar: centenas de pessoas caminhando pelo calçamento de pedra a qualquer hora; carros, dos quais conhecia todas as marcas; e carroças lotadas de mercadorias, puxadas por velhos cavalos de ar cansado. Adorava olhar para as janelas do apartamento da frente, esperando presenciar algum evento dramático, como um assassinato, um roubo ou uma mulher se despindo, mas nunca viu nada disso. Duas coisas que constituíram marcos em sua vida haviam ocorrido naquele quarto: aprender a fumar e perder a virgindade. Quando tinha 16 anos, e sua família estava passando o fim de semana em Poissy, Lucien levara Anne Laffront para o quarto, no que foi seu primeiro encontro amoroso. Ainda se lembrava de cada detalhe e de como se divertiram naquele verão até ela o dispensar. Durante todo o curso de arquitetura, vivera naquele quarto, estudando e fazendo projetos. Lucien queria que Pierre tivesse o mesmo apreço pelo seu próprio quarto.

Ele sabia que não poderia substituir o pai que Pierre perdera, mas poderia ao menos dar ao menino o simulacro de um lar. Aliás, Lucien poderia gostar da companhia, embora Pierre parecesse ser solitário e raramente falasse.

— Bem, vamos falar de comida — disse Lucien, sentado ao lado de Pierre. Ele ainda não tinha tanta familiaridade com o garoto para pousar a mão em seu ombro. — Não sei cozinhar nada.

O que era verdade. Depois que Celeste partira, ele se vira obrigado a preparar as próprias refeições. E era, de fato, péssimo cozinheiro. Lucien também descobriu que tinha que sair para comprar alimentos, o que significava enfrentar longas filas, basicamente de mulheres, o que Celeste sempre fizera. Em Paris, as filas se formavam às três da manhã e contornavam o quarteirão, aumentando metro a metro. Muitas vezes, quando finalmente chegava a vez dele, as prateleiras já estavam vazias. Ele se sentira tão constrangido com a situação que começou a pagar quatro francos por hora a uma mulher que morava na sua rua para que esta fizesse as compras dele.

— Tudo bem, *monsieur* Bernard, eu posso preparar algumas coisas simples. Ou posso trazer algumas coisas do café da esquina para não termos que usar o fogão.

— Essa pode ser a melhor opção. Nem sei ligar o fogão. Mas sei que é a gás e tenho medo de explodir o apartamento.

Pierre deu uma gargalhada. Como ele raramente ria, Lucien ficou feliz em ouvi-la. Era como se o garoto tivesse decidido nunca mais voltar a rir depois da provação. Lucien prometeu a si mesmo que o faria gargalhar com mais frequência.

— Vou lhe dar sua própria chave para que possa entrar e sair quando quiser. Mas lembre-se: não quero que você seja apanhado na rua após o toque de recolher. *Nunca*. Ou nós dois estaremos em uma encrenca das grandes. Você entende isso, não entende? E pode me chamar de Lucien em vez de *monsieur* Bernard.

— Sim, *monsieur...* Lucien. Tomo muito cuidado com isso, nunca saí à noite — disse Pierre.

Misha, que se encantara com o quarto, pulou para cima da cama e se aninhou no travesseiro.

— Está vendo, Misha gostou do novo quarto — disse Lucien, fazendo Pierre sorrir.

O garoto estendeu a mão e afagou o queixo do gato. Lucien começava a gostar de bancar o pai. Embora Pierre fosse judeu e pudesse acarretar sua prisão, tortura e morte (juntamente com todos os moradores do prédio), ele era o tipo de filho que Lucien gostaria de ter — inteligente, educado e atencioso.

— Então, gostou do seu quarto, Pierre?

— É muito agradável, tão agradável quanto o que eu tinha na minha antiga casa, na *rue* Oudinot.

Lucien tomava cuidado para não fazer nenhuma pergunta a Pierre a respeito de seu passado, principalmente no escritório, onde Alain estava sempre à espreita. Na verdade, não queria saber. Mas agora, na privacidade de sua casa, ficou curioso. Pelo menos um pouco.

— Então... quando foi a última vez que você viu os seus pais?

— Pouco antes da prisão deles, em maio — respondeu Pierre, a voz quase inaudível.

Lucien precisou se inclinar para ouvir o que ele dizia.

— É verdade que você tem irmãos e também uma irmã? — perguntou Lucien, sabendo que estava entrando em um assunto delicado. Insistiu, mesmo assim.

— Eles foram levados quando os alemães mataram Madame Charpointier. Não sei para onde, mas acho que também estão mortos.

— Ela cuidou de você depois que seus pais foram presos?

— Sim, foi quando inventamos a história de que éramos cristãos. Meu pai preparou tudo antes de ser preso. Tivemos que aprender orações como Ave-Maria e Pai-Nosso, e até fomos à missa para entender como funcionava. Ele nos fez praticar muito, porque queria que ficássemos em segurança, mas não funcionou.

— Como os alemães descobriram?

— Nunca soube. Acho que alguém nos traiu.

— E como você escapou?

Pierre permaneceu em silêncio. Lucien se sentiu um idiota por forçar um menino de 12 anos a reviver lembranças tão terríveis. Estava prestes a mudar de assunto quando o garoto começou a falar.

— Não me encontraram. Estava no sótão e eles não subiram até lá. Não sei por quê, mas não subiram. Eu estava lá em cima quando vi Madame receber o tiro.

— Você a viu quando ela foi morta? — perguntou Lucien.

— Olhei pela janela do sótão e vi os alemães atirarem nela. Ela estava discutindo com eles porque tinham levado Jean-Claude, Philippe e Isabelle para o carro. Eu me salvei porque estava fumando.

— Fumando?

— Fui fumar no sótão. Era isso o que eu estava fazendo quando eles vieram nos buscar, e ouvi tudo...

Para surpresa de Lucien, Pierre começou a chorar. Após alguns segundos, hesitantemente, Lucien pousou o braço sobre os ombros do garoto e o abraçou.

— Não deveria ter ido lá para cima — gritou Pierre. — Eu não deveria ter ido lá para cima.

Lucien afagou os cabelos de Pierre e deu umas palmadinhas nas suas costas. Quando o garoto se afastou, Lucien percebeu que ele estava com vergonha de ter chorado. Além de tudo o que sofrera, aquela vergonha desnecessária. Lucien foi até a sala de jantar, pegou um embrulho que estava sobre a mesa e o entregou a Pierre.

— Achei que você deveria ganhar um presente de boas-vindas, Pierre.

O menino enxugou os olhos com a manga do suéter e, ansiosamente, abriu o embrulho. Ao se deparar com o conjunto de soldados romanos que vira em uma vitrine da *rue* Roi-de-Sicile, sorriu.

Capítulo 37

— E aonde estamos indo tão absurdamente cedo? — perguntou Lucien, aborrecido com Herzog, que o arrancara da cama às sete da manhã.

Herzog riu.

— Ao Hotel Majestic, e prometo lhe pagar uma xícara de *café au lait* bem grande assim que chegarmos lá.

Lucien se retesou de medo. O Hotel Majestic era o quartel-general do Alto-Comando Alemão em Paris. Ele ouvira falar de pessoas que entravavam naquele suntuoso hotel e nunca mais eram vistas. Olhando para a maçaneta da porta do carro oficial alemão, teve um súbito impulso de segurá-la, abrir a porta do carro e pular com o Mercedes em movimento — mas permaneceu imóvel. Herzog, que fumava um cigarro sentado ao seu lado, estava de excelente humor, saboreando as ruas ensolaradas da cidade e apontando para os prédios de que mais gostava. Lucien sabia que o alemão amava Paris e costumava perambular pela cidade durante horas, admirando até as paisagens mais corriqueiras. Um varredor de ruas, uma velha senhora vendendo rendas no boxe de um mercado — tudo isso o fascinava.

— Todos os alemães são alegres assim às sete da manhã?

— Hausen, você está alegre?

— Droga, não, major — grunhiu Hausen, pressionando mais o acelerador e disparando pela avenida.

— Hausen está de ressaca. Chegou tarde ontem, pois estava com uma de suas meninas sapecas, não foi, cabo?

— Com uma menina sapeca, eu fico alegre — disse Hausen, com voz roufenha.

— Aposto que você ainda nem viu a catedral de Notre-Dame, Hausen.

— Ainda não, mas vou lá, prometo.

— Estou tentando educar o cabo, sem muito sucesso. Mas ele já visitou todos os prostíbulos de Paris — disse Herzog, cutucando Lucien com o cotovelo.

— Então, por que você está tão alegre hoje? Comprou mais uma gravura de Dürer?

— Talvez você também estivesse alegre se fosse ser promovido por serviços meritórios prestados ao Reich.

— É mesmo? Parabéns.

Lucien estava sinceramente feliz por Herzog. Alguns meses antes, ele se sentiria envergonhado e constrangido por se sentir assim por um alemão. Mas, à medida que a amizade e a admiração que sentia pelo engenheiro aumentava, ele deixou de se importar. O que o tornava diferente era apenas seu uniforme cinza-esverdeado, que Herzog só usava quando estava de serviço. Em outras ocasiões, quando Lucien o visitava em seu apartamento, por exemplo, ele se vestia como um milhão de franceses em um dia de folga.

Ele e o alemão conversavam sem qualquer esforço a respeito de arte, arquitetura, mulheres e notícias de Paris — qualquer tópico, menos os eventos da Guerra. Lucien suspeitava que Herzog nunca falava sobre a guerra porque não queria ofendê-lo, e Lucien, por sua vez, jamais levantava o assunto. Ao longo dos anos, Lucien perdera contato com seus amigos, até que só lhe restaram alguns contatos profissionais; e mesmo estes se dispersaram após a derrota. O fato é que jamais tivera um amigo íntimo. Agora, ansiava por se encontrar com Herzog, que sempre o convidava a visitá-lo em sua casa. Lucien presumiu que Herzog compreendia que ele não poderia retribuir o convite porque Celeste não aceitaria a presença de um inimigo no apartamento dela. Quando ela o deixou, ele não contou nada a Herzog. Em parte, por vergonha. Mas principalmente porque Pierre, agora, estava morando lá.

— De qualquer forma, é estranho demais receber uma promoção de manhã tão cedo. Vocês, teutões, são tão eficientes... Seria para aproveitar ao máximo cada hora do dia?

— Não sou assim, mas Herr Albert Speer é. E eu vou quando o arquiteto pessoal do Führer me chama, seja a hora que for.

— Speer vai estar lá em pessoa?

— O ministro do armamento e da produção bélica, em toda a sua glória.

— Esqueci que ele é o ministro do armamento.

— Quando o primeiro ministro do armamento Fritz Todt morreu, em fevereiro, em um desastre aéreo, o Führer o escolheu para chefiar o ministério. Foi uma escolha muito, muito sábia. Uma das poucas escolhas sábias que ele fez. Speer é um homem brilhante.

— Mas, como arquiteto, você acha que ele é retrógrado — replicou Lucien com um sorriso maroto.

— Eu me lembro de como fiquei impressionado, em 1934, com o campo de paradas de Nuremberg que ele projetou. Os prédios eram simulacros da arquitetura grega, mas ele usou holofotes antiaéreos para criar uma catedral de luzes. Eram 150 holofotes, todos apontados diretamente para o céu noturno. Foi de tirar o fôlego. Cerca de 200 mil pessoas estavam lá, cercadas por aquelas torres de luz.

— Você estava lá?

— Vi no cinema. *Triunfo da Vontade*, o documentário realizado por aquela diretora, Leni Riefenstahl, mostrou a coisa toda.

— Foi ele quem projetou o estádio de Berlim para as Olimpíadas de 1936?

— Não, esse foi Werner March. Speer fez a Chancelaria do Reich para Hitler. Há um corredor lá que tem o dobro do comprimento da Galeria dos Espelhos, de Versalhes. Estive lá.

— Você pegou um táxi para ir de um extremo ao outro?

— Deveria ter feito isso. Me senti como ser estivesse atravessando a Rússia. E, é claro, ele projetou a Welthauptstadt Germania, a nova Berlim, com um prédio abobadado 17 vezes maior que a catedral de São Pedro.

Lucien deu uma estrondosa gargalhada.

— E também um arco tão grande que o Arco do Triunfo caberia dentro dele. Ainda bem que a guerra começou e a coisa não foi construída — completou Herzog. — Speer e o Führer têm um pequeno problema com tamanho.

— Meu Deus, com certeza — concordou Lucien.

— Mas o Führer adora a arquitetura clássica. Na verdade, ele gostaria que todos os seus prédios fossem construídos com granito, para que daqui a mil anos as pessoas vejam aquelas ruínas impressionantes, como a Acrópole, em Atenas, e se lembrem do Reich como se lembram da antiga Roma.

— Uma coisa temos que reconhecer: Speer conseguiu o cliente perfeito.

— Estava no lugar certo, na hora certa. Goebbels tinha contratado Speer para reformar seu Ministério da Propaganda, então o recomendou ao Führer. Os dois se entenderam imediatamente e se tornaram almas gêmeas. Basicamente, ele teve carta branca como projetista. Você sabia que o Führer queria ser arquiteto?

— Sim, sabia.

— Talvez acreditasse que não tinha talento como pintor, então tentou a arquitetura, que exigia menos talento — comentou Herzog, dando um largo sorriso.

— O dia em que um pintor conseguir fazer tudo o que um arquiteto faz, as galinhas vão ter dentes! — disse Lucien. — Esses sortudos miseráveis só precisam se enfiar em um sótão e pintar o que quiserem.

Herzog não conseguir conter um sorriso.

— Quando se encontrar com o ministro do Reich Speer, poderá dizer a ele que os pintores são uns idiotas. Tenho certeza de que ele concordará com você.

— Vou com você? — perguntou Lucien, perplexo.

— Sim, é claro. Ainda não contei que o ministro do armamento ouviu falar do seu talento e dos prédios que você projetou? Ele quer se encontrar com você.

Após dirigir a toda pelas ruas vazias, Hausen dobrou em uma ruela onde, à esquerda, havia um Mercedes estacionado. Dois homens usando longos sobretudos e chapéus fedora — obviamente agentes da Gestapo à paisana — saíram de um prédio escoltando um homem e uma mulher, ambos com estrelas amarelas pregadas na roupa. A mulher tentava consolar o garotinho que chorava em seu colo.

— Diminua a marcha, Hausen.

Herzog abaixou o vidro de sua janela e esticou o pescoço enquanto o grupo passava por eles. Depois retorceu o corpo para olhar pela janela traseira, permaneceu nesta posição até perder a Mercedes de vista.

Olhou então para baixo e remexeu distraidamente em suas luvas.

— Dá para acreditar que o exército de Bismarck foi reduzido a isso? — murmurou ele. — Essas coisas me fazem ter vergonha de usar o uniforme.

A disposição jovial do alemão desaparecera. O restante do trajeto foi feito em silêncio.

Quando o carro parou diante do Majestic, Herzog pegou o braço de Lucien e passou com ele pela imponente entrada do hotel. No saguão, rosnou algumas palavras para um tenente que, na mesma hora, os levou até um elevador flanqueado por dois soldados bem armados.

No sexto andar, Lucien e Herzog foram escoltados até uma porta dupla que o oficial abriu sem bater, anunciou os visitantes e se retirou. Um homem alto, garboso, com sobrancelhas espessas e escuras, saiu da sala com a mão estendida.

— Coronel Herzog, prazer em vê-lo novamente.

Herzog inclinou a cabeça, bateu os calcanhares e apertou a mão dele.

— Ministro do Reich Speer, estou honrado em ver o senhor. Posso lhe apresentar Lucien Bernard, arquiteto contratado pelo Reich?

— E com muito bons resultados. Vi sua fábrica em Chaville ontem. Uma estrutura muito interessante e robusta.

— O senhor é muito gentil, senhor ministro do Reich — respondeu Lucien.

— Um trabalho maravilhosamente funcional, como toda arquitetura utilitária deveria ser. Aqueles arcos de concreto são muito bonitos.

Lucien sorriu e meneou a cabeça, em silencioso agradecimento.

Eles acompanharam Speer até uma suíte com aposentos espaçosos. Lucien, que nunca estivera no Majestic, ficou maravilhado com a opulência circundante. Rolos de mapas e desenhos estavam espalhados em mesas e sofás.

— Sentem-se, cavalheiros. Tenho café e *croissants* para os senhores — disse Speer, estalando os dedos. Um ordenança surgiu como que do nada.

Lucien observou com atenção o ministro do Reich, enquanto este bebia seu café e conversava com Herzog a respeito de quais fábricas seriam mais importantes para a produção de armamentos em 1943 e quanto custariam. Speer não parecia malvado, de modo algum. Era um arquiteto, um profissional respeitável como ele mesmo. Homem charmoso e inteligente, fora responsável pela morte de dezenas de milhares de pessoas nos últimos seis meses. Era um assassino frio, mas não usava pistola nem faca. Em vez disso, ordenava a outros que usassem as armas que ele concebia e mandava produzir. Para que finalidade? Pela satisfação malévola de dominar outras nações só porque os nazistas as consideravam inferiores?

Lucien gostaria de saber por que um homem honrado como Speer serviria a um louco como Hitler. Haveria outros como ele? Tão inteligentes e capazes? Em caso afirmativo, a Alemanha poderia vencer a guerra. Lucien começou a se sentir nauseado, com vontade de sair dali.

Speer se levantou, sinalizando que a reunião terminara.

— *Monsieur* Bernard é um homem extremamente criativo. Ele leva a arquitetura muito a sério — disse Herzog, apontando para Lucien.

— Todos nós levamos, coronel — respondeu Speer. — A arquitetura é a mais difícil das artes criativas.

— Muito mais difícil do que o ofício de pintor, acho — comentou Herzog.

— Muito mais difícil que a pintura — exclamou Speer. — Não há comparação.

Herzog mal conseguiu controlar um sorriso.

— Coronel, quero lhe apresentar minhas congratulações por seu ótimo trabalho na França. As instalações que o senhor construiu estão produzindo uma grande quantidade de material bélico para o Reich. Temos planos para outras instalações, e sei que o senhor continuará a demonstrar seu magnífico talento e capacidade de planejamento. O Führer conta com o senhor.

— Estou honrado em servir o Führer, senhor ministro do Reich.

— O senhor conversou com *monsieur* Bernard sobre as instalações de Fresnes?

— Não, senhor ministro do Reich, estava aguardando a confirmação do projeto.

— Bem, agora o senhor a tem. Será um prédio muito importante para o Reich — disse Speer. — Produzirá torpedos para nossa frota de submarinos. E precisará ser especialmente sólido para suportar um ataque aliado. Os Aliados farão tudo o que for humanamente possível para derrubá-lo. É de fundamental importância que nossa frota de submarinos seja reforçada para continuar a destruir navios americanos. Eles trabalham dia e noite para produzir armamentos em uma escala que a Alemanha não consegue igualar. Não param nunca.

Lucien olhou para o tapete.

— Todos os alemães sabem do excelente trabalho que o senhor está fazendo, senhor ministro do Reich — disse Herzog, com uma entonação que a Lucien pareceu sincera.

— Os políticos, os *gauleiters,* o partido... Seria de se esperar que todos trabalhassem em prol da vitória total da Alemanha. Todavia, lutam contra mim e entre si com unhas e dentes. Nem o Führer pode me ajudar — replicou Speer, em voz cansada. — As coisas mais bobas conseguem obstruir a produção. A forma como os alemães veem as mulheres, por exemplo. Em todos os outros países, as mulheres trabalham nas fábricas, produzindo armamentos. Mas não na Alemanha. Na Alemanha, as mulheres não têm permissão para trabalhar nas fábricas, seria uma afronta à feminilidade — explicou Speer, desgostoso. — Temos novos fuzis de assalto automáticos que precisam entrar em ação, mas não conseguimos produzir uma quantidade suficiente. Portanto, o exército ainda tem que usar os fuzis de ferrolho da primeira guerra.

— Obrigado por me receber, senhor ministro do Reich. Garanto ao senhor que vou duplicar meus esforços — disse Herzog, apertando a mão de Speer.

— Sei que o senhor fará isso. Boa sorte, rapaz.

Lucien estendeu sua mão.

— *Monsieur* Bernard, sinto inveja do senhor. O senhor é um projetista, enquanto fui reduzido a um burocrata.

— Foi um prazer, senhor ministro do Reich.

— O senhor tem sorte por viver nesta cidade magnífica, *monsieur*. Uma vez o Führer me disse: "Estou preparado para arrasar Leningrado e Moscou sem perder a paz de espírito, mas sofreria enormemente se tivesse que destruir Paris."

Speer os acompanhou até a porta da suíte.

— O Führer nunca se interessou por nenhuma das cidades que derrotou, com exceção de Paris. Estava com ele e com seu escultor Arno Breker, quando ele visitou a cidade por algumas horas, em junho de 1940. Visitamos a Torre Eiffel e o túmulo de Napoleão — prosseguiu ele com um sorriso. — Ele disse que Viena era mais bonita, mas eu não concordo.

Depois de abrir a porta para eles, Speer pousou a mão no ombro de Lucien.

— Uma vez eu fiz um projeto para abrir, em Berlim, uma nova avenida com cinco quilômetros, semelhante à sua Avenue des Champs--Elysées.

Capítulo 38

Adele estava a poucos segundos de alcançar o orgasmo quando ouviu uma forte batida na porta do apartamento.

— Porra, quem é? — berrou Schlegal.

Com Adele escarranchada sobre ele, ele também estava excitado.

— Continue, continue, ignore isso. Não pare, droga — suplicou Adele.

Mas as batidas se tornaram mais altas e mais fortes. Adele sentiu Schlegal murchar dentro dela.

— Droga, eu lhe disse que só tinha meia hora antes de voltar para lá — disse Schlegal, que segurou o braço de Adele e a arrancou da cama como se ela fosse uma boneca de pano.

Se não tivesse se agarrado ao cobertor, ela teria aterrissado no chão. Adele lançou um olhar raivoso a Schlegal. Não estava acostumada a ser tratada daquela forma por um amante.

— Atenda a porra da porta — disse Schlegal, cobrindo o rosto com um travesseiro.

Adele vestiu a camisola de seda preta e foi até a porta.

— Sim, sim, já vou — gritou ela. — Quero dizer, já *ia*... gozar — murmurou.

Ela escancarou a porta e se deparou com Bette, que entrou no apartamento esboçando um grande sorriso, sabendo muito bem que havia interrompido algo sério.

— O que você quer, em nome de Deus? — perguntou Adele.

— Sempre sigo suas instruções ao pé da letra, patroa, e você me instruiu a vir aqui às 12h30 em ponto para pegar os desenhos que temos de entregar ao André. "Não ouse chegar atrasada; o André precisa desses desenhos para *ontem!*" Já ouviu isso antes?

— Não banque a sabichona, certo? Tive um negócio para resolver na última hora e perdi a noção do tempo.

Bette entrou no salão, sentou-se no sofá preto *art moderne* e apoiou os pés na mesinha de café *art moderne*.

— Tire os pés da minha mesa. A propósito, alguém já lhe disse que você tem pés enormes? Parecem canoas.

— Vou sair daqui em um segundo. Ainda vai dar tempo para ele endurecer de novo. Portanto, meu amor, não se desespere — rebateu Bette.

Adele foi até seu estúdio e trouxe um portfólio embaixo do braço. Bette se levantou do sofá e pegou o portfólio.

— Que tal um drinque? Você sabe, a saideira.

Adele olhou para a porta aberta do quarto e meneou afirmativamente a cabeça. Bette foi até um armário de bebidas, confeccionado em aço e algum material preto, e se serviu de uma generosa dose de conhaque.

— Deixe uma gota ou duas para mim, está bem? — disse Adele, apertando o cinto da camisola.

Bette sorriu, estalou os lábios e colocou o copo de vidro lapidado no armário.

— Uma vez mais, desculpe por seu *coitus interruptus*, mas, como você já disse, negócios são negócios.

— Na próxima vez, telefone antes.

— Farei isso. Ou mandarei um telegrama cantado.

— Passe bem — disse Adele, com ar de enfado, empurrando Bette porta afora.

— Você vai se lembrar de ir ao ajuste das roupas hoje à tarde, por volta das quatro horas? Até lá você terá terminado seu negócio com ele?

Quando Bette pisou no corredor, a porta bateu atrás dela. Ela encostou o ouvido na espessa porta apainelada e ouviu uma gritaria vinda dos fundos do apartamento. Um sorriso se estampou em seu rosto enquanto caminhava até o elevador. Ao entrar no salão de Adele, olhara dentro do quarto e vira um inconfundível uniforme preto dobrado ao pé da cama. Sabia que Adele adorava a cor preta, mas aquela peça não pertencia a ela — assim como o quepe da Gestapo colocado sobre o uniforme.

Em frente à entrada do prédio, três homens lhe renderam homenagem tocando a aba de seus chapéus. Nada fora do comum. Em fevereiro último ela completara 31 anos, mas sabia que estava ainda mais bonita agora do que aos 19, quando iniciara a carreira de modelo. Se acreditasse em Deus, Bette agradeceria a Ele por sua beleza duradoura. Sabia que aos 50 anos ainda continuaria deslumbrante. Ela acreditava muito na sorte, e foi por pura sorte que nascera linda enquanto sua irmã, Simone, nascera feia como um buldogue. Apenas um extravagante acaso da natureza, pensava ela. Às vezes, quando imaginava como seria se Simone fosse linda e ela, alguma coisa de aspecto canino, Bette estremecia. Depois dava de ombros. A sorte funciona para os dois lados.

Ela sempre tivera que afugentar os homens com um porrete, desde a puberdade. Quase todos os dias de sua vida, até mesmo no Natal e na Páscoa, havia um homem a convidando para sair. Achava maravilhoso ser linda. Além da atenção masculina, não precisava entrar em filas nas lojas, nem aguardar mesas nos restaurantes de luxo — nem pagar suas refeições nestes mesmos restaurantes. Presentes apareciam inesperadamente diante da sua porta. Pobre Simone. Sua única esperança de arranjar um homem seria se a família pagasse a alguém para se casar com ela — ou procurar um cego. Era uma menina encantadora e amável, cujo coração de ouro faria dela uma esplêndida esposa e mãe. Mas a probabilidade era de que estivesse condenada a uma vida de celibato, estéril e infeliz.

Houve uma época em que Bette se recusava a sair com um garoto, a menos que este providenciasse um parceiro para Simone. Tão logo a via, o parceiro sumia. Entretanto, a irmã jamais demonstrara qualquer indício de que invejasse sua deslumbrante irmã mais nova. Pelo contrário, faria qualquer coisa por ela. A mãe e o pai de Bette já haviam se conformado com o triste fato de que Simone jamais se casaria e que Bette seria a filha que lhes daria seus amados netos. Só que isto nunca aconteceria. Três anos antes, o médico de Bette lhe explicara que, devido a uma anomalia em seu útero, ela não poderia ter filhos. Depois ligara suas trompas e dera o caso por encerrado. Para compensar a notícia arrasadora, havia a constatação de que ela poderia trepar o quanto quisesse sem nunca se preocupar com uma possível gravidez, o que tirou um enorme peso dos seus ombros. Muitas das suas amigas modelos tinham que suportar a dor e a ansiedade de abortos clandestinos para prosseguir com as suas carreiras, pois não queriam abrir mão da boa vida. Nenhuma delas desejava ser mãe solteira — uma vergonha insuportável. Elas seriam banidas de suas famílias, que já as viam como imorais.

Bette dobrou à direita na *rue* Saint-Martin, onde André, o costureiro de Adele, tinha sua loja. Deixou o portfólio na loja, juntamente com instruções precisas e se pôs a caminho do seu apartamento na *rue* Payenne. Um quarteirão antes de chegar ao próprio prédio, parou e bateu à porta do estabelecimento de Denis Borge, um chocolateiro. As janelas da loja estavam cobertas com persianas. De repente, a beirada de uma delas foi afastada. A porta se abriu.

— Boa tarde, Denis — disse Bette.

— *Mademoiselle* Bette, que bom ver a senhorita — respondeu Denis efusivamente.

Todos os lojistas cortejavam Bette.

— Vim buscar meus chocolates. Estão prontos?

— É claro, estão prontos desde ontem. Nunca esqueço um pedido seu. Todos os itens especiais estão aqui, como a senhora pediu.

Denis lhe entregou um pequeno saco de papel para que ela o inspecionasse. Ela enfiou a mão no saco e revolveu as guloseimas, embrulhadas uma a uma.

— Você é um anjo, Denis. Chocolates são mais difíceis de encontrar do que diamantes, hoje em dia.

— Sempre atenderei a qualquer pedido da senhorita. A senhorita é minha melhor cliente, *mademoiselle* Bette. A cada duas semanas, desde o ano passado. Tenho inveja da senhorita, que come tanto chocolate e não engorda um grama. Como a senhorita consegue?

Bette olhou timidamente para o chão e sorriu.

— É só meu metabolismo. Posso comer à vontade. Posso devorar uma baguete inteira, cheia de manteiga, de uma vez só.

— Realmente não consigo fazer isso sem pagar o preço, se é que a senhorita me entende — disse Denis, dando uns tapinhas em sua enorme barriga.

Bette a cutucou de brincadeira e Denis riu, deliciado. Devido ao racionamento, os donos de lojas, armazéns e açougues haviam adquirido um inédito poder durante a Ocupação, e às vezes esnobavam seus fregueses. Mas nunca tratavam Bette mal — outra vantagem de ser linda.

— Até logo, meu amigo. Vejo você no dia 14.

Quando chegou ao último andar do prédio, onde se situava seu apartamento, Bette bateu na porta três vezes; fez uma pausa e bateu mais três vezes, antes de abrir a porta. Entrando em casa, anunciou em voz suave:

— Cheguei, meus pequeninos.

Como animaizinhos que saem cautelosamente de suas tocas, um menino de 6 anos e uma menina de 4 surgiram à entrada do corredor da sala.

— Hora dos chocolates, venham e peguem — arrulhou Bette, estendendo o saco de papel para as crianças.

Lentamente, sorrisos se estamparam em seus rostos, e eles pegaram o saco de guloseimas.

— Lembrem o que eu disse a vocês.

— Meio a meio — entoaram as crianças, em uníssono.

Deliciada, Bette as observou dividindo os doces. Depois, como sempre faziam, ofereceram-lhe um deles, que ela jogou na boca.

Ela sempre se perguntava se criaria filhos tão bem-comportados e educados como os Kaminskys haviam feito. Bette jamais prestara atenção às crianças que viviam no segundo andar de seu prédio. Mantinha relações cordiais com o senhor e a senhora Kaminsky, mas jamais dissera mais que "como vai" ou "bom dia" a eles. Tudo mudara cerca de um ano antes, quando a sra. Kaminsky e outra mulher bateram à sua porta certa noite. A sra. Kaminsky informou a Bette que acabara de receber um telefonema dando conta de que a polícia francesa estava vindo prender sua família. Ela estava desesperada, procurando alguém que escondesse seus filhos. Bette nada tinha contra os judeus, mas sabia muito bem que ajudá-los significava morte certa. Bette tentou se livrar dela, dizendo que nada sabia a respeito de crianças, mas a sra. Kaminsky começou a chorar e implorar. Normalmente uma mulher refinada e bem-vestida, que Bette admirava, estava reduzida a uma indigente aterrorizada. Gemendo ruidosamente, caiu de joelhos e ofereceu a Bette um enorme maço de dinheiro. Só para pôr fim à histeria da mulher, Bette lhe disse para trazer as crianças, juntamente com suas roupas.

Minutos depois, duas crianças de pijama, amedrontadas e abraçadas, estavam no meio da sala de Bette. Ao olhar pela janela que dava para a rua, Bette viu um carro da polícia estacionando. Dois policiais franceses saltaram e correram até o prédio dela. Ela esperava ouvir choro e gritos, mas tudo permaneceu em um sinistro silêncio. Dez minutos depois, viu o senhor e a senhora Kaminsky entrarem no carro da polícia, que se afastou. Nunca mais os veria. Bette se virou e olhou as crianças, ainda abraçadas. Sorriu então para elas e estendeu a mão.

— Venham, vamos comer chocolate.

Naquele momento, com seu jeito de durona perante o mundo, Bette achou que aquilo era a pior coisa que já acontecera em sua vida.

Rapidamente, percebeu que fora a melhor coisa.

Capítulo 39

— Mas os judeus não mataram Cristo, padre?

— Isso é discutível, meu filho. E, mesmo que tenham feito isso, eu ainda os ajudaria.

Schlegal gostava da ousadia do padre Jacques. Ele sempre detestara o clero, fosse protestante ou católico. Uns idiotas moralistas. Seus homens haviam descoberto que o velho estava dirigindo um refúgio para crianças judias em Montparnasse, antes de despachá-las para a Espanha através dos Pirineus. Um padre de Carcassonne, que escoltava as crianças, também fora preso. Vagarosamente, Schlegal circulava em torno da cadeira onde o padre Jacques estava sentado desde as duas da manhã. O padre não demonstrava o menor sinal de fadiga. Na verdade, parecia bastante bem-disposto quando a luz da manhã começou a iluminar a janela da sala de interrogatórios.

— Acho que foram os anciãos judeus que obrigaram Pilatos a condenar Cristo à morte — disse Schlegal. — Queriam Cristo fora do caminho.

— Humm... Alguns teólogos afirmam isso. Pode ser verdade.

— Então, por que arriscar sua vida por um bando de assassinos de Cristo?

— O senhor não entende, coronel, somos todos irmãos neste planeta.

— Irmãos. — Schlegal soltou uma gargalhada. — Que monte de bobagens.

Ele sentia desprezo pelo velho padre — e por qualquer outro gentio que tentasse esconder judeus. Mesmo assim, muitos deles arriscavam a vida para ajudá-los, o que nunca deixava de intrigá-lo. Por que morrer por causa daqueles vermes humanos? Franceses que não tinham nenhuma conexão com judeus antes da guerra subitamente os escondiam em seus sótãos ou celeiros, sabendo muito bem o que aconteceria se fossem descobertos. Arriscar a própria vida para proteger aquela chusma de ladrões que não haviam trazido nada além de miséria para o mundo era incompreensível. Na semana anterior, durante uma incursão na *rue* Saint-Honoré, um gendarme havia emprestado sua capa e seu quepe a um judeu para que este pudesse fugir. Ambos foram fuzilados na mesma hora. O mais absurdo era que o policial francês nem conhecia o homem. Não, o mundo seria um lugar muito melhor se os judeus simplesmente desaparecessem. E, em Paris, ele e a Gestapo se esforçavam ao máximo para que isso acontecesse.

— Quantas crianças o senhor ajudou a fugir para a Espanha, padre?

— A essa altura, tenho orgulho de dizer que centenas.

O padre Jacques lhe lançou um sorriso de orelha a orelha.

Irritado com a expressão presunçosa do padre, o tenente Voss, que estava oculto pelas sombras, deu um soco tão forte no rosto do velho clérigo que este caiu imediatamente no chão.

— Por favor, Voss — disse Schlegal. — Isso foi completamente desnecessário. O padre Jacques enganou o Reich e, naturalmente, está muito orgulhoso disso. Deixe que ele tenha seu momento de glória.

Voss riu com desprezo, pegou o padre pelo colarinho e o jogou de volta à cadeira. Depois, portou-se atrás de Schlegal e cruzou os braços.

245

— O senhor deve perdoar o tenente Voss, padre. Ele está de mau humor porque ainda não tomou seu café da manhã. Quando o senhor confessar seus próprios pecados, ele poderá sair para comer.

O padre esfregou o lado do rosto e olhou desafiadoramente para Schlegal.

— Então acho que o tenente Voss vai ter que esperar até que o inferno congele para tomar seu café da manhã.

Isso impressionou Schlegal, que, apesar de desprezar o padre pelo que este fizera, respeitava-o. Gostaria de saber se um padre mais jovem seria tão desafiador quanto um ancião no final da vida. Com muitos anos de vida à frente, será que ele agiria da mesma forma?

— Acho então que, se eu deixar o senhor ir embora, o senhor não deixará de fazer essas coisas — aventou Schlegal, com um grande sorriso.

O padre Jacques riu muito durante alguns segundos. Schlegal riu junto com ele.

— Coronel Schlegal, o senhor é um sujeito muito engraçado. Eu quase poderia gostar do senhor se o senhor não fosse um suíno da Gestapo.

O comentário fez Schlegal rir descontroladamente. Voss lhe lançou um olhar desaprovador.

— Ah, padre Jacques — disse Schlegal, com os olhos marejados de lágrimas —, o senhor quase me faz querer ser católico.

— Mas o senhor já tem sua própria igreja, coronel. É dirigida por Satã em pessoa... Herr Hitler.

Schlegal se inclinou, pousou a mão no joelho do velho e o encarou.

— Bem, padre, o senhor tem trabalhado duro nos últimos tempos, escondendo pirralhos judeus. Deve ser um enorme estresse para o senhor. Portanto, vou fazer uma coisa especial para o senhor.

— Se converter ao judaísmo?

Voss esboçou um movimento na direção do padre, mas Schlegal o deteve, erguendo a mão.

— O senhor precisa viajar, padre. Precisa de repouso. Então, vou lhe arranjar umas férias.

— Que coisa gentil.

— O senhor já esteve no sudoeste da Polônia? Um lugar muito bonito. Acho que o senhor realmente vai gostar. Ar puro. Árvores. Natureza. É uma espécie de retiro. E com montes de judeus. Como o senhor gosta de judeus, vai se sentir em casa.

— Parece maravilhoso. Tenho a impressão de que vou partir logo agora.

— De fato vai. Daqui a dois minutos, o senhor estará a caminho. Mas, uma última coisa: o senhor não vai me dizer se havia outras pessoas, além do padre Philippe, em Carcassonne, ajudando os judeus?

O padre Jacques sorriu.

— Não posso dizer que foi um prazer, coronel, mas foi bom falar com o senhor. Até espero que, depois da sua morte, quando o senhor estiver torrando o rabo no fogo do inferno, o senhor não sofra muito. Na verdade, vou rezar por sua alma, meu filho.

— Que gentileza sua. Foi um prazer conhecê-lo, padre. Não é sempre que eu encontro um homem corajoso. Voss vai levar o senhor até seu trem. Receio que o senhor possa achar o vagão um pouco cheio e a viagem desconfortável.

— Sim, já soube que as acomodações, nos trens alemães, não estão à altura dos padrões franceses. Dizem que vocês enfiam duzentas pessoas em um só vagão.

— Ah, na guerra temos que fazer sacrifícios.

Sabendo que era hora de partir, o padre Jacques se levantou da cadeira, fez uma breve mesura para Schlegal e se virou para Voss.

— Estou pronto para nossa viagem até Drancy, Herr Voss.

— Tenho uma boa notícia, padre — disse Voss, com um sorriso. — O senhor não precisará passar por Drancy. Vai poder pegar seu trem imediatamente.

— Sim, reservei uma cabine para o senhor em um expresso — acrescentou Schlegal. — A viagem é longa, mas acho que o senhor poderá tomar um bom banho quente quando chegar ao destino.

Capítulo 40

— Você caiu na privada e se afogou? — berrou Alain.

Ele ouviu Pierre dar descarga e destrancar a porta. Quando o garoto saiu, Alain estava encostado na parede.

— Que diabo você estava fazendo aí dentro? Parecia estar falando sozinho numa língua que não entendi. Que língua era aquela, menino?

Pierre se limitou a sorrir.

Alain antipatizara com ele assim que o vira. Pierre tinha apenas que limpar o escritório e buscar coisas, mas Lucien começara a lhe dar lições de desenho, dizendo que o garoto poderia aliviar o trabalho de Alain — e foi o que fez. Certa vez, para grande contrariedade de Alain, Lucien disse que o garoto poderia ter vocação para arquitetura. A verdade é que o menino de 12 anos aprendia rápido e realizava com facilidade tarefas cada vez mais complexas. Seus desenhos lineares estavam se tornando bastante bons, e ele prestava muita atenção a detalhes, qualidade importante para um arquiteto.

Pierre voltou para a prancha de desenho e começou a desenhar um plano do mezanino da fábrica de Tremblay. Depois que terminou o que tinha de fazer no banheiro, Alain se aproximou de Pierre.

— As linhas das paredes não estão escuras o suficiente — disse.

— Sim, tem razão. Podem ser bem mais escuras — respondeu Pierre alegremente.

Uma coisa que deixava Alain louco de raiva era que Pierre sempre se mostrava grato por seus conselhos, mesmo que, longe dos ouvidos de Lucien, Alain o xingasse e tentasse intimidá-lo.

— Mas o que você estava murmurando no banheiro? Parecia chinês, ou coisa parecida — perguntou Alain, debruçando-se sobre a prancheta de Pierre.

— Estava rezando a Ave-Maria. Em latim.

— Não me pareceu latim. Fui coroinha e sei reconhecer o latim.

— Bem, era latim.

— Você sempre reza no banheiro?

— É o único lugar privado para se rezar no escritório, você não acha?

Alain olhou para o garoto. Havia algo de estranho em toda a situação. O garoto aparecendo de repente. Lucien lhe dizendo que Pierre era filho de um amigo que morrera em combate, em 1940. Alain tentou conectá-lo com as estranhas movimentações no chalé, sem nenhum sucesso. Seguira Lucien algumas vezes, mas não descobrira nada. Pelo menos uma vez por semana, ele vasculhava a escrivaninha de Lucien, em busca de detalhes como o da lareira. Também sem sucesso. Era difícil xeretar com aquela droga de garoto ali o tempo todo.

— Então você é católico?

— O que você achou que eu era? Árabe? — respondeu Pierre, com surpreendente ousadia.

— Que escola você frequentou antes de vir para Paris?

— A São Bernardino, em Toulouse.

— Como seu pai conheceu Lucien?

— Eles foram grandes amigos em Paris e serviam juntos na 25ª Divisão, quando os alemães invadiram.

— A 25ª Divisão? Onde estava estacionada?

— Na Linha Maginot.

— Qual era o posto de seu pai?

— Tenente.

— E você não tem mais nenhuma família...

— Nenhuma. Meu pai e minha mãe morreram, e meu irmão Jules também.

— Que situação difícil. O que vai ser de você?

Pierre deu de ombros.

Alain retornou à sua escrivaninha. Queria Pierre fora dali, mas sabia que isso não aconteceria a curto prazo. Não havia escolha, a não ser tolerá-lo. Mas ele poderia se aproveitar da situação. Sua família jamais tivera criados, mas agora ele tinha um.

— Ei, bobalhão. Vá até lá embaixo e me compre um maço de cigarros.

Capítulo 41

— Vou colocar dobradiças no alto dessa pilastra para ela poder ser deslocada. Ela tem quase um metro de largura, grande o bastante para fechar um esconderijo. Espero que seu hóspede não seja gordo.

Manet e Lucien estavam no salão de uma grande mansão na *rue* de Bassano. Era uma residência incrivelmente luxuosa, com painéis brancos e dourados, e reluzentes pisos em parquê. As pilastras clássicas, com apenas 15 centímetros de profundidade e quase 4 metros de altura, sobrepostas à superfície das paredes, dividiam os painéis em largas seções. Assim que entrou no apartamento e viu as pilastras, Lucien soube exatamente o que fazer.

— Você pode fazer isso? — perguntou Manet.

Lucien notou a preocupação na voz do homem. Desde o desastre com a lareira, Manet começara a duvidar dele, embora jamais fosse admitir isto.

Lucien olhou a pilastra de cima a baixo para uma última avaliação.

— Sim, posso fazer isso funcionar. A pilastra terá que ser cuidadosamente removida e remontada. A coisa toda poderá ser deslocada pela base, de modo que alguém se enfie no espaço que abriremos na parede de tijolos. Depois, a pilastra será trancada por dentro, como fizemos com a escada. Mas esse trabalho terá que ser feito com grande precisão, para que as dobradiças funcionem direito.

— Você sabe que não precisa se preocupar a esse respeito. Basta nos dar um desenho e faremos tudo.

Com a ajuda de Manet, Lucien tirou as medidas da pilastra e da cornija acima dela. Quando terminou, os dois se dirigiram à porta da frente, mas pararam por um momento para apreciar o novo esconderijo outra vez.

— Esse lugar é lindo. É seu? — perguntou Lucien, enquanto ambos entravam no Citroën.

— Não, é de um colega meu aqui de Paris, que vai permanecer anônimo, é claro.

Lucien chegou a dar partida no carro, mas desligou a ignição e olhou para Manet.

— Quero que você informe ao padre Jacques que vou ficar com o garoto. Posso dar proteção a ele. Ele ficará mais seguro comigo que com o padre tentando contrabandeá-lo para a Espanha ou para a Suíça. Você dá o recado a ele?

— O padre Jacques já deve estar morto.

Lucien não ficou surpreso. O padre ser apanhado era só uma questão de tempo.

— Quando ele foi preso?

— Alguns dias atrás. Juntamente com seis crianças judias. Alguém o traiu, e a Gestapo apareceu. Estavam escondidos no sótão, mas uma das crianças começou a chorar, e os policiais encontraram todos.

— Ele falou alguma coisa?

Manet riu.

— Não o padre Jacques. Provavelmente mandou os policiais para o inferno.

— Tem certeza?

— Não precisa ter medo, Lucien. Nós temos contatos dentro do quartel-general da Gestapo. O padre não disse nada a eles, garanto a você.

— *Nós* quer dizer a Resistência?

— Acho melhor você não fazer perguntas.

— Eu gostava do padre Jacques. Para um padre, ele até que tinha colhões.

— Com certeza tinha — disse Manet, dando uma grande risada. — E ficaria surpreso com o seu recado a respeito de Pierre; não achava que *você* tivesse colhões.

O comentário cortou como uma navalha o coração de Lucien, que abaixou a cabeça e olhou para o piso do carro.

Manet percebeu imediatamente o que acabara de fazer e pareceu envergonhado.

— Durante a guerra, pessoas que pareciam não ter nenhuma firmeza moral se revelaram muito corajosas. O padre Jacques poderia ficar surpreso com a sua decisão de acolher Pierre, mas eu não.

Apaziguado pelo comentário de Manet, Lucien deu partida no carro.

— Gosto de ter Pierre morando comigo. Ele é um garoto muito bom. Inteligente, trabalhador e bem-educado. Gostaria de ter sido assim na idade dele. Você sabia que ele realmente tem talento? Poderá ser um arquiteto quando crescer. Todo dia ensino a ele alguma coisa sobre a profissão.

Manet olhou para algum ponto ao longe, através do para-brisa, dando baforadas em seu cachimbo.

— Interessante como as coisas funcionam. Pierre perde a família inteira e acaba com você, que abre uma nova vida para ele. É incrível como nossas vidas são ditadas pelo acaso.

— Ele agora está menos tímido e reservado; se tornou uma boa companhia. Gosto de levá-lo ao cinema. Ver como ele sorri e dá risadas me deixa muito mais satisfeito que ver o filme.

— Fico feliz por as coisas terem dado certo com vocês dois. Como madame Bernard aceitou tudo isso? Ela deve estar muito satisfeita por ter uma criança para cuidar.

Na esquina da Champs-Elysées, Lucien parou o carro, esperando que uma pequena parada militar passasse. Todos os dias à uma da tarde, com chuva ou com sol, os alemães realizavam uma parada — com banda militar e tudo —, desfilando em passo de ganso pela principal avenida da cidade, uma forma de mostrar aos parisienses quem estava no comando. Uma arma psicológica eficiente, pensou Lucien, tanto quanto o toque de recolher.

Para economizar gasolina enquanto esperavam, desligou a ignição. Depois se virou para Manet.

— Celeste e eu nos separamos poucos dias antes de o garoto ser trazido ao escritório. Sempre achei que a expressão *Deus escreve certo por linhas tortas* era conversa fiada. Mas talvez seja verdadeira. Olhe o que apareceu na minha vida.

— Um filho que você nunca teria.

— Minha mulher e eu não tivemos filhos. Isso prejudicou nosso casamento. Sim, reconheço que ele é o filho que eu não tive. Gosto de cuidar dele.

— E salvou uma vida.

A parada liberou a interseção da rua, e um gendarme acenou para que eles avançassem. Quando Lucien ligou a ignição e pousou a mão na alavanca de marchas, Manet pousou a sua sobre a dele.

— As pessoas que você salvou serão eternamente gratas, mas ainda há muitas outras em perigo.

— Estou pronto para ajudar, *monsieur* — disse Lucien, acelerando o carro.

Capítulo 42

— Droga, estou lhe dizendo que tem alguém aí.

— Mas coronel, nós vasculhamos a casa de alto a baixo, em todos os cantos, olhamos embaixo de todos os móveis — disse o capitão Bruckner.

— Idiota. Os judeus devem estar na estrutura da casa, atrás de alguma parede ou embaixo do piso — berrou Schlegal, andando de um lado a outro como um animal enjaulado. — Use a imaginação, homem.

— Não se preocupe, senhor. Vamos encontrá-los — prometeu ele, dizendo o que Schlegal queria ouvir.

O capitão retornou ao chalé, gritando a plenos pulmões. Schlegal gostava de ver Bruckner e seus homens estremecerem ao ouvir suas ordens. O medo pode levar um homem a fazer coisas incríveis. Aliás, eles não o temiam apenas — pensavam que era insano, o que era melhor ainda. Bruckner estava particularmente dócil, pois não queria perder as duas semanas de folga em Munique que aguardava há tanto tempo. Schlegal decidiu torturá-lo mais um pouco, ameaçando cancelar a viagem. Bruckner saiu da casa para reafirmar ao coronel que estava em cima dos soldados para que procurassem de novo. Schlegal encarou Bruckner, quase encostando o nariz no dele.

— Capitão, mande trazer marretas e pés de cabra. Faça seus homens irem até o barracão nos fundos da casa e pegarem todas as ferramentas

256

que encontrarem. Depois, mande-os entrar na casa e baterem em todas as paredes. Se ouvirem um som oco, abram-na. E derrubem todas as escadas. Vamos lá, cavalheiro, ou o senhor não vai ver a Marienplatz tão cedo. Isso é em Munique, não?

Enquanto Bruckner se afastava correndo, Schlegal voltou para o carro oficial. Recostando-se no capô, acendeu um cigarro e observou a casa, analisando a parte externa em busca de possíveis esconderijos. Quem quer que tivesse feito a escada na casa de Adele devia ser muito inteligente. Os espaços secretos eram quase impossíveis de serem encontrados. O projetista, provavelmente, estava muito orgulhoso por ter ludibriado a Gestapo. A engenhosidade da escada lhe revelava que estava diante de um formidável inimigo, um que não cometeria nenhum descuido. A ideia de que outros judeus estavam a salvo nos esconderijos concebidos por aquele sujeito fazia a pressão de Schlegal subir às alturas. Desde a descoberta da escada, a possibilidade o atormentava de tal forma que ele nunca mais conseguiu trepar com Adele naquele quarto.

Com as mãos atrás das costas, Schlegal caminhou até a casa. Os soldados começavam a dar pancadinhas nas paredes. Era como se aqueles vinte homens fossem um bando de pica-paus enlouquecidos. Alguns começaram a martelar o reboco, quebrando a armação de madeira em busca de compartimentos nas paredes. Poeira e pedaços de reboco voavam em todas as direções. Dois soldados derrubaram uma parede atrás da escada do primeiro andar. Outro pegou uma escada e quebrou o teto da sala de visitas. Um sargento arrancou os lambris de mogno da sala de estar. Um tenente começou a martelar uma das parede da sala de jantar até expor alguns tijolos — e só parou quando Bruckner berrou para que ele parasse, dizendo que não havia ninguém ali atrás. Schlegal percorreu o primeiro andar, andando de um aposento a outro, inspecionando os esforços de demolição.

— Saiam, saiam de onde estiverem, meus judeuzinhos. Eu sei que vocês estão aqui — gritava ele, como que entoando uma canção. — Se saírem agora, as coisas ficarão mais fáceis para vocês.

Mesmo sabendo que não era verdade, Schlegal sempre prometia leniência às suas vítimas, caso cooperassem. Ele nunca era leniente, e a quantidade de pessoas que acreditava no que falava sempre o deixava surpreso.

— Saiam, saiam de onde quer que estejam — prosseguiu ele, tentando suplantar a barulheira.

Na verdade, estava se divertindo com a operação. Sentia uma crescente excitação com a caça aos judeus, como se estivesse brincando de pique-esconde. Esperava, a qualquer momento, abrir uma parede e encontrá-los. Imaginava-os rindo e soltando gritinhos de prazer, como seus primos em Mannheim sempre faziam quando eram descobertos. As lembranças trouxeram um sorriso a seus lábios. Ele adorava visitar os primos no verão e nos feriados do Natal. Era comida boa e diversão sem fim.

— Continuem, homens. Quem encontrar os judeus vai ganhar uma caixa... não uma garrafa, mas uma caixa de champanhe — gritou Schlegal, deliciado.

O ritmo da demolição dobrou, enquanto ele se dobrava de rir.

— Bruckner, se *você* encontrar os judeus, vai ganhar *três* semanas de folga.

Diante dessa promessa, o capitão pegou um martelo e começou a demolir a parede dos fundos de um armário, cobrindo seu uniforme de reboco branco. Um caminhão parou em frente ao chalé e doze soldados, munidos de marretas e pés de cabra, saltaram da caçamba e entraram na casa. Bruckner lhes disse o que fazer, e o barulho se tornou ensurdecedor.

— Vamos achar vocês, meus ratinhos judeus. Ou eu deveria dizer ratazanas? — gritou Schlegal.

Três horas depois, nenhum judeu fora encontrado e o bom humor de Schlegal se convertera em pura raiva. Paredes haviam sido examinadas, auscultadas e abertas; tetos, postos abaixo; e escadas, demolidas — degrau por degrau. Pisos arrancados expunham espaços empoeirados e infestados de insetos entre as vigas principais. Os armários da cozinha estavam completamente destruídos. O interior do grande forno fora completamente esquadrinhado. Até as chaminés da casa haviam sido derrubadas para o caso dos judeus estarem escondidos dentro delas. Bruckner adiara ao máximo o momento de se defrontar com Schlegal, mas reuniu coragem suficiente para fazê-lo. Era evidente que o coronel, parado no meio da cozinha, estava de mau humor.

— Vai se passar muito tempo antes que o senhor veja Munique de novo, cavalheiro.

— Coronel, eles não estão aqui. A menos que tenham encolhido para o tamanho de insetos e se arrastado para fora, eles fugiram antes de nós chegarmos.

— Besteira — disse Schlegal, jogando um pedaço de madeira para o outro lado do aposento e chutando um pedaço de reboco com sua bota preta, que ficou coberta de poeira branca.

Em seguida, foi até a janela e contemplou o verdejante jardim.

— Estou dizendo a você, eles ainda estão aqui.

— Desculpe, mas não consigo encontrá-los, coronel.

Schlegal encarou Bruckner, deu uma palmadinha paternal em seu ombro e sorriu.

— Então, queime a casa. Os judeus terão que sair por causa da fumaça ou morrer queimados no esconderijo. Quando examinarmos os escombros, vamos encontrá-los. Transformados em cinzas.

O capitão não protestou. Era um modo rápido e fácil de acabar com aquela confusão e voltar a Paris, onde uma cama quente e uma prostituta francesa chamada Jane o aguardavam. Eles deveriam ter feito isso logo de início. Soldados correram até os caminhões e trouxeram galões com gasolina. Em alguns minutos, todo o interior da casa estava encharcado. Bruckner fez um sinal de cabeça para um soldado que estava em frente à porta; este acendeu um fósforo e o arremessou no interior da sala. Em questão de segundos, a casa se transformou em um inferno. As chamas, que se projetavam acima do telhado, ofereciam uma visão impressionante contra o céu que escurecia. Percebendo que os soldados estavam exaustos após o inútil esforço de demolição, Bruckner permitiu que se deitassem na grama ou dentro dos caminhões — ou, simplesmente, assistissem ao incêndio. As chamas projetavam uma sinistra luz alaranjada sobre seus rostos. Schlegal esperava ouvir gritos de agonia a qualquer momento, mas só se ouvia o crepitar do fogo. Como o incêndio não deveria se extinguir até a manhã seguinte, decidiu retornar a Paris.

Os alemães haviam surpreendido Juliette Trenet; ela estava cochilando quando eles chegaram à casa. Desorientada, custou a se lembrar de onde estava sua bolsa, mas a encontrou sob a enorme mesa de açougueiro no centro da cozinha. Ela estava acabando de colocar o ralo no lugar quando os alemães derrubaram a porta, com o que parecia um aríete. Mesmo com a bandeja de metal cheia de água acima de sua cabeça, ela conseguia ouvir os soldados invadindo a casa, quebrando coisas a torto e a direito, derrubando paredes e tetos à sua procura. A ideia de que todo aquele esforço era por causa dela a deixou assombrada. Talvez estivessem procurando outra pessoa. Eles desceram até a cozinha e derrubaram a mesa, provocando um estrondo que sacudiu o chão e fez Juliette tremer de medo. Ouvir o som de botas martelando o piso de pedras a poucos centímetros dela era algo insuportável; ao sentir vontade de gritar, enfiou a mão na boca. O nicho sob o ralo era suficientemente largo, sobravam alguns centímetros em cada lado dos braços, que agora abraçavam seu corpo. Mas só tinha um metro e meio de profundidade, o que obrigava

Juliette a se sentar sobre um travesseiro. Seu medo era tão grande que ela fechou os olhos e abraçou as pernas, curvando-se em posição fetal, enquanto seu corpo tremia descontroladamente.

Era o choque de tudo ter acontecido tão repentinamente que a deixava mais abalada. Saboreava a estadia naquela casa confortável quase como se estivesse de férias, era milhões de vezes melhor que morar em uma toca de leão. Quando chegou àquele lugar, nem conseguiu acreditar na própria sorte. Agora, estava prestes a morrer. O barulho e a agitação não esmoreceram. Os soldados continuavam a passar sobre o ralo. Juliette começou a distender o corpo. Depois começou a chorar. Com um esforço hercúleo, conseguiu dominar o impulso de se pôr de pé e empurrar o ralo com a cabeça, aparecendo de repente acima do piso e dando um susto nos soldados. Então gritaria: "Aqui estou eu, seus nazistas de merda. Me matem e acabem logo com isso."

Mas sentiu um pequeno movimento dentro dela, seguido de outro, e passou a mão na barriga exposta. Que diabo estava pensando? *Há um cientista dentro de mim*, pensou, *que precisa da minha ajuda e orientação*. A alegria de dar à criança seu primeiro microscópio. Ver seu filho ou filha se formando com louvor. E, dali a quarenta e poucos anos, estaria em Estocolmo vendo Marie ou Pierre receber o Prêmio Nobel. Havia muitas coisas boas pela frente. Então sorriu, decidindo que de jeito nenhum se entregaria e nem seu bebê àqueles canalhas. Juliette não tinha intenção de morrer.

Percebeu então que a barulheira cessara de forma abrupta. Inclinando a cabeça, olhou para o fundo da bandeja do ralo como se quisesse enxergar através dele. O silêncio continuou durante quinze minutos, dando a impressão de que os alemães haviam desistido. Ela ainda esperaria uma hora antes de sair do esconderijo, como Manet a instruíra a fazer. De repente, seu nariz detectou um leve cheiro de fumaça que logo se tornou mais forte. Imediatamente, ela contorceu o corpo e enfiou a cabeça na abertura que havia no fundo do esconderijo. O túnel tinha apenas um metro de largura. Juliette e sua mochila mal cabiam nele. Tentando manter o ventre acima do chão de terra úmida, ela se retorceu e tateou na escuridão, como uma toupeira enlouquecida, ao longo dos 20 metros do túnel. Mas uma energia incrível a fez avançar com rapidez. A terra preta cobria suas roupas e mãos. Ela temia que, a qualquer instante, o túnel desmoronasse e a sepultasse viva, estando a poucos minutos da salvação. Entretanto, enquanto se arrastava, foi percebendo que a passagem era bem construída; pranchas de madeira alicerçavam suas paredes e teto. Não deixou de sorrir quando literalmente viu a luz no fim do túnel; ao mesmo tempo, enquanto se aproximava da saída, perguntava a si mesma se os alemães não estariam à sua espera. Seria morta por uma saraivada de balas ou sofreria uma morte lenta e agonizante?

Na manhã seguinte, enquanto os homens de Schlegal vasculhavam o local, fumaça ainda se evolava das ruínas. Quando Schlegal chegou, duas horas depois, Bruckner o informou de que nenhum corpo fora encontrado. Schlegal ordenou que os homens se afastassem e começou a caminhar em meio aos escombros. Meio que esperava encontrar um corpo carbonizado, mas não encontrou nada. No local onde fora a cozinha, ele acendeu um cigarro. Depois apagou o fósforo e o jogou no que parecia um ralo. Percebeu então que havia algo estranho naquele ralo. Sob a grade havia uma bandeja de metal muito rasa e vazia. Ele jogou fora o cigarro, ajoelhou-se e puxou a grade, que estava presa à bandeja. Abaixo, viu um espaço escuro. Largou a grade, tirou o quepe e meteu a cabeça no buraco. Depois levantou a cabeça, acendeu um fósforo e o enfiou no buraco. Viu um túnel. Pôs-se então de pé e sorriu. A bandeja devia estar cheia de água quando os soldados estavam revistando a casa. Não se preocuparam com o ralo, pois parecia um ralo de piso comum. Mas, durante o incêndio, a água se evaporara e expusera a bandeja.

Schlegal suspeitava que o túnel se estendia até o meio do jardim, com a saída oculta pela espessa aglomeração de flores. O judeu escapara enquanto eles ainda estavam na casa.

Schlegal acendeu outro cigarro e voltou lentamente para seu carro.

— Esse miserável é muito esperto — disse, sorrindo.

A três quilômetros de distância, sobre uma elevação, Juliette podia avistar a nuvem de fumaça cinza se elevando acima da floresta. Não havia ninguém esperando por ela no final do túnel. Sob a luz do crepúsculo, correra em meio ao denso arvoredo, tropeçando e caindo diversas vezes. Ao olhar para trás, vira uma coluna de fogo iluminando a mata por centenas de metros. Quando sentira estar a uma distância segura da casa, aninhara-se sob um tronco caído para descansar — estava exausta. Pousara então a cabeça no musgo verde do tronco e dormira pelo resto da noite.

Manet lhe fornecera um plano de contingência, caso fosse descoberta, que ela deveria seguir à letra. Ao despertar, pegou a mochila, deu uma palmadinha no ventre e se afastou lentamente. Não estava com medo. Sabia que ambos sobreviveriam.

Capítulo 43

— Então, quem é esse cara tão especial? Você não é de transar durante o dia.

Adele se remexeu na cadeira de ferro preto do café, pouco à vontade. Divertida com o fato de que a pergunta incomodava sua patroa, Bette aguardou pacientemente uma mentira bem-elaborada. Era sempre fascinante observar alguém mentir, inventar uma história em questão de segundos. Algumas pessoas eram peritas nisso. Como Étienne, seu namorado do ano anterior; ele conseguia improvisar uma mentira convincente em frações de segundos. Ela tinha uma grande admiração pelos mentirosos consumados.

Adele tomou um gole de vinho e limpou os lábios com um guardanapo. Um simples modo de ganhar tempo antes que a história estivesse preparada.

— Um funcionário do governo que se apaixonou loucamente por mim.

— Pode ser uma coisa bastante conveniente. Um amante com influência.

— Realmente é. Ele já me abriu algumas portas.

— Como ele é? Bonito? Alto? Bom de cama?

— Sim, tudo isso — disse Adele, com irritação. — Um dos melhores amantes que já tive. Você já viu os novos desenhos?

Bette não estava disposta a deixar Adele mudar tão rapidamente de assunto.

— Casado, suponho.

— Sim, se você quer saber, senhorita Xereta. Mas e o André?

— Ele vai terminar os desenhos amanhã, com certeza. Ele me prometeu. Bem, há quanto tempo você conhece o cara?

— Pouco tempo — disse Adele, tomando outro gole de vinho.

— Ele é funcionário do governo francês ou do governo alemão?

Adele lançou um olhar gélido a Bette.

— Francês.

Bette não era uma patriota fanática, mas sentia verdadeira repulsa por Adele naquele momento. Os franceses consideravam como prostituta qualquer mulher que dormisse com um alemão. Bette presenciara em primeira mão como os franceses tratavam uma mulher que se mostrasse amigável demais com o inimigo. Vira uma garota em um café, rindo e brincando com um oficial alemão e, depois que o alemão saiu, um desconhecido foi até a mesa da garota e lhe deu um tapa no rosto, sem dizer uma única palavra. O pensamento corrente era que nenhuma garota de família respeitável dormiria com um alemão.

Adele era uma rara exceção: uma mulher rica e educada transando com o inimigo. Além disso, ela não estava simplesmente dormindo com um alemão, mas com um oficial da Gestapo. Era como se trepasse com o próprio Satã. Adele não seria idiota a ponto de revelar que estava tendo um caso com um oficial da Gestapo. Seria suicídio. Ela sorriu ao imaginar como Adele ficaria de cabeça raspada. Haviam ocorrido algumas represálias na França contra mulheres que tinham relações com alemães. No último outono, alguns homens entraram em um café, bateram em um oficial alemão e rasparam a cabeça da garota que o acompanhava. Ninguém quis lhe vender uma peruca. De tão envergonhada, ela teve que se esconder até que o cabelo crescesse de novo. Adele era incrivelmente vaidosa, mesmo para uma ex-modelo; assim, ter seus lindos cabelos louros tosados como a lã de uma ovelha seria pior que a morte. Ela estava brincando com fogo e sabia disso.

Agora estava claro, para Bette, como Adele conseguia obter todos os tecidos que desejava em uma época de escassez. Devia estar pensando que escolhera o lado vencedor. Mas os alemães não estavam se saindo tão bem ultimamente... Não eram os super-homens que todos achavam que eram. Em particular, as pessoas falavam sobre Libertação.

Bette estava prestes a lançar mais um ataque quando Lucien Bernard surgiu por trás de Adele e lhe afagou os cabelos louros. Adele se virou na cadeira e olhou para ele.

— Lucien, querido. Por onde você anda? Não tem me telefonado há séculos.

— Tentei falar com você várias vezes — disse Lucien.

Pela fraca entonação de sua resposta, Bette percebeu que ele não tentara com muito afinco.

Adele segurou a mão de Lucien.

— Lucien, você se lembra da Bette? Meu braço direito... e esquerdo.

— É claro. Nós nos encontramos uma noite, em frente ao Le Chat Roux. E vi você no desfile de moda — disse Lucien para Bette, enquanto se sentava ao lado de Adele.

Bette se lembrava de Lucien. Ele de fato a impressionara. Mas pertencia à sua patroa; portanto, estava fora de alcance.

— É bom ver o senhor de novo, *monsieur* Bernard.

— Lucien, me fale sobre seu novo trabalho — disse Adele. — Na última vez que conversamos, você estava projetando uma fábrica de armamentos ou coisa parecida em Chatou, não foi?

— Em Chaville, amor. Agora estou projetando outra para *monsieur* Manet.

— Que emocionante — mentiu Adele.

Lucien sorriu para Bette, e esta percebeu que ele estava tendo dificuldade para se concentrar em Adele. Ela concluiu que ele não fora ao desfile de moda para ver as últimas novidades em chapéus de abas moles — e isto a agradou.

— Meu Lucien é um dos arquitetos mais talentosos da França — comentou Adele. — Mais ainda que Le Corbusier, aquele velho chato e idiota. Esse frouxo fugiu para a Espanha... ou foi para a Suíça? E ainda por cima é muito feio.

— Mas um homem feio muito talentoso, Adele. Quando o mundo pensava em arquitetura nas décadas de 1920 e 1930, era sempre para admirar os trabalhos de Le Corbusier.

— Sim, mas ainda é feio, com aqueles horrendos óculos de aro redondo. É para parecer intelectual ou coisa parecida?

— Adele, vamos almoçar no campo hoje à tarde. Conheço uma pousada muito hospitaleira. O que você me diz, querida?

— Lucien, você é um amor, mas meu trabalho me chama hoje à tarde. Vamos deixar para outra vez, está bem?

— Posso substituir você hoje à tarde, querida Adele. Não será um problema. É só para fazer os ajustes daquelas duas roupas de veludo preto — disse Bette. — Vocês, pombinhos, podem passear um pouco. Parece uma coisa incrivelmente romântica.

Adele encarou Bette pelo que pareceu um minuto inteiro. Bette respondeu com um olhar divertido.

— É muito gentil de sua parte, minha querida, mas tenho que supervisionar esses ajustes — disse Adele. — Eles precisam estar absolutamente perfeitos para o desfile da próxima semana. Você sabe como sou perfeccionista.

Bette sabia também que Adele jamais supervisionava os ajustes. Sempre transferia a tarefa para ela. Naquela tarde, Bette tinha certeza, Adele estaria com um oficial da Gestapo, ajustando outra coisa dentro dela.

— Sim, sei que você adora roupas *pretas*.

Adele ignorou o comentário, olhou para Lucien e lhe deu uns tapinhas na mão.

— Tive uma ideia maravilhosa! — disse. — Por que você não leva minha Bette para um passeio no campo? Ela adoraria um pouco de ar fresco. Está sempre confinada em Paris. Não é mesmo, querida?

Então Adele estava lhe repassando suas sobras. Mas tudo bem. Lucien parecia um material promissor. E, pela expressão em seu rosto, estava muito feliz com a direção tomada pelos acontecimentos.

— A que horas preciso estar pronta? Moro na *rue* Payenne no nº 3 — disse Bette.

— Duas horas está bom?

Capítulo 44

Lucien olhou para Bette, que dormia a seu lado. Era uma mulher extraordinariamente bela. Ter feito amor com ela mais parecia uma honra. Eles haviam passado uma tarde maravilhosa, saboreando a companhia um do outro. Estava claro, logo no início da noite, que iriam para a cama juntos. Lucien era irremediavelmente inexperiente quando começara a dormir com mulheres, em seus tempos de estudante. Algumas das garotas menos tímidas não tiveram reservas em lhe dizer isso. Mas, com a prática, ele melhorara. Depois vieram diversos casos amorosos, com variadas durações, antes de se casar com Celeste. Seguiram-se sete anos de sexo desinteressante com Celeste até três anos antes, quando se iniciara o relacionamento com Adele. Ele achava tremendamente excitante ter uma amante; parecia algo bastante adulto e cosmopolita. Os encontros em segredo adicionaram eletricidade à vida tediosa.

Mas Bette era uma amante muito mais ardorosa que sua patroa, muito mais intensa. Pela primeira vez, na vida dele, o sexo foi mais excitante que um novo trabalho.

Lucien apoiou o travesseiro na cabeceira da cama, acendeu um cigarro e inspecionou o quarto do hotel. As paredes brancas com lambris de nogueira escura e a lareira de pedra lhe davam um aspecto acolhedor.

Quando chegou a hora de fazer sexo, Lucien não quisera ir para seu apartamento, pois Pierre estava lá. Ele não poderia dizer ao garoto para ficar fora durante a tarde. Achou que iria para a residência de Bette, mas ela lhe dissera que parentes de fora da cidade estavam hospedados lá. Assim, ele alugara um quarto na pousada onde jantaram. Ele estendeu a mão e afagou seus lindos cabelos castanho-avermelhados. Ela se mexeu. Depois bocejou e abriu os olhos. Quando viu Lucien, sorriu sonolentamente.

— Parece que começamos com o pé direito — murmurou ela, acariciando o rosto de Lucien.

— Começamos mesmo, *mademoiselle*.

— Acho que você realmente tem chance.

Lucien adorou a frase e riu. Depois se aninhou em Bette, totalmente inebriado com seu aroma e calor. Encontrar Bette fora um golpe de sorte. Talvez um interesse amoroso o distraísse dos problemas, que eram como uma espada de Dâmocles suspensa sobre sua cabeça, prestes a cair a qualquer momento. Fazer amor algumas vezes por semana talvez aliviasse o estresse.

— Bem, fico feliz em saber que sou um amante em potencial — disse Lucien.

— Potencial? Você *é* o meu amante, amor. O que vai fazer na quinta à noite?

— Posso cancelar o meu encontro de negócios. Na sua casa? — perguntou Lucien, esperançoso.

— Não. Que tal na sua?

— Não dá — respondeu Lucien rapidamente.

— Por quê?

Sem conseguir pensar em uma desculpa rapidamente, Lucien emudeceu. Pierre estava sempre no apartamento durante a noite. Na verdade, Lucien não gostava de que o garoto fosse a qualquer lugar, nem durante o dia, com receio de que fosse capturado pelos alemães. Agora, temia mais pela prisão de Pierre que pela própria. Inúmeros parisienses haviam desaparecido, esfumando-se no ar para nunca mais serem vistos. Queria transar com Bette o máximo possível, mas não se tivesse que afastar Pierre.

— Ah... parentes de visita. Que nem você.

— De onde eles são? — perguntou Bette.

— De Nantes. Meu tio Émile. Irmão da minha mãe. Homem muito bom.

— Entendi. Então onde vamos nos encontrar?

— Que tal o Café l'Hiver? Você já conhece? — sugeriu Lucien, passando a mão nos cabelos dela.

— É um lugar charmoso. Mas e depois? Vamos passar todo o jantar pensando em fazer amor. Então, para onde iremos?

— Humm... Bem, tem o Hotel Gagnol, na avenida Parmentier. É muito confortável e conveniente — disse Lucien.

— Aposto que já esteve lá antes. Com a deslumbrante Adele.

— Sim, fomos lá uma vez, quando estávamos tão excitados que não tivemos tempo para ir até o apartamento dela.

— Ah, bons tempos. Você não está triste por ter perdido a grande Adele?

— Nossos dias juntos estavam mesmo chegando ao fim. Tornei-me um item do cardápio dela do qual ela enjoou. Mas e você, meu amor? Pronta para uma segunda rodada?

— Já são quase sete horas, e tenho que voltar — disse Bette. — Meus parentes já devem estar se perguntando o que aconteceu comigo.

Ela pulou da cama e se encaminhou para a pilha de roupas que estava no chão.

Fascinado, Lucien contemplou seu corpo. Pernas longas, incrivelmente lindas, cintura fina. Em vez de um busto achatado, como tantas modelos de Paris, Bette possuía um maravilhoso par de seios bem desenvolvidos. Ela o viu admirando seu corpo.

— Nada mal para uma velha de 31 anos, não é?

— De jeito nenhum. Tem certeza de que não quer a sobremesa? — perguntou Lucien afastando o lençol para mostrar a Bette que estava preparado.

— É muito tentador, mas não posso chegar atrasada — disse Bette, colocando o sutiã, deixando Lucien ainda mais excitado.

— Você está me obrigando a tomar um banho frio antes de sair, sabia?

Capítulo 45

— O que acontece com esses judeus todos quando eles chegam a Drancy, tio? — perguntou Alain, enquanto observava seu vizinho *monsieur* Valéry ser arrastado pelos cabelos, da entrada do prédio até um Citroën preto.

Monsieur Valéry foi seguido pela esposa e seus dois filhos, todos empurrados por dois agentes da Gestapo em trajes civis. Depois que o carro se afastou, Alain se virou para olhar o tio, que saboreava um cigarro. Ambos observaram toda a cena do banco traseiro do carro oficial do tio Hermann, que deu uma longa tragada no cigarro e sorriu para Alain.

— Depois de uma curta estada em Drancy, eles são enviados para umas férias maravilhosas na Polônia. Muito ar puro e exercícios.

— Dizem que eles nunca são vistos novamente, que nenhum volta para Paris.

— É porque eles adoram aquilo lá e não querem voltar.

— Parece que os alemães odeiam mais os judeus que os franceses. Por quê, tio?

— Porque nós, alemães, sabemos que os judeus são o flagelo do mundo. Vermes que têm que ser destruídos antes que destruam a nossa civilização.

— Os franceses não pensam assim?

— As autoridades francesas cruzam os braços na hora de prendê-los, principalmente os nascidos aqui. Eles avisam esses judeus para que eles fujam antes da nossa chegada. Não foi o caso de *monsieur* Valéry. Ele ficou bastante surpreso quando batemos na porta dele. Você fez um excelente trabalho, garoto. Ele *é* judeu. Judeu a gente conhece pela cara. Valéry pagou um monte de dinheiro por papéis falsos e certificados de batismo para os filhos dele, mas, no final, não adiantou nada. Schlegal vai ficar muito impressionado com essa captura.

— Fico feliz em ajudar, tio. O senhor tem sido muito bom para mim e para minha família. Pode contar sempre comigo.

— Com certeza. Se tiver mais algum suspeito, fale comigo.

— Tenho umas pessoas em mente — murmurou Alain, começando a sair do carro.

— Antes de você ir, tenho uma pequena surpresa para você. *Monsieur* Valéry não vai precisar do Renault dele para as férias no leste. Ele vai tomar um trem. Assim, achei que você gostaria de ficar com ele. Um rapaz bem-apessoado como você pode impressionar muitas *mademoiselles* com esse lindo automóvel — disse Hermann, balançando as chaves do carro em frente ao rosto de Alain.

Os olhos de Alain se iluminaram. Tirou imediatamente as chaves da mão enluvada do tio. Não precisaria mais pedir emprestado o carro do primo.

— O senhor é muito generoso, tio. Ninguém mais tem carro em Paris.

— Você também vai precisar de gasolina. Aqui está o cartão para a sua cota. Mas não desperdice, a gasolina está escassa.

— Não se preocupe. Vou tomar muito cuidado. Onde o carro está estacionado?

— É o verde-escuro, logo na esquina. Está vendo?

Alain não conseguiu se conter mais e saiu pela porta. Já na calçada, gritou:

— Diga ao coronel Schlegal que ele pode contar comigo.

— Vou esperar um pouco para transmitir essa informação. Schlegal anda de mau humor e não quero chegar perto dele por uns dias.

Por cortesia, Alain fingiu interesse.

— Por que isso?

— Ah, ele perdeu um judeu em um chalé perto de Épinay.

— Onde?

— Épinay, cerca de oito quilômetros ao norte de Paris. O judeu estava escondido lá. Schlegal tinha certeza de que ele estava escondido em algum nicho secreto embutido em uma parede da casa. Então mandou seus homens desmantelarem o local, tijolo por tijolo. Mas não conseguiu encontrar o judeu. Então mandou incendiar a droga da casa. Nada. Acabou descobrindo que ele estava escondido em um grande ralo de chão na cozinha, que ficava no porão. Havia um túnel que levava de lá até um jardim. Foi assim que escapou. Schlegal ficou louco.

— Era um chalé em Épinay?

— Agora é só uma pilha de escombros. Agora vá para o seu carro e comece a trepar com as garotas francesas. Os Renault têm um banco traseiro bastante largo. Use bem o carro, sobrinho.

Hermann deu uns tapinhas no ombro do motorista, avisando que poderiam partir.

Parado na calçada, Alain olhou as chaves que tinha na mão. Depois de alguns segundos, andou até a esquina onde o carro estava estacionado. Suas atividades românticas teriam que esperar um pouco.

Alain examinou o ralo falso e entrou no espaço abaixo. O túnel fora construído de modo rústico, mas eficiente, com pranchas de madeira escorando o teto para evitar um desmoronamento. Alguém gastara muita energia para salvar um judeu. Alain, entretanto, não estava interessado nos homens que haviam escavado o túnel, mas sim naquele que projetara a engenhosa solução. Descobriu que o túnel terminava no meio do jardim, a quase vinte metros de distância, de onde o judeu poderia escapar sem ser notado pelos agentes da Gestapo que destruíam a casa. Ele sabia quem havia projetado o falso ralo. Era o desenho do arcabouço de metal com tijolos que encontrara meses antes e que ainda o intrigava. Começou a andar pelas ruínas carbonizadas da casa, remexendo nos escombros, até se deparar com a lareira e a chaminé, as únicas coisas ainda intactas. Ele sorriu. Agora tudo fazia sentido. O desenho era o projeto de uma parede falsa no fundo de uma lareira. Uma solução muito inteligente. Naquele momento, um único pensamento dominou a mente de Alain: por que Lucien tinha sido idiota o bastante para projetar aqueles esconderijos?

Capítulo 46

— Este é o meu recinto favorito em toda Paris, nenhum outro chega perto — disse Lucien, que estava atrás de Pierre, com as mãos pousadas nos ombros do garoto.

— A sala de leitura da Bibliothèque Nationale, a biblioteca mais importante da França. É famosa no mundo inteiro — prosseguiu ele.

— Olhe esses domos. Veja quanta luz eles deixam passar... não são incríveis? E observe como são sustentados por essas finas colunas de ferro forjado.

Lucien sempre se entusiasmava quando explicava a Pierre sua arquitetura favorita em Paris. Eles haviam visitado Notre-Dame, La Madeleine, a Torre Eiffel e a Opéra de Paris. Em todos os lugares, ele tagarelou o tempo todo, mas Pierre o ouviu com atenção. Nunca parecia entediado com as aulas de Lucien. Pelo contrário, fazia perguntas e apontava elementos estruturais, o que impressionava Lucien.

— Henri Labrouste, na década de 1860, foi o primeiro arquiteto a usar ferro exposto como elemento arquitetônico. Foi preciso coragem para fazer isso. As pessoas o criticaram, dizendo que aquilo era feio. Olhe esses lindos arcos de ferro que sustentam os domos. Está vendo como eles se projetam das colunas? Simplesmente incrível.

— Psss — sussurrou um velho, levando o indicador aos lábios.

Lucien, que se esquecera de que estava em uma biblioteca, acenou com a cabeça, em um silencioso pedido de desculpas.

Eles caminharam pelo salão, entre as fileiras de mesas de leitura, olhando para as claraboias no meio dos domos. Lucien levou Pierre até uma das colunas e esfregou os nós dos dedos nela, produzindo um som metálico, o que suscitou um outro "psss", agora de outro usuário.

— Veja. É metal, não pedra.

Pierre fez o mesmo e sorriu com o resultado.

Homens sentados às mesas estavam imersos em seus livros, escrevendo anotações e marcando páginas com pequenos pedaços de papel. Lucien perguntou a si mesmo se eles encontravam consolo nos livros naqueles tempos tão difíceis ou se estavam sempre mergulhados naquele mundo de erudição.

— Foram necessários seis anos para se construir esta biblioteca. Ali estão as estantes onde guardam os livros logo atrás daquela incrível parede de vidro com moldura de ferro.

Lucien e Pierre se aproximaram da parede e observaram as prateleiras repletas de volumes de capa marrom. Com a mão sobre o ombro de Pierre, Lucien conduziu o menino pelo grande salão, apontando detalhes.

— Os prédios de Paris são tesouros — disse Lucien.

— Mas são todos velhos — replicou Pierre. — Pensei que você fosse um arquiteto moderno.

Lucien abafou um riso com a mão.

— Sou, com certeza. Mas podemos aprender muito com um prédio antigo — respondeu, satisfeito com o fato de que Pierre já estivesse brincando com ele.

Enquanto ainda percorriam o silencioso recinto, Lucien ouviu um som começando ao longe, tornando-se cada vez mais alto. Um por um, os usuários levantaram a cabeça para escutar melhor. Lucien reconheceu o som de botas alemãs no piso de mármore.

— Cristo — disse ele, olhando para os olhos de Pierre, já cheios de terror.

Mesmo dominado pelo pânico, Lucien manteve a calma e agiu com rapidez. Como já estivera ali muitas vezes, conhecia bem o leiaute do prédio. Segurando o braço de Pierre, levou o garoto até um nicho na parede, atrás de uma coluna, onde o enfiou.

— Abaixe-se. Você sabe para onde deve ir, não sabe?

Ele apertou a mão do garoto e beijou seu rosto. Pierre meneou a cabeça e se agachou atrás da coluna. Neste mesmo momento, as portas duplas da entrada principal se escancararam, e seis soldados alemães, liderados por um capitão da SS, entraram no salão de leitura. Lentamente, o oficial caminhou ao longo do corredor principal seguido por seus homens, todos portando metralhadoras. Ele olhava por cima e por baixo das mesas e os usuários mantinham a cabeça abaixada, como que estudando seus livros. Lucien caminhou na direção do oficial, por entre as mesas, para desviar a sua atenção de Pierre. Mas, quando se aproximou dele, o capitão foi até a mesa onde estava um homem de meia-idade usando óculos de aros de arame e um terno de *tweed* cinzento.

— Professor Paul Mortier, o senhor deve vir comigo imediatamente.

— Mas eu não fiz nada.

Dois soldados o agarraram pelos braços e o arrastaram para fora do salão.

— Eu não fiz nada! — gritou o homem.

Depois que os alemães saíram, a sala de leitura mergulhou novamente em silêncio total. Os usuários, pouco a pouco, retornaram aos livros. Lucien estava trêmulo quando se juntou novamente a Pierre. O menino saíra de trás da coluna e caminhava na direção dele. Quando estava a três metros de distância, correu até Lucien e enterrou o rosto em seu peito.

Lucien sabia que deveria tirar Pierre da França, mas esta ideia o encheu de tristeza. Amava aquele garoto de todo o coração e precisava dele. Não aguentaria se separar dele. Não queria se separar dele.

Capítulo 47

— Bom *shabbos, monsieur* Laval — gritou Schlegal alegremente, ao entrar na sala.

Laval, cujas mãos estavam atadas atrás das costas, tombou para a frente em sua cadeira.

— Eu disse bom *shabbos*, Laval. Você não escutou? — Schlegal pegou Laval pelo queixo e empurrou para cima sua cabeça inchada e ensanguentada. — Hoje é sábado, portanto é *shabbos*, não é? O *sabbath* da sua gente?

Laval soltou um grunhido, e Schlegal deixou sua cabeça tombar novamente. Então, virando-se para o tenente Voss e para o capitão Bruckner, levantou os braços com fingida indignação.

— Então, *monsieur* Laval nos deu alguma informação valiosa?

— Sinto dizer que *monsieur* Laval não foi nada cooperativo. Não nos disse nada a respeito do sócio Mendel Janusky — respondeu Voss, com grande pesar.

— Que vergonha — disse Schlegal. — Uma vergonha mesmo, *monsieur* Laval. Estava contando com o senhor. Como sabe, faz três longos meses que estou procurando o senhor e, quando finalmente o encontro, o senhor não me ajuda em nada.

Schlegal pôs as mãos nos quadris e começou a caminhar de um lado para outro diante de Laval. Depois, inclinou-se e olhou diretamente em seus olhos cobertos de sangue.

— E sendo o banqueiro dele — continuou —, o senhor deve saber onde ele depositou a fortuna. Ele não é mais seu cliente. Então, para onde levou o dinheiro?

Laval ergueu a cabeça e grasnou alguma coisa.

— Desculpe, mas não ouvi.

— Ele... ele escondeu as coisas dele de tal forma que ninguém poderá encontrá-las. Eu... não... sei onde estão. Ele não quis me dizer.

— Acho difícil de acreditar. O senhor deve ter alguma ideia de onde ele poderia esconder os bens. Dê um palpite.

— Estou lhe dizendo. Eu... não sei — gemeu Laval.

— Todas aquelas pinturas, esculturas, copos de ouro, pedras preciosas. É difícil contrabandear tudo isso da França para a Suíça. O material não estaria escondido em algum lugar no campo?

Laval grunhiu de novo, enquanto sua cabeça rolava de um lado para outro.

— Coronel, posso sugerir um novo método de interrogação? — perguntou Voss, tirando um saco de uma grande bolsa de couro vermelho que estava no chão.

— Deixa eu adivinhar: é alguma coisa elétrica, não é? Os homens adoram coisas elétricas — disse Schlegal, olhando para Laval com ar divertido.

— É um ferro de soldar — respondeu Voss, plugando o dispositivo em uma tomada da parede. — Vai demorar uns dois minutos para ficar no ponto.

— Estou impressionado com a iniciativa, Voss.

— Desde que fui alocado em Paris, coronel, trabalhei com um monte de homens e mulheres; isso estava me exaurindo fisicamente.

Às vezes, eu chegava em casa cheio de dores — disse Voss, como se fosse uma idosa reclamando de problemas nos joelhos. — Pensei então que deveria haver um modo tecnologicamente mais eficiente de fazer o serviço.

— Voss, gosto de um oficial com iniciativa.

— Infelizmente, não é uma ideia original, coronel. Vi uma demonstração dela em Varsóvia, há cerca de um ano.

— Muito bem, vamos acabar logo com isso. — Schlegal se virou para Laval. — Só duas perguntas simples. Onde está Janusky e onde está o dinheiro dele? Última chance.

Laval permaneceu em silêncio. Voss lhe deu um tapa no rosto para saber se ele tinha desmaiado. Laval abriu os olhos.

O tenente Voss posicionou o ferro de soldar em sua testa. O velho deu um grito que reverberou no aposento por quase um minuto. Schlegal meneou a cabeça vigorosamente, impressionado com o resultado do dispositivo. Voss pressionou o ferro em todo o rosto de Laval. Depois, abrindo-lhe a camisa, começou a trabalhar em seu peito. Cada grito que se ouvia parecia mais alto que o anterior.

— Acho que existe algum lugar óbvio que você está deixando de mencionar — disse Schlegal, sentando-se em uma cadeira e acendendo um cigarro.

Voss sorriu para seu superior. Então, abriu o zíper da calça de Laval e puxou para fora o pênis do velho.

— Não deixe de lavar as mãos depois disso tudo, garoto. Você não sabe onde ele andou enfiando essa coisa — disse Schlegal, com ar sério.

— Parece uma ameixa seca — disse Voss, encostando o ferro na cabeça do pênis e o mantendo ali.

Os gritos se transformaram em um gemido longo e contínuo.

Quando o barulho se tornou incômodo, Schlegal fez sinal para que Voss parasse. Em seguida, levantou-se da cadeira e posicionou o rosto a poucos centímetros do de Laval.

— Temos uma quantidade ilimitada de eletricidade, Laval, e há muitos lugares nesse corpo gordo e repulsivo que ainda não foram tocados. Então, o que me diz?

Não houve nenhuma resposta. Voss investiu contra Laval, mas Schlegal o deteve.

— Acho que *monsieur* Laval pode dispensar um de seus olhos, você não acha?

Sem um segundo de hesitação, o tenente enfiou o ferro no olho esquerdo do velho.

— *Rue* d'Assas 86, apartamento 5C! — gritou Laval.

Schlegal acenou para Voss, que saiu correndo da sala, gritando ordens para os soldados que estavam à espera no corredor.

— Quem estava escondendo ele lá, seu miserável? Diga e você sai daqui vivo.

— Tudo o que sei é que é um gentio rico. Juro que é tudo o que sei. Janusky não quis me dizer mais nada.

— Um gentio, você disse?

— Ele já escondeu Janusky em outros lugares.

— Ele ajudou outros judeus ou foi só Janusky? — berrou Schlegal.

— Houve outros — gemeu Laval.

Schlegal agarrou os cabelos do velho e lhe empurrou a cabeça para trás.

— Ele esconde esses judeus em esconderijos especiais?

A pergunta obteve uma reação de Laval, cujo único olho se arregalou de medo. Schlegal soube então que estava chegando em algum lugar.

— Me diga, Laval, ou vai perder seu outro olho.

Laval começou a chorar.

— Deus me perdoe — gemeu ele.

Schlegal acendeu um cigarro e se sentou sobre a escrivaninha.

— Ainda bem que você me deu uma informação valiosa, meu velho. Caso contrário, iria mendigar nas ruas pelo resto da vida, usando bengala e óculos escuros.

Capítulo 48

— E se eu tivesse elevado os arcos da seção central? A linha formada pelo telhado pareceria mais dinâmica — disse Lucien.

— Você sabe que um arquiteto nunca deve justificar uma mudança em termos puramente estéticos. Ele deve oferecer um motivo pragmático.

Lucien assentiu com a cabeça ao ouvir a ponderação de Herzog. Então pensou por alguns momentos.

— Se elevarmos a seção central em dois metros, o prédio poderia acolher um guindaste maior.

— Excelente sugestão, *monsieur* Bernard — exclamou Herzog. — Labrune, venha até aqui, preciso que faça uma mudança.

Herzog e Lucien se reuniam quase diariamente no canteiro de obras de Tremblay a fim de discutir o andamento dos trabalhos. As reuniões quase sempre envolviam Labrune, o empreiteiro idoso e ranzinza responsável pela execução de todo o projeto. Ele fora convocado pelos alemães para trabalhar para a Wehrmacht embora já estivesse aposentado, o que o deixara profundamente ressentido. Veterano da Primeira Guerra, ele ainda não perdoara os boches por terem usado gás venenoso contra ele em 1916. Labrune caminhou vagarosamente até onde estava o coronel Herzog, murmurando palavrões. Ao avistar Lucien, cuspiu no chão, algo que sempre fazia quando via o arquiteto. Lucien sabia muito bem que o bode velho o odiava, mas todos os empreiteiros odiavam arquitetos, que faziam mudanças o tempo todo. Durante toda a sua carreira de 51 anos, ele sempre odiara os arquitetos.

— Anda logo, Labrune. Você caminha como um velho, porra — berrou Herzog.

Labrune continuou a caminhar no mesmo ritmo.

— Sou velho, coronel. Ou o senhor não reparou? Qual é essa mudança tão importante?

— Eleve os quatro arcos do centro em dois metros. Isso não vai gastar muita madeira e não vai atrasar o cronograma — disse Herzog.

— Não é nada demais, Labrune, você pode fazer isso — acrescentou Lucien, recebendo um olhar malévolo do homem, que bufou como um cavalo e falou, olhando para o chão:

— Não é tão fácil assim, *monsieur* Bernard. Vou ter que aumentar a espessura dos arcos e adicionar mais reforços. Precisarei de uma planta estrutural.

— Mangin, nosso engenheiro, vai lhe entregar uma amanhã de manhã. Sem problema.

O velho olhou para Herzog, que acenou com a cabeça e se afastou pisando duro, contrafeito.

— Filho da puta — murmurou.

— O que foi que você disse, Labrune? — gritou Herzog.

— Disse que farei a mudança com prazer — respondeu Labrune. — Que opção eu tenho? Ou faço a mudança ou sou fuzilado sumariamente, não é Mein Führer?

— Gostei do seu raciocínio, Labrune — disse Herzog, virando-se para Lucien. — Essa vai ser sua melhor construção, Lucien. O modo como os arcos brotam do chão é muito bonito.

Lucien concordou. A cofragem dos três primeiros arcos já estava de pé e, mesmo ainda na forma, os arcos pareciam magníficos. Ele adorava ver seus trabalhos sendo construídos. Este era o aspecto mais maravilhoso de ser um arquiteto: ver os próprios trabalhos se tornarem objetos tridimensionais que podiam ser contemplados e tocados. Todos os arquitetos ansiavam em ver seus trabalhos concluídos. A construção de um prédio era normalmente muito demorada, mas os alemães faziam tudo com incrível rapidez. O que levaria meses sob o controle francês levava apenas semanas sob o controle alemão. Ele sempre ouvira falar da lendária eficiência dos alemães, mas achava que era apenas mito; agora que a testemunhava em pessoa, estava bastante impressionado. Trabalhar em três turnos, sete dias por semana, de fato acelerava o processo, assim como ameaçar os operários com espancamentos.

— Isso não teria acontecido sem o seu apoio — replicou Lucien cautelosamente.

Ele não queria se mostrar muito envaidecido. Quando Herzog fora promovido a coronel, seu antigo superior, o abestalhado coronel Lieber, fora recambiado a Berlim, deixando Herzog como o único responsável pelo programa de construções. Dispondo da confiança total de Speer, ele construía as fábricas com rapidez e logo as colocava em operação, produzindo equipamentos para o esforço de guerra alemão muito antes do cronograma concebido em Berlim. Já se falava até da promoção a general.

Herzog caminhou até a concavidade das fundações. Lucien o acompanhou. Não só respeitava o senso estético do alemão, como também seu olho clínico para as construções. Ele sempre sabia quando um trabalho estava sendo mal executado e não hesitava em ordenar ao empreiteiro que o desfizesse e recomeçasse tudo. Nenhum empreiteiro, é claro, reclamava. E, caso se recusasse a refazer o trabalho, um soldado apareceria e arrastaria para longe o pobre infeliz, que nunca mais seria visto. Isto aconteceu em uma ocasião, lembrando a Lucien que Herzog ainda era um oficial alemão leal ao Führer, totalmente dedicado à vitória da Alemanha. Mais do que tudo, entretanto, aquele trabalho era uma missão pessoal para Herzog. Ele parecia determinado a deixar, na França, sua marca para o Reich. Quando fosse embora, as fábricas ainda permaneceriam no país, um testemunho da sua presença lá. Os arquitetos pensavam da mesma forma. Seus trabalhos sobreviveriam a eles. Uma biblioteca serviria a gerações muito depois da morte do arquiteto que a projetara. Com Lieber fora do caminho, Lucien tinha completa liberdade criativa. A máxima de que um bom arquiteto necessita de um bom cliente para produzir uma obra de arte espetacular não era apenas lenda. Herzog era o cliente ideal.

— Os painéis de vidro acentuam a horizontalidade. E ainda por cima deixam entrar muita luz natural — disse Herzog sorrindo.

— Os operários poderão enxergar melhor e, assim, produzir mais — acrescentou Lucien.

Ambos riram.

— Exatamente. E essas faixas de tijolos pretos também vão aumentar a produtividade. Não sei bem como, mas elas aliviam o peso do paredão frontal — disse Herzog, piscando.

Eles olharam para o fundo da concavidade, examinando as fundações.

— Mandei que fossem extralargas para distribuir os pesos pelo chão — comentou Herzog. — Mais cedo ou mais tarde, os prédios sofrerão ataques dos Aliados e terão que suportar bombardeios incessantes. A fábrica tem que continuar de pé e continuar produzindo. É a ordem de Speer.

Herzog nunca mencionava o assunto, mas Lucien percebia que os alemães estavam cada vez menos à vontade com o progresso da guerra. Tudo correra a favor deles até aquele outono, quando os Aliados invadiram o norte da África e, lentamente, começaram a levar vantagem.

Todos esperavam uma invasão procedente da Inglaterra. Herzog antecipando-se, examinava cada detalhe do prédio, principalmente os desenhos estruturais. Ele mandara reforçar as colunas e os arcos com aço, aumentar a espessura do aço das janelas e a espessura das lajes do telhado. Suas sugestões para o projeto reforçaram o prédio como um todo, e eram tão agradáveis esteticamente que Lucien jamais poderia fazer objeções. Lucien invejava o talento de Herzog e tentava aprender com ele. Embora não tivesse terminado seus estudos na Bauhaus, Herzog era um *designer* fenomenal, dotado de grande intuição para cálculo estrutural.

Satisfeito com os progressos na construção do prédio, Lucien se despediu de Herzog e voltou para o carro, estacionado próximo ao galpão de construção. Labrune estava parado em um canto fumando seu cachimbo. Lucien acenou para o velho.

— Ótimo trabalho, Labrune. Continue assim.

— Traidor sem-vergonha — disse Labrune, alto o bastante para que Lucien o escutasse.

Com as orelhas ardendo, Lucien continuou a caminhar. E a empolgação de ver sua criação se concretizando desapareceu subitamente.

Capítulo 49

Lucien estava orgulhoso por ter conseguido um frango assado para o jantar daquela noite. Isto lhe custara um bom dinheiro — vinte vezes mais do que teria custado em tempos de paz —, mas valera a pena. Ele sabia que Pierre sentiria o delicioso aroma assim que ele entrasse no apartamento e viria correndo ao seu encontro. Só isso já valeria o dinheiro. Os 20 mil francos que Manet insistira de novo que ele aceitasse não estavam durando tanto quanto ele imaginara. Em 1942, a inflação estava roendo as economias das pessoas a um ritmo incrível. As coisas sempre haviam sido caras, mas agora estavam exorbitantes. A manteiga, que oficialmente custava 59 francos — e era impossível de se obter —, ultrapassara os duzentos francos no mercado negro. As trocas eram a nova mania em Paris. Um garoto, que morava no prédio dele, havia adquirido uma hora de lições de violino por meio quilo de manteiga.

Enquanto voltava para casa caminhando pelas ruas escuras, Lucien pensava no que deveria acompanhar o frango. Batatas ou repolho? Ou simplesmente pão e vinho? Entretido com as opções, não percebeu o ruído de passos vindo de trás. A cerca de seis quarteirões do seu prédio, dois homens se emparelharam com ele. Seus joelhos quase cederam. Seriam da Gestapo, que costumava agarrar pessoas na calçada e atirá-las dentro de um carro? Ou pertenceriam a uma das gangues que fingiam ser policiais para confiscar mercadorias obtidas no mercado negro? No mês anterior, haviam arrancado uma mala — contendo um pernil de cordeiro — das mãos do seu amigo Daniel Joffre. Lucien pensou em sair correndo pela rua cuja esquina se aproximava. Olhou então à direita e à esquerda, avaliando os dois homens. Ambos pareciam em excelente forma e provavelmente o alcançariam com facilidade. No entanto, embora em péssimas condições físicas, ele sabia que teria que correr. Dois quarteirões depois, os homens ainda estavam caminhando ao seu lado, o que lhe pareceu estranho. A Gestapo não demoraria tanto para efetuar uma prisão. Ao concluir que deveriam ser falsos policiais interessados no frango que ele carregava, Lucien o apertou contra o peito e acelerou o passo. Talvez fossem apenas homens famintos enlouquecidos pelo aroma do frango. De repente, um deles se adiantou e parou bem à sua frente. O outro se postou diretamente atrás dele. Lucien decidiu que não entregaria o frango sem oferecer resistência.

— Por favor, *monsieur,* deixe-me passar — disse ele, em seu tom de voz mais polido.

Mas estava preparado para chutar a virilha do homem e começar a correr. Quando já se preparava para dizer que não queria confusão, o homem à sua frente falou.

— *Monsieur* Bernard, queremos dar uma palavra com o senhor, se não se importa. Prometo que não vai demorar muito.

O homem — que usava um chapéu elegante e uma capa de gabardine, ao estilo da Gestapo — fez sinal para um carro, que parou ao lado deles. Quando percebeu a expressão divertida nos rostos dos homens, Lucien começou a tremer. O homem que estava às suas costas pousou a mão em seu ombro e, delicadamente, o guiou em direção ao carro parado. Os três se acomodaram no banco traseiro, Lucien e seu frango no meio. Ele sabia que os homens deviam ser policiais franceses trabalhando para a

Gestapo. Com certeza não estavam atrás de comida. Sem que ninguém dissesse uma palavra, o carro percorreu cerca de um quilômetro e entrou em uma garagem. Lucien se virou e viu alguém baixando a porta da garagem. Era isso. Iriam matá-lo ali. O único pensamento que lhe veio à mente, enquanto se afundava no banco, foi que Pierre passaria a noite sozinho, sem saber o que lhe acontecera. Lucien se juntaria às hostes de parisienses que desapareciam sem deixar pistas. E Pierre não teria seu jantar especial.

O homem à sua direita abriu a porta e todos saltaram do carro. Lucien os seguiu até uma escada nos fundos da garagem, que dava acesso a um pequeno escritório onde dois outros homens os aguardavam. Um deles, mais velho, com cerca de 60 anos e usando um sobretudo cinza-escuro, apontou para uma cadeira em frente a uma mesa redonda, onde Lucien sentou.

— *Monsieur* Bernard, aquela fábrica que o senhor projetou para os alemães, em Chaville, foi bastante impressionante. E a que está em construção, em Tremblay, também é muito surpreendente — disse o velho, sentando-se em uma cadeira no outro lado da mesa.

— Obrigado.

— É interessante o fato de que o senhor esteja tão disposto a projetar prédios que os alemães não seriam capazes de projetar.

— Não vejo as coisas dessa forma, senhor. Procuro apenas fazer o melhor.

— O melhor para os alemães, o senhor quer dizer.

— Para mim. Projeto para atender aos meus próprios padrões elevados.

— Padrões mais elevados que os dos alemães?

Imediatamente, Lucien percebeu para onde se dirigia aquela linha de interrogatório e quem estava fazendo as perguntas.

— Vocês são da Resistência, não são?

— Sim, *monsieur*, essa é a organização que nós representamos. E queremos lhe fazer algumas perguntas a respeito da sua lealdade ao seu país.

— Pare com isso, seu velho miserável. É um absurdo que vocês estejam pensando que sou traidor. Sou leal à França. Quando ocorreu a rendição, eu estava lutando. Vocês podem verificar isso facilmente — gritou Lucien.

— Nós conhecemos seu heroico prontuário de guerra, sentado atrás de uma escrivaninha. — O aposento se encheu de risos. — Mas é do *agora* que estamos falando.

— E vocês são os heróis? — retrucou Lucien. — Que piada.

O motivo pelo qual Lucien odiava a Resistência era o fato de que 99 por cento dos integrantes eram comunistas — e ele desprezava os comunistas com seus sonhos idiotas de derrubada do capitalismo. Seus supostos atos de heroísmo produziam apenas um interminável ciclo de represálias. Quando a Resistência começou a assassinar soldados alemães, em 1941, o Reich passou a retaliar matando reféns. Na semana anterior, depois que a Resistência arremessara granadas em pilotos alemães que estavam no Estádio Jean-Bouin, em Paris, matando oito deles, os alemães haviam assassinado 85 indivíduos. Na maioria, comunistas, o que era bom no entender de Lucien; mas alguns eram apenas passantes indefesos.

— Vocês matam a porra de um alemão, e os alemães matam uma dúzia de franceses inocentes. Vocês fazem atos de sabotagem, como cortar linhas de telefone ou desviar trens para a direção errada, e mais gente é assassinada em represália. E o que me dizem daqueles pobres coitados que vocês mataram outro dia? O que vocês fazem, cavalheiros, não adianta muito. E com certeza não vale a vida de um só francês.

— Deixe ele comigo — berrou um homem de barba curta, sentado a um canto do escritório. — Uma bala no colaborador, e depois vamos para casa.

— Émile, por favor, não interrompa. Deixe que cuido disso — disse o velho. — *Monsieur* Bernard, a Resistência faz o melhor que pode em condições extremamente difíceis. Mas temos que reagir. Viver derrotado é morrer todo dia.

— Quem disse? Ouvi De Gaulle dizer na BBC que matar alemães torna muito mais fácil para eles o trabalho de matar civis desarmados. Ele disse que vocês fazem mais mal do que bem. De qualquer forma, os britânicos e os americanos é que vão salvar nossas peles, não idiotas como vocês.

— Sim. Mas, até lá, lutaremos ao nosso modo.

— Jesus, vocês não passam de comunistas, porra. Stalin, o garoto de vocês, também não é nenhum anjo. Já se sabe que matou milhões de pessoas de fome, na Ucrânia. E não se esqueçam de que ele assinou um pacto de não agressão com Hitler. Vocês se lembram?

O velho não respondeu. Lucien sabia que aquela era uma questão delicada para todos os comunistas.

— Vamos falar de você. Nós achamos que você está sendo útil demais no esforço de guerra alemão. Assim, estamos lhe pedindo para ser um pouco menos cooperativo. Não precisa ser tão enérgico.

— Droga, não sou nenhum colaborador. Essas fábricas serão usadas depois que vencermos a guerra.

O velho acendeu um cigarro e deu uma longa tragada. Depois, sorriu para Lucien.

— Esse é um modo muito criativo de justificar suas ações, *monsieur*.

Os outros homens na sala emitiram murmúrios de aprovação. Lucien não gostava de ser ridicularizado, sobretudo por proletários como aqueles.

— A França *vai* precisar de fábricas para reconstruir o país.

— Não vai haver nenhum país se merdas como você continuarem ajudando os boches — gritou o homem barbado. — E essas fábricas que você constrói são feias como o diabo.

— Você foi avisado, *monsieur* Bernard — disse o velho. — Lembre-se de onde estão suas lealdades. Quando a vitória acontecer, colaboradores vão pagar um preço terrível, garanto ao senhor.

— Talvez até antes da vitória — comentou o homem barbado, sacando um revólver do bolso do casaco.

— E também não seja tão amável com o coronel Herzog. Não pega bem — acrescentou o velho.

Ainda segurando seu frango, Lucien se levantou e olhou para os homens que estavam no aposento.

— Escutem, seus miseráveis, amo a França e não sou nenhum colaborador. Que se danem se pensam que sou. Agora, me deixem ir para casa.

O velho fez um sinal para o homem da capa de gabardine.

— Levem ele de volta. Boa noite, *monsieur* Bernard, e aproveite seu frango.

Os mesmos dois homens que o haviam recolhido o levaram de volta para casa. Quando chegaram à esquina do quarteirão onde ele residia, empurraram-no violentamente para fora do carro. Lucien caiu de cara na calçada, deixando cair o frango.

— Vamos pegar o frango dele — sugeriu o homem da capa.

— Foda-se ele. Espero que você se engasgue com um osso, traidor — berrou o motorista enquanto o carro se afastava.

Capítulo 50

Alain já vira muitos filmes americanos em que o detetive, ou o espião, precisava seguir alguém e, para conseguir seu intento, tinha toda uma técnica. O mais importante era permanecer afastado o bastante para não ser descoberto, mas próximo o suficiente para não perder o homem de vista.

Enquanto caminhava pela *rue* du Cirque, Alain não perdia Lucien de vista. Quando seu patrão parava para olhar alguma vitrine, Alain se enfiava no umbral de uma porta; depois, reiniciava a campana — que era como o ato de seguir uma pessoa era chamado no cinema. Obviamente, Lucien não estava com nenhuma pressa de chegar aonde estava indo. Parou para comprar um livro e tomou um rápido drinque no Café de la Place. Talvez estivesse ganhando tempo para se certificar de que não estava sendo seguido. Alain também já vira esta técnica no cinema: o homem sabia que estava sendo seguido, esperava o momento propício e então tentava despistar seu perseguidor.

Lucien entrou na avenida Gabriel, dobrou à esquerda na *rue* Boissy d'Anglas e caminhou descontraidamente por mais 15 minutos. As ruas estavam movimentadas o bastante para que Alain permanecesse despercebido. Se Lucien entrasse em uma rua vazia, pensou, seria muito mais difícil o seguir. Ele revistava a escrivaninha e os arquivos de Lucien quase todas as noites à procura de desenhos de esconderijos para judeus, mas não encontrara nada. Após o deslize com o detalhe da lareira, Lucien se tornara muito cauteloso. Alain queria falar a seu tio sobre o ralo falso no chalé que a Gestapo incendiara, mas sabia que não tinha nenhuma prova de que Lucien o projetara. Portanto, teria que pegá-lo em flagrante, encontrando um prédio onde outro judeu se escondia. Como não havia documentos incriminatórios, precisava segui-lo. Mas, até aquele momento, suas campanas não haviam produzido resultados.

Um ódio intenso contra Lucien ardia dentro dele. Ele poderia relevar o que acontecera no depósito e as outras desconsiderações, mas simplesmente não conseguia. Tinha visões de Lucien sendo levado pela Gestapo para jamais ser visto de novo e ele herdando o escritório. Os alemães precisavam de projetos para as fábricas e pediriam — mediante a influência do seu tio — que ele assumisse o trabalho. Quanto a esconder judeus, Alain nunca tivera nenhum ódio especial por judeus. Crescera no bairro de Saint-Germain ao lado deles e sempre foi tratado com amabilidade. Quando denunciou *monsieur* Valéry, que sempre fora gentil com ele, só o fizera para obter as boas graças do tio.

Lucien parou e olhou outra vitrine. Mas, de repente, fez uma coisa que despertou suspeitas. Enquanto examinava o terno que estava no mostruário, virou a cabeça de um lado para outro para ver se estava sendo seguido. Com certeza, um ato de cautela. Alain, que se escondera atrás de uma coluna que ladeava a entrada de um prédio quando Lucien parara, esperou um pouco antes de voltar à calçada; precisava ter certeza de que Lucien não olharia ao redor novamente. Estava convicto de que Lucien se dirigia a um esconderijo e estava fora de si de tanta alegria. Seria preciso estar bem perto dele quando entrasse em algum prédio para poder subir a escada sorrateiramente e espioná-lo.

Alain o seguiu por mais alguns quarteirões, até que Lucien parou em um prosaico café na *rue* de Duras, sentou-se a uma mesa no lado de fora, chamou o garçom e fez um pedido. Ardendo de impaciência, Alain se posicionou à porta de uma loja de chapéus no outro lado da rua, fumando um cigarro. Ainda bem que a loja estava fechada e não havia ninguém para enxotá-lo do local. Depois que o garçom lhe serviu uma taça de vinho, Lucien lhe fez uma pergunta e foi direcionado para o interior do café. Levantou-se então da cadeira e entrou no estabelecimento. Alain presumiu que tivesse ido ao banheiro. Dez minutos se passaram. Ao perceber o que havia acontecido, ele atravessou a rua correndo. Ao se aproximar do café, no entanto, diminuiu o passo. Não queria esbarrar em Lucien, caso este estivesse saindo.

Após espreitar a penumbra reinante, entrou cautelosamente no recinto, postando-se à direita da porta interna. Um garçom se aproximou. Alain perguntou onde era o banheiro. O garçom lhe respondeu, com aspereza, que ele teria que pedir alguma coisa se quisesse usar o banheiro. Alain o ignorou e andou rapidamente até os fundos do estabelecimento. Verificou todas as mesas. Depois, observou a janela sobre a pia, que estava fechada. Em frente ao banheiro, avistou uma porta que dava acesso ao depósito. Murmurando um palavrão, abriu esta porta e se deparou com um pequeno pátio, ligado a um corredor. Entrou no corredor e desembocou em uma rua. Olhou de um lado para outro e não viu sinal de Lucien.

Então se encostou a uma parede e acendeu um cigarro. Tinha certeza de que Lucien não o vira. Devia ter usado o café como medida de precaução. Se estivesse no lugar de Lucien, teria feito a mesma coisa. Sorriu ao pensar no assunto; fora uma manobra muito inteligente. Alain mal podia esperar outra oportunidade para segui-lo; gostava daquele jogo de gato e rato. Enquanto dava uma tragada no cigarro, notou que estava na *rue* des Saussaies, bem diante do quartel-general da Gestapo, onde seu tio trabalhava. Era uma construção de calcário ornamentado, com sacadas e janelas altas. Sabia que aquela fachada elegante não correspondia ao que se passava no interior do prédio. Seu tio uma vez lhe contara como obtinha a cooperação de seus "hóspedes". Alain jogou fora a guimba do cigarro e começou a se encaminhar para casa. Sem pressa, parou para olhar uma livraria de livros usados e viu um exemplar sobre arquitetura *moderne* que lhe pareceu interessante. Então, entrou na livraria.

Pierre observou Alain do vão de uma porta no outro lado da rua. Quando ele saiu da livraria, 20 minutos depois, o garoto o seguiu até a casa dele. Algumas semanas antes, ele surpreendera Alain remexendo nos papéis que estavam sobre a escrivaninha de Lucien. No início, isto não lhe pareceu estranho; afinal de contas, Alain era o braço direito de Lucien e trabalhava em todos os detalhes dos prédios. O fato se repetiu outras vezes, mas Pierre não achou nada demais.

Certa tarde, porém, quando Alain o mandou comprar papel vegetal, ele chegou a sair do escritório, mas retornou para pegar uma amostra do papel que havia se esquecido de levar. Como Alain sempre gritava quando ele cometia algum erro, por menor que fosse, Pierre entrou no escritório sem fazer barulho. Estava na saleta de entrada, quando ouviu um som metálico. Alain estava enfiando um canivete na tranca da gaveta da escrivaninha de Lucien. Sob o olhar atento de Pierre, ele destrancou a gaveta e examinou atentamente os papéis que lá se encontravam. Como aquilo lhe pareceu estranho, Pierre passou a vigiar Alain.

Certa manhã, com Lucien ausente, Pierre estava arrumando o depósito quando entreouviu Alain ao telefone, pedindo para falar com um oficial alemão. Uma onda de pânico percorreu sua espinha. Alain saberia da sua falsa identidade? Ele era um rapaz cruel, capaz de denunciá-lo aos alemães, traindo Lucien. Pierre sabia que ele odiava Lucien — quando este não estava por perto, xingava-o o tempo todo. E, com certeza, odiava Pierre — dizia isto a ele todos os dias. Pierre sabia que ter encontrado Lucien para tomar conta dele e, mais importante, tratá-lo como um filho, era bom demais para ser verdade. Tudo isso lhe seria arrebatado de repente quando estivesse começando a se sentir seguro na nova vida. Por que teria tanta sorte, quando toda a sua família fora assassinada? Seu primeiro impulso, quando ouviu Alain ao telefone, fora fugir correndo, mas não tinha para onde ir. E também não poderia falar com Lucien, pois não tinha nenhuma prova da traição de Alain. Assim, decidiu permanecer calmo e observar Alain.

No entanto, depois de ouvir escondido mais alguns telefonemas, Pierre percebeu que Alain estava conversando com um parente, um tio, de quem gostava muito. Percebeu então que as conversas não tinham nada a ver com a revelação da *sua* identidade secreta. Embora já tivesse se mudado para o apartamento de Lucien, sabia que Alain provavelmente continuava a remexer nos papéis durante a noite. Certo dia, quando voltava para o escritório depois de realizar uma incumbência, viu Lucien saindo. Logo depois viu Alain sair também e começar a seguir Lucien a uma distância de aproximadamente vinte metros. Alain agia como se não quisesse ser visto. Ao seguir Alain por curiosidade, descobriu que ele estava de fato seguindo Lucien. E os três circularam pelas ruas de Paris — Alain seguindo Lucien, Pierre seguindo Alain. Por duas outras vezes, incluindo a de agora, ele seguira Alain quando este saíra do escritório logo depois de Lucien. Pierre estava certo de que Lucien tinha uma espécie de vida secreta que não queria que ninguém descobrisse e podia perceber que Alain estava determinado a descobrir qual era. Isto significava que Lucien estava em perigo. E que ele também.

A caminho de casa, Pierre fez um desvio e passou pela velha casa de Madame Charpointier. Ele já a visitara duas vezes, sempre se escondendo no umbral de uma porta, rua abaixo, para que nenhum de seus vizinhos o visse e o delatasse aos alemães. Jamais descobrira quem os havia traído. Ao olhar para a janela do sótão, de onde observara Madame

Charpointier levar um tiro na calçada, sentiu uma náusea no estômago. A imagem da velha senhora caindo no chão jamais o deixaria. Ela fora sua protetora, e Pierre não pudera defendê-la. A vergonha de ter deixado que aquilo tivesse acontecido o assombrava todos os dias. Ele jurou que o fato jamais se repetiria. Tinha que ser um homem agora — fora o que seu pai lhe dissera em seu *bar mitzvah*.

Capítulo 51

— Ele acha que o judeu está escondido embaixo do assoalho, Paulus.

— Talvez esteja no candelabro ali em cima.

— Pode ser. Ou quem sabe na almofada em que estou sentado.

O capitão Bruckner e o tenente Paulus estavam preguiçosamente estirados nas poltronas de uma casa na *rue* de Bassano, para onde haviam sido enviados pelo coronel Schlegal. Por sorte, o superior deles estava no campo com sua amante francesa; assim, eles poderiam lidar com aquele assunto sem o coronel bufando em seus cangotes. Um dos informantes de Schlegal o avisara de que havia um judeu naquele apartamento. Eles decidiram lidar com o problema, para começar, relaxando no luxuoso salão.

— Você não vai querer que eu fique batendo nas paredes, vai? — perguntou Paulus.

— Droga, não. Aquele Schlegal tem um parafuso solto — disse Bruckner. — Não vou fazer a mesma merda que fizemos naquele chalé de Épinay. Ainda não consigo acreditar. Acabei com um uniforme demolindo aquele lugar.

— Você acha isso ruim? Eu pisei na porra de um prego.

— Não, nós vamos achar nosso hebreu de uma forma mais lógica.

— Seria uma vergonha demolir um local tão bonito — disse Paulus, indicando as paredes do suntuoso apartamento com um gesto largo.

A residência possuía painéis incrivelmente ornamentados, divididos por lindas pilastras douradas, que iam do piso ao teto. O assoalho era em parquê, com uma linda cor dourada, que brilhava ao sol do meio-dia. Os tetos eram abobadados, decorados com enormes pinturas de anjos transportando ninfas para os céus.

— Sabe o que nós poderíamos fazer? — disse Paulus, com um grande sorriso. — Arrebentamos um pouco o local. Depois matamos algum judeu na rua e dizemos que encontramos o miserável aqui. Como poderia Schlegal saber a diferença?

— Paulus, algum dia você vai ser capitão — exclamou Bruckner, genuinamente impressionado com seu subordinado.

— Vamos lhe dizer que ele estava escondido nos fundos de um armário, atrás de uma parede falsa, como as que nós encontramos há algumas semanas. Quando estávamos levando o judeu lá para baixo, ele tentou fugir e nós lhe demos o que merecia.

— Parece inteiramente plausível para mim — disse Bruckner.

— Não se preocupe. Vou fazer a coisa ficar bem convincente. Eu era advogado antes da guerra — gabou-se Paulus.

— Não brinca, você era advogado? Não sabia!

— Tinha acabado de me formar na faculdade, em 1939.

— Então por que está trabalhando para um maluco como Schlegal?

— Pensei em dar um tempo na advocacia, procurar um pouco de ação.

— E acabou perseguindo judeus em Paris — replicou Bruckner com uma risada.

— Sim, mas é melhor estar aqui do que na Rússia.

— Porra, com certeza.

— Então, o que me diz? Seguimos o meu plano e nos sentamos para um belo almoço às duas da tarde? — perguntou Paulus.

Ele adorava comida francesa, assim como muitos oficiais alemães. As refeições eram o ponto alto destes dias, e eles planejavam seus menus com o mesmo cuidado que teriam ao planejar a estratégia para uma batalha.

— Acho que devemos fazer isso. Mas encontrar um judeu na rua vai ser muito difícil. Eles não saem mais.

— Aí você tem razão. Mas, se chamarmos alguns homens e mandarmos dois deles vigiarem um quarteirão, talvez tenhamos sorte. Vinte homens para dez quarteirões, digamos. Provavelmente encontraremos alguém.

Bruckner foi até o sofá, onde se estirou, pousando as lustrosas botas pretas sobre as almofadas cor de vinho. Depois olhou para o teto ornamentado, soprando anéis de fumaça para cima. Paulus se ergueu da poltrona e começou a examinar alguns objetos que estavam sobre a cornija da lareira.

— Que porcelana delicada — exclamou, segurando a estatueta de um cervo pintada em lindas tonalidades pastel. Os detalhes eram tão precisos que era possível discernir os brancos dos olhos do animal. — Que habilidade incrível.

Bruckner meneou a cabeça para o subordinado, guardando sua opinião para si mesmo. Não suportava aqueles enfeites, só serviam para acumular poeira. Sua esposa tinha milhões deles.

— Minha esposa vai adorar isso — prosseguiu Paulus, embrulhando a estatueta em um lenço e a enfiando no bolso da túnica. — É frágil demais para se remeter pelo correio. Quando for para casa no mês que vem, vou fazer uma surpresa.

— Bem, vamos entrar em ação — disse Bruckner. — Como você disse, temos que arrebentar o lugar um pouco. Vá lá fora e chame o Krueger, está bem?

Paulus abriu a porta dupla que dava acesso ao corredor e viu o sargento Krueger e quatro de seus homens sentados à toa nos degraus da grande escadaria central.

— Krueger, levante essa bunda e venha até aqui — ordenou Paulus.

Krueger se levantou devagar, juntamente com um soldado de rosto pálido, chamado Wolfe.

— Krueger, seu preguiçoso miserável, quero que você e seus homens desmontem esses quartos como se procurassem alguém — disse Bruckner.

— Como, senhor?

— Você me ouviu, idiota. Vasculhe os armários e virem as camas de pernas para o ar.

— Sim, senhor. É para já — respondeu Krueger, atônito, chamando aos berros os homens que estavam no corredor.

— Espere um pouco — interveio Paulus. — Peça para ele dar uns tiros nas paredes aqui, só para dar um efeito especial. Isso vai deixar Schlegal impressionado.

— Que ideia boa, meu rapaz. Krueger, encha as paredes de balas.

Krueger tirou do ombro sua submetralhadora MP-40 e percorreu o perímetro do amplo salão, fuzilando à queima-roupa as quatro paredes, lascando as largas pilastras de madeira, esburacando os ornamentados painéis de gesso e estilhaçando os grandes espelhos com molduras douradas.

— Tudo bem, isso é o bastante. Vá até os outros aposentos e revire tudo, mas sem dar tiros, entendeu, Krueger? — ordenou Bruckner.

— Sim, senhor.

Paulus e Bruckner aguardaram no corredor que Krueger e seus homens terminassem o serviço. Passaram o tempo tagarelando sobre o Louvre, o conhaque que haviam bebido na noite anterior e como as mulheres alemãs eram mais peitudas que as francesas. Quando Krueger finalmente saiu, todos desceram as escadas juntos.

— Vamos lá, vamos encontrar um judeu — disse Bruckner.

Uma hora depois, a base da pilastra no centro de uma parede começou a se mover, empurrada por Mendel Janusky com grande dificuldade. O topo da pilastra estava preso por dobradiças à base da sanca de madeira que corria paralela ao teto. Lentamente, Janusky levantou a pilastra o suficiente para passar por baixo dela. Quando a largou, a pesada peça de madeira voltou para o lugar com enorme força. Janusky tombou no chão. Olhando para sua perna esquerda, percebeu que um fio de sangue escorria de suas calças marrons, no local em que uma bala o arranhara. Exausto e ensopado de suor, apoiou as costas na parede. Pegou um lenço úmido e enxugou o rosto. Depois, enxugou o sangue que escorria pela perna.

Capítulo 52

O jato de água levantado pela Mercedes atingiu Lucien, molhando seu terno da cintura até os joelhos.

— Chucrute filho da puta — berrou ele para a traseira do carro.

Logo em seguida lamentou ter feito isso e torceu para que o carro não parasse.

Como usava seu terno favorito, o cinza-claro, a água oleosa deixara uma mancha escura — e bastante visível — logo abaixo de seu cinto. Lucien sabia que não poderia comparecer à reunião com a roupa daquele jeito. Durante a apresentação, todos os alemães olhariam para a sua virilha. Ele tentou se limpar sem muito sucesso. De repente, percebeu que estava apenas a dois quarteirões do prédio de Bette. Por duas vezes, ele a deixara em frente àquele prédio sem nunca ter sido convidado a subir. Jamais faziam amor em suas respectivas casas. Bette sempre usava a desculpa de que seus parentes de fora ainda estavam lá. Lucien sempre usava alguma desculpa esfarrapada por causa de Pierre.

Lucien decidiu ver se Bette estava em casa. Ela entendia de moda; portanto, saberia como remover aquelas manchas. Acelerou o passo. Quando chegou ao saguão do prédio, deu-se conta de que não sabia qual era o apartamento dela. Chamou o zelador, e um velho com um cigarro nos lábios enfiou a cabeça para fora da porta, perguntando o que ele queria. Após obter o número do apartamento, Lucien perguntou ao porteiro se os parentes de Bette ainda estavam lá. O velho lhe lançou um olhar perplexo e o dispensou com um gesto de mão.

Lucien estava prestes a bater na porta de Bette, quando ouviu um leve som de música vindo de dentro do apartamento. Era uma melodia infantil. Talvez os parentes *ainda* estivessem lá. De certa forma, ele não os criticava por terem vindo para Paris. Sabiam que, com as conexões que tinha, Bette conseguiria pôr comida na mesa. Na França, todo mundo estava sempre com fome; assim, era preciso fazer de tudo para sobreviver, o que incluía viver à custa de parentes. Ele bateu na porta com força e aguardou.

Um minuto se passou e ela não respondeu. Ele bateu de novo. Finalmente, Bette veio até a porta.

— Quem é? — gritou ela por trás da grossa porta de carvalho. — O que você quer?

Lucien ficou surpreso com a rudeza dela.

— É assim que você recebe seus namorados?

— Lucien, é você? — respondeu Bette em tom de surpresa.

— Sim, querida, sou eu. Abra, tive um acidente. Preciso de ajuda feminina.

Em vez de escancarar a porta, abraçá-lo e o convidar a entrar, ela caiu em um longo silêncio.

Ele bateu à porta de novo.

— Bette, sou eu, Lucien. Vamos, preciso de sua ajuda! Sujei meu terno ali na esquina e preciso limpá-lo. Tenho uma reunião dentro de uma hora. Por favor, abra.

Outro longo silêncio se seguiu. Lucien começou a imaginar coisas. Como um amante no quarto dela se vestindo às pressas e procurando um lugar para se esconder. Ele bateu na porta com o punho. Um velho abriu a porta do apartamento ao lado e esticou a cabeça para fora.

— Que diabo está havendo? — perguntou ele.

— Meta-se com sua vida.

— Pare com esse barulho, agora mesmo.

— Cale a boca, velho idiota.

O velho bateu a porta, indignado. De repente, Bette abriu a porta.

— Lucien, que diabo você está fazendo aqui? Eu lhe disse que tinha pessoas na minha casa e que você não poderia subir — disse ela. — Você está fazendo um escândalo.

— Olhe meu terno — replicou Lucien. — Está uma imundície. Achei que você poderia lavar esse terno e depois colocá-lo para secar em frente ao seu forno, ou algo assim, para a mancha não aparecer.

— Eu lhe disse que você não poderia vir aqui.

No início, Lucien se sentiu aturdido com a resposta dela. Depois colérico e, logo em seguida, magoado.

— Qual é o seu problema, mulher?

Sem esperar a resposta, Lucien se adiantou e entrou no vestíbulo. Ficou surpreso com a magnificência do apartamento, lindamente decorado em estilo *moderne*. A mobília parecia dispendiosa. Tão logo terminou a admiração profissional, Lucien reverteu ao estado de fúria. De repente percebeu que estava agindo daquela forma porque ela devia estar com um amante no apartamento — o que o deixou ainda mais furioso.

— Tudo bem, com quem você está dormindo? Ele está no quarto? Vamos falar com ele. Sempre quis conhecer os seus amigos.

Ele começou a andar em uma direção, mas percebeu que o apartamento tinha mais de um quarto.

— E eu achando que todos os homens que trabalham com moda eram bichas — disse ele, em tom desdenhoso.

Irrompendo em um dos quartos, ele olhou embaixo da cama, atrás das cortinas e dentro de um grande armário. Depois encontrou outro quarto e começou a revistá-lo.

Bette o seguiu pelo apartamento.

— Lucien, você está louco? Pare com isso. Estou lhe dizendo que não há ninguém aqui. Pelo amor de Deus, pare — pediu ela, puxando o braço dele. — Agora, saia daqui.

— Besteira, sei que ele está aqui. E onde estão aqueles misteriosos parentes seus?

— Eu pedi para dar o fora daqui — berrou ela, furiosa, dando um tapa na cabeça dele.

Lucien resistiu ao forte impulso de lhe dar um soco no rosto e continuou a procurar. Sua raiva era como uma enxurrada que o arrastava sem que ele pudesse detê-la. A sensação de ter sido traído o deixara muito abalado, uma vez que estava muito feliz com Bette. Depois das coisas terríveis que lhe haviam acontecido — a morte dos Serrault, o esconderijo na escada descoberto por Adele —, ela era como um milagre em sua vida. Quando estava com Bette, podia esquecer as coisas ruins por algum tempo e desfrutar de momentos de puro prazer. Não era somente a sua grande beleza e sexualidade que o atraíam, mas também seu senso de humor e inteligência. Estava claro, para ele, que estava se apaixonando por Bette. Que alguém pudesse encontrar o amor naqueles tempos horripilantes era algo que o deixava assombrado e deliciado, o que tornava a traição ainda mais dolorosa.

Com Bette ainda batendo em suas costas, ele chegou a um enorme baú de nogueira ao pé de uma cama e abriu a pesada tampa. Como ela começou a golpeá-lo com mais fúria, ele soube que havia acertado na mosca.

— Acho que encontrei o tesouro enterrado.

— Não, Lucien. Por favor, não — implorou Bette, tentando com todas as forças afastá-lo do baú.

— Ele deve ser a melhor foda do mundo — exclamou Lucien, arrancando alguns pesados cobertores do alto do baú. — Vou acabar com a vida do miserável.

Removeu então o terceiro cobertor. E viu os rostos horrorizados de duas crianças olhando para ele. Ele se imobilizou e olhou para elas com assombro; era como se tivesse desenterrado uma múmia egípcia.

Bette empurrou bruscamente Lucien para o lado e ajudou o menino e a menina para que saíssem do baú. Ambos se agarraram às pernas dela, enterrando os rostos em seu vestido branco. Ela acariciou suas cabeças e lançou a Lucien um olhar desafiador que dizia: "Vá para o inferno."

Lucien estava paralisado. Bette, uma linda modelo, inteligente e independente, nunca demonstrara qualquer tendência maternal. E ali estava ela, protegendo duas crianças pequenas, como uma leoa disposta a enfrentar qualquer coisa que tentasse machucar seus filhotes. Ele sorriu para as crianças, enquanto um grande sentimento de amor e admiração se apoderava dele. Ajoelhando-se, ele estendeu a mão para o menino.

— Meu nome é Lucien. Peço desculpa por ter assustado você. Estava procurando outra pessoa. Qual é o seu nome, meu jovem?

O menino olhou para Bette, que assentiu com a cabeça.

— Émile.

— E você, senhorita, qual é o seu nome?

— Carole — respondeu a menina, que não era tímida como o menino, conforme ele podia ver.

— Fico muito feliz em conhecer vocês dois. Bette, por que você não traz alguns refrescos para nós enquanto cuida do meu terno?

— Você está imundo. Deixe eu lhe trazer um roupão para que você possa se despir.

Lucien pegou os meninos pelas mãos e os conduziu ao salão. Depois tirou o paletó e as calças, e os entregou a Bette, que acabara de trazer algumas bebidas. Vestido com o roupão branco, Lucien se espichou no sofá e fez as perguntas básicas que são feitas a crianças pequenas: idade, brinquedos favoritos e livros. Aos poucos, Émile e Carole abandonaram a postura defensiva e se mostraram amigáveis com Lucien, rindo de suas caretas e piadas bobas. Lucien não precisava que lhe informassem qual era a religião dos pais deles, o que era evidente.

Parada à soleira da porta, Bette se deliciava com a cena. Lucien era a primeira pessoa, além dela, com quem as crianças falavam no período de um ano. Lucien sorriu para Bette, percebendo que ela estava feliz, que eles estavam se divertindo e que ele mesmo, que também nunca exibira qualquer talento paternal, conseguia fazer as crianças se sentirem seguras e à vontade. Após alguns momentos, Bette mandou que brincassem no quarto e se acomodou na *chaise longue* que estava em frente a Lucien.

— Seu terno estará pronto daqui a cinco minutos, *monsieur.*

— Maravilha. Vou poder chegar a tempo para a reunião. Você sabe como os alemães são quando se trata de pontualidade.

Sem que Lucien lhe pedisse, Bette lhe contou toda a história. Ele a ouviu sem interrompê-la. Depois, em silêncio, andou pelo salão, e ela o observou examinando o apartamento.

— O arquiteto aprovou o ambiente? — perguntou ela com modéstia.

— É um apartamento magnífico. Estou sentindo ciúmes por não ter sido eu quem fez este trabalho. O modo como uma pessoa decora a casa diz muito sobre ela.

— E o que a decoração diz a meu respeito, *monsieur* Bernard?

— Que a senhorita tem um gosto excelente. Mas aqueles dois acessórios que estão brincando lá no quarto me dizem muito mais sobre o caráter de *mademoiselle.*

— Isso agrada você?

— Realmente agrada — respondeu Lucien, ajoelhando-se em frente a ela e beijando sua mão ternamente.

— Lucien, você é um amor, você é maravilhoso. Peço desculpa por ter tido que enganar você.

— Mas existe um problema, meu amor. Você reparou como eu descobri seu segredo facilmente? Para a Gestapo vai ser tão fácil quanto foi para mim. Isso não pode acontecer. Temos que dar um jeito nisso imediatamente.

Lucien se levantou, foi até a janela que dava para a rua.

— O parapeito desta janela é excepcionalmente largo. O que há embaixo?

Bette se aproximou dele.

— Não sei. Diga você, você é o arquiteto.

— Deve ter existido um velho radiador aqui dentro, que foi removido — disse Lucien, levantando o peitoril de madeira com o canivete e olhando para interior da cavidade.

— Peça às crianças para virem até aqui — disse ele, jogando algumas almofadas do sofá dentro do buraco.

— Menininhos, venham até aqui, por favor.

Émile e Carole surgiram correndo alegremente.

— Crianças, vamos fazer uma brincadeira — disse Lucien.

As crianças sorriram e menearam as cabeças, entusiasmadas.

— É como uma brincadeira de esconder. Quero esconder vocês embaixo da janela — disse Lucien.

Então levantou Émile e o colocou na cavidade; depois Carole. Ambos couberam perfeitamente, lado a lado.

— Esse vai ser nosso esconderijo secreto — disse ele, tirando os meninos da cavidade. — Tudo bem pequeninos, agora voltem para o quarto.

— Suponha que os boches procurem aí. Eles podem levantar o peitoril e encontrar as crianças.

— O peitoril vai ter uma dobradiça atrás; e também haverá dois trincos no lado de dentro, que você vai ensinar Émile a trancar. Os boches não terão como levantar a tampa. E você vai colocar um bocado de coisas em cima, como vasos de flores.

— Você é um homem inteligente. Pensou nisso rapidamente.

— Tenho um pouco de experiência com esse assunto. Agora vá buscar o meu terno. Tenho que ir. Mas vou retornar depois da reunião, pois também tenho um segredo. Acho que você vai achá-lo muito interessante.

Capítulo 53

— Não sabia que você tinha um senso de humor tão extravagante, *monsieur* Manet.

— Na verdade, não tenho nenhum senso de humor. É o que diz a minha mulher. Mas, no caso desse refúgio, não tive escolha.

— Por acaso você reparou que é bem em frente ao prédio número 11 da *rue* de Saussaies?

— Sim, reparei.

— Que, por acaso, é o quartel-general da Gestapo?

Lucien espreitou por entre as cortinas e olhou para o prédio. Ele visitara aquele apartamento pela primeira vez na semana anterior, para imaginar possíveis esconderijos. Estava tão preocupado em não ser seguido que só percebera que estava em frente ao quartel-general da Gestapo quando saíra do prédio. A visão daquele prédio de aparência oficial o deixara nauseado, como se tivesse comido uma ostra estragada. Naquele encontro, esperava persuadir Manet a procurar outra localização.

— Claro, todos os parisienses conhecem esse endereço — replicou Manet, com um sorriso maroto.

— E ainda pretende usar este apartamento?

— Como lhe disse, não tive escolha dessa vez. O tempo é decisivo. E este foi o único apartamento que encontrei no momento. Assim, você vai ter que ser muito sagaz.

— Esse foi o eufemismo do ano, *monsieur* Manet. Não há nenhum modo de encontrar outro lugar?

— Não. E sinto dizer que você terá que ser super-rápido. Preciso trazer o hóspede dentro de poucos dias. Ele está em grande perigo, no momento. Ainda é perigoso demais chegar à Espanha, e a Suíça está fora de questão.

— Há coisas horríveis acontecendo lá enquanto estamos conversando — disse Lucien, meio que esperando ouvir gritos de agonia provenientes do outro lado da rua.

— Se não tomarmos cuidado, você e eu acabaremos lá.

— Pode acreditar que já pensei nessa possibilidade centenas de vezes.

— Não estou surpreso — respondeu Manet.

— Bem, devo reconhecer que a escolha deste apartamento foi de uma engenhosidade maluca.

— Já teve alguma ideia, Lucien?

— Sim, desde minha última visita, pensei em uma ou duas possibilidades.

Lucien iniciou seu já bastante conhecido passeio pelo apartamento. Seus olhos esquadrinharam novamente cada metro quadrado de parede e piso. Como os demais apartamentos oferecidos por Manet, aquele era bastante ornamentado. Seria muito difícil, pensou ele, conceber um esconderijo em um apartamento comum e barato. Painéis em branco e dourado revestiam as paredes. Todos os quartos tinham uma enorme lareira de mármore, com um forno de pedra que estendia cerca de um metro para a frente.

No salão, a cerca de dois metros do piso, havia um ressalto que se projetava a quase trinta centímetros da parede, ao longo de todo o

317

perímetro do aposento. Em uma das paredes, acima do ressalto, grandes pinturas estavam inseridas no reboco e emolduradas por ornamentos dourados — cada qual separada da outra por pilastras que iam do chão ao teto. Após percorrer todo o apartamento, Lucien deu uma segunda caminhada, agora tomando notas e fazendo pequenos esboços em um pedaço de papel. De vez em quando, tirava algumas medidas: a largura das pilastras, a profundidade de uma lareira, a largura de algumas portas e a espessura de uma parede. Depois se sentou no sofá do salão, fez algumas anotações e refletiu por alguns momentos.

— Você diria que seu hóspede é gordo ou magro?

— Tão magro quanto você, talvez mais — respondeu Manet.

— E que altura você acha que ele tem?

— Dois ou três centímetros mais baixo que você.

— Ele está em boa forma e tem força normal?

— Sim, eu diria que sim.

— Ótimo, por enquanto é só. Amanhã voltarei aqui para verificar umas coisas e de noite lhe entregarei o desenho.

Manet olhou na direção do quartel-general da Gestapo.

— Temos um probleminha. Meu melhor homem, o que estava fazendo esses trabalhos, está neste momento sendo interrogado pela Gestapo.

Lucien foi até uma janela e espreitou por entre as cortinas, como se achasse que veria um homem sendo torturado no outro lado da rua.

— Como ele está indo?

— Já sofreu ferimentos horríveis. Nunca mais vai poder trabalhar.

— Mas será que vai ceder?

— Não.

— Ele sabe deste apartamento?

— Sim.

* * *

Depois que deixou o apartamento, Lucien precisou de seis copos de vinho barato para acalmar os nervos. Estava sentado na esplanada de um café, olhando para um passarinho empoleirado em um quiosque e desejando ser ele. Assim poderia voar até a Suíça, deixando todos os problemas para trás. Naquele momento, um homem que sabia a respeito do apartamento estava sendo torturado e poderia revelar tudo. A Gestapo se limitaria a aguardar e observar até que Manet levasse o judeu para lá. Então agiria. Lucien não seria enviado para um campo de concentração; seria fuzilado no local.

Ele pediu mais vinho. O garçom que o servia parecia impressionado com o fato de que Lucien não demonstrava nenhum sinal de embriaguez, mesmo depois de beber aquela zurrapa aguada que chamavam de vinho. Embora aquela empreitada suicida o deixasse morto de medo, Lucien não pretendia recuar. Queria fazer aquilo.

Capítulo 54

— Pensei que você fosse meu oficial mais confiável, Schlegal, mas acho que me enganei.

Este comentário fez o sangue de Schlegal ferver. Ninguém jamais questionara sua capacidade. Manteve a boca fechada e permaneceu em posição de sentido diante de seu superior, Kurt Lischka, diretor da Gestapo em Paris.

Para Schlegal, Lischka tinha o aspecto de um funcionário de alguma companhia de seguros, não de um policial. Sua calvície e óculos de aro de arame lhe conferiam uma aparência frágil e muito pouco ariana. Na realidade, Lischka era o agente modelo da Gestapo — um assassino nato, destituído de qualquer sentimento de compaixão. Muitos franceses haviam morrido entre as paredes do prédio número 11 da *rue* des Saussaies sob sua supervisão.

— Você sabia que Heinrich Mueller tem um interesse pessoal na questão de Janusky? — perguntou Lischka em voz baixa, enquanto andava de um lado para outro na frente de Schlegal.

— Não, senhor — respondeu Schlegal, sabendo que um sermão estava a caminho.

Quando o chefe de toda a Gestapo do Reich começava a bufar no cangote de um comandante regional, isto queria dizer encrenca.

— Para Mueller, Janusky não é só mais um judeu destruindo a Pátria, mas um repositório de riquezas, estimadas em cem milhões de francos, que podem ajudar a financiar a grande vitória da Alemanha, que nosso Führer deseja. A fortuna de Janusky pertence ao Reich, tanto quanto uma obturação de ouro na boca do mais pobre dos judeus, porém não conseguimos encontrá-la. E o pior não é isso. Você sabe quantos judeus esse miserável ajudou a escapar ao longo dos anos? Provavelmente milhares, e não apenas na França. Ele tem uma rede de agentes trabalhando para ele até na Alemanha. Já subornou dezenas de funcionários na Espanha, em Portugal e na Turquia para poder fornecer documentos falsos a esses indivíduos. Pagou milhares de francos por passagens em navios para ajudar outros a escapar. Agora, soubemos que Janusky comprou seus *próprios* navios para fazer o serviço. Além disso, Göring está querendo a coleção de arte dele. Quase todos os dias, ele telefona para Mueller e fala sobre o assunto. Assim sendo, Schlegal, você *tem* que encontrá-lo.

— Todos os dias nós procuramos por ele, senhor. Mas há toda uma rede de franceses ajudando esse lixo a se esconder. Todo dia desbastamos essa rede e chegamos um pouco mais perto.

— Não quero que Mueller venha até aqui para supervisionar pessoalmente a busca. Você também não quer isso, quer?

Lischka se sentou em uma cadeira no outro lado da sala e acendeu um cigarro. Schlegal notou que ele não lhe ofereceu um, o que era mau sinal.

— Não, isso não será necessário. Em questão de dias, nós o encontraremos — mentiu Schlegal.

Ele sabia que se Mueller viesse a Paris, Lischka transformaria sua vida em um inferno.

— Espero que sim, para seu próprio bem, coronel. Sua carreira tem sido bastante expressiva. Algumas pessoas em Berlim já notaram isso. Esta é sua chance de brilhar. Encontre esse judeu e o dinheiro dele, e o mundo será oferecido a você em uma bandeja. Estamos falando de promoção a general.

Estas palavras animaram Schlegal. Seu pai e sua mãe ficariam exultantes... o filho deles um general. Ele sentiu uma nova determinação. Lischka pegou um maço de fotos em preto e branco que estava sobre uma escrivaninha e as examinou. Escolheu então uma delas e a entregou a Schlegal. Era um retrato formal de Janusky, com uma das mãos pousada em um livro.

— Olhe o anel que está na mão desse porco judeu. A esmeralda é do tamanho de uma bola de golfe. Esse anel sozinho poderia pagar um tanque Panzer inteiro. Você não acha? — disse Lischka.

— Provavelmente dois tanques Panzer — respondeu Schlegal, mesmo sem ter a menor ideia do preço de um tanque.

— Pode ficar à vontade, coronel — ordenou Lischka, dando uma última tragada no cigarro e se levantando. — Agora me fale sobre esse pobre-diabo aqui.

Lischka se aproximou despreocupadamente de um homem que estava caído em um canto da sala e o chutou na cabeça.

— Acorde, *monsieur* — disse ele, no tom jovial que uma mãe usaria para acordar o filho de seis anos.

— Aubert é um mestre marceneiro. Ele faz os melhores armários de Paris — disse Schlegal. — Todo mundo diz que ele é o melhor de todos.

— E o que isso tem a ver com o problema de que estamos falando?

— Acredito que alguns judeus estão sendo escondidos em locais concebidos engenhosamente que estão espalhados pela cidade. Para camuflar esses esconderijos é preciso a colaboração de artesãos de primeira linha como Aubert.

— É uma teoria fascinante, Schlegal. Você já descobriu algum desses esconderijos?

— Dois.

— Aubert já nos deu alguma luz para a solução desse problema?

— Ele não tem sido nada cooperativo, mas tenho certeza de que vai mudar de atitude — disse Schlegal.

Ele fez um sinal para Voss, que estava parado em outro canto do aposento. O tenente tirou dois cortadores de arames do bolso da túnica e se ajoelhou ao lado de Aubert.

— Acorde — rugiu ele, no ouvido de Aubert.

O velho se mexeu, tentou levantar a cabeça, mas a deixou cair de novo sobre o piso de madeira.

— *Monsieur* Aubert, aposto que suas mãos são seus bens mais valiosos — disse Schlegal. — São elas que fazem os lindos trabalhos em madeira que todo mundo admira tanto, não são?

Aubert, cujo rosto se transformara em uma polpa sanguinolenta, apenas gemeu um pouco.

— O que aconteceria se você não tivesse seus dedos indicadores? Talvez ficasse difícil trabalhar com madeira, não é?

Voss decepou o dedo indicador direito de Aubert como se este fosse o talo de uma flor. O dedo pipocou no ar e aterrissou no chão. Sangue esguichou da mão do velho como se saísse de uma mangueira.

Os gritos de Aubert reverberaram nervosamente pelas paredes cinzentas.

Lischka fez uma careta.

— Deveríamos acolchoar essas paredes para abafar os ruídos, não acham?

Sem receber outra ordem, Voss decepou o dedo do meio, provocando gritos de agonia ainda mais altos.

— *Monsieur* Aubert provavelmente vai querer algumas lembranças de sua visita aqui — disse Schlegal.

— É claro, coronel — respondeu Voss, recolhendo os dedos do chão e coçando a cabeça com um deles, o que arrancou gargalhadas de todos os que estavam na sala, inclusive Lischka.

Em seguida, enfiou ambos os dedos no bolso lateral do paletó de Aubert e se aproximou de Schlegal.

— Vamos deixar *monsieur* Aubert descansar e refletir sobre as coisas. Depois voltaremos a nos encontrar. Afinal de contas, ele ainda tem oito dedos sobrando — disse Schlegal, fazendo sinal para seus agentes. — Encontrem alguma coisa para estancar o sangramento. Não quero que ele morra aqui. E mandem limpar o sangue do chão.

Lischka se pôs de pé.

— Isso foi muito impressionante, coronel — disse ele, ao sair do aposento. — Continue.

Voss chamou os soldados que estavam no corredor e depois berrou:

— Marie, sua puta velha, pegue o balde e o esfregão, e venha até aqui.

Os soldados pegaram Aubert pelos braços e o arrastaram como um saco de batatas. Um minuto depois, uma mulher velha e pálida usando um amarrotado vestido marrom entrou na sala com um balde e se ajoelhou no chão para limpar o sangue com um trapo. Os agentes a observaram com ar divertido.

— Peço mil desculpas por ter feito tanta sujeira, Marie. Isso não vai acontecer de novo, prometo — disse Schlegal.

— O senhor está sempre dizendo isso, coronel, mas a sujeira sempre aparece — rosnou Marie.

— Marie, nunca tinha reparado que você ainda tem uma bunda muito bonita — comentou Voss. — Você deve ter sido muito sexy na época da guerra franco-prussiana.

Os soldados choraram de tanto rir. Voss se inclinou e deu uma forte palmada no traseiro de Marie. A velha se limitou a torcer o trapo para escorrer o sangue e continuou o trabalho de limpeza.

— Obrigada, tenente. Eu era muito bonita nos velhos tempos. Qualquer dia lhe falo sobre a época em que eu trepava com o Kaiser Guilherme. Ele me deu uma Cruz de Ferro de Primeira Classe.

— Marie, meu amor, se você fosse 25 anos mais nova, eu transaria com você agora, bem aqui no chão — disse Schlegal, jogando algumas moedas de um franco no balde ensanguentado.

Quando a sala se esvaziou, Marie se levantou lentamente, forçando os joelhos artríticos. Foi então até uma escrivaninha que estava encostada em um canto, folheou alguns papéis e leu um deles com muita atenção. Depois, pegou o balde e saiu da sala de interrogatórios.

Capítulo 55

Quando examinava um detalhe de uma cópia heliográfica, juntamente com Labrune, Lucien percebeu que havia algo errado. O burburinho habitual no canteiro de obras de Tremblay havia cessado. O silêncio era total. Nenhum barulho de martelos, serras, guindastes em movimento ou homens gritando. Labrune também notou o fato e uma expressão de perplexidade se estampou em seu rosto. Lucien se virou e viu que todos os homens estavam olhando na mesma direção. Imediatamente pensou que haviam visto bombardeiros se aproximando. Não havia proteção antiaérea nem abrigos subterrâneos no local. Ninguém no Alto Comando Alemão de Paris achara que isto já fosse necessário. Onde se esconderiam?

Lucien seguiu o olhar de um operário que parara nas proximidades com seu carrinho de mão e descobriu, para seu espanto, o que atraíra a atenção de todo mundo. A cerca de trinta metros, envergando um vestido azul marinho e um cachecol cinza-escuro, Bette vinha em sua direção. Ao se aproximar, acenou para ele. Lucien olhou ao redor e achou tudo muito engraçado. Todos os homens estavam imóveis, encarando-a. Devia ser uma visão incongruente para eles, como se marcianos tivessem desembarcado de um disco voador.

— Olá — disse ela, parando perto dele. — Aposto que está surpreso em me ver.

— Sim, estou, eu e mais duzentos homens — respondeu Lucien, inclinado a cabeça para a turma de operários atrás dele.

Bette pareceu espantada.

— Por quê, será que nunca viram uma mulher em um canteiro de obras?

— Não alguém como a senhorita, posso lhe garantir, *mademoiselle* — replicou Labrune, que olhou para Lucien, esperando ser apresentado.

— *Mademoiselle* Tullard, este é *monsieur* Labrune, nosso empreiteiro geral.

— Muito prazer — disse o velho, beijando a mão dela.

— Prazer em conhecê-lo. Lucien me disse que, sem o senhor, nada seria construído.

O rosto acinzentado de Labrune se iluminou de prazer.

— Pensei em lhe fazer uma surpresa. Karin, do escritório, possui um velho Renault e uma ração de gasolina. Então me deixou aqui — disse Bette para Lucien. — Primeiro fui até seu escritório, mas aquele garoto, Alain, me disse que você estava aqui. Espero que esteja livre para o almoço.

— Bem... como você vê, estou realmente ocupado...

— Não seja tão rude com uma mulher tão incrível, Bernard. Você tem que levá-la para almoçar — protestou Labrune, sorrindo para Bette de orelha a orelha. — Vá agora. Não deixe *mademoiselle* esperando nem mais um segundo. — Labrune tirou os desenhos das mãos de Lucien, pôs a mão em suas costas e começou a empurrá-lo um tanto bruscamente. — Podemos nos arranjar sem você.

— Tudo bem, vamos. Meu carro está ali.

Bette se despediu de Labrune e se afastou com Lucien.

— Lembrem-se, não tenham pressa de voltar por minha causa. Tirem a tarde toda. Vocês, jovens, precisam aproveitar a companhia um do outro — gritou Labrune.

— Que velho gentil, Lucien. E você disse que ele era um filho da puta.

Labrune olhou ao redor e gritou.

— Vamos lá, seus preguiçosos miseráveis, voltem ao trabalho. Nunca viram uma mulher?

Alguns dos homens começaram a trabalhar, mas a maioria continuou olhando para Bette.

Enquanto caminhavam, o salto alto de um dos sapatos de Bette afundou num buraco de lama.

— Merda, são meus melhores sapatos.

Lucien deu uma gargalhada.

— Na próxima vez, use botas de trabalho.

— Não tenho nenhum par que combine com este vestido, babaca.

Ela tirou o sapato e manquitolou até chegar ao carro. No interior do veículo, abraçou Lucien e lhe deu um beijo longo e apaixonado. Ele não se importava se alguém os estivesse observando. No íntimo, o fato de que os homens vissem a garota deslumbrante que ele tinha o deixava orgulhoso.

Na viagem de volta a Paris, ela pousou a cabeça em seu ombro. Bette tivera muitos amantes em sua vida relativamente curta, o que a fazia imaginar uma interminável fila de homens passando por uma porta giratória. Homens bonitos, homens velhos, homens solteiros, homens casados e muitos homens ricos. Considerando-se uma perita no assunto, chegara à conclusão de que os homens, de modo geral, eram decepcionantes. Lafont, um rico aristocrata que a cortejara, ensinou-a a andar a cavalo, o que se tornara uma paixão. E rapidamente ela aprendera que um cavalo era muito mais confiável e leal que qualquer homem.

Ainda com vinte e poucos anos, Bette começara a fazer uma análise cuidadosa de todos os homens que tivera e tem. Como um antropólogo conduzindo um estudo de campo sobre as tribos da África Equatorial Francesa, ela concebera categorias e listas das características proeminentes de seus objetos de estudo. Havia as características básicas, como riqueza, origem, inteligência, educação, atributos físicos, estado civil e capacidade sexual; depois, as mais especializadas, como consumo de álcool, consideração com os semelhantes, caráter e afeto. Ela enchia cadernos com dados, que analisava amplamente, para descobrir conexões entre os tipos. Adorava esses estudos — gostaria de ser uma professora especializada no assunto. Na França, de modo geral, bastava uma mulher sair com um ou dois homens para que sua família e a sociedade a obrigassem a se casar e constituir família. Como Bette sempre ignorara esse tipo de pressão e tivera inúmeros homens, tinha o que os antropólogos chamariam de um amplo grupo de amostragem, o que lhe permitia perceber certos padrões de comportamento. Alguns resultados eram esperados: homens ricos costumavam ser egoístas, entediados e exigentes; e quanto mais bonito era um homem, mais a tratava como lixo.

Ela gostara de Lucien desde o início — o fato de ele ser criativo era único. Era um dos poucos homens criativos que conhecera, além de alguns pintores e escultores que a queriam como modelo para depois dormir com ela. Mas ele tinha outra característica única.

A categoria "caráter" era a única em que todos os homens fracassavam abjetamente. Seus estudos a haviam convencido de que eles não tinham caráter nem determinação. Cavalos, sentia ela, tinham mais caráter. Ela gostava da companhia de Lucien e de fazer amor com ele; porém, quando soube de Pierre, sua avaliação do caráter de Lucien subiu à estratosfera. Na verdade, aquela revelação a deixara assombrada. Nunca conhecera um homem que estivesse disposto a morrer por alguma coisa. Este simples ato de coragem era muito atraente para ela, mais excitante até que um homem com uma casa de campo ou uma Bugatti. Ela poderia justificar dizendo para si mesma que fazia a mesma coisa com seus dois órfãos, mas guardava a compaixão inata das mulheres.

Aquilo era muito diferente. Lucien despertara algo em seu coração que nenhum outro homem despertara. À medida que envelhecia, Bette apurava cada vez mais a visão do que era e do que não era o amor. E sabia que estava se apaixonando por Lucien.

— Tive uma ideia interessante — disse ela, quebrando um longo silêncio. — Como *monsieur* Labrune foi gentil o bastante para lhe dar uma tarde livre, por que você não me mostra, depois do almoço, todos os prédios que você projetou dentro e fora de Paris? Já fui ver a loja de vinhos da *rue* Vaneau.

— Já viu? — perguntou Lucien, surpreso e ao mesmo tempo lisonjeado.

— Ah, sim. Gostei do modo como você curvou a parede em direção à porta de entrada. Isso meio que atrai os clientes para dentro da loja, não é?

— Foi exatamente a minha intenção.

— A porta da frente tem uma linda grade de metal... é bronze?

— Sim, e as maçanetas também.

— E o interior é muito elegante. Vi as prateleiras onde estão as garrafas. Foi uma ideia muito inteligente projetá-las daquele jeito. Elas ondulam para dentro e para fora. Muito melhor que as prateleiras comuns, retas.

— É, tive que pensar muito para chegar a essa solução.

— Foi muito criativo.

Lucien planejava fazer amor com Bette durante toda a tarde, mas, de repente, começou a pensar em todos os prédios que projetara em Paris e nos melhores caminhos para chegar até eles.

Capítulo 56

— É um grande prazer conhecer o senhor, *monsieur* Bernard. Só ouvi coisas boas a seu respeito.

Quando um alemão faz um elogio a um francês, é preciso decidir se ele está sendo sarcástico ou sincero. Lucien achou que Schlegal estava sendo sincero; porém, como tinha um fraco por elogios, poderia também estar enganado. De qualquer forma, finalmente conseguiu relaxar na cadeira, após passar vinte minutos morrendo de medo, aguardando a chegada de Schlegal. Durante esse tempo, não conseguiu parar de olhar, pela janela, o apartamento do prédio número 12 da *rue* des Saussaies — o qual, por falta de sorte sua, ficava bem em frente à janela de Schlegal.

Quando recebera o seu telefonema, Lucien quase desmaiara de medo. Teve vontade de pular no Citroën e dirigir até o Canal da Mancha. Mas o oficial da Gestapo fora caloroso, dizendo que sabia do grande trabalho que o arquiteto estava fazendo para o setor de construções e engenharia da divisão de armamentos. Lucien logo percebeu que Herzog havia falado sobre ele a Schlegal; portanto, não entrou em pânico. Ele lhe pediu que fosse até seu gabinete, e Lucien presumiu que seria para conversar sobre algum trabalho. Também poderia ser uma armadilha para atraí-lo e torturá-lo até que ele revelasse o que sabia sobre as operações de Manet, porém. Seu ego, no entanto, convenceu-o de que a reunião envolveria seus talentos arquitetônicos e, então, foi até lá. Tinha que fazer isto. Após o encontro com os membros da Resistência, Lucien se convencera de que não era um colaborador. Mas trabalhar para a Gestapo era algo diferente. Trabalhar para aquela gente poderia resultar em sérias consequências, como ser estrangulado ou fuzilado pela Resistência. Eles provavelmente o viram entrar no quartel-general da Gestapo. Uma vez mais, sua primeira preocupação não foi com ele mesmo, mas com o destino de Pierre.

— Obrigado, coronel.

Ele não poderia retribuir o elogio dizendo que também ouvira coisas boas a respeito do trabalho da Gestapo, isto não seria muito sincero.

— O senhor projetou alguns prédios maravilhosos para o Reich. Eu os vi. São um pouco *avant-garde* para o meu gosto, é claro, mas o alto-comando em Paris está muito satisfeito com os resultados, e é isso o que importa. Não é?

— O Reich está satisfeito com o meu trabalho. Se não estivesse, não me daria mais trabalho, eu acho.

— Exatamente. O senhor deve estar querendo saber por que lhe pedi para vir aqui hoje. É para uma consulta profissional a respeito de um assunto arquitetônico muito fora do comum.

Essa sucessão de elogios havia amenizado o medo e a ansiedade de Lucien, mas, naquele momento, semicerrou os olhos e apertou os braços da cadeira. O motivo do encontro *era* seu envolvimento com os judeus. Lucien sabia que, quando Schlegal lhe fizesse perguntas sobre os esconderijos, a expressão em seu rosto o trairia. Ele tinha que mantê-la neutra, a qualquer preço. A pergunta seguinte do oficial da Gestapo pareceu demorar uma eternidade para ser formulada.

— Nós descobrimos um esconderijo. Um esconderijo muito enge- nhoso embaixo de uma escada. E estamos tentando descobrir quem, em

Paris, poderia ter construído uma peça de marcenaria tão admirável. Acho que este é o termo que vocês usam... marcenaria?

— Sim, é o termo correto. Por favor, continue.

— É uma escada com dobradiças. Uma pessoa pode se esconder embaixo dela.

Então Adele estava trepando com Schlegal. Ele podia perceber o motivo. Schlegal era muito bem-apessoado e, o mais importante, tinha muito poder. Podia fazer ou obter o que quisesse. A escada estava na casa de campo de Adele, em seu quarto, para ser exato, onde ela vinha dormindo com aquele oficial da Gestapo e onde tinha dormido com ele. Sem dúvida, Adele dissera a Schlegal que ele poderia saber alguma coisa sobre a escada, já que era arquiteto. Se ela estivesse na sala naquele momento, ele a estrangularia em frente àquele demônio da Gestapo.

Lucien estava com medo, mas sabia que os próximos cinco minutos poderiam determinar seu destino. Assim, seu desempenho teria que ser convincente. Ele não poderia entrar em pânico.

— É uma escada nova?

— Eles foram inteligentes e refizeram a escada antiga.

Lucien sorriu. Gostara de ser elogiado indiretamente.

— Muito inteligente. E como ela funciona?

— É apenas um lance de quatro degraus que dá acesso a um pequeno estúdio. Como o topo tem dobradiças, a escada pode ser levantada, permitindo que alguém entre por baixo e se esconda.

— E como o senhor descobriu esse esconderijo se ele estava tão bem escondido?

Schlegal fez uma pausa, procurando as palavras certas.

— Eu... eu descobri o esconderijo totalmente por acaso. Caso contrário, nunca o teria achado.

— Bem, existem alguns parisienses que poderiam ter construído uma coisa assim, mas dois deles estão mortos. Outro saiu de Paris e foi para o sul. São os únicos profissionais que conheço que poderiam planejar o que o senhor descreveu.

— Eles seriam capazes de projetar e construir a escada? O que estou perguntando é quem poderia conceber uma coisa assim.

Lucien se viu tentado a dizer que um marceneiro jamais poderia projetar um esconderijo tão inteligente, que somente um arquiteto teria talento e cérebro para fazer aquilo, mas manteve o ego sob controle.

— Um marceneiro poderia bolar uma escada assim.

— Tem certeza de que não conhece mais ninguém que possa ter feito esse trabalho?

— Não, coronel. Sinto muito, mas não conheço.

— Bem, se o senhor...

Schlegal foi interrompido por um ordenança, que entrou na sala sem bater.

— Tem um coronel chamado Herzog querendo ver o senhor imediatamente. Ele é da divisão de armamentos...

— Droga, homem, eu sei quem ele é. Peça a ele para esperar uns minutos.

Herzog passou pela porta, empurrando o ordenança, que bateu em retirada para a sua escrivaninha.

— Qual é o propósito disso, Schlegal? Por que meu arquiteto está aqui?

— Calma, coronel. Seu homem está apenas me ajudando em um assunto de arquitetura. Não vou tirá-lo de você. Todos sabemos o ótimo trabalho que ele está fazendo. Ele não foi preso, se é isso que você está insinuando — explicou Schlegal.

Herzog encarou Schlegal, que não se dera ao trabalho de levantar quando ele irrompera na sala. Lucien, que agora conhecia os maneirismos de Herzog, percebeu que ele não respeitava nem um pouco Schlegal.

— Que assunto de arquitetura? — perguntou Herzog.

Schlegal hesitou.

— Há pessoas que estão escondendo judeus na cidade, em locais secretos, coronel.

Após lançar um olhar atônito a Lucien, Herzog olhou de novo para o oficial da Gestapo.

— Judeus se escondendo em madeiramentos, você quer dizer? De onde você tirou essa ideia idiota?

Schlegal se pôs de pé e ficou frente a frente com Herzog. Lucien teve certeza de que socos seriam desferidos a qualquer momento. Mas não conseguiu prever quem venceria a briga; ambos estavam em excelente forma e eram do mesmo tamanho.

— Tenho certeza de que você sabe que o Reich considera o judaísmo internacional uma ameaça séria e perigosa, coronel. E que temos que dar um jeito nos judeus de forma rápida e rigorosa. O Führer fez disso sua prioridade número um.

— Pensei que a prioridade número um dele fosse vencer a guerra contra os comunistas e os Aliados — retrucou Herzog. — E não ficar esquadrinhando Paris em busca de judeus assustados. A Wehrmacht, que é composta de verdadeiros militares, não se rebaixaria a fazer uma bobagem dessas. Você está fazendo esse homem perder tempo. O que significa que também está me fazendo perder meu valioso tempo.

— Você deveria tomar cuidado com o que está dizendo, rapaz. Você vai enfurecer um bocado de gente com esse tipo de conversa.

— Daqui a pouco você vai me chamar de amante de judeus, não vai?

Schlegal deu uma risada.

— De jeito nenhum. Você é apenas alguém que está interferindo com os assuntos do Reich, o que também é uma acusação muito séria, coronel.

— Por mim, você pode ir à merda. Agora, com licença, tenho que vencer uma guerra. Caso você queira me denunciar, eis o telefone da casa do Ministro do Reich Speer. — Com um lápis, Herzog escreveu um número na agenda de Schlegal. — Telefone para ele. Talvez ele tenha alguns judeus escondidos embaixo da cama dele para você prender. Venha, *monsieur* Bernard, vamos embora.

Capítulo 57

— E então, Lucien, você não poderia arranjar algum trabalho para os seus amigos em homenagem aos velhos tempos?

Ele jamais considerara Henri Devereaux um amigo. Era um canalha mesquinho, malévolo e narcisista que, tão logo conseguia um trabalho importante, esfregava isto na cara de Lucien. Embora o odiasse, Lucien gostaria de ser como Devereaux, que possuía conexões influentes e sempre obtinha bons projetos.

Ficou surpreso quando Devereaux o convidou para tomar um drinque, coisa que nunca ocorrera antes da guerra. Aquele babaca arrogante achava que Lucien não tinha talento suficiente para se sentar à mesma mesa que ele. Mas ali estavam ambos, em um café, bebericando vinho e trocando gracejos. Ele sabia que Henri acabaria falando sério e revelando por que quisera se encontrar com ele.

— Não sei. Os boches têm seus próprios métodos para escolher arquitetos — respondeu Lucien.

Tanto um quanto o outro sabiam que isto não era verdade. Outros arquitetos, amigos de Lucien, haviam recebido trabalhos dos alemães. Para a enorme satisfação de Lucien, Devereaux estava sem trabalho e furioso com o fato de que ele estava obtendo incumbências importantes.

— Não me importa que o trabalho seja para os militares alemães — disse Devereaux. — Estou desesperado para projetar alguma coisa real. Tudo o que arquitetos fazem durante uma guerra é projetar prédios imaginários, e isso não conta. Um projeto precisa ser construído para se tornar real. Estou ficando maluco. Não tenho nada para fazer. Além disso, estou ficando sem dinheiro.

— O que foi feito de todos aqueles clientes e empreiteiros que você conhecia? — perguntou Lucien, reprimindo um sorriso.

Ele sabia muito bem que os clientes de Devereaux haviam fugido do país, e todos os empreiteiros que ele insultara e menosprezara antes da guerra, e que agora tinham trabalho, jamais lhe arranjariam nada. Sabia também que eles o odiavam por sua arrogância e agora estavam rindo por último.

Devereaux ignorou a pergunta e perguntou por sua vez:

— Raoul Cochin ficou com o projeto daquele novo quartel em Joinville? Eu me lembro de que ele era amigo seu.

— Certo, eu conheço Raoul, mas não o ajudei em nada, se é isso o que você quer dizer.

— Então o trabalho caiu do céu?

— Talvez. Todo mundo tem algum tipo de conexão, e você sabe que conexões significam trabalho — respondeu Lucien, em seu tom de voz mais hipócrita.

— Não tenho mais nenhuma conexão.

Lucien teve vontade de rir na cara de Devereaux, mas adotou um ar preocupado.

— É difícil conseguir trabalho durante uma guerra. Deve estar sendo muito difícil para você, considerando como as coisas eram antes. Você parecia pegar todos os trabalhos da cidade.

Lucien estava adorando passar sal naquela ferida, sentindo-se feliz com o desespero de Devereaux.

— Sim, eu era muito bem-sucedido antes da guerra, como você bem sabe. Um dos arquitetos mais proeminentes da cidade. Tinha que recusar trabalhos e enviar clientes para outros arquitetos.

— Não me lembro de você ter me enviado algum.

— Ora, meu caro Lucien, poderia jurar que lhe enviei um ou dois clientes — ripostou Devereaux, mentindo descaradamente.

— Não, não recebi nenhum de você. Pode acreditar, eu me lembraria. Uma coisa dessas acontece com a mesma frequência do Cometa Halley.

— Você deve estar enganado. Certo, *monsieur* Renier. Tenho certeza de que ele procurou você para fazer o projeto de uma oficina de automóveis. Disse a ele que era bem o seu estilo.

Estava na hora de dar um fim àquelas besteiras. Lucien estava feliz com a má sorte que atingira Devereaux. Não havia ninguém que a merecesse mais.

— Henri, foi bom falar sobre os tempos antigos. Tenho certeza de que você se lembra deles com muito carinho... todos aqueles trabalhos que você recebia. Mas preciso ir embora. Tenho uma reunião hoje à tarde para tratar da construção de uma nova fábrica de munições. Estou pensando em fazer tudo com concreto armado, o que dará ao prédio uma boa estrutura. Você não acha? Quando a construção começar, vou levar você lá para dar uma olhada.

Foi demais para Devereaux, que deu um soco na mesa, fazendo retinir os vidros e atraindo a atenção dos clientes do café. Lucien sorriu. Sua última flecha atingira o alvo com precisão. Ele esperava uma reação histérica e a obtivera.

— Seu filho da puta! — berrou Devereaux. — Como uma nulidade como você recebe todos esses trabalhos e eu, com meu talento e projeção, não consigo nada?

Lucien continuou a sorrir, saboreando enormemente aquele momento. Sabia que Devereaux estava apenas começando.

— Vi a fábrica que você projetou em Chaville. É uma merda. Você não saberia o que é modernismo nem se sua bunda tivesse um *design* modernista. Quem você acha que é? Gropius?

Lucien começou a rir. Riu a ponto de seu rosto ficar vermelho como pimenta, e teve que beber um copo d'água. Devereaux ficou ainda mais furioso. Até aquele momento insultara Lucien em um tom de voz normal, mas de repente começou a gritar.

— Vou lhe dizer uma coisa, meu amigo. Eu não aceitaria essas drogas de projetos. Não sou nenhum colaboracionista de merda que trabalha para os boches. Você é um traidor da França, porra. E vai pagar por isso depois da guerra. Vou tomar providências.

— Você é um exemplo extraordinário daquela fábula das uvas verdes, Henri — retrucou Lucien, ainda se sacudindo de rir. — Se os alemães lhe oferecessem o projeto de uma latrina, você aceitaria na hora.

Lucien se levantou da mesa.

— Tome aqui, Henri, deixe que eu pago a conta. — Ele jogou algum dinheiro sobre a mesa. — Este encontro valeu cada *sou*.

— Vou ferrar você, Bernard — gritou Devereaux, enquanto Lucien saía do café.

Capítulo 58

Bette deixou que eles batessem por quase um minuto antes de abrir a porta.

— Que diabo vocês querem? — berrou ela para os dois agentes da Gestapo à paisana, cujas expressões mudaram de malevolência ameaçadora para puro assombro.

Bette estava plantada diante deles usando um sutiã preto, calcinhas pretas e meias pretas transparentes, presas por cintas-ligas. Eles se permaneceram imóveis, emudecidos, até que o mais alto, o que usava óculos, começou a balbuciar alguma coisa.

— Que diabo você está tentando dizer? — disse Bette.

— Eu... eu disse que estamos aqui para revistar seu apartamento por ordem do Reich.

— Procurar o que, posso saber?

— Fomos informados de que a senhorita pode estar escondendo inimigos do Reich.

— Verdade? E quem lhe contou esse conto da carochinha? Meu vizinho de baixo, aposto.

— Não é da sua conta. Saia da frente — disse o outro homem, o de orelhas enormes.

Bette imaginou que se ele as abanasse sairia voando. Ela permaneceu onde estava, com as mãos nos quadris e as longas pernas esguias bem separadas. Queria lhes oferecer uma boa visão do que, sabia, era um dos mais belos corpos de Paris. Após deixar que eles a olhassem por mais alguns segundos, afastou-se da porta.

— Entrem, meninos. Não vou atrapalhar o serviço da Gestapo. Olhem tudo o que quiserem.

Vagarosamente, quase timidamente, os homens entraram no apartamento. Com relutância, começaram a revistar a sala de estar. Bette foi até a janela, onde Émile e Carole estavam escondidos, empurrou um vaso para o lado, sentou-se no parapeito e cruzou as pernas, sorrindo para o homem de orelhas desproporcionais. Então, com movimentos lentos e cuidadosos, ajustou as meias, uma de cada vez.

Sem dizer nada, os homens vasculharam o quarto de dormir e o banheiro. Um deles espichou a cabeça para fora de uma janela e observou o telhado.

— Mas me deem uma pista — disse Bette. — O que vocês estão procurando? Talvez eu possa ajudar vocês.

— Inimigos do Reich, já lhe disse — murmurou o homem de óculos, entrando na sala de estar.

— Ah, você quer dizer judeus. Bem, deve haver cinco ou seis deles escondidos aqui neste momento. Continuem procurando que vocês vão encontrá-los. Posso dizer se vocês estão quentes ou frios, se quiserem.

O homem de óculos não achou graça.

— Você está gelado, rapaz... um pouco mais quente... não, está ficando mais frio.

Ele começou a vasculhar o armário do corredor. Bette guardava os brinquedos e os livros das crianças escondidos em um compartimento nos fundos do armário do quarto, com caixas e mais caixas de bugigangas empilhadas na frente.

— Esperem um minuto — gritou ela, e os homens se imobilizaram.

— Há um em cima do lustre. Não estão vendo? Está bem acima de vocês. Um judeu de um nariz bem grande.

Ela soltou uma risada estridente. Podia perceber que os agentes da Gestapo sabiam que estavam perdendo tempo, mas, sendo eficientes alemães, continuaram a busca. O de orelhas grandes retornou ao quarto e abriu a porta do armário. Preocupada, ela resolveu agir.

— Bem, meninos, como vocês estão aqui, poderiam me fazer um favor. Esperem aí.

Ela foi até uma pilha de caixas que estava a um canto da sala e tirou as tampas de duas delas. Os homens a observaram com grande interesse, enquanto ela pegava dois longos vestidos de noite do mesmo comprimento, um vermelho e outro branco.

— Qual deles vocês acham que devo usar hoje à noite? Preciso de uma opinião masculina.

Encostando o vestido branco no corpo, andou na direção deles, com os movimentos ondulantes de uma modelo. Parou então em frente a eles e repetiu o desfile com o outro vestido.

— Afinal de contas, nós, garotas, usamos essas coisas para agradar nossos homens. E então?

— São muito elegantes, *mademoiselle*. É claro que, na senhorita, ambos parecem maravilhosos — gaguejou o homem de óculos.

— Ah, você é um amor. Mas qual deles? O vermelho ou o branco? — perguntou Bette.

— Com certeza o vermelho — opinou o homem das orelhas grandes.

— Então vocês dois concordam?

Bette afastou o vestido do corpo para uma última inspeção.

— Sim — exclamaram os homens, em uníssono.

— Tudo bem. Se os cavalheiros dizem vermelho, vermelho será. Vocês me ajudaram muito e vou recompensá-los.

Bette teve certeza de que a mesma fantasia relampejara nas mentes dos homens da Gestapo, e que ambos ficaram desapontados quando ela largou o vestido e foi até o armário de bebidas.

— Dois conhaques saindo. E não se atrevam a dizer que não bebem em serviço.

Bette serviu as bebidas aos seus convidados, que pareceram muito gratos.

— Lamento muito que vocês não tenham encontrado nenhum judeu. Geralmente, o apartamento fica cheio deles... lendo o Velho Testamento, contando dinheiro...

Os homens se entreolharam, riram e esvaziaram seus copos.

— Deve ter havido algum mal-entendido, *mademoiselle* — disse o de orelhas grandes. — Pedimos mil desculpas por termos incomodado a senhorita. Espero que não fique aborrecida conosco.

— De jeito nenhum, essas coisas acontecem o tempo todo. Vocês estavam apenas fazendo seu trabalho, rapazes.

Bette pousou as mãos nos ombros dos policiais e os conduziu até a porta, como se eles fossem cegos, enquanto ambos tentavam desesperadamente dar uma última olhada nela. Assim que fechou a porta, Bette se recostou nela e deu um suspiro. Com a orelha bem perto da porta, manteve-se ali, até ouvi-los saindo do prédio. Então, foi direto ao armário de bebidas; precisava de um reforço para se acalmar. Depois que alguém lhe telefonara e a avisara sobre a incursão da Gestapo, mal tivera dez minutos para esconder as crianças e seus pertences e se despir.

Ao olhar para o parapeito da janela, sorriu. Émile e Carole não haviam emitido nenhum som. Seu coração transbordava de amor por eles. Que corajosos. Bette deu três tapinhas no peitoril, e Émile, com grande destreza para um menino de 6 anos, destrancou os trincos internos. Ela levantou o peitoril e viu seus filhos abraçados, ainda deitados de lado.

344

Ambos olharam para ela e sorriram. Bette estava a ponto de chorar, mas se controlou e, delicadamente, retirou Carole do esconderijo.

— Venham, meus anjinhos. Vocês agora estão em segurança. Ninguém vai machucar vocês.

Ela segurou a menininha no colo e afagou seus macios cabelos castanhos. Émile saiu da cavidade sozinho e se abraçou com força à coxa dela, sem querer largá-la. Bette olhou para o esconderijo que Lucien projetara. Ele salvara seus filhos. Agora, ela o amava mais do que nunca. Queria passar o resto da vida com Lucien.

Finalmente, Émile largou sua coxa.

— Tia Bette, você não está com frio só com a roupa de baixo?

Capítulo 59

Alain sabia que Lucien se dirigia a um esconderijo de judeus, pois escolhera um caminho incrivelmente tortuoso para checar se estava sendo seguido. Alain faria o mesmo, no lugar dele. Mas jamais faria algo tão louco como esconder judeus.

Lucien atravessou os jardins das Tuileries a passo descontraído, depois a Place de la Concorde, onde contornou o obelisco duas vezes antes de seguir para o norte pela *rue* Royale. Quando chegou à Igreja de la Madeleine, circundou-a também duas vezes, fingindo admirar suas linhas neoclássicas. Rumou então para oeste pela *rue* Saint-Honoré, até dobrar à direita, na *rue* d'Anjou, e depois à esquerda, na *rue* de Surène. Assim que Alain dobrou a esquina, lembrou-se de que, na última vez que seguira Lucien, ele o perdera na *rue* des Saussaies. Duas portas antes da interseção com a *rue* Montalivet, Lucien parou e acendeu um cigarro. Alain atravessou a rua para observar melhor seu patrão. Com a rapidez de um gato, Lucien entrou no prédio nº 12.

Alain atravessou a rua de novo e abriu uma das portas duplas para espreitar o interior do prédio. Avistou o sapato esquerdo de Lucien pisando no primeiro degrau da escada. Entrou então no saguão e se escondeu ao lado da escadaria. Ficou aliviado ao perceber que o zelador não estava por perto. Podia ouvir os passos de Lucien enquanto este subia as escadas. Quando Lucien chegou ao primeiro andar. Alain começou a subir, mantendo-se rente à parede, para o caso de Lucien olhar pelo poço da escadaria. Quando Lucien chegou ao segundo andar, Alain estava a apenas um patamar abaixo dele.

Ao chegar ao terceiro andar, Lucien se aproximou da porta de um apartamento e bateu três vezes, depois mais três vezes. Deitado na escadaria, espreitando por cima do último degrau, Alain viu Lucien entrar no apartamento. Após esperar mais alguns segundos, caminhou até a porta. Ouviu homens conversando, mas a espessura da porta abafava suas vozes. Ele encostou o ouvido na madeira, porém não adiantou. Afastou-se então da porta e anotou o número do apartamento: 3A. Depois desceu rapidamente as escadas.

De volta à rua, examinou detidamente o prédio, localizando o terceiro andar. Com olhos de arquiteto, sabia que o apartamento dava para a rua. Atravessou então a *rue* des Saussaies para ter uma vista melhor do prédio, escondendo-se no umbral de uma porta para o caso de Lucien olhar por uma das janelas que estavam fechadas.

Alain tentou imaginar onde Lucien esconderia o judeu, mas sem estar no apartamento era impossível descobrir. Seria em outra lareira? Ou embaixo de um piso? O judeu ainda não devia estar lá. Lucien fora apenas verificar como estava o esconderijo e dar sua aprovação antes que ele fosse trazido, o que provavelmente ocorreria à noite. Não havia como Alain entrar no apartamento depois que as pessoas saíssem. Subornar o zelador era uma possibilidade, mas quem quer que tivesse providenciado todas essas coisas deveria ter se assegurado de que ele, ou ela, era honesto. Aparecer lá fingindo estar a serviço do escritório de Lucien não funcionaria; os operários saberiam que algo estava errado. Se fosse um filme, Alain abriria a fechadura da porta com uma gazua e entraria no apartamento à noite, mas ele não sabia fazer isso.

Decidiu então esperar até que Lucien e os outros saíssem. Como a Gestapo tinha espiões por toda a cidade, tinha certeza de que os homens sairiam um por um para não atrair atenção. Da parte deles, fora muito inteligente fazer aquilo a dez metros do quartel-general da Gestapo. Quem poderia imaginar uma coisa dessas? Pelo menos, ele poderia ver quem mais estava envolvido. Deveria existir uma porta dos fundos — todos aqueles prédios tinham uma —; portanto, era possível que ele não visse ninguém indo embora. Saindo do umbral da porta, Alain subiu e desceu a rua, procurando um café onde pudesse se sentar e esperar, mas não encontrou nenhum. Teria que permanecer onde estava e aguardar. E, como o crepúsculo já havia se transformado em noite, ele seria menos visível no umbral.

Quinze minutos depois, Alain viu Lucien abrir a porta lentamente e descer a rua a passo rápido. Após outros quinze minutos, ele começou a se impacientar, perdendo o interesse em descobrir todos os conspiradores. Estava com fome e sede, e precisava ir ao banheiro. Se Lucien fosse preso pela Gestapo, já seria bastante satisfatório. Ele desapareceria sem deixar rastros, como milhares de outros homens em Paris.

Jogou fora o cigarro. Estava prestes a ir embora quando viu *monsieur* Manet sair do prédio. O empresário, evidentemente, era o cérebro da organização, como se diria em um filme americano. Manet caminhou vagarosamente pela *rue* des Saussaies, como se não tivesse nenhuma preocupação no mundo. Aquele idiota estava jogando fora sua vida e sua fortuna naquele esquema imprudente e perigoso, refletiu Alain. Coordenar todos aqueles esconderijos devia ser um trabalho árduo. Ele se encontrara com Manet no escritório muitas vezes e conversara com ele sobre detalhes das fábricas. Era um autêntico cavalheiro das classes superiores; Alain não conseguia entender por que um homem assim estava ajudando um bando de judeus. Não poderia ser pelo dinheiro: ele era o homem mais rico de Paris. Talvez estivesse sendo chantageado para fazê-lo. Quanto a Lucien, ele sabia que este entrara no esquema pelo dinheiro, pois recebia uma ninharia pelo trabalho para os alemães.

Ao passar por um caminhão velho e desmantelado encostado no meio-fio, enquanto seguia na direção da *rue* du Faubourg Saint--Honoré, Manet levantou sua bengala e a encostou no ombro. Dois homens robustos, com cerca de 30 anos, saltaram do caminhão e caminharam até a parte de trás da caçamba, de onde tiraram um enorme baú. Cada qual segurou uma das extremidades e, juntos, começaram a transportar o pesado volume pela rua. Alain riu alto; ele sabia o que estava dentro do baú. O judeu devia ser bem grande, pois os dois homens penaram para passar com o baú pela porta do prédio número 12. Exultante, concluiu que já poderia telefonar para seu tio. Não teria sentido enviar a Gestapo ao apartamento se o judeu não estivesse lá. Com o apartamento vazio, a busca seria infrutífera e deixaria seu tio em uma posição embaraçosa diante dos superiores. Mas agora, quando fosse chamada, a Gestapo encontraria o judeu. Alain estava ansioso para chegar à cabine telefônica da *rue* du Faubourg, mas esperou. Queria dar tempo aos homens para que descarregassem o judeu. Trinta minutos depois, eles retornaram à rua, carregando um baú visivelmente mais leve.

Alain teve vontade de correr pela rua, mas conteve o impulso e caminhou lentamente. Sentia-se tonto de alegria ao imaginar a Gestapo batendo à porta de Lucien no meio da noite e o prendendo. Eram quase oito da noite. As pessoas haviam sumido das ruas. A *rue* du Faubourg estava deserta quando chegou à cabine telefônica. Como já era tarde, sabia que o tio não estaria no gabinete no prédio número 11 da *rue* de Saussaies. Assim, decidiu telefonar para a casa dele antes de sair para sua habitual noitada. Depositou as moedas na ranhura e discou o número — tão empolgado que mal conseguiu fazê-lo. Ficou aliviado quando seu tio atendeu ao telefone.

— Alô, aqui é...

Ele parou no meio da frase. A menos de um metro dele, viu Pierre. O garoto o olhava nos olhos com um ódio tão intenso que Alain largou o receptor e se encostou no fundo da cabine. Pierre sorriu para ele, mas não disse nada. Alain recuperou a compostura, e uma onda de raiva o dominou.

— O que você está fazendo aqui, seu merdinha?

Ele se sentia insultado. Aquele órfão inútil estava interrompendo uma ocasião prazerosa. O receptor balançava no ar, enquanto uma voz perguntava: "Quem é? Quem está aí?"

— Que diabo você quer? Responda, idiota — ordenou Alain, enquanto pegava o receptor e o encostava na orelha.

Ainda olhando Alain nos olhos, Pierre deu um pulo para a frente. Alain sentiu uma estranha queimação no peito. Olhou para baixo. O cabo de uma faca de cozinha se projetava do seu peito. Ele arquejou e largou o receptor, agarrando a caixa do telefone em busca de apoio. Tentou então gritar por ajuda, mas as palavras simplesmente não saíam de sua boca. Era como se sua garganta estivesse obstruída. Sangue começou a jorrar do ferimento, encharcando a frente da camisa branca, enquanto, lentamente, ele tombava no chão, com olhos arregalados de choque. Ele ainda não conseguia gritar. Pierre observava tudo em silêncio, sem nenhuma emoção no rosto. Alain caiu enrodilhado no piso da cabine. Depois de chutar o corpo para ter certeza de que estava morto, Pierre pousou o receptor no gancho. Depois se ajoelhou, pegou a carteira de Alain que estava no bolso do paletó e se afastou devagar.

Enquanto voltava para casa em meio à escuridão, Pierre concluiu que não tivera escolha. Principalmente depois de descobrir o que Alain estava fazendo. Se Lucien estava salvando seu povo, ele tinha que salvar Lucien. Sentia-se muito orgulhoso por ter protegido seu protetor. E fizera tudo sozinho, como um homem deve fazer.

Capítulo 60

— Boa noite, *monsieur* Bernard. É bom vê-lo de novo.

Do piso da parte traseira do carro em movimento, Lucien olhou para cima e reconheceu o líder da Resistência com quem se encontrara há duas semanas. Poucos minutos antes, enquanto andava por uma ruela, Lucien vira um sedã verde-escuro parar ao lado dele. Sabia que não era um carro da Gestapo, tanto que não lhe dera atenção, até que dois homens saltaram e o arrastaram pelos braços até a traseira do veículo. A movimentação, perfeitamente coreografada, não demorou mais que dois segundos.

— Por favor, sente-se aqui comigo para que possamos conversar — disse o velho, dando umas palmadinhas no assento.

Lucien se levantou e se sentou no banco. Depois arrumou o terno e a gravata. Estava extremamente indignado, mas manteve a cólera sob controle. O fato da Resistência tê-lo contatado de novo e de forma tão drástica era mau sinal.

— *Monsieur* Bernard, temos um assunto para resolver e só o senhor pode nos ajudar.

— Vou ajudar como puder — murmurou Lucien, lembrando-se de que, na última vez em que haviam se encontrado, ele fora acusado de ser colaborador.

— Recebemos instruções de Londres no sentido de intensificarmos nossos esforços de sabotagem.

— Ótimo. Cortem alguns fios de telefone. Desejo boa sorte a vocês. Agora me deixem descer na próxima esquina, por favor.

— A coisa é um pouco mais complicada. Nossas instruções são para interromper a produção alemã de equipamentos militares.

— Então peça para os operários atravancarem os processos de fabricação. Basta uma pequena distorção na estampagem ou no corte das peças. E os boches nunca descobrirão o que aconteceu até arremessarem a primeira granada ou dispararem a primeira pistola. Não tem erro. Esse é o melhor conselho que posso dar a vocês. Agora me deixem descer.

— Não é exatamente isso o que temos em mente, *monsieur*. Estamos planejando uma coisa mais drástica.

— O que mais vocês podem fazer?

— Vamos explodir uma fábrica. Os Aliados ainda não estão preparados para bombardear as fábricas de material bélico na França, e, por essa razão, nós faremos isso.

Lucien deu uma gargalhada. Que bando de idiotas ingênuos. Qualquer ação empreendida por eles, por menor que fosse, acarretaria retaliações por parte dos alemães. O desvio de um trem de munições para a direção errada, por exemplo, significaria o fuzilamento de vinte franceses inocentes.

— Você está completamente louco. Sabe quantas pessoas serão fuziladas por uma coisa dessas? Pelo menos mil — gritou Lucien.

O velho olhou para fora da janela.

— Sim, há um preço a pagar por cada ato de resistência. Mas, no final, valerá a pena.

— Pelo amor de Deus, vocês não vão me recitar aquela história de que viver derrotado é morrer todo dia.

— Temos que obedecer às ordens e fazer o que for possível para combater os alemães. Mesmo que os Aliados vençam no norte da África, os boches ainda poderão vencer a guerra. A guerra está longe de terminar. Você quer que a França se transforme em uma província da Alemanha? Quer viver para sempre sob a tirania dos alemães?

— Os americanos entraram na luta. Mais cedo ou mais tarde eles virão e vencerão essa guerra — disse Lucien. — Como aconteceu em 1918.

— Talvez você tenha razão. Na verdade, espero que tenha. Mas preciso cumprir minhas ordens.

— Como é que vocês vão explodir uma fábrica? Eles trabalham 24 horas por dia, você vai matar todo mundo. Como vocês vão instalar os explosivos com pessoas lá dentro?

— Estamos planejando explodir a fábrica de Tremblay, que ainda está em construção.

Uma onda de choque percorreu todo o corpo de Lucien. Era como se ele estivesse sendo eletrocutado. Sentia-se totalmente aturdido.

— Mas é a minha fábrica — disse, depois que se acalmou.

O homem que estava no assento do carona deu uma risada.

— Ouviu isso, Armand? É a fábrica *dele*.

— Você não pode explodir essa fábrica.

— E por que não, *monsieur*?

— Porque eu projetei essa fábrica... por isso.

Os três homens no carro começaram a rir, abanando as cabeças. Para Lucien, era como se alguém estivesse lhe pedindo para matar seu próprio filho. Como naquela história de Deus pedindo a Abraão que sacrificasse Isaac. Mas, ao contrário de Abraão, ele não estava preparado para fazer o sacrifício. Sempre achara que, só de pensar em fazer aquilo, Abraão era um merda.

— Vocês não sabem como trabalhei duro nesse projeto, esmiuçando cada centímetro, nem quantos desenhos eu fiz. É o melhor projeto que já fiz na vida.

— Armand, lembra que você perguntou o que eu queria de aniversário? Esqueça as salsichas. Como presente, deixa eu fuzilar esse traidor miserável — disse o homem no banco de passageiros.

— Calma, Remy. Ninguém vai matar ninguém — retrucou o velho.

— Monsieur Bernard, essa fábrica não é sua. É dos alemães. É uma fábrica que produz objetos que matam franceses e nossos aliados.

Naquele momento, Lucien tinha muita dificuldade em aceitar as ponderações de Armand sobre aquele assunto. A imagem do minucioso desenho do prédio terminado não saía de sua cabeça. Em tempos de paz, ele ganharia um prêmio, talvez até obtivesse reconhecimento internacional.

— O senhor sabe quantas pessoas já morreram por casa da sua obra-prima arquitetônica em Chaville, monsieur Bernard?

— Não... não sei — respondeu Lucien, abalado.

— Vou lhe mostrar uma coisa que o senhor vai achar interessante — disse o velho, entregando a Lucien um maço de fotos.

Na penumbra do carro, Lucien não conseguia enxergar bem as imagens.

— Aqui, eu ajudo você a ver. — O velho acendeu um isqueiro acima das fotos. — Melhorou?

Eram fotos de cadáveres no que parecia um deserto e no que parecia uma estrada rural.

— Deixa eu explicar. Esses são soldados mortos no norte da África. Repare nos uniformes. São franceses livres. Foram bombardeados por caças com motores Heinkel, que, por acaso, foram feitos na sua linda fábrica de Chaville. E aqui está uma foto de civis franceses, bombardeados quando tentavam cruzar a fronteira suíça. Adivinhe de onde vieram os motores desses aviões.

Lucien permaneceu em silêncio, olhando pela janela.

— Me deixe parar o carro e matar esse cara — disse o homem no banco de passageiros. — Conheço um ótimo lugar para jogar o corpo.

— Eu disse para calar a boca, Remy.

As fotos caíram da mão de Lucien, que continuou a olhar pela janela. Estavam em uma área rural nos arredores de Paris. Enquanto observava o rápido desfile de campos escuros, começou a pensar nas palavras de Celeste: Mefistófeles arquitetônico. Alguém que vendera a alma aos alemães para poder fazer projetos. Fazer projetos de coisas que matavam seus compatriotas. Celeste tinha razão; ele se tornara um colaborador em benefício da arte. Ele sabia que o velho tinha razão. Seu projeto de Tremblay poderia receber centenas de prêmios, mas, no final, era um prédio do inimigo, não seu.

Repassou em sua mente o raciocínio que usara após seu primeiro encontro com a Resistência. Estava tão desesperado para obter sucesso profissional que não lhe importava para quem trabalharia. A guerra chegara e sua carreira fora interrompida; parecia que ele nunca mais receberia trabalhos. Para aumentar seu desapontamento, a década de 1930 não lhe trouxera o reconhecimento pelo qual ansiava: não conseguira obter um projeto marcante o suficiente para colocá-lo na trajetória da fama profissional. Assim, quando Manet lhe ofereceu o trabalho de Chaville, ele vira como a oportunidade da sua vida, uma que não poderia perder.

O diabo a quem ele vendera a alma fora Herzog, que não era o nazista convencional, com chifres, roupa vermelha e cauda pontuda. Era um engenheiro competente, que adorava arquitetura e desejava honestamente que Lucien projetasse prédios magníficos; não um bárbaro como o restante. Herzog partilhava da sua paixão pela arquitetura; e lhe cobrava bons trabalhos por ver nele capacidade para fazê-los. Os projetos das duas fábricas haviam provado que ele tinha talento. Este raciocínio, todavia, não o convenceu como antes, pois percebeu que sabia que estava fazendo uma coisa errada.

Lucien já não se sentia amedrontado. Sua sensação de vergonha obliterara o medo que havia nele. Ele se abaixou, pegou as fotos e as folheou novamente. Nenhum outro exame de consciência se fazia necessário.

— O que vocês querem que eu faça? — perguntou.

— Nosso estoque de *plastique* que o Serviço de Operações Especiais dos britânicos nos deu é muito limitado. Portanto, temos que colocá-lo em lugares onde possa causar o máximo de estragos — disse o velho.

— É isso o que você vai nos informar. Mas primeiro precisamos de um conjunto de cópias heliográficas para entender a disposição do lugar. Vamos retornar a Paris e ir até o seu escritório. Remy vai subir com você para pegar essas cópias.

— Se você correr, vai levar uma bala na cabeça — comentou Remy, com um grande sorriso.

— E quando vocês vão fazer isso?

— Esta noite — respondeu o velho. — Em algumas horas. Só há dois guardas vigiando o lugar todo. E você vem conosco para garantir que a coisa vai ser bem feita. Só temos uma chance.

Lucien não teve energia para protestar. Estava resignado com seu destino.

— Tudo bem, *monsieur*. Estou com vocês.

— Que bom. *Monsieur* Devereaux disse que o senhor era um verdadeiro patriota.

— Devereaux, o arquiteto?

— Um amigo comum nosso. Foi ele quem sugeriu o seu prédio, dizendo que o senhor saberia a melhor maneira de destruí-lo. "Bernard ficará feliz em sacrificar o prédio dele pelo bem da França", foi o que disse.

— Aposto que disse mesmo — murmurou Lucien.

Capítulo 61

— Abaixe a cabeça, seu idiota!

— Você sabe que ele quer nos entregar. Você sabe disso, não sabe, Remy?

— Ele que tente, Albert. Me dará uma boa desculpa para meter uma bala no cérebro dele — sussurrou Remy no ouvido de Lucien.

Remy estava espreitando a obra por cima de um palete de tijolos, quando Lucien resolveu dar uma volta pelo local. Afinal de contas, era o seu prédio. Mas Remy o empurrou de novo para o chão lamacento. Minutos depois, agachou-se ao lado dele.

— O guarda acabou de terminar a ronda, e não vai voltar para dentro do prédio antes de meia hora — disse Remy para Albert, como se Lucien fosse invisível, embora estivesse entre ambos.

— Não é tempo suficiente para distribuir essas cargas — observou Lucien.

— Eu lhe disse para calar a boca, *monsieur* Arquiteto. Você só está aqui para nos dizer qual é o melhor lugar lá dentro para pôr o *plastique* — disse Albert.

Lucien estava indignado. Aquilo não era jeito de falar com um profissional. Aqueles caras eram ratos de esgoto de Paris. Não tinham berço nem educação, e ainda por cima eram comunistas. Esse era o problema das guerras: elas subvertiam a ordem social.

— Desenrole esses desenhos e nos mostre as colunas de novo — ordenou Remy, puxando um isqueiro do bolso do casaco.

Lucien estendeu o desenho no chão e apontou para as quatro colunas que já destacara com um lápis vermelho.

— Bastam essas quatro colunas para derrubar toda a estrutura.

— Eu não entendo plantas arquitetônicas; então, você vem comigo — disse Remy.

— Mas Armand disse que eu poderia esperar no lado de fora.

— Você ouviu esse bobalhão, Albert? Que covarde miserável.

— Que patriota francês. Vamos acabar com ele depois do serviço. Podemos dizer que o guarda boche fez isso — rosnou Albert.

— Escute, imbecil — disse Remy, agarrando Lucien pelo colarinho. — Armand não está aqui. Sou eu que estou dirigindo o espetáculo. E você vai entrar lá.

— Tudo bem, tudo bem. Eu vou — concordou Lucien, desvencilhando-se de Remy.

— Estamos perdendo tempo, temos que agir — instigou Albert.

— Qual é o melhor lugar para entrar? — perguntou Remy.

— Podemos ir para a esquerda, contornar aqueles paletes e penetrar no prédio pela entrada do sul.

— A porta está trancada?

— Nenhuma porta foi colocada ainda.

— Tudo bem, vamos indo — disse Remy, empurrando Lucien.

Os três homens começaram a engatinhar em torno dos paletes, coisa que Lucien achou excessivamente dramática. Eles poderiam andar inclinados, e não seriam vistos. Albert carregava um saco de lona com o *plastique*, e Remy, outro saco contendo o detonador e o rolo com o fio. Ao entrarem no prédio, Lucien demorou um pouco para se orientar. Como era uma noite sem lua, o interior estava escuro como breu, fazendo-o se lembrar dos apagões no cinema, quando não conseguia enxergar a própria mão diante do rosto.

— Para onde? — sibilou Remy, irritado com a hesitação de Lucien.

— Espere um pouco — disse Lucien, enquanto seus olhos se acostumavam com a escuridão. — Sigam-me.

Os dois homens o seguiram até a última coluna, na extremidade mais afastada do prédio.

— Bem aqui — disse Lucien, apontando para a base da coluna.

Habilmente, Remy posicionou a carga e enfiou o fio do rolo na massa explosiva. Lucien ficou bastante impressionado com sua velocidade e perícia.

— Ei, você é bom nisso — comentou.

Remy o olhou com cara de poucos amigos.

— Quem é você? Minha mãe? Não preciso da porra da sua aprovação.

— Qual é a próxima? — perguntou Albert.

— Vamos usar uma disposição em ziguezague — sussurrou Lucien. — Duas fileiras depois, no lado oposto.

— Você tem certeza de que isso vai derrubar o prédio? — perguntou Remy.

Lucien se sentiu insultado com a pergunta.

— Fui o primeiro da turma em engenharia estrutural. É claro que tenho certeza.

Eles conduziram o fio até a coluna seguinte e montaram a carga. E assim foram, até que as quatro colunas estivessem preparadas.

Albert olhou para o relógio.

— Faltam só quatro minutos para ele voltar. Andem logo, droga.

Lucien ficou um tanto surpreso ao ver que Albert estava nervoso. Com Remy desenrolando o rolo de fio, eles passaram pela porta e contornaram os paletes. Foi quando o fio acabou. Já sem fôlego, Lucien começou a sentir câimbras no lado esquerdo.

— Estamos perto demais do prédio — disse Albert, em pânico.

Lucien pensara a mesma coisa.

— Não temos escolha — disse Remy. — Quando a coisa começar a explodir, corremos para o bosque.

Rapidamente, ele fixou o fio no detonador e puxou a alavanca até o limite.

— Espere, esse é o meu prédio. Deixe que eu faço isso.

Falou com tanta autoridade que Remy lhe entregou o detonador sem esboçar nenhum protesto. Como fora ele quem projetara o prédio, pensou Lucien, somente ele tinha o direito de destruí-lo.

Quando empurrou a alavanca para baixo, esperava que a explosão fosse imediata, mas a primeira demorou alguns segundos. Seguiram-se as outras três, em curtos intervalos. As colunas pareceram se retorcer de dor. Depois começaram a desmoronar, derrubando os lindos arcos que Lucien tão amorosamente projetara. A estrutura de concreto armado, por sua vez, levou junto com ela todas as paredes de tijolos e os vidros, espalhando cacos pelo chão. Em vez de correr para salvar a vida, Lucien permaneceu onde estava, hipnotizado pelo desmoronamento da sua criação. Quando viu a enorme pilha de escombros, sentiu uma dor no coração. Era como sacrificar o próprio filho.

— Vamos embora, seu idiota — gritou Remy, já no bosque.

Depois, correu até Lucien, puxou-o pelo braço e o arrancou do transe.

— É tudo o que nós estamos precisando, você ser capturado. Você iria denunciar todo mundo — disse.

Lucien correu tão depressa que ultrapassou Remy e Albert a caminho do bosque. Quando alcançaram as árvores, todos os três se deitaram e olharam para a pilha de escombros.

— Você entende mesmo de engenharia, Bernard — disse Albert, dando uma palmadinha nas costas de Lucien.

— Meu Deus, que vista linda — exclamou Remy. — Sabe, *monsieur* Arquiteto, fiquei tão satisfeito com seu trabalho que decidi não matar o senhor.

Capítulo 62

— Peço desculpas, coronel. Não pretendia fazer isso.

Schlegal e o major Hermann Holweig estavam de pé ao lado do corpo sem vida de Aubert, o marceneiro. Holweig o cutucou com a ponta da bota, na esperança de que ele estivesse apenas desmaiado, mas o homem estava indubitavelmente morto.

— Hermann, eu lhe disse para ir devagar com ele — disse Schlegal.

— Ele estava quase cedendo. Mas você ficou batendo nele com essa droga de porrete.

— Peço desculpas. O senhor realmente me disse para parar de usar o porrete. Deveria ter ouvido — respondeu Holweig abaixando a cabeça, envergonhado.

— Meu Deus, você já matou duas pessoas com esse porrete. É por isso que prefiro Voss para lidar com esses assuntos. Ele nunca passa dos limites, diferente de você. Que diabo há de errado?

— São essas coisas ruins que estão acontecendo comigo. Primeiro a perda de Helena, depois o assassinato de Alain. Acabei descontando no velho — disse Holweig.

Em um inusitado gesto de compaixão, Schlegal pousou a mão no ombro de Holweig.

— Sim, sinto muito pelo seu sobrinho. Ele foi assassinado e roubado a um quarteirão daqui, em uma cabine telefônica, não foi?

— Algum francês o matou por apenas alguns francos que estavam na carteira dele. Se algum dia eu pegar esse miserável, ele vai pagar mil vezes o que fez.

Schlegal acendeu um cigarro e se sentou na beirada da escrivaninha.

— Seu sobrinho... Alain... ele não trabalhava para Bernard, o arquiteto?

Holweig se sentou em uma cadeira no outro lado da sala e cobriu a cabeça com as mãos.

— Era o braço direito dele. Um garoto de talento, recém-formado na faculdade. Tinha um grande futuro.

— Quem o encontrou na cabine telefônica?

— Ele foi encontrado na manhã seguinte por uma pessoa que queria dar um telefonema.

— Ele foi morto à noite?

— Foi o que disse o legista.

— Mas o que ele estava fazendo por aqui tão tarde da noite? Será que vinha falar com você?

— Não faço ideia. Recebi um telefonema estranho naquela noite. Quando respondi, não ouvi ninguém no outro lado da linha.

Esta última informação despertou o interesse de Schlegal. Ele jogou a guimba do cigarro nas proximidades do corpo de Aubert e se aproximou de Holweig.

— Você disse que não havia ninguém no outro lado da linha? E recebeu o telefonema na mesma noite em que Alain foi morto?

— Sim, na mesma noite.

— Acha que foi Alain?

— Já disse que não ouvi ninguém no outro lado da linha.

— Vá para casa descansar, Hermann. Nada de boates hoje à noite. Quero que descanse. E não se preocupe por causa de Aubert.

— Ele era um velho durão. Imagine, perdeu os dez dedos e nem assim falou — disse Holweig, passando por cima do corpo. — O senhor sabe muito bem que ele estava envolvido na ocultação desses judeus. Sofrer tanta dor por causa de um bando de judeus imundos. Não consigo entender isso. Simplesmente não consigo, coronel.

O major saiu desanimadamente da sala, deixando Schlegal a sós com o cadáver. Este, entretanto, agiu como se o corpo não estivesse ali, como se Aubert fosse um tapete no chão. Acendeu outro cigarro, foi até a janela e a abriu. Era uma fria tarde de dezembro, e o sol banhava a *rue* des Saussaies, cobrindo os prédios no outro lado da rua com uma cálida luz dourada. Schlegal retornou à escrivaninha e refletiu sobre sua difícil situação. Ele realmente esperava que Aubert falasse, que desse alguma pista para seguir. Agora estava de volta à estaca zero, com Lischka bufando no seu cangote. Ele não tinha outra opção a não ser reunir outros suspeitos do ramo de construções e interrogá-los. Do jeito que as coisas estavam indo, era mais do que certo que ele não seria promovido a general. Sentindo-se deprimido com esta perspectiva, olhou pela janela aberta.

Um reflexo no outro lado da rua atraiu sua atenção. O sol da tarde iluminara algo muito cintilante no parapeito de uma sacada quase diretamente à frente. Lentamente, Schlegal se levantou da cadeira. As cortinas das janelas duplas estavam ligeiramente abertas, deixando que ele entrevisse claramente a mão de alguém sobre o parapeito da sacada. Na mão, um enorme anel refletia a luz. Ele também distinguiu uma leve espiral de fumaça saindo pela janela. Suas costas se retesaram e, de repente, ele sentiu um aperto no estômago. Arregalando os olhos, com ar de descrença, viu a mão ser recolhida e as janelas serem fechadas. Voltou então a se sentar e tentou organizar os pensamentos. Adrenalina começou a correr em suas veias, e uma sensação de euforia irrompeu dentro dele. Começou a rir, batendo nas coxas com alegria. Depois, correu até o corredor e começou a gritar ordens para quem quer que estivesse próximo. Agentes surgiram correndo pelo corredor. Marie, que estava esfregando o chão, quase foi atropelada. Todos se reuniram em torno de Schlegal no corredor.

— Voss, quero que você envie um destacamento de homens à paisana para as ruas atrás e ao lado do prédio número 12 da *rue* des Saussaies. Prendam qualquer um que sair pela frente ou pelos fundos do prédio. Mande alguns homens observarem o telhado, mas peça que fiquem ocultos. Ryckel, reúna pelo menos uma dúzia de homens e mande o grupo esperar por mim no saguão, não do lado de fora. Eles vão precisar de marretas, machados, pés de cabra e serrotes. Agora, mexam-se!

Schlegal ainda não conseguia parar de rir. Voss e Ryckel se entreolharam, aturdidos, e começaram a se afastar. Marie se encostou à parede para sair do caminho.

— E Voss, mande um homem trazer o arquiteto Lucien Bernard. Se ele não estiver no escritório dele, deve estar no gabinete do coronel Herzog, na seção de armamentos da Wehrmacht. Haja o que houver, ache-o e o traga para mim.

Enquanto olhava Voss sair às pressas, Schlegal notou Marie.

— Marie, sua piranha velha, vou comprar o melhor vestido de Paris para cobrir esse seu lindo bumbum — disse ele, ao passar à frente dela.

— Tamanho quarenta ficará ótimo, coronel. Em azul-purpúreo, que sempre foi minha cor favorita — disse ela, enquanto ele se afastava. — Combina bem com os meus olhos.

— Já é seu — berrou ele, por cima do ombro.

Marie esperou que ele desaparecesse do corretor e, sem ninguém por perto, esgueirou-se para dentro da sala. Sem nem ao menos pestanejar ante o cadáver de Aubert, levantou calmamente o receptor do telefone, discou um número e deixou que a campainha tocasse quatro vezes. Desligou então o telefone. Depois, foi até a janela e olhou para o prédio número 12 da *rue* des Saussaies.

Capítulo 63

Dominado por uma enorme exultação, Schlegal subiu correndo a escadaria do prédio número 12 da *rue* de Saussaies, como se liderasse uma carga de cavalaria em um daqueles faroestes americanos que tanto apreciara antes que o Führer declarasse guerra aos Estados Unidos e banisse seus filmes. Os estrelados por John Wayne eram dos que ele sentia mais falta.

— Voss, chame o zelador e reúna todos os moradores no saguão — berrou ele pelo poço da escadaria.

Cerca de doze soldados seguiam Schlegal, com submetralhadoras penduradas nos ombros e uma variedade de ferramentas nas mãos. Eles sabiam o que fazer. Após reduzirem a fechadura a pedaços, irromperam dentro do apartamento. Um deles disparou algumas rajadas da arma nas paredes do salão. Schlegal entrou depois deles, olhando cuidadosamente ao redor à procura de qualquer sinal da sua presa.

— Janusky está aqui — disse ele, segurando um copo com vinho pela metade.

Um cinzeiro cheio de guimbas de cigarros estava sobre uma mesinha ao lado do sofá. Ele examinou atentamente cada uma delas, para ver se ainda estavam mornas, um indício seguro de que o judeu ainda se encontrava no apartamento. Para seu desapontamento, não encontrou nenhuma. Entretanto, com os fundos e o telhado do prédio sob vigilância, não havia como ele ter escapado. Em um armário da cozinha encontrou pão e queijo.

Schlegal ouviu uma velha senhora berrando a plenos pulmões em frente à porta de entrada. Ela estava xingando Voss, que subira três lances de escada com ela, arrastando-a pelo fino pescoço.

— Seu alemão filho da puta, você não pode me fazer subir todos esses degraus. Tenho um reumatismo terrível. Deveríamos ter tomado o elevador.

— O exercício vai lhe fazer bem.

Depois de rir na cara dela, Voss a jogou no chão em frente a Schlegal, que gentilmente a cutucou com sua reluzente bota preta.

— Vovó, quem está usando este apartamento? Me dê alguns nomes.

— Este apartamento está vazio há anos. *Monsieur* Lamont saiu do país antes da rendição.

— Então, quem estava bebendo nesse copo? E quem estava fumando esses cigarros? Um fantasma?

— Ninguém está morando aqui.

— Alguém tem trazido comida para este apartamento. Você deve ter visto quem foi.

— Juro que não faço ideia. Não vi ninguém. Nunca subo até aqui. Estou muito ruim do reumatismo — choramingou a zeladora, abraçando as botas de Schlegal.

— Tenho a cura para o seu reumatismo. Juro que ele nunca mais vai incomodar a senhora.

Schlegal se afastou da velha senhora e acenou para Voss, que a agarrou pelo colarinho do penhoar marrom e amarelo. Arrastou-a pelo corredor e a atirou no poço da escadaria, como se estivesse arremessando um saco de roupa suja. Ela caiu direto no piso do andar térreo.

Enquanto era conduzido escada acima, Lucien ouviu um grito e viu uma mancha marrom e amarela passar por ele, seguida por um baque alto. Olhou por sobre o corrimão e viu uma velha frágil caída no chão, com a cabeça retorcida em um ângulo estranho e o braço esquerdo dobrado em duas partes. Ele tentou controlar o pânico apertando o corrimão de madeira.

Quando o agente da Gestapo à paisana surgira à sua porta, Lucien presumiu que fosse para falar sobre o assassinato de Alain. Ele descobrira que o tio do garoto pertencia à Gestapo e estava furioso com o que acontecera. Haveria um monte de perguntas. O fato de que o assassinato ocorrera na *rue* du Faubourg Saint-Honoré, perto do esconderijo, deixava Lucien nervoso. Era uma tremenda coincidência. Ficara chocado quando soubera do assassinato. Jamais diria que gostava do garoto, mas perdera um valioso funcionário, um que seria difícil de substituir. Ele duvidava de que a visita do agente tivesse algo a ver com a explosão da fábrica. Os alemães haviam atribuído o fato a uma sabotagem e, no dia seguinte, simplesmente executaram cem pessoas — muito menos do que ele esperava. Ouvira dizer que o próprio Hitler queria a execução de quinhentas pessoas. Só quando pararam em frente ao prédio número 11 da *rue* de Saussaies, atravessaram a rua e entraram no prédio número 12 é que percebeu que estava em uma grande enrascada. E surpreendeu a si mesmo quando não começou a correr imediatamente; pelo contrário, permaneceu bastante calmo.

Após presenciar o brutal assassinato da mulher, que, sabia, era a zeladora, Lucien respirou fundo e continuou a subir os degraus com tranquilidade, acompanhando o agente da Gestapo. Sabia que o prenderiam nos minutos seguintes, mas decidira que não seria capturado vivo. Logo se juntaria à senhora idosa no andar térreo. Lucien já não estava preocupado com o destino de Pierre, caso morresse. Fizera um acerto com Bette. Era um grande alívio saber que alguém tomaria conta dele. Já não sentia medo. Percebeu que estava em paz consigo mesmo porque finalmente se tornara algo que sempre quisera ser — um pai. E o melhor de tudo: um bom pai.

Ao se aproximar do terceiro andar, Schlegal veio recebê-lo. Lucien ouviu uma barulheira enorme dentro do apartamento, causada, conforme sabia, pela busca a Janusky. Ele sorriu e acenou para o oficial da Gestapo, que, para seu espanto, retribuiu o aceno com igual cordialidade.

— *Monsieur* Bernard, lamento ter interrompido seu trabalho, mas preciso de seus conhecimentos arquitetônicos novamente.

Talvez não fosse seu dia de morrer, afinal de contas. Mas, se Lucien não permanecesse alerta, acabaria sendo.

— Não é nenhum incômodo, coronel. Fico feliz em servir ao Reich. Como posso ajudá-lo?

Schlegal pousou a mão em seu ombro e o guiou até o apartamento. Soldados usando machados demoliam cada centímetro de parede. Outro grupo estava arrancando o piso de parquê. Havia poeira por toda a parte, formando uma névoa que dificultava a visão.

— Como o senhor pode ver, estou vasculhando minuciosamente este apartamento em busca de um cavalheiro de origem hebraica. Acredito que esteja aqui dentro neste exato momento.

Lucien conseguiu manter uma expressão inescrutável, sabendo que Schlegal estava observando seu rosto com atenção, procurando qualquer sinal que denunciasse onde estava o esconderijo.

— E como o senhor sabe disso?

— Na verdade, eu mesmo o vi.

— Então, ele está aqui.

— Tem alguma sugestão a respeito de onde devo procurar? — perguntou Schlegal.

Lucien olhou ao redor e parou.

— Verifique a chaminé daquela lareira, depois arranque todas as pedras das lareiras de todos os cômodos. Elas seriam ótimos esconderijos.

Na mesma hora, Schlegal mandou um soldado fazer o que Lucien sugerira. Lucien percorreu o apartamento com o agente da Gestapo em seus calcanhares. Entraram no banheiro.

— O senhor já examinou aquela plataforma sobre a qual está a banheira? É alta o bastante para abrigar um homem.

Um soldado quebrou rapidamente a plataforma de madeira, mas não havia nenhum judeu no buraco.

— Ele poderia estar escondido embaixo do piso entre as vigas. Elas têm profundidade suficiente. Talvez usando uma espécie de alçapão. O senhor precisa pôr à mostra cada centímetro quadrado — disse Lucien, com segurança.

Schlegal meneou a cabeça, garantindo que faria exatamente isto.

— Não se preocupe com as estantes de livros. São muito óbvias — acrescentou Lucien, sabendo que Schlegal as desmantelaria mesmo assim — E verifique os pisos de todos os armários, pode haver compartimentos secretos.

Os pensamentos a respeito da morte desapareceram temporariamente de sua cabeça. Lucien estava gostando de andar pelo amplo apartamento, observando a demolição. Após alguns momentos, sentou-se no sofá da sala e começou a sugerir lugares para que os homens examinassem. O fato de que os soldados faziam exatamente o que ele mandava o divertia muito. Fumando um cigarro após outro, ele tomava o máximo de cuidado para não olhar na direção do esconderijo. Cerca de uma hora depois, seu terno azul-marinho estava coberto de poeira. Seus cabelos ficaram grisalhos, o que lhe deu uma estranha prévia — em um dos espelhos ornamentados do apartamento — do aspecto que teria quando envelhecesse.

Pela incessante movimentação de Schlegal e por seus frequentes palavrões, Lucien percebeu que o homem estava ficando nervoso. Agora, munido de um pé de cabra, o oficial da Gestapo arrancava os painéis das paredes. Em seguida, estilhaçou todos os incrivelmente decorados espelhos, na esperança de encontrar um esconderijo por trás. Já havia tantos escombros no apartamento que estava se tornando difícil se mover lá dentro. Schlegal ordenou que fossem jogados no poço da escadaria, onde se empilharam sobre o corpo da zeladora. O pó de gesso no ar era tão denso que os soldados pareciam imagens fantasmagóricas se movendo lentamente. Devido à saturação de poeira, logo os soldados estavam tossindo sem parar. Mas o medo que tinham de Schlegal os fazia prosseguir com o trabalho, quebrando todas as superfícies existentes.

De seu esconderijo, Janusky podia ouvir tudo. O barulho da demolição era ensurdecedor, mas o pior era que nunca cessava. Era incrível que seres humanos pudessem trabalhar continuamente daquela forma, como máquinas movidas por eletricidade. Forçado pela exiguidade do espaço onde estava, Janusky tinha que se manter deitado sobre o lado direito, com o braço sob o corpo; assim, conseguia sentir a vibração causada pelos martelos e pés de cabra nas paredes, pisos e tetos. Ele se contraía a cada golpe. Depois de sobreviver a meses de batalhas no Somme, durante a Grande Guerra, achava que nada o amedrontaria mais que os silvos horríveis emitidos pelos obuses da artilharia antes de atingirem as trincheiras e a visão de homens feitos em pedaços. Estava enganado. De repente, viu-se tremendo como se tivesse contraído alguma febre tropical. Com histórico de problemas cardíacos, temia que o coração falhasse e a Gestapo encontrasse seu corpo. Os policiais ririam feito loucos, pois o teriam feito morrer de medo. Janusky não queria lhes dar aquela satisfação.

Depois de ouvir a zeladora ser arremessada para a morte, concluiu que não aguentaria mais: iria se entregar. Se não tivesse ido até a janela, nada daquilo teria acontecido. Que coisa mais idiota, pensou ele, dar uma olhada pela janela. Mas não fora somente a velha senhora; muitas pessoas haviam morrido tentando protegê-lo. Ele não valia tanto. Não queria ter mais sangue inocente nas mãos. Então, surpreso, ouviu a conversa entre o alemão e Bernard, cujo nome reconheceu como sendo o do arquiteto de Manet. Por que ele estaria ali? Será que finalmente haviam descoberto o trabalho que fazia para Manet? No início, Janusky achou que o arquiteto mostraria aos alemães onde estava escondido, mas Bernard os estava afastando dele. Isto deu a Janusky um novo alento; cheio de determinação, permaneceu imóvel. Queria viver. A poucos centímetros de onde estava, os soldados continuaram a demolir o apartamento, em um louco frenesi.

De repente, acima da balbúrdia reinante, ele ouviu um grito estridente.

— Schlegal, seu idiota miserável! Eu lhe avisei para não incomodar meu arquiteto.

Capítulo 64

Sorrindo, Herzog percorreu o apartamento. Quando por fim retornou até a porta de entrada, onde estava Schlegal, tirou seu quepe e começou a espanar a poeira.

— Deixa eu adivinhar. Nada de judeu — disse ele, sem olhar para o oficial da Gestapo.

Herzog sabia que Schlegal estava louco de fúria por não ter encontrado o homem. Sua ironia o deixaria ainda mais furioso, o que era seu objetivo.

— Ainda estamos procurando — foi a resposta lacônica.

Herzog deu uma gargalhada.

— Meu Deus, homem, você expôs cada milímetro de espaço neste apartamento. Sabe que ele não está aqui. E quem você está procurando?

— Mendel Janusky.

Herzog parou de andar de um lado para outro e encarou Schlegal.

— O colecionador de arte? Como diabo você sabe que ele está aqui?

— Eu o vi da minha janela.

Voss veio até a porta, onde estavam os dois homens, e os saudou.

— Coronel, o que devo fazer com os moradores que estão no saguão?

Lucien sabia a resposta a esta pergunta. No espaço de uma hora, Schlegal passara da euforia ao desespero; e agora, o que era pior, ao constrangimento. Aquelas pessoas estavam condenadas.

— Não há uma porta nos fundos? Ele pode ter saído por lá — disse Herzog.

— Estava vigiada. Ele não poderia ter saído pelos fundos — respondeu Schlegal, aborrecido com Herzog por ter feito tal pergunta.

Schlegal voltou a atenção para Voss.

— Pergunte a eles, só mais uma vez, onde Janusky está escondido.

Voss assentiu com a cabeça e desceu as escadas correndo.

Vagarosamente, Herzog caminhou pelo perímetro do salão, observando os estragos. Cada centímetro do apartamento fora destruído. Depois abanou a cabeça.

— Você perdeu o homem.

De repente, o som de diversas rajadas de metralhadora ecoou no poço da escada.

— Acho que eles não sabiam onde Janusky está — disse Schlegal, dando de ombros.

Um sargento gorducho, com cerca de 35 anos, aproximou-se de Schlegal com relutância. Já percebera o que estava acontecendo e não queria ser pego no fogo cruzado entre os dois homens.

— Senhor, demolimos tudo. Menos aquelas pinturas ali.

Herzog viu Lucien relancear as pinturas e, rapidamente, desviar o olhar.

Schlegal se afastou de Herzog e olhou para o alto de uma parede, onde enormes pinturas se destacavam acima de uma cornija.

— Com toda a agitação aqui, acabei me esquecendo delas — disse Schlegal dando uma risada.

Herzog se aproximou lentamente da parede e observou as pinturas atentamente. Eram magníficas cenas pastorais, mostrando pastores e voluptuosas ninfas, que seguravam alaúdes e cântaros de água, tudo pintado numa rica variedade de matizes verdes e marrons.

— Espere — gritou ele, voltando para perto da porta e se posicionando entre Schlegal e o sargento. — Seu ignorante miserável, você não está vendo que essas pinturas são valiosas? Foram feitas por Giorgione da Castelfranco, um pintor veneziano do século XVI.

— E eu com isso?

— Elas são incrivelmente caras, seu palerma ignorante. É como se fossem ouro para o Reich. Você não pode destruir essas pinturas.

Schlegal olhou para elas.

— Não vejo o que elas têm de tão valioso.

— Schlegal, elas são tão valiosas quanto diamantes! — disse Herzog, entusiasmado. — Não toque nelas. Se fizer isso, vou pôr o Ministro do Reich Speer para falar com você em dois minutos. Ele sabe quem é Giorgione. Você vai ter que explicar por que destruiu bens do Reich no valor de milhões de marcos.

— Não tem importância. Essas pinturas virão abaixo mesmo assim. E nem precisaremos subir em escadas.

— Que diabo você está dizendo? — perguntou Herzog com uma expressão intrigada.

— Olhe pela janela.

Herzog se aproximou da janela aberta que descortinava a *rue* de Saussaies. Na calçada oposta, um canhão apontava diretamente para o prédio número 12. Estava sendo operado por dois soldados — um dos quais o estava carregando.

— Você tem dois minutos para remover essas pinturas, se quiser ficar com elas — acrescentou Schlegal com um grande sorriso. — Sargento, tire os homens do prédio imediatamente.

O sargento e seu destacamento ficaram felizes em obedecê-lo.

— Que diabo você acha que está fazendo? — perguntou Herzog. — Vai destruir o prédio inteiro só porque não encontrou seu judeu?

Lucien foi até a janela para ver o que estava acontecendo e sentiu um aperto no peito.

— Você tem toda razão. Não vou mais perder tempo demolindo apartamentos. Todo o prédio vai vir abaixo — respondeu Schlegal, em voz tranquila. — Ele está neste prédio, e vai morrer.

— Você está louco? Se você incendiar esse prédio, o fogo vai se espalhar por todo o quarteirão. Vai ser um inferno, porra!

— Agora, você tem só um minuto para pegar suas pinturas valiosas.

— Schlegal, seu idiota. Estou lhe dizendo para não fazer isso. A reverberação das explosões vai quebrar todas as janelas do quartel--general da Gestapo.

Herzog foi até um telefone que estava sobre um console de mármore cinzento e discou um número.

— Coronel, tenho sua permissão para sair? — perguntou Lucien.

— Já terminei com você agora. Mas o senhor e eu vamos ter uma pequena conversa brevemente, *monsieur* Bernard.

Lucien compreendeu o que aquela "pequena conversa" significava. Schlegal estava completamente louco; fora humilhado diante de seus homens e, agora, iria se desforrar em quem pudesse.

— Espere um momento, senhor. Vou chamá-lo — disse Herzog, no receptor do telefone. — Schlegal, tem alguém aqui querendo falar com você.

— Diga ao Ministro do Reich Speer que estou ocupado.

— Eu o aconselho, com veemência, a falar com seu chefe, Herr Lischka. Caso contrário, acho melhor você colocar umas cuecas bem grossas na mala para a viagem à Rússia que fará amanhã — disse Herzog, com um largo sorriso no rosto.

Schlegal o fulminou com os olhos, aproximou-se dele e pegou o receptor do telefone — que teve de manter afastado da orelha, pois Lischka estava aos berros.

— Schlegal, seu louco miserável. Que diabo você está fazendo? — gritou Lischka. — Estou na janela do meu quartel-general vendo um canhão apontado para o prédio em frente. Você vai quebrar todas as janelas daqui se disparar essa coisa.

Schlegal olhou para o outro lado da rua e viu Lischka, extremamente agitado, batendo no vidro de uma janela, com a mão espalmada.

— Mas Janusky está neste prédio, senhor. Posso afirmar com segurança.

— Então, por que você não pede à Luftwaffe para bombardear o quarteirão inteiro? Assim, você vai matar o judeu, com certeza.

— Isso parece exagerado, senhor.

— E o que você vai fazer não é o que parece também? De qualquer forma, queremos esse judeu vivo. Deixe isso para lá, Schlegal. Estou ordenando a você que recue imediatamente.

— Já que é uma ordem direta, senhor, vou obedecê-la. Obrigado.

No outro lado da linha, Lischka bateu o telefone. Sem dar uma palavra, Schlegal pôs seu quepe e saiu do apartamento, deixando Herzog e Lucien a sós.

— Ele vai congelar em Stalingrado em um futuro bem próximo — disse Herzog, com um sorriso de orelha a orelha. — Depois olhou para as pinturas. — Que descoberta incrível. Giorgione da Castelfranco. Você sabia que certos estudiosos acham que alguns de seus trabalhos podem ter sido feitos pelo aluno dele, Ticiano? Isto significa que essas pinturas podem ter sido obra do próprio Ticiano. Imagine só.

Herzog acendeu um cigarro e deu uma volta pelo salão.

— É uma pena ver pinturas tão lindas no meio de tanta bagunça. Talvez eu tenha que voltar aqui ainda esta semana para resgatá-las — disse Herzog, com um sorriso e uma piscadela.

Enquanto Lucien olhava para as pinturas, Herzog pousou a mão em seu ombro e lhe cochichou no ouvido:

— É melhor esperar até o meio da noite para tirar o homem daqui. E você, meu amigo, vai ter que partir amanhã à noite.

Capítulo 65

— Mendel, você já pode sair em segurança.

Manet, que estava de pé no meio do apartamento, sentou-se em um sofá coberto de pó de gesso.

— Você me ouviu, Mendel? Já pode sair.

Manet ouviu um leve movimento e o som de um trinco sendo acionado. Então, a base de uma das pinturas no alto da parede se levantou e Mendel apareceu, empurrando-a com uma das mãos. O topo da pintura, no interior da moldura dourada, tinha dobradiças ao longo de todo o comprimento. A coisa toda se ergueu como se fosse a tampa de uma caixa. Janusky estava deitado de lado em um buraco estreito, com menos de quarenta centímetros de profundidade, que fora escavado na parede de tijolos por trás da pintura.

— Você consegue sair, Mendel?

— Sim. Mas estou duro como um pedaço de pau. Me dê um segundo.

Lentamente, rolou até o largo ressalto na base da pintura. Depois, pendurou-se no ressalto e, com um dos pés, procurou o topo de uma pilastra. Quando o encontrou, estendeu seu outro pé, mas não conseguiu se segurar e caiu no chão. Sem ele por baixo, a pintura voltou para o lugar.

Manet correu até Janusky e o ajudou a se levantar. Com grande dificuldade, conduziu-o até o sofá. Janusky respirava aos arquejos, suas roupas estavam ensopadas de suor.

— Foi um dia e tanto, não foi, velho amigo? — perguntou Manet, dando umas palmadinhas no joelho de Janusky.

— Você não tem alguma coisa que se beba, Auguste?

— Certamente tenho. Sabia que você estaria com sede e com fome. Assim, trouxe uma garrafa de vinho e um pedaço de pão.

Janusky tirou a rolha da garrafa e bebeu avidamente o conteúdo. Depois, deu uma mordida no pão com a ferocidade de um animal.

— Desculpe minha falta de modos.

Manet riu e lhe deu uns tapinhas no seu ombro.

— Pessoas inocentes morreram hoje por minha causa, Auguste. Ouvi tudo. Não aguento mais isso. Depois que terminar esse vinho, vou atravessar a rua e me entregar. Já deveria ter feito isso há meses — disse Janusky, com a voz trêmula de emoção.

— É por causa do sacrifício delas que você *precisa* escapar. Senão, tudo o que foi feito até agora terá sido em vão.

— Mas eu sou responsável pela morte delas, Auguste.

— O que está feito, está feito, Mendel. Pessoas estão morrendo a cada instante nesta guerra. E as coisas ainda vão continuar assim por um longo tempo, até a nossa vitória.

— Você realmente acredita que podemos vencer? Admiro sua fé. A minha desapareceu meses atrás.

— O bem triunfou esta tarde, não foi?

— Isso, meu amigo, foi um milagre.

— E um projeto inteligente, que permitiu que você se escondesse lá em cima — disse Manet, contemplando a pintura.

— Até melhor que o da *rue* de Bassano. Seu arquiteto sabe o que significa a palavra *mensch*?

— Sim, já expliquei essa palavra a ele.

— Por favor, diga a ele que, para mim, ele é um *mensch*.

— Nunca mais vou vê-lo. Ele já tomou providências para sair da cidade. Mas acho que agora ele já sabe disso.

— E agora, meu velho amigo? Seu arquiteto deixou preparado outro esconderijo para mim?

— Depois do dia de hoje, ficou muito arriscado fazer essas coisas. Você vai para a Espanha hoje à noite. É extremamente arriscado, mas acho que conseguiremos fazer isso.

— Após a experiência de hoje, vai parecer brincadeira de criança.

— Temos de sair agora. O prédio ainda deve estar sendo vigiado do outro lado da rua. Por acaso, você sabe recitar o Pai-Nosso?

— Não, Auguste, esqueceram-se de me ensinar isso na escola hebraica. Por quê? Você vai me cristianizar?

Manet andou até a porta do apartamento, pegou um grande volume embrulhado em papel marrom e o entregou a Janusky.

— É exatamente o que vou fazer. Por favor, vista isso — disse Manet.

— Muito elegante — comentou Janusky, estendendo uma batina de padre à sua frente. — Pelo menos não é um hábito de freira.

Ele tirou do embrulho um chapéu, sapatos, meias, calças, uma camisa branca com colarinho branco.

— Você vai fazer parte da Igreja Católica por algum tempo. Na verdade, hoje à noite você vai fazer uma peregrinação a Lourdes, que, como você sabe, está bem perto da fronteira espanhola.

— Devo parar lá e rezar por um milagre?

— Você teve seu milagre hoje. Não abuse da sorte.

Janusky se despiu, vestiu suas novas roupas e rodopiou como um modelo diante de um divertido Manet.

— E então? Não pareço muito judeu, pareço?

— Sim, parece. Mas não podemos fazer nada com esse nariz; portanto, mantenha o chapéu bem abaixado. E prenda esse rosário neste cinto aqui. Mas, primeiro, o mais importante. Repita comigo: "Pai Nosso, que estais no céu...".

— *Barukh atah adonai eloheinu...*

— Pare com isso.

Capítulo 66

— Ele não vem.

— Ele vem.

— Estamos no lugar certo? Você não se confundiu? E o horário?

— Este é o lugar certo e a hora certa para estarmos aqui. A mensagem dele foi bastante específica. Por favor, não se preocupe — replicou Lucien, em um tom jovial que disfarçou o medo que sentia.

— Não consigo deixar de me preocupar — disse Bette, olhando para o banco traseiro do Citroën, onde Émile e Carole dormiam ao lado de Pierre, este bem acordado e totalmente calmo.

Pierre sorriu para ela.

— Você vai ter bastante tempo para se preocupar. Teremos que fazer um percurso de quatro horas até a fronteira suíça. Tudo pode acontecer entre aqui e lá — respondeu Lucien, olhando para a fria noite de dezembro através do para-brisa.

— Que coisa mais reconfortante, meu amor.

— É a verdade. E você sempre me disse para lhe falar a verdade.

— Como você sabe que pode confiar nele? Ele é alemão.

Lucien sorriu ao ouvir a pergunta. Eram apenas 21h45. Ele sabia que Herzog apareceria. Um envelope lhe fora entregue no escritório com orientações para que ele dirigisse até Saint-Dizier, uma cidade a oeste de Paris. Chegando lá, ele deveria tomar uma estrada vicinal que seguia para sudeste e aguardar perto das ruínas de um celeiro de pedra. Eles estavam de malas prontas para partir desde o início da manhã, mas tiveram que esperar escurecer para sair de Paris. A espera no apartamento de Bette fora insuportável. A qualquer momento, achavam eles, Schlegal poderia irromper pela porta. A pequena conversa que Schlegal mencionara ainda não fora agendada, mas Lucien sabia que ele não se esqueceria dela. Ele e Pierre se sentaram à janela, para o caso da Gestapo parar em frente ao prédio. Neste caso, Pierre e as crianças entrariam no esconderijo da janela e *monsieur* Manet os recolheria mais tarde. Lucien e Bette haviam combinado com o ainda insuspeito Manet que este tomaria conta das crianças e as tiraria da França. Pierre disse que não se esconderia, mas Lucien — na única vez que perdeu a paciência com o garoto — lhe ordenou que seguisse as instruções. As horas se arrastaram e, afortunadamente, nada aconteceu.

— Ele estudou na Bauhaus, sabia?

— Por isso ele é confiável? Só porque é arquiteto?

— Um arquiteto modernista.

— Você tem uma estranha noção de lealdade, amor. Ele ainda é um alemão, e nós nunca podemos confiar em um deles. Lembre-se sempre disso.

— Sim, querida, vou me lembrar disso.

Lucien abaixou um pouco o vidro da janela para que entrasse um pouco do ar frio da noite. A noite estava linda, clara, com uma brisa constante que refrescou Lucien, vaporizando o suor que lhe cobria o rosto. Ele passou as mãos pelos cabelos e esfregou os olhos para se manter alerta. O silêncio daquela área rural lhe lembrava do silêncio ensurdecedor de Paris à noite, após o toque de recolher, quando se podia ouvir um alfinete caindo no quarteirão ao lado. O único som que ouvia no momento era o sussurro do vento, que soprava suavemente através das árvores à esquerda. Seu coração começou a palpitar. Ele agarrou com força o volante do carro e continuou a contemplar a noite. Uma leve pancadinha na lateral do carro lhe deu um susto. Virou a cabeça bem devagar. A poucos centímetros da janela, estava o rosto sorridente de Herzog, que lhe fez sinal para saltar do carro. Lucien ficou surpreso ao ver o alemão usando roupas civis. Ele não sabia o que pensar nem o que estava acontecendo.

— Você sabe o que tem que fazer? — perguntou Herzog prosaicamente, como se estivesse pedindo para que Lucien pegasse sua roupa lavada.

— Vamos rumar para o oeste de Belfort até o ponto exato que você nos descreveu. Depois saltamos e atravessamos a fronteira.

— A posição *tem* que ser exata. Não haverá guardas em nenhum dos lados da fronteira hoje à noite. Vocês não podem se perder.

Herzog pousou a mão no ombro de Lucien.

— Trouxe umas coisas para a sua viagem — disse ele, tirando dois papéis dobrados do bolso da calça. — Isto é um salvo-conduto concedido pela divisão de armamentos autorizando vocês a seguir viagem em segurança a qualquer hora do dia de hoje. Vocês não terão problemas na estrada hoje à noite.

— Os policiais franceses não suspeitarão das crianças no carro?

— Mostre isso a eles também. É uma carta minha dizendo que você está a caminho de Montbéliard para começar a trabalhar em uma fábrica e precisa reassentar sua família.

— Você pensou em tudo.

— Nem tudo. Isto aqui é para o caso de uma emergência — disse Herzog, puxando uma Luger do outro bolso da calça. — Pode vir a calhar se ocorrer um problema inesperado.

— Bem... obrigado — disse Lucien, pegando a pistola pelo cano, pouco à vontade.

— Você aprendeu a atirar no exército francês? Sei que vocês não são muito bons em guerras, ficam sentados fumando, bebendo e falando besteiras — disse Herzog, com um sorriso.

— Sim, eu puxo esse negócio — replicou Lucien, apontando para o gatilho.

— Muito bem. E a bala sai por esta extremidade. É importante se lembrar disso.

— Temos espaço no carro. Você tem certeza de que não quer vir conosco, Dieter? Já está vestido para a ocasião.

— Ainda sou um soldado alemão que jurou defender a Pátria. Assim, tenho que retornar para construir fábricas e fortificações. *Além disso*, ainda preciso acrescentar muita coisa à minha coleção de arte. Posso até ter que reconstruir seu prédio, que aqueles miseráveis da Resistência explodiram.

Lucien olhou para o outro lado e examinou algumas árvores.

— Quando essa loucura terminar, espero que nos encontremos de novo — disse.

— Vamos nos encontrar, tenho certeza — respondeu Herzog.

— Jamais pensei que diria isso a um opressor alemão, mas vou sentir sua falta. Fizemos uma dupla sem igual.

— Fizemos mesmo, meu amigo — concordou Herzog. — Mas já está na hora de você se pôr a caminho. Vocês têm uma longa noite pela frente.

— Até logo — disse Lucien, estendendo a mão.

Herzog apertou sua mão com firmeza.

— Boa sorte, Lucien.

Lucien deu meia-volta e retornou ao carro. Após se posicionar no assento do motorista, acenou para o alemão pela última vez. Bette não disse nada, manteve o olhar fixo à frente. Ele ligou a ignição e partiu.

Herzog acendeu um cigarro e observou as luzes vermelhas da traseira do carro se tornarem cada vez menores, até se transformarem em minúsculos pontos de luz e desaparecerem no horizonte. Deu uma longa tragada, olhou para o frio céu noturno e viu um mar de estrelas acima. Nada sabia sobre constelações ou astronomia, mas saboreou a linda vista. Em Paris, nem mesmo notava o céu noturno, mas, no campo, este era imenso, dava a impressão de que poderia arrastá-lo para o firmamento. Era impossível não se sentir fascinado. Enquanto fumava, continuou a contemplar o céu, maravilhando-se com o enorme número de estrelas e suas configurações. Por fim, jogou fora a guimba, pisou nela e se virou para olhar a estrada. Após cerca de um minuto, faróis apareceram no horizonte. Herzog deu mais uma olhada no céu e caminhou lentamente pelo bosque, onde havia escondido seu carro. Abrindo a porta do passageiro, puxou um saco de lona verde e uma metralhadora. Posicionou-se então atrás de alguns arbustos e aguardou o carro que vinha a toda velocidade em sua direção. Quando estava a uma distância de cinquenta metros, andou até a beira da estrada e disparou a metralhadora. As balas atravessaram o para-brisa e as janelas laterais. O carro derrapou para a direita, saiu pelo outro lado da estrada e parou diretamente em frente ao local em que ele estava. Herzog caminhou até o veículo — um carro oficial alemão verde-acinzentado. Um soldado estava caído sobre o volante, e dois oficiais estavam se mexendo no banco traseiro. Pachorrentamente, Herzog pousou a metralhadora ao lado da estrada, enfiou a mão na sacola de lona que estava no seu ombro e dela retirou uma granada de mão. Aproximando-se mais alguns passos, arremessou a granada pelo longo cabo de madeira. A granada deslizou para baixo do carro e explodiu, fazendo o carro se elevar do chão e se transformar em uma bola de fogo. Depois de observar as chamas por alguns segundos, Herzog retornou ao seu carro. A caminho de Paris, sorriu. Sabia que Schlegal jamais ignoraria um aviso anônimo.

Enquanto dirigia pela noite, Lucien percebeu que não sentia medo. Apesar do perigo que ainda havia, eles seriam bem-sucedidos. Tinha certeza. Observando a luz dos faróis que desbravavam a estrada vazia que se estendia à frente, imaginou o que seu pai pensaria a respeito do que acontecera nos últimos seis meses. E sorriu. Seu filho fora um rematado idiota. Por um punhado de judeus! Que loucura. "Será que não lhe ensinei nada, garoto?", diria o professor Bernard, suspirando. E acrescentaria: "Os fracassos dos filhos são os fracassos dos pais." Mas Lucien sabia que não fracassara. Pensara que ajudar outro ser humano era coisa que não fazia parte dele. Mas, para a sua grande surpresa, fazia, e ele estava orgulho disto. Provara que seu pai estava errado.

Achava incrível ter tido tanta sorte em tempos tão terríveis. Diziam que as guerras não traziam nada de bom, mas isto não era verdade. Ter encontrado Bette, sua amizade com Herzog e Manet. E, acima de tudo, Pierre. Seus caminhos jamais teriam se cruzado se não fosse pela guerra.

— Acha que tudo vai correr bem? — murmurou Bette, em voz amedrontada.

Ela não dissera nenhuma palavra desde que haviam iniciado a segunda parte da viagem.

— Tudo vai correr muito bem.

Bette se inclinou, beijou-o no rosto e pousou a cabeça em seu ombro. Lucien sabia que ela acreditava nele e esta verdade absoluta lhe dava um sentimento reconfortante. Ligou a calefação do carro e pressionou mais o pedal do acelerador, suavemente, para que ninguém acordasse. Ronronando baixinho, o Citroën era como um casulo que os protegia enquanto avançavam pela noite fria.

Fora tudo uma ilusão, Lucien sabia. Os prédios, os arcos, as linhas amplas e graciosas. Durante todo aquele tempo, adorara uma fachada de concreto e vidro.

Pela respiração suave, Lucien percebeu que Bette pegara no sono. Virando-se, olhou para as três crianças adormecidas no banco traseiro, aninhadas sob um cobertor de lã azul. Encolhido como uma bola nas dobras do cobertor estava Misha. Ele sorriu para aquela família. Sua família.

Agradecimentos

Certa vez, recebi um bom conselho de um escritor de sucesso. Ele me disse que uma das coisas mais importantes para o autor de ficção é encontrar alguém que realmente acredite no seu romance. Tinha razão. E fui afortunado o bastante para encontrar duas dessas pessoas em especial. A primeira foi minha agente literária Susan Ginsburg, da Writers House, que reuniu experiência e orientações que me foram de enorme ajuda. Ela me incutiu confiança e coragem durante um período muito sombrio da minha vida. Sempre me lembrarei de como me apoiou.

A segunda pessoa foi Shana Dress, gerente editorial da Sourcebooks Landmark, que acreditou em um arquiteto que desejava se tornar romancista. Seu entusiasmo com o livro me deu muita confiança, e seus talentos editoriais tornaram meu romance ainda mais profundo e melhor.

Agradeço a ambas por terem acreditado no meu trabalho.

Charles Belfoure,
Westminster, MD

Este livro foi composto na tipografia
Minion Pro, em corpo 11,5/17, e impresso em
papel off-white no Sistema Digital Instant Duplex
da Divisão Gráfica da Distribuidora Record.